"博学而笃志,切问而近思。"
　　　　　　　　　　(《论语》)

博晓古今,可立一家之说;
学贯中西,或成经国之才。

复旦博学·复旦博学·复旦博学·复旦博学·复旦博学·复旦博学

作者简介

吴中杰，教授，博士研究生导师。1936年出生。1957年毕业于复旦大学中文系，留校任教。主要从事文艺理论与中国现代文学的教学与研究工作，于鲁迅研究用力尤勤，兼写杂文随笔。已出版的学术著作有：《吴中杰点评鲁迅小说》《吴中杰点评鲁迅杂文》《吴中杰点评鲁迅诗歌散文》《吴中杰点评鲁迅书信》《鲁迅的艺术世界》《鲁迅传》《鲁迅的抬棺人——鲁迅后传》《文艺学导论》《中国现代文艺思潮史》等，又有散文集《海上学人》《复旦往事》《曦园语丝》《鹿城纪事》等。他所主持的"文艺学系列教材建设"项目，于2001年获国家级教学成果奖一等奖、上海市教学成果奖一等奖。

复旦博学·文学系列·精华版

（第五版）

文艺学导论

吴中杰 著

复旦大学出版社

内容提要

本书是一本简明扼要、体系完整、适应国内课堂教学需要的文艺理论基础课教材。

本书共分五编二十章，从本质论、创作论、作品论、鉴赏论、发展论五个方面，介绍了文艺学基本理论各个方面的基础知识。本书继承了我国古代文论的优秀传统，并且融进了西方文论的诸多精华，涵盖了近年来学术研究的各种新成果。

本书既是一部普及性的文学理论课教材，同时又具有很强的学术性，适合大专院校学生和文学爱好者阅读，也适合文学研究者做参考。

目 录

绪论 文艺学研究的对象、任务和方法 …………………………… 1
 第一节 文艺学研究的对象和任务 ………………………………… 1
  一、总观全局,系统考察 ………………………………………… 1
  二、外部关系与内部关系 ………………………………………… 2
  三、稳定性与发展观 ……………………………………………… 3
 第二节 文艺学研究方法论 ………………………………………… 5
  一、方法论的意义 ………………………………………………… 5
  二、唯物史观的统率性与开放性 ………………………………… 5
  三、独立学科与综合科学 ………………………………………… 8
  四、建设具有中国特色的文艺学 ………………………………… 9

第一编 本 质 论

第一章 文学的审美本质 …………………………………………… 15
 第一节 再现论和表现论 …………………………………………… 16
  一、再现论 ………………………………………………………… 16
  二、表现论 ………………………………………………………… 18
  三、对于再现论和表现论的历史评价 …………………………… 21
 第二节 人对现实的审美观照 ……………………………………… 23
  一、科学反映与艺术反映 ………………………………………… 23
  二、客观现实与人化的自然 ……………………………………… 24
  三、再现与表现的统一 …………………………………………… 26
第二章 情感与形象的融合 ………………………………………… 29
 第一节 文学的形象性 ……………………………………………… 30
  一、写人与格物 …………………………………………………… 30
  二、以形象反映社会生活 ………………………………………… 31
  三、艺术形象的特点 ……………………………………………… 33
  四、形象与议论 …………………………………………………… 35

第二节　文学的情感性 ·· 38
　　一、文章之作,本乎情性 ··· 38
　　二、情感与理智的关系 ·· 41
第三节　语言艺术的特征 ·· 42
　　一、形象的间接性 ·· 44
　　二、反映生活的广阔性 ·· 44
　　三、表达感情的明确性 ·· 45

第三章　文学的社会功能 ·· 46
第一节　文学对社会的影响 ··· 46
　　一、批判的武器与武器的批判 ······································ 46
　　二、干预生活与改造灵魂 ··· 49
第二节　文学的审美教育作用 ·· 51
　　一、文学的认识作用 ·· 51
　　二、文学的教育作用 ·· 53
　　三、文学的审美作用 ·· 55

第四章　文学的社会联系 ·· 57
第一节　文学与哲学的关系 ··· 57
　　一、哲学对文学的影响 ·· 57
　　二、文学对哲学的丰富和发展 ······································ 59
　　三、学诗者以识为主 ·· 60
第二节　文学与宗教的关系 ··· 62
　　一、宗教利用艺术传经布道 ··· 62
　　二、宗教思想影响文学思想 ··· 64
第三节　文学与政治的关系 ··· 66
　　一、政治对文学的需要 ·· 66
　　二、文学不能超脱政治 ·· 68
　　三、文学家的独立精神 ·· 70

第二编　创　作　论

第一章　文学创作的现实基础 ··· 75
第一节　生活是文学的唯一源泉 ·· 75
　　一、心动,还是幡动 ·· 75

二、从观念出发,还是从生活实际出发 ……………………… 78
　第二节　生活是作家的学校 ………………………………………… 79
　　一、深入生活,熟悉生活 ……………………………………… 79
　　二、熟悉生活的不同途径 ……………………………………… 83

第二章　文学创作的主体意识 …………………………………………… 87
　第一节　创作主体的能动性 ………………………………………… 87
　　一、主体对客体的渗透 ………………………………………… 87
　　二、生活真实与艺术真实 ……………………………………… 89
　　三、主体意识的发挥与创作自由 ……………………………… 91
　第二节　创作主体的创造能力 ……………………………………… 92
　　一、观察力 ……………………………………………………… 92
　　二、审美力 ……………………………………………………… 94
　　三、想象力 ……………………………………………………… 95
　　四、表现力 ……………………………………………………… 98

第三章　文学创作的提炼与加工 ………………………………………… 100
　第一节　文学的典型性 ……………………………………………… 100
　　一、典型性是文学创作的基本法则 …………………………… 100
　　二、典型:以独特的个性反映社会关系的本质 ……………… 101
　　三、典型环境与典型人物 ……………………………………… 106
　第二节　典型人物的创造 …………………………………………… 108
　　一、专用一个人为模特儿 ……………………………………… 108
　　二、杂取种种人,合成一个 …………………………………… 110
　第三节　典型形态的历史演变 ……………………………………… 113
　　一、从神和超人到普通人形象 ………………………………… 113
　　二、从过实描写到如实描写 …………………………………… 114
　　三、从类型化到个性化 ………………………………………… 116
　　四、从单一性到丰富性 ………………………………………… 117

第四章　创作过程中的思维活动 ………………………………………… 119
　第一节　形象思维 …………………………………………………… 119
　　一、诗要用形象思维 …………………………………………… 119
　　二、形象思维与逻辑思维的共同规律 ………………………… 121
　　三、形象思维的特殊性 ………………………………………… 122
　第二节　创作灵感 …………………………………………………… 125

一、文章天成，妙手可得 ·· 125
二、灵感是创作思维质的飞跃 ···································· 127

第三编　作　品　论

第一章　文学作品的构成 ·· 135
第一节　文学作品的内容因素 ···································· 135
一、题材 ·· 135
二、主题 ·· 137
第二节　文学作品的形式因素 ···································· 140
一、情节 ·· 140
二、结构 ·· 143
第三节　内容与形式的完美结合 ································ 145
一、内容与形式的关系 ··· 145
二、意境之美 ·· 146

第二章　文学语言 ·· 150
第一节　文学对于语言的要求 ···································· 150
一、文学变革与语言变革 ·· 151
二、语不惊人死不休 ··· 152
第二节　文学语言的特点 ·· 154
一、形象性 ··· 154
二、情感性 ··· 157
三、音乐性 ··· 159
第三节　文学语言的提炼 ·· 161
一、将活人的唇舌作为源泉 ···································· 161
二、吸收外国语中有用的成分 ································· 163
三、择用古语中有生命的东西 ································· 164

第三章　文学作品的体裁 ·· 166
第一节　诗歌 ·· 167
一、诗体之流变 ·· 167
二、诗歌的特点 ·· 170

第二节　散文·· 172
　一、散文文体之流变·· 172
　二、散文的特点·· 176
第三节　小说·· 177
　一、小说文体之流变·· 177
　二、小说的特点·· 180
第四节　戏剧文学·· 183
　一、戏剧文学文体之流变·· 183
　二、戏剧文学的特点·· 185

第四章　艺术风格论·· 190
第一节　风格的重要意义·· 191
　一、什么是风格·· 191
　二、风格是作品成熟的标志······································ 193
　三、风格的多样化·· 193
第二节　风格形成的客观因素···································· 196
　一、时代特色·· 196
　二、民族特色·· 197
　三、地方特色·· 199
　四、社群特色·· 200
　五、随体成势·· 201
第三节　风格形成的主观因素···································· 202
　一、创作个性形成的原因·· 202
　二、创作个性的发展与艺术风格的变化···························· 203
　三、风格与人格·· 204

第四编　鉴赏论

第一章　文学鉴赏的意义和特点·································· 209
第一节　文学鉴赏的意义·· 210
　一、创作通过鉴赏来实现其价值·································· 210
　二、鉴赏对于创作的影响·· 211

第二节 文学鉴赏的特点 ... 213
 一、鉴赏与共鸣 ... 213
 二、鉴赏是再创造的过程 ... 215

第三节 鉴赏主体的养成 ... 217
 一、对象创造了主体 ... 217
 二、鉴赏主体养成的主观条件 ... 218

第二章 审美力分析 ... 220

第一节 审美心理机制 ... 220
 一、审美感知 ... 220
 二、审美想象 ... 221
 三、移情作用 ... 222
 四、审美认识 ... 223

第二节 美感的差异性与共同性 ... 225
 一、美感的差异性 ... 225
 二、美感的共同性 ... 227

第三章 文学批评的性质、作用和标准 ... 230

第一节 文学批评的性质和作用 ... 230
 一、文学批评的性质 ... 230
 二、文学批评的作用 ... 232

第二节 文学批评的标准 ... 234
 一、批评一定有标准 ... 234
 二、批评标准的选择 ... 236
 三、真、善、美的标准 ... 237

第四章 文学批评的方法 ... 241

第一节 文学批评流派述评 ... 241
 一、社会历史批评 ... 242
 二、形式主义批评 ... 243
 三、新批评派理论 ... 246
 四、接受美学批评 ... 248
 五、精神分析批评 ... 249
 六、原型批评 ... 250

第二节 马克思主义的批评方法 ... 251

一、历史的观点 ………………………………………… 251
  二、美学的观点 ………………………………………… 254

第五编　发　展　论

第一章　艺术的起源 ……………………………………… 259
第一节　艺术起源论述评 ………………………………… 259
  一、模仿说 ……………………………………………… 259
  二、游戏说 ……………………………………………… 260
  三、巫术说 ……………………………………………… 262
  四、劳动说 ……………………………………………… 263
第二节　艺术起源与人类的审美需要 …………………… 264
  一、劳动创造了人,也创造了美感 …………………… 264
  二、审美意识与艺术共生共长 ………………………… 266

第二章　文学发展与社会发展 …………………………… 268
第一节　文学发展取决于社会发展 ……………………… 268
  一、几种文学发展观 …………………………………… 268
  二、促进文学发展诸因素 ……………………………… 271
第二节　艺术生产与物质生产的不平衡现象 …………… 273
  一、不平衡现象的表现 ………………………………… 273
  二、出现不平衡现象的原因 …………………………… 274

第三章　文学思潮与创作方法 …………………………… 276
第一节　从古典主义到浪漫主义 ………………………… 277
  一、古典主义 …………………………………………… 277
  二、浪漫主义 …………………………………………… 279
第二节　现实主义与自然主义 …………………………… 281
  一、现实主义 …………………………………………… 281
  二、自然主义 …………………………………………… 284
第三节　现代主义文学思潮 ……………………………… 286
  一、现代主义文学思潮的形成 ………………………… 286
  二、象征主义 …………………………………………… 286

三、未来主义 …………………………………………… 288
　　四、表现主义 …………………………………………… 289
　　五、意识流小说派 ……………………………………… 290
　　六、荒诞派戏剧 ………………………………………… 291
第四节　社会主义文学思潮 ………………………………… 293
　　一、社会主义文学思潮的形成 ………………………… 293
　　二、社会主义现实主义 ………………………………… 294

第四章　文学发展中的继承与借鉴 ………………………… 297
　第一节　批判地继承民族文学遗产 ……………………… 297
　　一、文学发展的继承性 ………………………………… 297
　　二、对过去的文学必须加以批判地审查 ……………… 299
　第二节　文化交流与文学发展 …………………………… 301
　　一、各民族文化的相互影响 …………………………… 301
　　二、放出眼光，挑选占有 ……………………………… 304

修订本后记 …………………………………………………… 307
第五版后记 …………………………………………………… 309

绪论　文艺学研究的对象、任务和方法

第一节　文艺学研究的对象和任务

一、总观全局，系统考察

文艺学是人文科学中的一门学科，这个学科的名称，是 20 世纪 50 年代从苏联传入的。因其研究对象主要是人类的文学活动，有人提议将它改称为文学学，但这三个字中却有两个相重，不符合汉语的语言习惯，也有人沿袭古代文论用语，称之为诗学，但在现代人的心目中，诗学已不是文学理论的同义词，而是指专门研究诗歌的学问，容易引起误解，所以人们仍称它为文艺学。何况，文学和艺术原是相通的，它们有许多共同的规律，所谓"诗是无形画，画是有形诗"，即此之谓也，因此，研究文学现象的文艺学，同时也必然包含许多艺术学原理。

文艺学可以分为三个部分：文学理论、文学史和文学批评。文学理论和文学批评通常泛称文艺理论和文艺批评，它们所研究和评论的文学现象，也泛称文艺现象。文学理论是研究文学的基本原理，它给文学史研究和文学批评以理论指导，提供理论基础；文学史和文学批评则分别研究文学的发展历史和评论当前的文学作品和文学活动，它们从生动活泼的文学实践中总结经验，丰富和发展文学的基本原理，使之免于停滞和僵化。所以，文学理论和文学史、文学批评是相辅相成的有机组成，不可偏废。本书以研究和阐述文艺学基本原理为己任，属于文学理论部分，虽然也涉及文学的历史和现状，但只从理论的角度加以概括，不做具体论述。不过，本书在论述文学问题时，却常涉及其他艺术领域，求其触类旁通也。

文艺学是一门源远流长的学科，它有着不同的派别。在各个流派之间，不但文学观点极为歧异，而且研究的对象和范围也不甚一致。文艺社会学主要研究文学与社会生活的关系，文艺心理学则研究创作与阅读的心理机制；新批评派着重研究文学作品本身，而接受学派则研究作品在流通过程中，读者在接受方面的问题。这些学派，都有自己特殊的成就和贡献，不可妄加贬责。但是，作为一门文艺学通论，就不能把眼光局限于一隅，像刘勰所批评的那样:"各照隅隙,鲜观衢路。"而要总观全貌,从外到内、从古到今、从生产到流通、从发生到发展,研究文学活动的各个方面。因此,本书打算从五个方面来进行考察:一、本质论;二、创作论;三、作品论;四、鉴赏论;五、发展论。

本质论讲述文学的本质、特点、功能,以及文学与外界的联系。把本质论放在开头部分来讲,的确有些抽象,对初学者来说比较难懂。但这牵涉到文学的基本观点,后面的许多问题都与此相联系,不先讲清文学的本质、特点,别的问题无所依据,所以还是应该先从本质论讲起。接着是创作论,创作是文学活动的中心,是文学作品的生产过程。有了创作活动,才能产生作品,然后才有鉴赏批评活动。所以,创作活动应予以优先考察。在创作论中,将分别论述文学创作的现实基础和主体意识、作品的艺术加工以及作家的思维活动等问题。创作活动的成果是文学作品,而作品一旦产生,便成为独立的存在。文学评论固然要有宏观的视野,但总得从作品本身出发。作品论就是将文学作品作为一种独立的社会存在来考察,研究它的内容、形式和文体特点。文艺作品作为审美客体出现之后,就进入鉴赏过程,同时也就有了评论。所以,作品论之后,接着是鉴赏论,专门研究鉴赏过程的审美特点、心理机制,以及文学评论的种种问题。文学批评有许多流派,我们将择要加以介绍,并在吸取各派优点的基础上,来建立自己的批评方法。最后一部分是发展论,再跳出具体作品,从宏观上来考察文艺的发生、发展规律。这部分分别论述文学的起源、文学发展与社会发展的关系、文学思潮流派和继承借鉴、文学交流等问题。这样,全书可以较有系统地涉及文学问题的各个方面,既谈内部关系,也谈外部关系,两方面互相结合,形成一个整体。

二、外部关系与内部关系

对于文艺学的外部关系和内部关系问题,20世纪80年代颇有争论。这种争论,与韦勒克、沃伦的《文学理论》的引进有关,因为正是这部著作,明确地将文学研究做出外部和内部之分,而且以研究文学的内部关系为重点。这部著作之所以能在我国产生广泛的影响,与我们文学理论界的内在需要有关。盖因20世纪50年代以后所写的文学理论文章和文艺学教科书中,外部关系谈得多,内部关系谈得少,人们认为这是造成文学教条化的原因之一,因此对于文学的内部关系很感兴趣,而且认为今后应着重研究文学的内部关系,并且把它提到一个规律性的高度来看。但也有人不同意这种看法,认为文学与生活的关系、文学与政治的关系等,本身就是文学的内部规律,说是规律无内外之别。

我们认为,规律虽然都是内在的,但关系确有内部和外部之分。一般说来,文学与外界的关系,属于外部关系;而创作、阅读之内在因素,则属于内部关系。当然,这种划分不是绝对的,两者互相影响、互相渗透。作为专题研究来说,为了弥补过去的欠缺,在一段时间内有些人着重研究内部关系是可以的,但作为系统、全面地阐述文艺学基本原理的教科书,则内部关系和外部关系都不可偏废。文学固然有它自身的特点、内在的规律,但作为一种社会现象,特别是作为一种社会意识形态,它不能不受社会存在的制约。必须首先确定文学在社会生活中的地位,明了外界社会因素对文学的影响,才能准确地把握文学内部的发展规律;正如必须首先确定人体在天体中的位置,明了天体运行、节气演变对人体的影响,才能更准确地洞察脏腑变化,便于辨证施治。在一般情况下,我们是不大能体会到天体对人体的制约作用的,但外界的情况一有变化,这个制约作用就表现得很明显了。这一点,只要到西藏走一趟,便会有深切的体会。由于西藏高原空气稀薄,供氧不足,我们感到浑身难受,难以正常活动。或者观看一下宇航员在太空中活动状况的直播,也可明白天体对于人体的制约作用。人体看似独立,其实是深深受制于生存环境的。当然,只了解天体运行、节气演变,而不考察脏腑变化,是无从治病的;但对病情只知其然而不知其所以然,也是难以治好病的。同样的道理,只讲文学与社会生活的各种关系,不讲文学本身的特点,是不能升堂入室的;但若把文学看作遗世而独立的东西,看不到社会生活对它的影响,那也摸不清文学的真正规律。对于主体与客体的关系,也要作如是观。我们要讲文学的主体性,因为无论是创作或阅读,都需要主体性的发挥。过去对这方面比较疏忽,作为反拨,强调主体性是必要的。但是,主体毕竟受客体的制约,意识毕竟受存在的影响,如果不搞清两者的关系,对文学规律的理解也难免是片面的。

我们要求全面地、系统地考察文学的外部关系和内部关系,目的是为了更准确地把握文学规律,给读者提供正确的文学观点和综合的文学知识。

三、稳定性与发展观

文艺学研究当然要有时代性和先锋性,但同时也要有全面性和科学性。它不但要能说明特定时期、特殊领域之文学现象,而且要能解释广泛时空范围内之文学现象。作为大学基础课教材,《文艺学导论》还要力求有相对的稳定性和宽泛的知识性,为读者进一步研究文学理论、文学史和从事文学批评打下基础,但它本身不可能是包罗万象的,也不可能立竿见影式地解答现实中的各种文学问题。因此,切忌实用主义的学习态度。

曾见有些人在"现代派"盛行时,要求文艺学多介绍"现代派"理论。一旦文艺学基础课无法满足这类要求时,就宣布文艺学教科书为悖时无用的讲章。其实,这些本不是文艺学基础课的任务。作为基础课教材,《文艺学导论》只提供文艺学的基本观点和基本知识,让读者在掌握这些基本内容的基础上,自己去研究和解释新的文学现象。作为一种文学现象,"现代派"艺术应该在我们的视野之内,但毕竟不能一叶障目而看不见整个森林,我们应以人类几千年的文学活动为自己的研究对象,从中总结经验,寻找规律。

当然,我们强调文艺学的全面性和稳定性,并不忽视它的进取性与发展性。世界日日在变化,新的文艺作品、新的理论观点和新的研究方法层出不穷,文艺学研究要不断地发展变化。旧与新、稳定与发展,本来是对立统一的。我们的发展,是在原有基础上的发展;我们的稳定,是有发展变化的稳定。没有发展的稳定,就变成死水一潭;没有稳定的发展,就会出现断裂,都不利于文艺学研究的开展。

而且,基础课教材不同于专著,也不同于专题课教材。专著和专题课必须求新、求深。新者,新颖也,材料要新,观点要新,不能老生常谈;深者,深刻也,要有超越常人的见解,以免流于平庸。基础课教材的撰写,自然也要讲究新颖、深刻,不能人云亦云,不能摆出一副老面孔,要汰除过时了的旧观点、旧材料,要吸取有理有据的新观点、新材料;但是,也不能一味求新求深,因为基础课的任务是传授本学科的基础理论和基本知识,而这些基础性的东西,是有相对的稳定性的,抛开它难免会产生知识上的缺陷。二十世纪五十年代末期的教学改革,就曾抛开文艺学的基础理论,而专讲当时流行的东西,结果是事后还得重新回过头来补课。现在的情况当然有所不同,人们感兴趣的是西方的新理论、新观点,试图以此为据,对原来的理论加以改造。吸取新的理论观点,当然是必要的,但也必须对它有充分的理解,才能融入自己的教材,如果连撰写者都还没有吃透这种新理论,就生搬硬套过来,那么读者更会坠入五里云雾中,在教学中必然造成许多困难。而且基础课有它自己的要求,不能把什么时新货都往里面塞,有些过于专门的内容,是应该放到专题课里去讲的,它不属于基础课的范围。基础课的论述应达到某种共识,单用某一派的观点来统率全局,怕也未必合适。基础课要把深奥的道理讲得浅显明白,切忌将一般的道理讲得深奥难懂。这就要求教材必须写得深入浅出、明白晓畅,尽量减少阅读上的阻滞。

第二节 文艺学研究方法论

一、方法论的意义

无论研究哪一门学问,或做哪一项工作,都有一个方法问题。方法论就是探究思想方法、研究方法或工作方法的理论。

方法不是目的,但却是达到目的的必要手段。所以历来的思想家和实干家都很重视它。亚里士多德的《工具论》和培根的《新工具》,都是探讨方法论的专著;中国古语说:"工欲善其事,必先利其器。"说的也是方法的重要性;毛泽东则强调指出:"我们不但要提出任务,而且要解决完成任务的方法问题。我们的任务是过河,但是没有桥或没有船就不能过。不解决桥或船的问题,过河就是一句空话。不解决方法问题,任务也只是瞎说一顿。"①

上述诸家一致把方法比作工具,无非是说明方法的重要。但实际上,方法并不是单纯的工具,在哲学上,方法论是与世界观相联系的;在文艺学上,方法论则与文学观相联系。方法论的变化,往往预示着世界观、文学观的拓展和变化。改革开放以后,我国理论界对方法论问题的讨论空前活跃,就反映着这一动向。

但各种方法论一齐涌来,却也使人有点眼花缭乱的感觉。应该采取哪一种或哪几种方法来研究文艺学呢?这就要视它们解决问题的能力而定,方法有对应性,有统观全局的基本方法,有解决某方面问题的局部方法。方法也有正误性,有正确的方法,有错误的方法。我们要根据自己的需要和判断而加以取舍。

二、唯物史观的统率性与开放性

本书以历史唯物主义作为基本方法,来观察和研究文学问题。因为它在人类历史上第一次正确地解释了社会存在和社会意识的关系,也就为正确地解释作为社会意识形态之一的文学,提供了方法论的基础。同时,历史唯物主义是宏观的方法,它可以观照全局。正如匈牙利理论家卢卡契所说:"只有借助历史唯物主义,文学艺术的起源、它们发展的规律性、它们在整个过程中的

---

① 《关心群众生活,注意工作方法》,《毛泽东选集》第一卷,人民出版社1952年重排本,第134页。本书所引各书,在第一次出现时,注明版本,以后引文,均同此版。

转变、兴盛和衰亡才能得到理解。"①鲁迅也深有体会地说:"以史底惟物论批评文艺的书,我也曾看了一点,以为那是极直捷爽快的,有许多昧暧难解的问题,都可说明。"②

一提到历史唯物主义,人们往往习惯性地把它归结为阶级斗争学说,因而又联想到残酷斗争的岁月,认为是很可怕的东西。其实这是误解,它是过去片面宣传的结果。唯物史观的要义,在于社会存在决定社会意识的见解,这可求证于马克思本人的著作。他在《政治经济学批判·序言》中曾对它做过这样的表述:"人们在自己生活的社会生产中发生一定的、必然的、不以他们的意志为转移的关系,即同他们的物质生产力的一定发展阶段相适合的生产关系。这些生产关系的总和构成社会的经济结构,即有法律的和政治的上层建筑竖立其上并有一定的社会意识形式与之相适应的现实基础。物质生活的生产方式制约着整个社会生活、政治生活和精神生活的过程。不是人们的意识决定人们的存在,相反,是人们的社会存在决定人们的意识。社会的物质生产力发展到一定阶段,便同它们一直在其中活动的现存生产关系或财产关系(这只是生产关系的法律用语)发生矛盾。于是这些关系便由生产力的发展形式变成生产力的桎梏。那时社会革命的时代就到来了。随着经济基础的变更,全部庞大的上层建筑也或慢或快地发生变革。在考察这些变革时,必须时刻把下面两者区别开来:一种是生产的经济条件方面所发生的物质的、可以用自然科学的精确性指明的变革,一种是人们借以意识到这个冲突并力求把它克服的那些法律的、政治的、宗教的、艺术的或哲学的,简言之,意识形态的形式。我们判断一个人不能以他对自己的看法为根据,同样,我们判断这样一个变革时代也不能以它的意识为根据;相反,这个意识必须从物质生活的矛盾中,从社会生产力和生产关系之间的现存冲突中去解释……"

从文艺学的角度看,马克思这段话至少说明下面几个问题。

1. 艺术是一种与法律和政治的上层建筑相适应的社会意识形态的形式,而整个上层建筑又是取决于与一定生产力发展水平相适应的生产关系。生产力发展到一定阶段,就会引起生产关系的变革,而随着经济基础的变更,庞大的上层建筑也或慢或快地发生变革。所以,文学艺术不可能超尘出世,它必然

---

① 《马克思、恩格斯美学论文集引言》,《卢卡契文学论文集》(一),中国社会科学出版社 1980 年版,第 275 页。

② 1928 年 7 月 22 日致韦素园信。因《鲁迅全集》有多种版本,各图书馆藏本不一,难以查对,故本书所引鲁迅的文章,不注全集页码,只写书名和篇名,此则各版全集基本相同,书信只写日期及收信人姓名。

受着经济基础的制约。

2. 马克思指出:不是人们的意识决定人们的存在,相反,是人们的社会存在决定人们的意识。因此,判断一个变革时代不能以它的意识为根据,相反,这个意识必须从物质生活的矛盾中去解释。文学艺术既然是一种社会意识形态,当然也逃脱不了这个规律。它的发展变化,归根结底,还是取决于物质关系的变动,而不能从意识本身去寻找原因。虽然,从表面上看来,文学艺术是由文艺家们有意识地创造的,但在背后,却有一种为文艺家所没有意识到的真正动力在推动着。

然而,这只是问题的一个方面,虽然是最基本的方面。问题的另一面是,意识和意志并不是完全被动的,而有它相对的独立性和交互作用。恩格斯把这种无数互相交错的力量称为"无数个力的平行四边形",并认为它们会"融合为一个总的平均数,一个总的合力",从而推动历史的进程,这个进程虽然并不按照个人的意志行事,但每个意志都对于合力有所贡献。可是这一点却往往被人们所忽略,反而把经济因素强调到不适当的地步,这就产生了庸俗社会学。恩格斯在晚年已经意识到这个问题。他说:"青年们有时过分看重经济方面,这有一部分是马克思和我应当负责的。我们在反驳我们的论敌时,常常不得不强调被他们否认的主要原则,并且不是始终都有时间、地点和机会来给其他参与相互作用的因素以应有的重视。"但是,他强调指出:"根据唯物史观,历史过程中的决定性因素**归根到底**是现实生活的生产和再生产。无论马克思或我都从来没有肯定过比这更多的东西。如果有人在这里加以歪曲,说经济因素是**唯一**决定性的因素,那么他就是把这个命题变成毫无内容的、抽象的、荒诞无稽的空话。"①可惜,恩格斯的话并没有引起充分的重视,老毛病一直延续下来,以致把能动的方面让给了唯心主义。所以我们今天在运用唯物史观时,特别应注意意识本身的能动作用。

我们说文艺学研究应以历史唯物主义为基本方法,这并不排斥其他适当方法的运用。恰恰相反,历史唯物主义应吸取其他方法的养分,来不断地丰富和发展自己。任何正确的东西,如果停滞在一点上,就会僵化、死亡。只有不断地发展,才能保持自己的生命力。但并不是任何方法都适宜于文艺学研究。20世纪80年代中期,有些学者热衷于用系统论、控制论、信息论的方法来研究文艺学,一时间搞得很热闹,后来,又有协同论、突变论、耗散结构论的引入,

---

① 1890年9月21—22日致布洛赫信,《马克思恩格斯选集》第4卷,人民出版社1995年版,第697、698、695页。

也吸引了很多学子,但没有持续多久,这股热潮就消退了。原因就在于这些理论虽然各有独特的功能,但都属于自然科学范畴,还需要上升到哲学的高度,或者经过哲学的折射,才能运用到社会科学和人文科学中来。否则,容易食而不化,很难起到理想的效果。有些虽然也是研究文艺学的方法,但只能适应于局部,而不能面对整体。所以,我们在运用新方法来研究文艺学时,也要恰如其分,切忌生搬硬套,正如运用唯物史观时,切忌贴标签一样。

三、独立学科与综合科学

文艺学是一门独立学科,同时也是一门综合科学。因为它与许多别的学科交叉,也就需要运用别的学科的知识。

首先是哲学。这是文艺学的理论基础。历来文艺学的研究,大致有两种方式:一是以经验作为研究的出发点,一是以理念作为研究的出发点,这样,就形成了经验派与理念派。其实,无论哪一派都离不开经验和理念两个要素,只不过侧重点不同而已。所谓经验,就是创作经验和鉴赏经验;所谓理念,是指哲学观点。文艺理论总是以一定的创作实践和鉴赏实践为基础的,是创作经验和鉴赏经验直接或间接的总结;但大量的创作实践和鉴赏实践经验,也未必能直接上升为理论,这之间需要哲理的思辨能力,就要有相应的哲学观点。所以,黑格尔在《美学》中主张第三种研究方式:"经验观点与理念观点的统一。"这就是说,文艺学家除了要研究文学史和文学现状,阅读大量的文学作品之外,还要有相当的哲学修养。

其次是美学。美学原是哲学的一个组成部分,到18世纪才发展成一门独立学科。现在公认的古代美学名著,有些原本是文艺学著作,如柏拉图的《文艺对话录》、亚里士多德的《诗学》和刘勰的《文心雕龙》,等等。美学研究人对现实的审美关系,而艺术则是其中心内容。所以美学和文艺学的研究对象,有相当一部分是重叠的。当然,审视的角度有所不同:美学主要从审美的角度审视,文艺学则研究文学的创造、接受和发展。但文艺学也处处存在着审美问题,不但创作和接受都是审美的过程,而且文学发展也与审美意识的发展密不可分。如果加强文艺学中审美意识的研究,将大大有助于文艺学的开拓和发展,至少可以对艺术的特征和发展规律把握得更准确。当然,如果将文艺学美学化,完全从美学的角度去研究,那么也就取消了文艺学,过犹不及也。

再则,要将心理学融合进来。心理学研究人类的心理活动,文艺心理学则研究美感的心理机制。中国古之儒者,向来是明于礼义而陋于知人心,所以不大注意这方面的研究。近代西方心理学传入中国以后,文艺心理学也相应有所发展。鲁迅不但在20世纪20年代就翻译了厨川白村的《苦闷的象征》,而且还运用弗洛伊德的精神分析法来分析中国市民的审美意识;朱光潜在30年代出版了系统的理论著作《文艺心理学》。新中国成立以后的相当一段时期,心理学被当作资产阶级唯心主义的东西而加以排斥,文艺心理学也遭到压制。然而,我们如果要发展唯物史观主观能动的一面,就要借助于心理学的研究;而要加强审美意识的研究,则文艺心理学是必不可少的。心理学是一门科学学科,可以用唯心主义的观点去研究,也可以用唯物主义的观点去研究。就是对于西方学者某些偏颇的理论成果,也可以加以改造。例如,鲁迅对于弗洛伊德的泛性论是有所批评的,但有时也运用性心理分析来剖析绅士、淑女、军警、屠夫们的性变态心理和小市民的性变态欣赏趣味,却是切中腠理,非常深刻。弗洛伊德过分强调本能和潜意识,导致非理性主义,这显然是不正确的,但在审美意识中,难道就没有潜意识的成分?我们能否像鲁迅一样,吸取其合理的成分,融合到文艺学的研究中来呢?再则,如格式塔心理学、行为主义心理美学等,都与文艺学关系密切,同样需要引入。

此外,如历史学、社会学、宗教学、伦理学、人类学、民俗学等,也都与文艺学紧密相关。因为文学艺术不但受经济基础所制约,而且总是在一定文化背景上生长起来的。譬如,中国古典文艺,就与儒、道、佛三家交互影响,而又与以儒学为核心的文化思想有关;而五四时期的新文艺,则是当时中西文化撞击、西学的广泛影响的结果。不了解特定民族、特定时代的文化背景,要研究该民族、该时代的文学艺术是不可能的。文艺学虽然着眼于文学,但牵涉的范围却相当广泛。因此,要研究文艺学,也需要思路开阔、知识广博才行。生物杂交产生新的品种,科学杂交产生边缘学科。文艺学是一门古老的学科,但单品种繁衍总是要退化的,因此,吸取其他学科的知识养料来丰富自己,以求得进步和发展,是十分必要的。

四、建设具有中国特色的文艺学

我国本有自己的文学理论传承,既有众多的诗品文话,也有《文心雕龙》这样"体大思深"的系统之作。但是,自从西学东渐之后,外国的理论系统渐据要津。就大学教材而言,1949年以前引入的主要是欧美理论体系,开始是以日本为中介,后来则直接翻译欧美的理论著作,都产生过很大的影响。那时,我国学者也写了多种文学理论教材,理论构架大抵由西方著作而来。1949年以后,由于执行"一边倒"政策,一切都向苏联学习,文学理论自然不能例外。开始流行的是几种译本,如以群所译的维诺格拉多夫的《新文学教程》,

查良铮所译的季靡菲耶夫的《文学原理》，后来则由高教部聘请苏联专家来华讲学，比如，毕达可夫在北京大学开办的讲习班，就调集了各地高校的文学理论教师来听讲，将苏联的文学理论体系推广到全国各大学中去。后来虽然出版了许多中国学者自己编写的文学理论教材，但总体上并没有离开苏联的理论体系，或者是在此基础上加以改革。直至"文革"结束之后，实行改革开放政策，理论大门重新向西方打开，一下子涌进了许多新的理论派别。这自然影响到文学理论教材的编写。

西方各种新理论的引进，对于开阔眼界，冲击僵化的文学思想，自然有着积极作用，但完全跟着他们走，却又导致一种消极的结果，即人们所说的"失语症"——失却了自己的理论话语。何况，西方理论本身就有它的消极面，正如美国学者乔纳森·卡勒所说："如今的理论有一点最令人失望，就是它永无止境。它不是那种你能够掌握的东西，不是一组专门的文章，你只要读懂了，便'明白了理论'。它是一套包罗万象的文集大全，总是在不停地争论着，因为年轻而又不安分的学者总是在批评他们的长辈们的指导思想，促进新的思想家对理论做出新的贡献，并且重新评价老的、被忽略了的作者的成果。因此理论就成了一种令人惊恐不安的源头，一种不断推陈出新的资源：'什么，你没有读过拉康！你怎么能谈论抒情诗而不提及这个宝典呢？'或者说'要是不用福科关于如何利用性征和女人身体的性障碍方面的阐述，还有加亚特里·斯皮瓦克对殖民主义在建构都市题材中所起的作用的论证，你怎么能写得出关于维多利亚时期的文章呢？'理论常常会像一种凶恶的刑法，逼着你去阅读你所不熟悉的领域中的那些十分难懂的文章。在那些领域里，攻克一部著作带给你的不是短暂的喘息，而是更多的、更艰难的阅读（'斯皮瓦克？读过了，你可读过贝尼塔·派瑞[Benita Parry]对斯皮瓦克的批评，以及她的答复吗？'）。"[①]所以，在引进和运用时，我们还得有自己的识见。何况，在有些地方，本身就包含着某种悖论。如后现代主义是解构理论体系的，若要用这种观点去建构新的理论体系，就有无法克服的矛盾。

文艺学研究的是人类文学活动的普遍规律，因此它有世界各国的普适性；但是，由于它所面对的主要是本国的读者，因此又必须有具体的针对性，要具有本国的特点。这一点，理论工作者早已觉察到，所以早在20世纪50年代末，就有人提出了马克思主义文艺理论中国化的问题，其潜在的含义就是不能完全照搬苏联的理论体系。但是由于当时强调舆论一律，缺乏创造机制，人们

---

① 《文学理论入门》，李平译，译林出版社2008年版，第16页。

有意或无意地将"中国化"理解为只是将中国古代文论的范畴和语汇运用到现代文学理论批评中来。一时间,《文心雕龙》和其他古文论的研究颇为时兴,有些文学理论教材中也大量地引用古代文论,颇有点"浓得化不开"的味道。

的确,我国古典文论有着悠久的历史,内容非常丰富,虽然直观感受多于系统论述,但不乏精彩部分,如关于艺术创造的经验、艺术鉴赏的感受、艺术思维的方式、艺术风格的特点,等等,都很有真知灼见。还有一些独特的范畴,如风骨、意境、神韵、性灵,等等,也很值得吸取。但是所谓中国化,首先应当针对中国现实的文学状况,提出相应的理论见解,以匡正时弊,推动文学的发展。这才是具有中国特色的文学理论。

理论需要创新,创新的理论常常有新的概念和新的术语,但有些新概念、新术语不一定都切合现实需要。理论的价值,在于它具有现实的针对性,对于历史发展能够起推动作用。有时,看似老的命题,却能产生新的现实作用。例如,"实事求是"这个唯物主义认识论,是一种传统理论,但在刮浮夸风的时候,重提这种理论,就需具有相当的胆识;"实践是检验真理的唯一标准"也不是什么新见解,但在特定历史背景下,这一问题的提出就有巨大的思想解放作用。马克思说:"理论只要说服人,就能掌握群众;而理论只要彻底,就能说服人。所谓彻底,就是抓住事物的根本。"[①]文艺学也是一种理论,它要彻底,就要具有现实性,就要抓住事物的根本。

外国的理论,凡是有生命力的,也都具有现实的针对性,否则,它就不能产生影响。但针对外国的现实,不一定就是针对中国的现实。比如,非理性主义是在理性主义充分发展的基础上,而且产生了机械的效果之后出现的,后现代主义是在现代性充分发展,而且暴露出相应的弊病之后出现的,而我们则是理性主义和现代性都未充分发展,就来移植非理性主义和后现代主义,这如何能抓住事物的根本呢?

引进外国理论观点是推动我们思想发展的必要措施,但如何引进却大有讲究。关键是能否切合中国的社会需要。凡是切合需要的,就能产生很大的社会影响,如胡适在五四时期介绍"易卜生主义",目的是为了推动当时的个性解放运动,鲁迅在五四以后翻译《苦闷的象征》,则意在以天马行空的大精神来刺激当时许多中国人萎靡锢蔽的精神,都取得了相应的效果,而那些与中

[①]《黑格尔法哲学批判·导言》,《马克思恩格斯选集》第1卷,第9页。

国现实离得较远的著作、流派,引进之后,也就激不起什么波澜。

所谓中国化的文学理论,就是要找出中国文学发展的症结所在,提出解决问题的办法。外则吸取世界先进思潮,内则继承本国文论的优秀传统,从而建立自己新的理论话语和新的理论体系。

第一编

本质论

第一章　文学的审美本质

我们研究文艺学，首先要说明的一个问题便是：文学是什么？这不是引导大家从定义出发去死抠概念，而是为了先弄清文学质的规定性，然后才能从它的基本性质出发，去考察各方面的问题。黑格尔说得好："我们要用科学的方法去进行研究，所以我们就必须从研究艺术美的概念开始。只有把这个概念阐明了之后，我们才能把这门科学的各部分划分开来，因而把它的全部计划定出。"①

从研究定义着手与从实际出发并不矛盾。"什么是文学"的定义，正是从文学的具体实际中寻找出来的带规律性的东西。不能把对定义的研究指斥为脱离实际的学院派作风。定义是客观事物质的规定性，而模糊质的规定性，便会违反客观规律，走向片面性。当然，对定义的研究本身必须从实际出发，脱离实际凭空想出来的定义是站不住脚的，但定义一旦正确地从实际中抽象出来，它就会支配全局，所以我们在讨论问题时，又不能离开定义。

这里必须区分两种不同的范畴和方法：一是研究，一是叙述。马克思总结他写作《资本论》的经验道："当然，在形式上，叙述方法必须与研究方法不同。研究必须充分地占有材料，分析它的各种发展形式，探寻这些形式的内在联系。只有这项工作完成以后，现实的运动才能适当地叙述出来。这点一旦做到，材料的生命一旦观念地反映出来，呈现在我们面前的就好像是一个先验的结构了。"②这就是说，在研究阶段，必须充分占有材料，一切从实际出发；而一旦寻找到现实运动的内在联系，材料的生命便观念地反映出来，而用叙述方法呈现出来的就好像是一个先验的结构，当然，它其实是有现实内容的。

黑格尔的《美学》有着巨大的历史感，也就是说，具有丰富的现实内容。但他在叙述时，却是先搞清美的定义，而全书的理论体系，也就是在"美是理念的感性显现"这个基本定义上构建的。其他的美学家和文艺学家，也都对美和艺术的本质有自己的理解，并由于对这个基本问题的理解的不同，而形成

---

① 《美学》第1卷，商务印书馆1979年版，第29页。着重号原有。
② 《资本论·第二版跋》，《马克思恩格斯选集》第2卷，第111页。

了各自不同的理论体系。

既然本质论关系到文学理论的各个方面,那么,我们也只能从探讨文学的本质定义开始,来展开全书的论述。

第一节 再现论和表现论

古往今来,对于文学本质问题的见解,真是众说纷纭。理论家们以各种哲学观点为依据,从各个角度加以观察,提出各种看法。但最主要的有两大派:一派是再现论,一派是表现论。再现论认为文学是客观现实的再现,表现论认为文学是作家心灵的表现,两派的见解有根本上的不同。

一、再 现 论

再现论起源很早,最有名的是古希腊哲学家亚里士多德的模仿说。亚里士多德认为,文学和艺术都是对现实的模仿。他在《诗学》里说:"史诗和悲剧、喜剧和酒神颂以及大部分双管箫乐和竖琴乐——这一切实际上是模仿,只是有三点差别,即模仿所用的媒介不同,所取的对象不同,所采的方式不同。有一些人(或凭艺术,或靠经验),用颜色和姿态来制造形象,模仿许多事物,而另一些人则用声音来模仿;同样,像前面所说的几种艺术,就都用节奏、语言、音调来模仿,对于后二种,或单用其中一种,或兼用二种……"①

亚里士多德的模仿说在西方影响很大,正如车尔尼雪夫斯基所说:"他的概念竟雄霸了二千余年。"②古罗马的理论家贺拉斯在《诗艺》中劝告作家"到生活中到风俗习惯中去寻找模型"③,也就是根据模仿说提出来的。文艺复兴以后,模仿说影响更大。《堂·吉诃德》的作者塞万提斯在该书序言中,借一位朋友之口说:"它所有的事只是模仿自然,自然便是它唯一的范本;模仿得愈加妙肖,你这部书也必愈见完美。"④伟大的画家达·芬奇说:"画家的心应该像一面镜子,永远把它所反映事物的色彩摄进来,前面摆着多少事物,就摄取多少形象。"⑤17世纪法国古典主义批评家布瓦罗认为,生活在作家面前经

---

① 《诗学·诗艺》,人民文学出版社1962年版,第3—4页。
② 《论亚里士多德的〈诗学〉》,《美学论文选》,人民文学出版社1957年版,第129页。
③ 《诗学·诗艺》,第154页。
④ 伍蠡甫主编:《西方文论选》上卷,上海译文出版社1979年版,第208页。
⑤ 《笔记·卷二》,《西方文论选》上卷,第183页。

常充满着模型,"我们永远也不能和自然寸步相离"①。18 世纪法国启蒙主义者狄德罗在《绘画论》中说:"我们最好是完全照着物体的原样给它们介绍出来。模仿得愈完善,愈能符合各种原因,我们就会愈觉得满意。"②德国伟大诗人歌德说:"除了自然之外,形象又从何处取得呢?很明显,画家是在模仿自然;那末,为什么诗人不也去模仿自然呢?"③他声称自己长期对自然事物做好了细致的观察,"逐渐学会熟悉自然,就连一些最微小的细节也熟记在心里。所以等到我作为诗人要运用自然景物时,它们就随召随到,我不易犯违反事实真相的错误"④。19 世纪法国浪漫主义作家雨果也说:"诗人只应该有一个模范,那就是自然。"⑤这些作家、理论家虽处于不同的时代,有着不同的倾向,但他们一致把模仿自然看作文学艺术的本质,强调文学是再现现实的。有些人甚至把表现性最强的音乐也看作模仿,如古希腊哲学家德谟克利特说:人们正是"从天鹅和黄莺等歌唱的鸟学会了唱歌"⑥。古罗马卢克莱修说:"人们在开始能够编出流畅的歌曲而给听觉以享受的很久以前,就学会了用口模拟鸟类嘹亮的鸣声。最早教会居民吹芦笛的,是西风在芦苇空茎中的哨声。"⑦

进一步发展了模仿说或再现说的,是 19 世纪俄国革命民主主义理论家别林斯基和车尔尼雪夫斯基等人。别林斯基说:"艺术是现实的再现;因此,它的任务不是矫正生活,也不是修饰生活,而是按照实际的样子把生活表现出来。"⑧他要求作家忠于现实,以忠实地描绘现实生活来震撼人的心灵。他说:"在艺术中,一切不忠实于现实的东西,都是虚谎,它们所揭示的不是才能,而是庸碌无能。艺术是真实的表现,而只有现实才是至高无上的真实,一切超出现实之外的东西,也就是说,一切为某一个'作家'凭空虚构出来的现实,都是虚谎,都是对真实的诽谤……"⑨车尔尼雪夫斯基则干脆提出了"美是生活"的定义,他认为:"任何事物,凡是我们在那里面看得见依照我们的理解应当如此的生活,那就是美的";"任何东西,凡是显示出生活或使我们想起生活的,那就是美的。"因此他强调:"艺术的第一个作用,一切艺术作品毫无例外的一

---

① 《诗的艺术》,《西方文论选》上卷,第 303 页。
② 《西方文论选》上卷,第 382 页。
③ 《诗与真》,《西方文论选》上卷,第 445—446 页。
④ 《歌德谈话录》,人民文学出版社 1980 年版,第 108 页。
⑤ 《短歌与民谣集·序》,《雨果论文学》,上海译文出版社 1980 年版,第 91 页。
⑥ 《著作残篇》,《西方文论选》上卷,第 5 页。
⑦ 转引自克列姆辽夫《音乐美学问题概论》,人民音乐出版社 1983 年版,第 93 页。
⑧ 《孟采尔,歌德的批评家》,《别林斯基选集》第 2 卷,上海文艺出版社 1963 年版,第 73 页。
⑨ 《〈玛尔林斯基全集〉》,《别林斯基选集》第 2 卷,第 197 页。

个作用,就是再现自然和生活。"①

一般说来,再现派大都把现实生活看作是第一性的,是原本;而艺术是第二性的,是复制品,是模仿。所以他们大都是唯物主义者。但是,也有唯心主义者主张模仿说的,如亚里士多德的老师柏拉图就是。不过他的模仿说与众不同,他并不承认现实的东西是第一性的,而认为只有理式才是真实的,现实是对理式的模仿,艺术是对现实的模仿,所以是模仿的模仿,与自然和真理隔着三层。在《理想国》里,他借苏格拉底的嘴说:"床不是有三种吗?第一种是在自然中本有的,我想无妨说是神制造的,因为没有旁人能制造它;第二种是木匠制造的;第三种是画家制造的。"神只制造一个床,就是"床之所以为床"的那个理式,也就是床的真实体。木匠根据这个床的理式来制造床,画家则模仿木匠制造的床。"所以,模仿和真实体隔得很远。它在表面上像能制造一切事物,是因为它只取每件事物的一小部分,而那一小部分还只是一种影象。"②柏拉图的理论是客观唯心主义,黑格尔也属这一派,他认为理念或宇宙精神——又叫绝对精神,是最根本的东西,其他一切都是它的外化,艺术美也就是这种理念的感性显现。在文学理论批评史上,类似的观点还不少,只不过在理论形式上没有柏拉图与黑格尔那么完整罢了。例如,我国古典文论中"文以载道""文以明道"的说法,就有这种倾向。道,即所谓天道,就是类似理式、理念的绝对精神,这是最根本的东西,文是一种载体,它的任务就是去载这个道,去阐明这个道。这种道,不但儒家主张,而且道家也主张,老子《道德经》开宗明义第一句就是"道可道,非常道"。这个"道"是不可捉摸、无所不在的东西。当然,儒道二家之道并不相同,就像佛教与基督教的神不同一样,但都是神本位,则是一致的。载道之论,不但"文起八代之衰"的韩愈主张,就是"绮丽不足珍"的六朝文坛也有人提倡,刘勰的文学理论巨著《文心雕龙》第一篇就是《原道》。刘勰认为,创作"莫不原道心以敷章","道沿圣以垂文,圣因文而明道"。当然,我们不能因为这些理论中的唯心主义观点而一笔加以抹杀,他们不但在具体论述中有许多真知灼见,而且有些明道说提出的本身,就有现实的针对性,如刘勰的《原道》论,就是针对六朝的绮丽文风而发的,有其积极作用。但在理论上,则是属于客观唯心主义。

二、表 现 论

表现论虽然也是古已有之,但在西方文艺界和理论界盛行起来,则是近代

---

① 《艺术与现实的审美关系》,人民文学出版社 1978 年版,第 91 页。
② 《柏拉图文艺对话录》,人民文学出版社 1983 年版,第 70、72 页。

之事。这种理论的兴起,与资本主义经济之发展、个性解放思潮之勃兴有关,在艺术上就要求自我表现。而理论的渊源,则可溯自康德。康德认为,美是主观的,美的艺术是天才的艺术,"天才就是那天赋的才能,它给艺术制定法规"①。天才论自然不从康德开始,但康德认为天才可以超越自然法规,而且强调"天才是和模仿的精神完全对立着的"②,因而不要学习,不需学问,它的创造性是无法描述的。康德的天才论对欧洲近代文艺理论影响很大,那些强调文艺是艺术家心灵的自我表现而不受现实制约的理论,即与此有关。深受康德哲学影响的德国大诗人席勒,就把艺术看作人类剩余精力的表现。

自19世纪后期以来,表现论在西方蓬勃发展,逐渐占了优势。不过,同属表现论,而所论各不相同,于是形成了各种流派。

柏格森从他的生命哲学出发,认为艺术是"生命的冲动"。他把艺术与现实对立起来,认为艺术的目的不在反映现实,而是生命力的表现,是观看帷幕后面的实在;艺术家无须观察现实,而是以自己的真诚,直觉地去把握生命力。他说:"什么是艺术的目的呢?如果实在直接与我们的感官和意识发生接触,如果我们能够直接与外物和我们自己发生感通,那么,我相信艺术大概将是无用的了,或者我们都将会变成艺术家。""在我们灵魂的深处,我们将会听到那发自我们内在生命的永不停歇的曲调——一种有时是愉快的、但更多的是充满了哀怨、并且总是富有独创性的音乐。"虽然他也并不否认艺术家"必须生活",但却认为"生活是要求我们从自己的需要出发来把握外物的"。"总之,我们并不认识客观事物的本身。在大多数的情况下,我们都不过读读贴在它们上面的标签而已。"所以,他认为:"艺术不过是对于实在的更为直接的观看罢了","诗总是表现心灵状态的。"③

弗洛伊德是精神分析派心理学家,他从潜意识与泛性论出发,来论述文学问题,认为创作是由于性的压抑而引起的发泄,而读者的艺术欣赏也是潜意识中性心理感应。弗洛伊德把人的心理分为三个区域:本我、自我和超我。本我是人的本能冲动,它受到自我(有意识的个性)和超我(理性良知)的压抑,这种本能冲动被压到潜意识里去,但随时要寻找机会表现出来。梦是潜意识的表现形式,文学创作也是潜意识的表现形式。他有一篇文章,叫《创作家与白日梦》,就把创作活动与梦联系起来分析。他将两者进行比较研究之后说:"我们本着从研究幻想而取得的见识,应该预期到下述情况。目前的强烈经

---

① 《判断力批判》上卷,商务印书馆1964年版,第152页。
② 《判断力批判》上卷,第154页。
③ 《笑之研究》,《西方文论选》下卷,第275、276、279页。

验,唤起了创作家对早先经验的回忆(通常是孩提时代的经验),这种回忆在现在产生了一种愿望,这愿望在作品中得到了实现。作品本身包含两种成分:最近的诱发性的事件和旧事的回忆。"弗洛伊德认为,文学并不是按照现实的实际情况描写的,而是作家的幻想的表现。他说:"小说中所有的女人总是都爱上了主角,这种事情很难看做是对现实的描写,但是它是白日梦的一个必要成分,这是很容易理解的。同样地,故事中的其他人物很明显地分为好人和坏人,根本无视现实生活中所观察到的人类性格多样性的事实。'好人'都是帮助已成为故事主角的'自我'的,而'坏人'则是这个'自我'的敌人或对手之类。"①弗洛伊德创造了一个心理分析的模式,把它套在所有的作品上,甚至偏离模式最远的作品也可以通过一系列不间断的过渡事件与模式联系起来。

克罗齐是著名的表现论者。他的理论是:直觉即表现,直觉即艺术,所以直觉和艺术都等于表现——"抒情的表现"。因为人人都离不开直觉,因而人人都离不开艺术活动,人人都有艺术家的成分,"人是天生的诗人"。在他看来,人以直觉的方式对一件事物有了意象时,就已完成了一件艺术品;而美则是成功的表现。克罗齐在《美学原理》里说:"我们觉得以'成功的表现'作'美'的定义,似很稳妥;或是更好一点,把美干脆地当作表现,不加形容字,因为不成功的表现就不是表现。""某甲感到或预感到一个印象,还没有把它表现,而在设法表现它。他试用种种不同的字句,来产生他所寻求的那个表现品,那个一定存在而他却还没有找到的表现品。……可是突然间(几乎像不求自来的)他碰上了他所寻求的表现品,'水到渠成'。霎时间他享受到审美的快感或美的东西所产生的快感。丑和它所附带的不快感,就是没有能征服障碍的那种审美活动;美就是得到胜利的表现活动。"②

以上诸家的理论,在西方产生了广泛的影响。此外,主张表现说的代表人物还有很多。如现象学派美学家杜夫海纳在分析艺术家的创作过程时就说:"当知觉深化为情感时,知觉接收审美对象的一种意义。这种意义我们曾主张称之为表现";"表现首先是属于想自我表现的自然,并在作品中找到了自我表现的途径。这些作品本身也是具有表现性的,是自然所启发的。作品给我们打开的独特世界是自然的一种可能;在实现这种可能时,作品给我们带来了一个实质的信息;艺术家作为一个曾经感到这一信息的人,也从中表现了自我。"③符号论美学家苏珊·朗格说:"一件艺术品就是一件表现性的形式,这

---

① 伍蠡甫主编:《现代西方文论选》,上海译文出版社 1983 年版,第 146、145 页。
② 《美学原理·美学纲要》,外国文学出版社 1983 年版,第 89、129 页。
③ 《美学与哲学》,中国社会科学出版社 1985 年版,第 113、116 页。

种创造出来的形式是供我们的感官去知觉或供我们想象的,而它所表现的东西就是人类的情感。"① 野兽派画家马蒂斯说:"画家不用再从事于琐细的单体的描写,摄影是为了这个而存在的,它干得更好、更快。把历史的事件来叙述,也不是绘画的事了,人们将在书本里找到。我们对绘画有更高的要求。它服务于表现艺术家内心的幻象。""美术学校的教师常爱说:'只要紧密靠拢自然。'我在我的一生的路程上反对这个见解,我不能屈服于它……我的道路是不停止地寻找忠实临写以外的表现的可能性。"② 在中国,李贽的"童心说"、袁中郎的"性灵说",也是强调心灵表现的,也都是市民意识勃起、要求个性解放时代的产物,在哲学上,又与主观唯心主义的心学相联系。

三、对于再现论和表现论的历史评价

文艺理论上的再现论和表现论都对文学创作产生了巨大的影响,但是,由于它们对文学艺术本质的看法有根本不同,因而互为水火。表现论者认为:"世界存在着,仅仅复制世界是毫无意义的。"③ 他们攻击再现派艺术"不是艺术品,它只是一个有趣的、吸引人的文献"。并说:"随着能够原原本本地反映事物的摄影和电影艺术的逐步发展,这一类绘画变得愈来愈多余了。"他们只承认现实主义有形式上的意味,但却说:"再现往往是艺术家低能的标志。"④

而再现论者则斥责表现论为资产阶级唯心主义,认为表现艺术脱离现实,歪曲现实,从而加以一笔抹杀。

但愤怒和斥责、奚落和抹杀都不是科学的态度。一种学说、一种艺术,既然能够长期存在,总有它存在的理由。有时,正确的理论有它不足的一面,而错误的理论却也有合理的成分。文艺学学者的任务,不但要对以往各种学派作出正确的历史评价,而且要善于吸取各种理论的合理性,把文艺学推进一步。

一般说来,再现论抓住文学是现实的反映这一基本点,要求文学忠于现实,师法自然,这无疑是正确的。它强调对现实的理性的认识,真实地摹写,也是合理的。但历史上的再现论有许多局限。有些再现论包含有先验论的成分,如亚里士多德就把诗的起源归因于"都是出于人的天性",说"人从孩提的

---

① 《艺术问题》,中国社会科学出版社 1983 年版,第 13—14 页。
② 摘自江流等编:《艺术特征论》,文化艺术出版社 1984 年版,第 99、100 页。
③ 埃德施米特:《创作中的表现主义》,伍蠡甫主编:《现代西方文论选》,第 153 页。
④ 克莱夫·贝尔:《艺术》,中国文联出版公司 1984 年版,第 11、18 页。

时候起就有模仿的本能"①。把模仿看作天性、本能,当然无法解释创作主体的生理机制和心理机制。由于不重视创作主体的作用,更多的再现论者把艺术看得低于生活,仅仅当作复制品。例如,车尔尼雪夫斯基就说过:"生活现象如同没有戳记的金条。"而"艺术作品像是钞票,很少内在的价值"②。所以他的结论是:艺术只不过是一件"复制"的赝品,只能某种程度地再现生活,而不能高于生活。

表现论者正是抓住了再现论的这个弱点,强调了创作主体的主观能动方面。但是他们强调得过分,把现实世界都包含在人的感情和幻象之中,以致否认了前者的客观实在性。例如,表现主义者埃德施米特就说:"地球立足于这种感情之中,存在是一种巨大的幻象,幻象之中既有感情,也有人。情感和人形成核心和始原。诗人的伟大乐章就是他所体现的人。""现实一定要由我们去创造,事物的意义一定要由我们去把握。不可满足于人们所信的、臆断的、所标志出的事实。一定要纯粹确切地反映世界的形象,而这一形象只存在于我们自身。"③

如果说,再现论者在认识论上一般是理性主义者,那么,表现论者,无论是柏格森的生命哲学、弗洛伊德的潜意识性心理学,或者是克罗齐的直觉主义,都是非理性主义的。对生命力的研究是哲学上的一个重要方面,由意识领域进入潜意识领域的研究,是心理学的一大发展,形象的直觉也是创作心理和鉴赏心理的重要部分;但是,强调得过分了,以致否定了理性,那又走向了谬误。

总之,再现论和表现论都有它的合理性,也有它的局限性,不宜全盘接收,也不能笼统否定,而应该有分析地加以改造和吸收。而且,它们之间并不是不可融合的。

马克思主义的能动的反映论文学观,就总体而言,是再现论文学观的继承,但它对主观能动性方面,比历来的再现论者都要重视。这是一个重大的发展。所以,能动的反映论者一方面强调人类的社会生活是文学艺术的唯一源泉,另一方面又强调作家主观意识的能动作用,这就摆脱了模仿、复制的被动性,而为创造性开辟了道路。

但是,由于历来的唯物论者对主体缺乏深入的研究,而且长期以来,我们对西方近代哲学、心理学和美学,以及表现派文艺学,习惯于以一张资产阶级

---

① 《诗学》,《诗学·诗艺》,第11页。
② 《艺术与现实的审美关系》,第88页。
③ 《创作中的表现主义》,《现代西方文论选》,第151、152页。

唯心主义的大封条将它封闭,所以对于创作主体和鉴赏主体方面的研究,至今还是非常欠缺的。在坚持反映论的基础上加强创作主体和鉴赏主体的研究,是文艺学发展的需要。在这方面,有分析、有批判地吸取表现派文艺学的理论成果,是有积极意义的。列宁说过:"聪明的唯心主义比愚蠢的唯物主义更接近于聪明的唯物主义。"①这是非常深刻的见解。

第二节 人对现实的审美观照

一、科学反映与艺术反映

把文学作为一种社会意识形态来考察,肯定文学作品是现实生活的反映,这无疑是正确的出发点。因为:"意识在任何时候都只能是被意识到了的存在,而人们的存在就是他们的实际生活过程。"②但同是反映,在各个意识领域内,反映的方式和内涵是不同的,列宁在《哲学笔记》里就曾批评过那种把作为认识论原则的感觉和作为伦理学原则的感觉混淆起来的做法。文学不同于一般意识形态,它对现实生活的反映,是一种特殊方式的反映,即审美反映。这种审美反映,不仅在反映形式上有别于科学反映,而且在掌握现实的方式上也有自己的特殊性。

马克思在论述政治经济学研究方法时,曾将科学认识与"对世界的精神的掌握"的其他形式区别开来:"整体,当它在头脑中作为思想整体而出现时,是思维着的头脑的产物,这个头脑用它所专有的方式掌握世界,而这种方式是不同于对于世界的艺术精神的、宗教精神的、实践精神的掌握的。"③如果说,科学认识侧重于把握事物的性能,实践精神侧重于把握事物的功用,宗教是用对彼岸世界的幻想方式来把握此岸的现实世界,那么艺术认识则是对现实进行审美的观照。譬如,同是面对一座古塔,科学的认识是研究其建筑结构和材料性质,考察其经久不倒的原因;实践精神则研究其利用价值;宗教精神把它当作神灵的象征而顶礼膜拜,而且附会许多宗教传说;艺术方式的认识则是欣赏其苍劲挺拔的姿态,而在审美观照的过程中,早已移入了审美主体自己的感情,并从古塔的姿态中看到某种象征意义,联想到某种人间精神。这样,在审美观照中,就产生了某种意象,如果把它入诗、入画,就是艺术的反映、审美的反映。因为有了这种意象的作用,艺术作品中所反映的现实,已非复客观现实

---

① 《黑格尔〈哲学史讲演录〉一书摘要》,《列宁全集》第38卷,人民出版社1959年版,第305页。
② 《德意志意识形态》,《马克思恩格斯全集》第3卷,人民出版社1960年版,第29页。
③ 《政治经济学批判·导言》,《马克思恩格斯选集》第2卷,第19页。

本身,而是人化了的自然。

二、客观现实与人化的自然

所谓客观现实,是独立存在于意识之外的现实世界;所谓人化的自然,是经过人的感情移入,是人的本质力量对象化了的现实。

客观现实是创作的基础,是艺术反映的对象。没有这个对象,就无从认识,无从感知,无从反映。但是,艺术的反映毕竟不是简单的模仿,不是镜子中的映像,不是照相底片上的感光,而是经过主观化了的客体,是主客观的统一。正如俄罗斯风景画家列维坦所说:"图画——这是什么?这是经过艺术家的热情滤过的一块自然,没有这种热情,这便是个空地方。"①

类似的观点,古今中外的艺术家发表过不少。可见是人们共同的体验和共同的见解。

古罗马西塞罗说:"那位大雕塑家雕塑龙庇特神像或者米涅瓦神像的时候,他看的一定不是任何一个模特儿,他的心目中有一个绝世无双的美的形象,他注视的是这个形象。他照着这个形象,专心致志的指导他那双艺术家的手来塑造神的形状。"②这就是说,雕塑家是按照自己心目中的形象来塑造神的形状的。西班牙现代画家毕加索说:"我注意到,绘画有自身的价值,不在于对事物的如实的描写。我问我自己,人们不能光画他所看到的东西,而必须首先要画出他对事物的认识。一幅画像表达它们的现象,那么同样能表达出事物的观念。"③可见这位艺术大师是将现象和观念统一起来,作为绘画的对象的。

中国古代画家石涛有题画诗云:"名山许游未许画,画必似之山必怪,变幻神奇懵懂间,不似似之当下拜。心与峰期眼乍飞,笔游理斗使无碍。昔时曾踏最高巅,至今未了无声债。"④这里所说的"心与峰期""笔游理斗",也就是指心物统一、情理结合的意思,所以画出来的山景不是逼真的写生,而是"变幻神奇","不似似之"。后来齐白石所说的"作画妙在似与不似之间",黄宾虹所谓"作画当以不似之似为真似",都是这个意思。

---

① 转引自斯托洛维奇:《现实中和艺术中的审美》,生活·读书·新知三联书店1985年版,第49页。
② 《演说家》,《欧美古典作家论现实主义和浪漫主义》(一),中国社会科学出版社1980年版,第69页。
③ 《艺术特征论》,第101页。
④ 《大涤子题画诗跋》,《艺术特征论》,第18页。

关于自然之物与画中之物的关系,讲得更清楚的是郑板桥和潘天寿。郑板桥在题画中详细地描述了他的审美感受和艺术表现的过程:"江馆清秋,晨起看竹,烟光日影露气,皆浮动于疏枝密叶之间。胸中勃勃,遂有画意。其实胸中之竹,并不是眼中之竹也。因而磨墨展纸,落笔倏作变相,手中之竹,又不是胸中之竹也。总之,意在笔先者,定则也,趣在法外者,化机也。独画云乎哉!"①这里,画家明确地将眼中之竹(实物)与胸中之竹(意象)区分开来。胸中之竹虽然来自眼中之竹,但经过审美观照,融进胸中勃勃的情意,已非原来眼中之竹了;而在艺术表现过程中,"倏作变相",画出来的竹又非胸中之竹,更变了一层。潘天寿说:"画中之形色,孕育于自然之形色;然画中之形色,又非自然之形色也。画中之理法,孕育于自然之理法;然自然之理法,又非画中之理法也。因画为心源之文,有别于自然之文也。故张文通云:'外师造化,中得心源。'"②这是艺术家从自己创作实践中总结出来的经验之谈。他认为画中之形色既来源于自然之形色,又不同于自然之形色,而且明确地意识到,它已加入了创作者的主观成分,即所谓"外师造化,中得心源",也就是心物的统一。关于心物统一的境界,说得更神妙的还是石涛。他说:"山川使予代山川而言也。山川脱胎于予也。予脱胎于山川也。搜尽奇峰打草稿也。山川与予神遇而迹化也。所以终归之于大涤也。"③

这种心物统一的过程,就是所谓"人的本质力量的对象化"。

黑格尔在《美学》里,曾举一个小男孩向河水里抛石头,而以惊奇的神色去看水中所现的圆圈为例,说明"在这作品中他看出他自己活动的结果"。黑格尔说:"人还通过实践的活动来达到为自己(认识自己),因为人有一种冲动,要在直接呈现于他面前的外在事物之中实现他自己,而且就在这实践过程中认识他自己。人通过改变外在事物来达到这个目的,在这些外在事物上面刻下他自己内心生活的烙印,而且发现他自己的性格在这些外在事物中复现了。人这样做,目的在于要以自由人的身份,去消除外在世界的那种顽强的疏远性,在事物的形状中他欣赏的只是他自己的外在现实。"④这就是说,人通过实践活动,在外在事物中实现他自己,他所欣赏的事物形状,只是他自己的外在现实。

如果说,在黑格尔那里,这种实践观点还只是萌芽状态,那么,到了马克思

---

① 《板桥题画》,《艺术特征论》,第19页。
② 《听天阁画谈笔录》,《艺术特征论》,第22页。
③ 《苦瓜和尚画语录》,《历代论画名著汇编》,文物出版社1982年版,第369页。
④ 《美学》第1卷,第39页。着重号原有。

手里,便得到进一步的发挥。马克思所说的"人的本质力量的对象化"或"人的类生活的对象化",主要是指在劳动实践的过程中,人把自己的生命活动外化到劳动对象上去。这一点,他在《资本论》中谈得很清楚:"在劳动过程中,人的活动会通过劳动手段,而在劳动对象上引起一个预先企图的变化。……劳动和劳动对象结合在一起了。劳动是物质化在对象中了,对象是被加工了。在劳动者方面表现为动作的东西,在产品方面,是当作静止的属性,表现在存在的形式上。"①但马克思并没有把人的本质力量对象化局限在物质生产中,他同样用这种理论来分析精神活动。在《1844年经济学哲学手稿》中,他就说过:"动物只是按照它所属的那个种的尺度和需要来建造,而人却懂得按照任何一个种的尺度来进行生产,并且懂得怎样处处都把内在的尺度运用到对象上去;因此,人也按照美的规律来建造。"这样,就把对象化的问题引入审美领域。在马克思看来,无论是物质生产,还是精神生产,人总是按照美的规律来改造世界的。因而,艺术家所反映的世界也不再是原来的那个自然,而是经过审美的改造、外化了人的本质力量的那个自然。

三、再现与表现的统一

这样看来,把艺术看作简单的客体再现或纯主体的自我表现,都不能说明它的本质。只有将再现和表现统一起来,才能解释艺术现象的复杂性。

我国古代《乐记》说:"凡音之起,由人心生也。人心之动,物使之然也。感于物而动,故形于声。""乐者,音之所由生也,其本在人心之感于物也。"②这就是说,音乐是人的主观情感的表现,而这种情感则是由外界客观现实所激发起来的。这种解释,是比较符合实际的。当然也有直接描写现实景象、模仿生活音响的乐章,如琵琶曲《十面埋伏》中描写军旅之声,二胡曲《空山鸟语》中模仿鸟鸣之声;而更多的乐曲是并不直接再现什么生活景象,而是表现某种情绪和感情。与其说二胡曲《二泉映月》是再现无锡惠泉的月夜景色,倒不如说它是表现一个贫苦艺人在此情此景中所激起的哀怨之情。即使在上述描写性的乐章里,也不是单纯的模仿,而是充满感情的。

不但音乐如此,在其他艺术领域里,也总是再现和表现的统一、描写与抒情的结合。法国浪漫派画家德拉克洛瓦说:"即使在画人体习作时,感情的表达也应该放在第一位。"③我国近代画家黄宾虹说:"山水画乃写自然之性,亦

---

① 《资本论》第1卷,人民出版社1973年版,第175页。着重号原有。
② 郭绍虞主编:《中国历代文论选》第一册,上海古籍出版社1979年版,第61页。
③ 《艺术特征论》,第85页。

写吾人之心。"①有些评论家常以"酷似""乱真"为赞语,其实"酷似""乱真"并非艺术的上乘,如果仅仅做到"酷似""乱真",只不过是匠人之作,这就是苏东坡所讥评的:"作画求形似,见与儿童邻。"真正的艺术作品要在描写中透出灵气——即黑格尔所谓之"灌注生气"——来才行。《张大千传》中曾记载有一蜀中老者来找张大千鉴定他的画,此老数十年如一日,专心画画,耗尽家财,遭到家人反对,而矢志不移。但他的画只求形似,毫无生气。譬如,他画蝴蝶,就收购了许多蝴蝶,刻意临摹,画得相当逼真,但可惜类似标本,并非艺术作品。这是从根本上把路子走错了,张大千只好安慰他几句完事。这种错误的画法,并非鲜见,宋代画家文与可就曾批评这种机械模仿的画法道:"竹之始生,一寸之萌耳,而节叶具也。自蜩蝮蛇蚹,以至于剑拔十寻者,生而有之也。今画者乃节节而为之,叶叶而累之,岂复有竹乎?"而他自己的经验则是:"故画竹必先得成竹于胸中,执笔熟视,乃见其所欲画者,急起从之,振笔直遂,以追其所见,如兔起鹘落,少纵即逝矣。"②所谓"成竹在胸",就是对描写对象有一个完整的审美观照,这胸中之竹就寄寓着画家自己的主观精神,有似活物,稍纵即逝。"成竹在胸"已成成语,流传至今。其实,关键在于要有神,有无成竹,尚在其次。郑板桥就唱过反调:"文与可画竹,胸有成竹,郑板桥胸无成竹。浓淡疏密,短长肥瘦,随手写去,自尔成局,其神理俱足也。"③不过他接着就说:"然有成竹无成竹,其实是一个道理。"这个道理,就是"神理俱足"。

艺术创作如果只讲再现,而不讲表现,就会显得机械、呆板、缺乏神理,缺乏灌注生气。反之,如果只讲表现,不讲再现,那也会脱离现实。事实上,自我的感情总是与现实相联系,由现实状况激发起来的,而且也总是通过物象表现出来的,所谓托物寄情是也。即使如倪云林所说:"余之竹聊以写胸中逸气耳,岂复较其似与非,叶之繁与疏,枝之斜与直哉。或涂抹久之,他人视以为麻为芦,仆亦不能强辩为竹。真没奈览者何。"④确是随意极了,飘逸极了,但其实仍脱离不了现实。首先,他这飘逸之气还是现实社会所造成的。而且,这种逸气也还是要借几笔竹枝之类表达出来。

因此,尽管各种艺术类型和艺术流派的侧重点不同,有的重在再现,有的重在表现,但是,完全摆脱某一种因素是不可能的。一般说来,总是再现中有表现,表现中有再现,呈现为你中有我、我中有你的状态。再现与表现是文学

---

① 《黄宾虹画语录》,《艺术特征论》,第 21 页。
② 苏轼:《文与可画筼筜偃竹记》,《艺术特征论》,第 15—16 页。
③ 《板桥题画》,《艺术特征论》,第 19 页。
④ 《论画》,《历代论画名著汇编》,第 205 页。

艺术中两个必不可少的因素。巴尔扎克说:"作者希望,如果他说:'文学艺术是由两个截然不同的部分——观察和表现所组成的',希望这句话符合每一个有识之士(包括智力高的或智力低的)的看法。"① 十分强调观察的左拉也说:"然而,观察并不等于一切,还得要表现。这就是为什么除了真实感以外还要有作家的个人特色。一个伟大的小说家应该既有真实感也有个性表现。"②

总之,艺术创作是再现与表现在某种程度上的结合。而其结合点,就是人对现实的审美观照。正是通过审美的观照,主体与客体统一起来了。所以我们可以通过审美的特点来把握文学艺术的本质。

---

① 《驴皮记初版序言》,《欧美古典作家论现实主义和浪漫主义》(二),第106页。着重号原有。
② 《论小说》,《欧美古典作家论现实主义和浪漫主义》(二),第220—221页。

第二章 情感与形象的融合

与文学本质相联系的,是文学特征问题。关于这个问题,也有种种不同意见,其中主要的有两派:一是形象论,一是情感论。这两种意见是与对文学本质的两种不同理解相联系的:再现派强调文学是以形象来反映生活,表现派则强调文学是主观情感的表现,各派间还有论争。例如,列夫·托尔斯泰在他的理论专著《什么是艺术?》里说:"作者所体验过的感情感染了观众或听众,这就是艺术。"①而且还强调指出,人们用语言互相传达思想,而用艺术互相传达感情。普列汉诺夫不同意这一意见,他在《没有地址的信》里就说:"艺术既表现人们的感情,也表现人们的思想,但是并非抽象地表现,而是用生动的形象来表现。"②普列汉诺夫虽然并不否定艺术要表现感情,但他的侧重点在于艺术的形象性。这是继承了别林斯基以来俄国再现派的理论传统。在当代西方美学家和文艺学家中,主张情感论的很多,例如,赫伯特·里德就说:"造型艺术也是视觉艺术,它通过眼睛发生作用,它旨在表现和传达一种情感状态。有关这一点,无论怎样强调也不为过。如果我们要表达思想,语言则是合适的媒介。但有所为的艺术家从来不受思想的禁锢,因为他的任务不在于表现这些思想,而在于传达他对这些思想的情感反应。"③而苏珊·朗格则在她的《情感与形式》一书中,详尽地阐述了艺术是人类情感符号的创造这一理论。我国"革命文学"运动开展以来,由于受了苏联文学理论的影响,比较强调文学的形象性特征,而忽略其情感因素。这在某种程度上削弱了文学的抒情作用,也造成了对文学的狭隘化理解;而且,还压抑了艺术创作主体性的发挥。

其实,文学本质论本身,就包含着文学特征论在内;或者说,文学特征论是由文学本质论引发出来的。我们说,文学是人对现实的审美反映,这种审美属性也就是文学的特殊性,所谓文学的特征,即由此而来。审美过程既是心物统

---

① 《西方文论选》下卷,第 433 页。
② 《普列汉诺夫美学论文集》(Ⅰ),人民出版社 1983 年版,第 308 页。着重号原有。
③ 《艺术的真谛》,辽宁人民出版社 1987 年版,第 26 页。

一的过程,是人的本质力量对象化的过程,那么,它必然包含着心灵表现和物象再现的两种因素,因而,在艺术特征上就不是体现在情感性或形象性的某一个方面,而是两者有机的融合。

本章将对艺术的形象性和情感性分别加以论述,并考察它们在文学中的表现。

第一节 文学的形象性

文学既然是一种社会意识形态,它当然是现实生活的反映。但文学是审美反映,因而和其他意识形态的反映有所不同。这种不同,既表现在反映内容上,也表现在反映形式上。

一、写人与格物

就反映内容而言,文学艺术与其他社会意识形态的主要差别是,前者着重写人,后者着重格物。

自然科学,不言而喻,是以自然现象为认识对象,无论是宇宙山川、动物植物,或者是原子微粒,都是独立于人之外的物质世界,对它们进行研究,在古代汉语中叫作"格物"。西洋物理、化学等学科最初引进时,就被译为"格致",即"格物致知"之意,谓穷究事物的原理法则而总结为理性知识。也有些自然科学以人为研究对象,如生理学、病理学之类,但它们是把人作为物来研究的,甚至把研究对象分割成各个系统,因而解剖学家眼中只有骨骼、肌肉、血管、胃肠,而医生的眼中只有各种疾病症状,没有活生生的人。

社会科学研究的对象是人类社会,虽然离不开人,但它们也不是把人作为活生生的完整的人来反映,而只是研究人与人之间某一方面的关系,如经济学研究经济关系、伦理学研究伦理关系、政治学研究政治关系,等等。在这些研究领域里,人是被分割了的,是被抽象化和物化了的。马克思的《资本论》就是从商品这个资本主义社会的物质细胞入手,分析资本主义社会的经济规律。虽然他竭力要在物与物的关系中写出人与人的关系来,但毕竟在商品的二重性背后所显示的是人们的经济关系,即物质关系。

而文学艺术则不然,它们是以人作为自己的反映对象。这里的人,不是割裂的人,而是完整的人;不是抽象的人,而是具体的有七情六欲的活生生的人。所以高尔基将文学叫作"人学"。文学当然要反映社会生活,但它不是通过物,而是通过人来反映的。马克思说:"人的本质不是单个人所固有的抽象物,在其现实性上,它是一切社会关系的总和。"①文学艺术正是通过人的各种活动,通过人与人的矛盾斗争,总之,是通过人的生活,反映出整个社会关系来。譬如鲁迅的小说《阿Q正传》,就是通过对阿Q这个人物的思想、情绪、遭遇和命运的描写,反映出我国辛亥革命前后的社会关系来。从阿Q没有籍贯、没有姓氏、没有职业、没有固定住处的生活条件,和他有一回宣布自己姓赵,却挨了赵太爷的巴掌的遭遇,我们看到了当时农民的悲惨境遇和地主老爷的蛮横无理;从阿Q那种自高自大而又自轻自贱、自欺欺人的浑浑噩噩的精神状态中,我们看到了当时许多中国人的愚昧和落后;而从阿Q宣布要革命时,赵太爷等人的那种惶恐心情,到假洋鬼子不准他革命,到阿Q被当作犯人而遭枪毙的悲惨命运中,我们看到了辛亥这场革命的结果,实际上是失败了。因为整个阶级关系根本上没有变动——"知县大老爷还是原官,不过改称了什么,而且举人老爷也做了什么——这些名目,未庄人都说不明白——官,带兵的也还是先前的老把总"。总之,除了秋行夏令,将辫子盘到头顶外,一切都依旧。而这一切对于社会生活的深刻揭示,就是通过对阿Q这个人物的命运和他与周围人物关系的描写而表现出来的。

当然,文学作品不一定每篇都直接写人,很多作品是状物写景的,但与其他意识形态的以物为对象不同,它是借景抒情或托物喻志,写的还是人。王国维在《人间词话》中所说"词家多以景寓情""一切景语,皆情语也",就是指的这个意思。他还举苏东坡咏杨花的《水龙吟》为例,认为是咏物词之最工者。东坡词云:

> 似花还似非花,也无人惜从教坠。抛家傍路,思量却是,无情有思。萦损柔肠,困酣娇眼,欲开还闭。梦随风万里,寻郎去处,又还被、莺呼起。　　不恨此花飞尽,恨西园、落红难缀。晓来雨过,遗踪何在?一池萍碎。春色三分,二分尘土,一分流水。细看来、不是杨花,点点是离人泪。

这里咏的是物,抒的是情,作者借咏杨花,写出了人的离愁别绪,还是以人为中心。

二、以形象反映社会生活

与反映内容相联系,文学在反映现实生活的形式上也不同于其他社会意

---

① 《关于费尔巴哈的提纲》,《马克思恩格斯选集》第1卷,第56页。

识形态。别林斯基说：

> 哲学家用三段论法说话，诗人则用形象和图画说话，然而他们说的都是同一件事。政治经济学家被统计材料武装着，诉诸读者或听众的理智，证明社会中某一阶级的状况，由于某些原因，业已大为改善，或者大为恶化。诗人被生动而鲜明的现实描绘武装着，诉诸读者想象，在真实的图画里面显示社会中某一阶级的状况，由于某些原因，业已大为改善，或者大为恶化。一个是证明，另一个是显示，可是他们都是说服，所不同的只是一个用逻辑结论，另一个用图画而已。①

这段话说明了两种认识方式和两种反映方式的不同特点。譬如关于农民起义，理论家往往是先提出起义的必要条件，然后举出许多具体事例，以至罗列许多统计材料，来论证某次起义爆发的必然性，接着再分析农民起义的弱点及其失败原因，等等。但反映北宋末年农民起义的长篇小说《水浒传》，却全不用这些论证，而是通过许多具体的活生生的艺术形象，通过书中人物的命运，显示了"官逼民反"的实际情景，既写出了农民起义的壮观场面，也反映了农民起义的弱点，及其可悲的结局。对于同一生活现象或生活哲理，理论家和艺术家的反映方式有着明显的不同。例如，马克思在《1844年经济学哲学手稿》中对于货币的性能，做了这样的论述："**货币**，因为具有购买一切东西、占有一切对象的**特性**，所以是最突出的**对象**。货币的这种**特性**的普遍性是货币的本质的万能；所以它被当成万能之物。货币是需要和对象之间、人的生活和生活资料之间的**牵线人**。但是在我和**我的**生活之间充当媒介的**那个东西**，也在**我和他人**为我的存在之间**充当媒介**。对我说来**他人**就是这个意思。"②同样的意思，到了诗人的笔下，表现方法就完全不同了。歌德在《浮士德》中写道：

> 什么诨话！你的脚，你的手，
> 你的屁股，你的头，这当然是你的所有；
> 但假如我能够巧妙地使用，
> 难道不就等于是我的所有？
> 我假如出钱买了六匹马儿，

---

① 《一八四七年俄国文学一瞥》，《西方文论选》下卷，第390页。着重号原有。
② 《1844年经济学哲学手稿》，人民出版社1985年版，第107页。

这马儿的力量难道不是我的?
我驾御着它们真是威武堂堂,
真好像我生就二十四只脚一样。

莎士比亚在《雅典的泰门》中说:

金子! 黄黄的、发光的、宝贵的金子!
不,天神们啊,
我不是无聊的拜金客……
这东西,只这一点点儿,
就可以使黑的变成白的,丑的变成美的;
错的变成对的,卑贱变成尊贵,
老人变成少年,懦夫变成勇士。
……
这东西会把你们的祭司和仆人从你们的身旁拉走,
把壮士头颅底下的枕垫抽去;
这黄色的奴隶可以使异教联盟,同宗分裂;
它可以使受咒诅的人得福,
使害着灰白色的癞病的人为众人所敬爱;
它可以使窃贼得到高爵显位,和元老们分庭抗礼;
它可以使鸡皮黄脸的寡妇重做新娘,
即使她的尊容会使那身染恶疮的人见了呕吐,
有了这东西也会恢复三春的娇艳。
……
该死的金属,你这人尽可夫的娼妇,
你惯会在乱七八糟的列国之间挑起纷争。

马克思在论述货币性能时,曾引用了上述诗句,并赞扬道:"莎士比亚把货币的本质描绘得十分出色。"但是,莎士比亚、歌德的描绘和马克思的论述,却又有多么明显的不同啊!

三、艺术形象的特点

艺术形象在反映生活上自有它的特色,这种特色,可以归纳为三点:具体性、生动性和丰富性。

1. 具体性

鲁迅曾经说过,凡是世界上一切伟大的文章,无不能启示人生的"秘机"。而这"秘机"微妙幽玄,却不是学者所能说得清楚的。好比热带人在没有见到冰之前,你尽管用物理学和生理学的原理去解释冰块的物理性能和对人体的生理感应,但他们依旧不知道冰怎么会凝结得住,又怎么会是冷的;只有直接拿出冰块来,使他们看到、触到,那么,虽然不给他们讲什么物理、化学的性能,而冰是什么东西,也就明白清楚了。文学也是这样,虽然在条分缕析、学理精密上不如学术文章,而人生真理,也就是上面所说的"秘机",却直接概括在它的词句中,使人一看就心灵朗然。好像热带人看见冰块之后,过去所竭力研究思索而不能明白者,如今都宛然在眼前了。①

鲁迅这段话不但说出了艺术形象的特点,而且也说出了它的优点。由于艺术形象的具体性、直观性,因而能够使读者或观众如闻其声、如见其人、如临其境,通过实际感受来认识事物。

2. 生动性

正因为艺术形象是具体的、直观的,能使读者、观众有身临其境的感觉,也就给它带来了另一个特性:生动性。任何成功的艺术形象,都是生动活泼、富有生命力的。无论是人物形象或景物形象,都以其独特性活跃在人们的面前。这种独特性、生动性,就使艺术形象有别于虽然也有具体性、直观性,但却死死板板、毫无生气的卫生挂图或动植物标本之类。且看《红楼梦》第三回写王熙凤出场的场面,是何等有声有色、生动活泼啊!

> 一语未了,只听得后院中有人笑声,说:"我来迟了,不曾迎接远客!"黛玉纳罕道:"这些人个个皆敛声屏气,恭肃严整如此,这来者系谁,这样放诞无礼?"心下想时,只见一群媳妇丫鬟围拥着一个人从后房门进来。这个人打扮与众姑娘不同,彩绣辉煌,恍若神妃仙子:……一双丹凤三角眼,两弯柳叶吊梢眉,身量苗条,体格风骚,粉面含春威不露,丹唇未启笑先闻。黛玉连忙起身接见,贾母笑道:"你不认得他,他是我们这里有名的一个泼皮破落户儿,南省俗谓作'辣子',你只叫他'凤辣子'就是了。"黛玉正不知以何称呼,只见众姐妹都忙告诉他道:"这是琏嫂子。"……这熙凤携着黛玉的手,上下细细打量了一回,便仍送至贾母身边坐下,因笑

---

① 《坟·摩罗诗力说》。

道:"天下真有这样标致的人物,我今儿才算见了!况且这通身的气派,竟不像老祖宗的外孙女儿,竟是个嫡亲的孙女,怨不得老祖宗天天口头心头一时不忘。只可怜我这妹妹这样命苦,怎么姑妈偏就去世了!"说着,便用帕拭泪。贾母笑道:"我才好了,你倒来招我。你妹妹远路才来,身子又弱,也才劝住了,快再休提前话。"这熙凤听了,忙转悲为喜道:"正是呢!我一见了妹妹,一心都在他身上了,又是喜欢,又是伤心,竟忘记了老祖宗。该打,该打!"……

这一段描写,把王熙凤的性格、地位、风貌都写出来了。贾府上下人等,在贾母面前,一个个皆"敛声屏气",独有她这样"放诞无礼",可见她在贾府中的特殊地位;从她善于拍贾母的马屁,讨贾母的欢喜,为了迎合老祖宗的心情,一会儿哭、一会儿笑的随机应变,就可以知道她这种特殊地位是怎样来的;而从她通体风骚的打扮,"粉面含春威不露"的神态中,我们也就体会到所谓"泼辣货"的性格了。这一切,都不是特别说出,而是靠艺术形象生动地显现出来的。

3. 丰富性

正因为艺术形象是具体的、生动的,能将学者所不易说清的微妙幽玄的人生秘机蕴含在自身的形体中,所以它又具有复杂性和丰富性。正如马克思所说:"具体之所以具体,因为它是许多规定的综合,因而是多样性的统一。"① 成功的艺术形象,内涵总是比较丰富的,因而解释往往是多义的。由于读者审视的角度和眼力的透视度不同。在同一形象身上,人们会看出不同的意义来。就像苏州西园里那尊济公塑像,你从左边看到的是笑脸,从右边看到的是哭脸,从正面看,又是一副无可奈何的尴尬面孔。这就叫作"横看成岭侧成峰,远近高低各不同"。譬如鲁迅笔下的阿Q形象,我们既可以从这个人物的遭遇中看到当时中国农民的命运,看到辛亥革命的失败,看到当时整个社会关系;也可以从他的种种"行状"中看到中国人的国民劣根性。有时,艺术形象所包含的内涵,连作者本人都不是十分明确地意识到,但由于它既是具体、直观的,又是丰富、复杂的,读者印证自己的人生经验,从中可以看到作者所不曾感到的意义,这就叫作"形象大于思想"。

四、形象与议论

我们说文学作品是以形象来反映生活,而理论文章是以议论来说明生活,

---

① 《政治经济学批判·导言》,《马克思恩格斯选集》第2卷,第18页。

这并不是说文学作品里就绝对不能有议论,而理论文章就根本不会出现形象。问题是以哪一种方式为主要手段。

有些理论文章写得富有感情,常有形象化的段落出现。如《共产党宣言》一开头就说:"一个幽灵,共产主义的幽灵,在欧洲游荡。为了对这个幽灵进行神圣的围剿,旧欧洲的一切势力,教皇和沙皇、梅特涅和基佐、法国的激进派和德国的警察,都联合起来了。"后面,在写到封建的社会主义时,又说:"为了拉拢人民,贵族们把无产阶级的乞食袋当做旗帜来挥舞。但是,每当人民跟着他们走的时候,都发现他们的臀部带有旧的封建纹章,于是就哈哈大笑,一哄而散。"①这是非常形象化的描写。但全书不是靠艺术形象表现的,而是有严密的理论结构,是用议论来展开的,形象性的段落只不过是增加其生动性罢了,并非全书的主要成分。因此,它虽有形象片段,而仍旧是理论著作。

有些文学作品,在艺术形象的描述过程中,有时也插入一些议论,但这种议论,往往是由形象引起,意在起到加深形象深度的作用。而且,文学作品的议论与理论著作的议论不同,它要有情韵,才能与形象协调。沈德潜说:"人谓诗主性情,不主议论,似也,而亦不尽然。试思二雅中,何处无议论?杜老古诗中,《自京赴奉先县咏怀五百字》《北征》《八哀》诸作,近体中《蜀相》《咏怀》《诸葛》诸作,纯乎议论。但议论须带情韵以行,勿近伧父面目耳。戎昱《和蕃》云:'社稷依明主,安危托妇人。'亦议论之佳者。"②

但议论毕竟不是文学作品的正调。议论发挥不当,往往会破坏形象,这种缺点,即使在大作家也难以避免。伟大的小说家托尔斯泰就做过这样的自我批评:"我发觉,我有个爱离题高谈阔论的坏习惯,这不折不扣是个坏习惯,而不是像我过去设想的那样,是文思汹涌的表现。"③他写完《战争与和平》之后,又说:"因为我插进些议论把这部作品弄丑了,我认为需要表明使我这样做的动机。我开始写一部关于过去历史的书。在描写时,我发现,这段历史的真相不仅是没有人知道,而且人们所知道的和所记载的完全与史实相反。我不禁感到必须证明我所说的和说出我写作时所根据的观点。"④的确,《战争与和平》的某些地方,如尾声部分,抽象的议论太多,脱离了形象,使读者感到枯燥,虽然瑕不掩瑜,但毕竟是白璧之瑕。

---

① 《马克思恩格斯选集》第1卷,第271、295—296页。
② 《说诗晬语》,《原诗·一瓢诗话·说诗晬语》,人民文学出版社1979年版,第249—250页。
③ 《列夫·托尔斯泰论创作》,漓江出版社1982年版,第122页。
④ 《战争与和平·跋》草稿片段,《文艺理论译丛》第1期,人民文学出版社1957年版,第212—213页。

恩格斯曾批评拉萨尔的剧作《济金根》道："但是还应该改进的就是，要更多地通过剧情本身的进程使这些动机生动地、积极地，所谓自然而然地表现出来，而相反地，要使那些论证性的辩论……逐渐成为不必要的东西。"①后来，在致敏·考茨基的信中又提出："我认为，倾向应当从场面和情节中自然而然地流露出来，而无需特别把它指点出来；同时我认为，作家不必要把他所描写的社会冲突的历史的未来的解决办法硬塞给读者。"②这种批评意见，是值得我们认真看待的。作家应该提高塑造艺术形象的能力，竭力避免那种"形象不够，议论来凑"的做法。在我国"文革"期间，由于批判了形象思维论，把艺术认识与科学认识混同起来，也就出现了一种完全依靠理论框架来支撑全书结构的小说，形象成了理论论述的插图。这种作品，当然没有感染力，很快就被历史所淘汰。后来，"反形象思维论"虽然受到了批评，但有些作家仍然保持在艺术作品里大发议论的兴趣。这也许是因为急于想向读者说明自己的见解，而对自己所塑造的艺术形象的感染力还缺乏信心，或者是想以此来加强作品的哲理性，殊不知文学作品中的理必须融入感情，渗透到形象中去才行。

关于以理入诗是否得当的问题，回顾一下我国古代文论家"理趣""理障"之说，是有益的。所谓"理趣"，是说"状理则理趣浑然"，将理和趣联系在一起，则以理入诗亦可；所谓"理障"，则是指文字见理不真，且无情趣，理成了障碍了。以理入诗之事，历史上颇不乏见。魏晋南北朝时期，玄学之理盛行，玄理入诗者很多。钟嵘在《诗品》中批评道："永嘉时，贵黄老，稍尚虚谈，于时篇什，理过其辞，淡乎寡味。爰及江表，微波尚传，孙绰、许询、桓、庾诸公诗，皆平典似道德论，建安风力尽矣。"③唐宋以后，以禅理、性理入诗者颇多，好坏不一。沈德潜在《说诗晬语》中评道："杜诗'江山如有待，花柳自无私。''水深鱼极乐，林茂鸟知归。''水流心不竞，云在意俱迟。'俱入理趣。邵子则云：'一阳初动处，万物未生时。'以理语成诗矣。王右丞诗不用禅语，时得禅理。东坡则云：'两手欲遮瓶里雀，四条深怕井中蛇'，言外有余味耶？"④可见"理过其辞"和"以理语成诗"都会造成"理障"，而要达到"理趣"，则需将理融化在形象之中。文学史上的这些经验，是值得我们总结、吸取的。

---

① 《马克思恩格斯选集》第4卷，第558页。
② 《马克思恩格斯选集》第4卷，第673页。
③ 《诗品注》，人民文学出版社1958年版，第3页。
④ 《原诗·一瓢诗话·说诗晬语》，第252页。

第二节 文学的情感性

一、文章之作,本乎情性

文学反映现实的特殊形式是艺术形象,但形象性不能构成文学的全部特征。因为形象性主要是从再现性这个角度着眼,而文学同时还有表现性这一面。从表现性这个角度看,文学作品又有明显的不同于理论文章的地方:理论文章是以理服人,而文学作品则是以情感人。所以,审美情感是文学艺术的另一重要特征。

对于文学的情感作用,我国古代文论家历来就很重视。与载道派相对立的言志派,就与情感论有关。言志派的起源很早,"诗言志"之说语出《尚书·舜典》,后来成为论诗的根据,如《诗大序》中说:"诗者,志之所之也。在心为志,发言为诗,情动于中而形于言。"可见情与志是相联系的,情动则为志,所谓"诗言志"者,就必然要求"诗表情"。特别是到了魏晋南北朝,进入所谓文学的自觉时代,对于文学的情感特色,就更为重视。陆机《文赋》说:"诗缘情而绮靡";刘勰《文心雕龙》云:"情者文之经","繁采寡情,味之必厌";还有《周书·王褒庾信传论》中也说:"文章之作,本乎情性",等等。这类言论,后代还常有,而明清时代,重情者更多。如焦竑说:"苟其感不至,则情不深,情不深则无以惊心而动魄,垂世而行远。"[1]沈德潜说:"以无情之语而欲动人之情,难矣。"[2]袁枚说:"诗者由情生者也,有必不可解之情,而后有必不可朽之诗。"[3]他们都把情看作文学的根本。

在古代西方,诗歌中的感情问题虽然早有人论及,如德谟克利特,但没有引起普遍的重视。柏拉图甚至认为情感是"人性低劣的部分",而诗歌模仿这个低劣部分,因而对理想国是有害的。西方文论家对于情感问题的长期忽视,大概同模仿说的盛行有关系。到启蒙运动以后,由于人性的进一步觉醒,随着文学上的表现论抬头,情感说也就流行起来。还在 18 世纪,狄德罗就说过:"根据情感和兴趣去描写,这就是诗人的才华。"[4]康德一方面承认"审美意象是一种想象力所形成的形象显现",同时又将审美判断力与感情联系起来,认

---

[1] 《雅娱阁集序》,《中国历代文论选》第三册,上海古籍出版社 1979 年版,第 135 页。
[2] 《原诗·一瓢诗话·说诗晬语》,第 186 页。
[3] 《答蕺园论诗书》,《中国历代文论选》第三册,第 474 页。
[4] 《论戏剧艺术》,《西方文论选》上卷,第 365 页。

为"感情再使认识能力生动活泼起来"①。后来,黑格尔也说:"艺术应该通过什么来感动人呢?一般地说,感动就是在情感上的共鸣。"②就是形象论的积极宣扬者别林斯基,也承认:"感情是诗情天性的最主要的动力之一;没有感情,就没有诗人,也没有诗歌。"③托尔斯泰是在接受前人理论见解的基础上,再加上自己的创作体会,才进一步发挥了感情说的。后来还有一种移情说,则把所有的审美现象都看作审美主体主观感情向审美对象的投射。

历史上的主情论者在理论上不无偏颇之处。如将情感与思想对立起来,或忽视了审美客体对审美情感的激发作用,等等。但无论如何,他们强调文学艺术的情感特征是很有道理的。这可以从创作实际中看得出来。

艺术家和学者不同,艺术家在创作时总是充满感情的,而学者在写作科学论文时,则需要理智,感情用事倒反而有碍。恩格斯在《反杜林论》中曾比较过写诗和研究政治经济学方法的差别,他说:"愤怒出诗人,在描写这些弊病或者抨击那些替统治阶级否认或美化这些弊病的和谐派的时候,愤怒是适得其所的,可是愤怒在每一个这样的场合下能**证明**的东西是多么少。"④所谓"这样的场合",即是指政治经济学的研究。对于这种理论研究来说,单靠愤怒是没有用的。因为"道义上的愤怒,无论多么入情入理,经济科学总不能把它看作证据,而只能看作象征。相反地,经济科学的任务在于:证明现在开始显露出来的社会弊病是现存生产方式的必然结果,同时也是这一生产方式快要瓦解的标志……"遗憾的是,在实际运用中,有时恰好弄反了,有些人常用感情上的愤怒来代替科学的论证,而在创作中却又卖弄其理论常识,缺乏火热的感情。结果是理论上常出现谬误,而作品又不能动人。这正是忽视了工作对象的特点之故。鲁迅是学者兼作家,既从事学术研究和理论教学,也从事文学创作,他就深感两种工作性质之不同,几乎难以兼任。他将离开厦门大学时,在给许广平的信中说:"但我对于此后的方针,实在很有些徘徊不决,那就是:做文章呢,还是教书?因为这两件事,是势不两立的:作文要热情,教书要冷静。兼做两样的,倘不认真,便两面都油滑浅薄,倘都认真,则一时使热血沸腾,一时使心平气和,精神便不胜困惫,结果也还

---

① 《判断力批判》,《西方文论选》上卷,第 564、565 页。
② 《美学》第 1 卷,第 296 页。
③ 《爱德华·古别尔诗集》,《外国理论家作家论形象思维》,中国社会科学出版社 1979 年版,第 74 页。
④ 《马克思恩格斯选集》第 3 卷,第 492 页。

是两面不讨好。看外国,兼做教授的文学家,是从来很少有的。"①鲁迅后期十年,不再教书,专事写作,除政治环境的因素外,上面所说的不能兼做两样事,也是重要原因。

创作总根于爱。如果一无所爱,即无创作,即使勉强写出,也不过是温暾之论,平庸之作,感动不了任何人。所以文人需要强烈的爱憎感情,作家常常是饱和着血和泪来写作的。曹雪芹说他写《红楼梦》是出于"情痴抱恨长",所以是"字字看来皆是血,十年辛苦不寻常"。汤显祖是重情的戏剧家,他写《牡丹亭》就写得很动感情。有一天,汤显祖忽然失踪了,家里人到处寻找,发现他躺在庭院的柴堆上掩袖痛哭,大家都吃了一惊,问他什么缘故,原来他写戏写到春香陪老夫人到后园祭奠死去三年的杜丽娘,春香睹物思人,唱道:"赏春香还是你的旧罗裙。"作者也动了感情,不觉伤心起来。俄国作曲家柴可夫斯基写《黑桃皇后》,写到葛尔曼死亡时,他自己也深深地感动了。巴金的许多小说,也都是饱和着泪写出来的,他自己说:"我正是因为不善于讲话,有感情表达不出来,才求助于纸笔,用小说的情景发泄自己的爱和恨,从读者变成了作家。"②曹禺在《日出·跋》中说,他创作剧本时,"在情绪的爆发当中,我曾经摔碎了许多纪念的东西……我绝望地嘶嚷着,那时我愿意一切都毁灭了吧,我如一只负伤的狗扑在地下,啮着咸丝丝的涩口的土壤"③。这些例子都说明了艺术家创作时强烈的感情作用。

作家在作品中表达情感的方式是不一样的,有的直率,有的含蓄,有些如长江大河,一泻千里,有些将深沉的情思掩藏在表面的平静之中。但文学作品总是充满情感的,没有情感,就不成其为文学作品。

正因为作家艺术家将情感都倾注在作品中,所以文艺作品就能以情来打动读者或观众。有些作品,能使读者精神振奋,有些作品,引人唏嘘伤感,这些都是情感的作用。据焦循《剧说》记载,杭州有个女伶叫商小玲,擅演《牡丹亭》,因为自己不能跟意中人结合,郁郁成疾,所以特别容易受到剧作情绪的感染,每次演唱,都是缠绵凄婉,泪痕盈目。有一次演《寻梦》一折,唱至"待打并香魂一片,阴雨梅天,守得个梅根相见,盈盈界面",就随声倒地,演春香的演员上去一看,"已气绝矣"。可见文艺作品感人至深。

---

① 《两地书·六六》。
② 《我和文学》,《中国当代文学研究资料·巴金专集》第1卷,江苏人民出版社1981年版,第665页。
③ 《中国当代文学研究资料·曹禺研究专集》上册,第26—27页。

二、情感与理智的关系

情感在文学作品中的作用是无可怀疑的,但有些人将这种作用强调得过分了,说情感是超脱理性的,那就不对了。托尔斯泰的错误不在于强调情感,而在于将情感和思想对立起来。其实,情感是与思想相联系、受理智控制的。

首先,情感这东西,绝不是无缘无故产生的,一方面它由外界事物激发起来,另一方面则与本人平素的思想相联系。所以,在日常生活中,思想情感二词经常连用,是很有道理的。

作家艺术家的情感特别丰富,这与他们思想的执着有关系。如果抱着无可无不可的无是非观,那就激发不起热烈的爱憎感情。汤显祖处于市民意识抬头的时代,深感封建礼教对人性的束缚,他对杜丽娘的同情,是建筑在追求个性自由的思想基础之上,否则是不会那样动感情的。《水浒传》中的爱憎感情,与作者反对贪官污吏、支持农民反抗的思想有关。鲁迅对阿Q的"哀其不幸,怒其不争"的感情态度,则是出于他对农民问题的关注和对改造国民性问题的重视。可以说,愈是对思想有追求的作家,他的感情愈强烈;愈是有思想深度的作家,感情愈真挚。缺乏思想基础的感情,是轻浮的、飘忽的、不稳定的,也难以形成深刻的艺术。华兹华斯说得好:"凡有价值的诗,不论题材如何不同,都是由于作者具有非常的感受性,而且又深思了很久。"①

文艺作品能够打动人,固然是由于情感的作用,但感情上的共鸣,是要有相同的思想基础的。具有封建正统思想的人不但不会被《西厢记》《牡丹亭》所感动,反而要查禁它们,所以贾宝玉只能偷偷地看这些书,而贾政却将一切富有感情的诗词一概斥为浓词艳句,哪里还有感动可言呢?从艺术欣赏上,我们也可以看到情感与思想的联系。

其次,情感在艺术中的表现也不是无节制的,而要用理智去控制,才能适度,鲁迅说:"我以为情感正烈的时候,不宜做诗,否则锋铓太露,能将'诗美'杀掉。"②这就是说,情感需要有一个沉淀的过程,便于理智的控制,这才能表现"诗美"。啼哭,是悲情的自然流露,但无节制的啼哭,也就不成其为艺术。正如黑格尔所说:"啼哭在理想的艺术里也不应是毫无节制的哀号……把痛苦和欢乐尽量叫喊出来也并不是音乐。"③在黑格尔看来,单凭情绪的冲动并

---

① 《〈抒情歌谣集〉一八〇〇年版序言》,《西方文论选》下卷,第6页。
② 《两地书·三二》。
③ 《美学》第1卷,第204—205页。

非艺术,艺术要"驯伏并且涵养冲动","艺术有能力也有责任去缓和情欲的粗野性"①。正因为艺术不是漫无节制地表现情感,所以艺术可以使艺术家摆脱情感的控制,转而去控制情感,黑格尔说:"艺术家常遇到这样情形:他感到苦痛,但是由于把苦痛表现为形象,他的情绪的强度就缓和了,减弱了。""情欲的力量之所以能缓和,一般是由于当事人解脱了某一种情感的束缚,意识到它是一种外在于他的东西(对象),他对它现在转到一种观念性的关系。艺术通过它的表象,尽管它还是在感性世界的范围里,却可以使人解脱感性的威力。"②

既然艺术所表现的情感已摆脱了原始的褊狭状态,并经过理性的过滤,因而,它就并非一己的私情,而是带有相当的普遍性。情感的普遍性愈大,则作品的影响范围也愈广。前进的文学家艺术家则要将自己的情感与广大人民的情感联系起来,只有如此才能通过自己的感受,表达出人民的意愿和情感。鲁迅有诗云:"心事浩茫连广宇,于无声处听惊雷。"即显示出此种意思。

第三节 语言艺术的特征

上面所说的形象性和情感性,其实不限于文学,而是各门艺术的共同特征;但各门艺术由于反映的对象有别,表现的媒介、方式的差异,又形成各自不同的特征。

文学是语言的艺术,它以语言为媒介来塑造形象、表达感情,较之以线条、色彩为表现手段的绘画和以声音、旋律为表现手段的音乐等不同的艺术门类,具有自己的显著特色。

我国和西方虽然都有诗画同源之论,但也有些人很强调其相异的一面。18世纪德国启蒙主义美学家莱辛写的《拉奥孔》,论的就是"绘画和诗的界限",它通过分析古代雕塑和诗歌对拉奥孔这一题材的不同处理,论证了造型艺术和诗歌的区别。"为什么拉奥孔在雕刻里不哀号,而在诗里却哀号?"莱辛的解释是:"雕刻家要在既定的身体苦痛的情况之下表现出最高度的美。身体苦痛的情况之下的激烈的形体扭曲和最高度的美是不相容的。所以他不得不把身体苦痛冲淡,把哀号化为轻微的叹息。"他举例说:"只就张开大口这一点来说,除掉面孔其他部分会因此现出令人不愉快的激烈的扭曲以外,它在

---

① 《美学》第1卷,第60页。
② 《美学》第1卷,第60、61页。着重号原有。

画里还会成为一个大黑点,在雕刻里就会成为一个大窟窿,这就会产生最坏的效果。"诗歌则不受此限制。"至少是每逢个别的诗句不是直接诉诸视觉的时候,读者是不会从视觉的观点来考虑它的。维吉尔写拉奥孔放声号哭,读者谁会想到号哭就要张开大口,而张开大口就会显得丑呢?原来维吉尔写拉奥孔放声号哭的那行诗只要听起来好听就够了,看起来是否好看就用不着管。谁如果要在这行诗里要求一幅美丽的图画,他就失去了诗人的全部意图。"①这就是视觉艺术和听觉艺术不同之处——古代诗歌是朗诵的,所以要从听觉上去考虑,当然它还有别的特点。与莱辛同时代的批评家赫尔德林,也在他的《批评之林》里强调了各类艺术的区别:"绘画、音乐和文学都是表情的,模仿的,但是在模仿的手段上却有所不同","每一种艺术都有它的对象"②,并且分别论述了它们在模仿手段和表现对象上的特点。

有些人不但强调诗画不同之处,而且还要从中分出优劣来。达·芬奇是画家,他认为画优于诗:"诗用语言把事物陈列在想象之前,而绘画确实地把物象陈列在眼前,使眼睛把物象当成真实的物体接受下来。诗所提供的东西就缺少这种形似;诗和绘画不同,并不依靠视觉产生印象。"③别林斯基是文学批评家,他在比较诗、画、建筑、声乐等诸种艺术的区别之后,得出的结论是:"诗歌是最高的艺术体裁。"他认为:建筑"还只是从程式化的象征主义向绝对艺术的过渡","雕塑的创作活动范围并不扩展到整个人,而是仅仅局限于人的肉体的外部形式","绘画可以表现整个人——甚至还可以表现他的内心世界;可是,即使是绘画,也只能局限于抓住现象的一个瞬间。音乐主要是内心世界的表达者;可是,它所表现的概念离不开音响,而音响诉于内心者多,却一点也不能清楚而且明确地诉于头脑。诗歌用流畅的人类语言来表达,这语言既是音响,又是图画,又是明确的、清楚地说出的概念。因此,诗歌包含着其他艺术的一切因素,仿佛把其他艺术分别拥有的各种手段都毕备于一身了。诗歌是艺术的整体,是艺术的全部机构,它网罗艺术的一切方面,把艺术的一切差别清楚而且明确地包含在自身之内。"④

我们且不必扬此抑彼,或扬彼抑此,因为艺术分类的目的不是排队比高低,而是为了掌握各门艺术在反映现实和表达感情上的特殊规律,以便更好地发挥它们的性能。这里,我们需要着重探讨的是文学作为语言艺术的特点。

---

① 《拉奥孔》,人民文学出版社1979年版,第16、22页。
② 《艺术特征论》,第61—62页。
③ 《芬奇论绘画》,人民美术出版社1979年版,第20页。
④ 《诗歌的分类和分科》,《别林斯基选集》第3卷,上海译文出版社1980年版,第1—2页。

高尔基说:"文学就是用语言来创造形象、典型和性格,用语言来反映现实事件、自然景象和思维过程。"①又说:"语言把我们的一切印象、感情和思想固定下来,它是文学的基本材料。文学就是用语言来表达的造型艺术。"②语言虽说是思想的物质外壳,但它本身毕竟并非物质性的东西,它只是一种象征性的符号,与其他艺术手段的物质性材料有所差别。它不能直接诉诸读者的感觉,只能通过唤起读者的想象和联想而形成形象。这样就造成文学形象的一些特殊性。

一、形象的间接性

绘画艺术可以把生活形象直接呈现在观者面前,观众则通过视觉直接看到作品的艺术形象,如一间村舍,一叶扁舟,一堆静物,一个人像,然后从这直观的形象里再体会出各种情趣来。而文学作品是用语言塑造的形象,需要读者在阅读之后,通过想象,把艺术形象复现在脑际。不识字或不熟悉这种语言的人,就会视而不见,无法看到作品的艺术形象。所以说文学的形象是间接的。

因为文学形象缺乏直接性,所以读者需要有相应的生活基础,才能准确地复现形象。如茅盾笔下的浙江蚕农生活景象,李劼人小说中的四川风土人情,倘若没有相应的生活基础,是难以在脑子里浮现出确切的形象的。

但是有一弊亦有一利,同样由于它的间接性,也就可以避免形象过实的缺陷,给读者以充分想象的余地。如《红楼梦》对于大观园的描写,很美,后来有人用绘画来表现大观园,也有人做出实物模型来,近年还不止一处仿造大观园,供人游览,但总觉得太坐实,甚至显得小家子气,反而不如原书的描写能给人以美的感受。对于人物形象也是如此,据文学名著改编的影视剧,人物很不容易演好,弄不好就会破坏读者原来的印象。这除了改编者、扮演者的水平之外,艺术类型的特点也有很大的关系。

二、反映生活的广阔性

绘画艺术虽然直观性较强,但同时限制性也较大,如艺术表现的瞬间性,就使它无法自由抒写,只能把复杂的感情凝聚在一个画面里表达出来。如《伊凡雷帝》这幅画,通过描写伊凡雷帝这个暴君打杀儿子而又抱头爱抚的场

---

① 《和青年作家谈话》,《论文学》,人民文学出版社1978年版,第332页。
② 《论散文》,《论文学续集》,人民文学出版社1979年版,第387页。

面,表现出他的凶残与内心矛盾。即使是连续画,也只能画出数个场面而已。同时,在表现非视觉形象上,绘画也有局限性。有些画家虽用巧妙的构思来补充,如宋人描画数只蝴蝶飞逐马蹄,以表现"踏花归去马蹄香"的诗句,今人齐白石画了一些水流中的蝌蚪来表现"蛙声十里出山泉"的诗境,但毕竟有些拐弯抹角,观者亦需费较多思索。如果不标出诗句,恐怕观众也难以理解。

与绘画艺术的瞬时性相反,文学表现生活的自由度较大,海阔天空,可以自由舒展。《红楼梦》写了四百多个人物,《三国演义》表现了整整一个历史时代错综复杂的斗争,《战争与和平》将战争场面与和平生活交叉在一起描写,《堂·吉诃德》依次描写了这位西班牙骑士有趣的经历,它们反映的生活领域是很广阔的。即使是抒情短诗,它的描写,也比绘画、雕塑自由。"窗含西岭千秋雪,门泊东吴万里船"——这两句诗就包含了两个镜头,是一幅画里所不易包容的。

三、表达感情的明确性

音乐善于表达感情,但人们描写音乐感情时,常说:"如泣如诉,如怨如慕",用了四个"如"字,可见其表达方式的不明确。绘画通过画面来表达感情,更是不明确,如《蒙娜丽莎》,是将笑未笑,还是笑之将敛,以及为什么笑,等等,都有待于猜想。在这方面,文学用语言来表达感情倒比它们明确。如《伤逝》中涓生说:"我活着,我总得向着新的生路跨出去,那第一步——却不过是写下我的悔恨和悲哀,为子君,为自己。""我要向着新的生路跨进第一步去,我要将真实深深地藏在心的创伤中,默默地前进,用遗忘和说谎做我的前导……"这就把人物的悔恨和悲哀之情表达得比较明确。此外,对人物内心思想感情的描写也较有优越性,很多作品中的心理描写、意识流的表现手法,就起着这种作用。

当然,这些特点都是相对的,就情感表达而言,文学也有用景写情,用行动写内心世界的,并不是都用直接描写。

第三章　文学的社会功能

马克思和恩格斯在强调经济基础的决定作用时，经常提醒人们，不要忽视上层建筑的反作用；在肯定社会存在决定社会意识的前提下，又指出社会意识的能动性，充分显示出他们唯物论的辩证性。我们正是要在这唯物辩证法的基础上探讨文艺的社会功能。忽视上述任何一个方面，都无法正确估量文艺的社会作用，而过分夸大或缩小文艺的作用，也都不利于文艺事业的发展。

当然，正如文艺对于现实的反映有它的特殊性一样，文艺对于现实的反作用也有它的特殊性：它也是通过审美的方式进行的，这就是审美教育作用。

第一节　文学对社会的影响

一、批判的武器与武器的批判

对于文学的社会地位和社会功能，历来有不同的看法。有些人对它估价很高，以为它作用很大，有些人却把它说得一钱不值，似乎毫无用处。例如，曹丕和曹植兄弟二人的说法就截然相反。曹丕说："盖文章，经国之大业，不朽之盛事。"①曹植则说："辞赋小道，固未足以揄扬大义，彰示来世也。"②这与他们所处的地位不同有关，各有着不同的用意。曹植是有政治抱负的人，但却很不得志，所以把自己擅长的文章辞赋说成无足轻重的小道；而曹丕在政治上占了优势，洋洋得意，想做风雅雄主，所以把诗文与立功、立德相提并论，因为文章算是立言，本属于三不朽范围之内。而他的所谓不朽，并非全指社会作用，大抵还是指个人扬名而言："年寿有时而尽，荣乐止乎其身，二者必至之常期，未若文章之无穷。是以古之作者，寄身于翰墨，见意于篇籍，不假良史之辞，不托飞驰之势，而声名自传于后。"③这与本题所论，应该是有区别的。

有时，一个人前后的看法，也会大不相同。例如，鲁迅早期将文学的社会功能看得很重，他认为一个国家最要紧的是张扬国民的个性，改造国民的精

---

①③ 《典论·论文》，《中国历代文论选》第一册，第159页。
② 《与杨德祖书》，《中国历代文论选》第一册，第166页。

神,而善于改变精神的则当然要推文艺,所以认为提倡文艺运动最要紧。这是启蒙主义思想,而启蒙主义者往往是过高估计思想的力量的。后来,在实际斗争中,经过事实的教训,他的看法有了很大的改变。那是在段祺瑞政府开枪打杀学生的时候,他感到文学的无用。因为有实力的人并不开口,就杀人。而文学家即使天天呐喊、叫苦、鸣不平,也不能阻止有实力者的压迫、虐待、杀戮,这文学于人们又有什么益处呢?接着,在北伐战争时期,他更看清了这一点。他说:"中国现在的社会情状,止有实地的革命战争,一首诗吓不走孙传芳,一炮就把孙传芳轰走了。"所以,他表示"倒愿意听听大炮的声音,仿佛觉得大炮的声音或者比文学的声音更要好听得多似的"①。这说明,鲁迅此时已更看重武器的批判,把社会变革看得比思想变革更为重要,而对批判的武器——文学的力量,倒看得轻了。不过,这里面也有愤激的成分,只要看鲁迅后期仍坚持用文学的武器从事社会斗争,可见他对于文学的社会作用还是相当重视的。

对于这个问题,马克思的正确看法是:"批判的武器当然不能代替武器的批判,物质力量只能用物质力量来摧毁;但是理论一经掌握群众,也会变成物质力量。"②这就是说,社会变革首先要靠物质力量来推动,精神的力量是其次的;但精神力量也可变成物质力量,可以起一定的作用。辩证唯物论者虽然注重精神的因素,看到它对社会的反作用,但认为它毕竟是第二性的,是从属的。如果把意识形态的作用看得太重,便不自觉地走向唯心主义了。

在我国,过高估价文学社会作用的看法是相当普遍的。梁启超就把文学的作用夸大到不可思议的地步。他在《论小说与群治之关系》中说:"欲新一国之民,不可不先新一国之小说。故欲新道德,必新小说;欲新宗教,必新小说;欲新政治,必新小说;欲新风俗,必新小说;欲新学艺,必新小说;乃至欲新人心,欲新人格,必新小说。何以故?小说有不可思议之力支配人道故。"这种说法,感情色彩极浓,虽有非凡的宣传效果,但显然是夸张得过分,与事实并不相符。其实,无论是小说或是其他的文学作品,都不可能有这么大的改造一切的力量。

但是,夸大文学社会作用的观点还是屡见不鲜的。这种夸大观点大约来自两个方面。

一方面是文学家本身,为了抬高自己,过高地估价文学的力量。特别是一

---

① 《而已集·革命时代的文学》。
② 《黑格尔法哲学批判·导言》,《马克思恩格斯选集》第1卷,第9页。

些文学家,往往以先觉自居。我国20世纪20年代末期的"革命文学"运动,就有这种倾向。其实,由于意识的偏差,在他们的笔下,对革命歪曲的描写很多,即使是真正的革命文学,也只不过反映了群众中酝酿着的革命情绪而已。激起群众革命情绪的,主要是物质关系的变化,是现实的矛盾,而不是文学作品。所以在实际生活中,对文学的作用估计过高,那是"唯心"之谈。

另一方面是卫道的"正人君子",他们以为天下的坏人坏事,都是由文艺作品教唆出来的,《水浒》"诲盗",《红楼》"诲淫",都要不得。最好是禁止青年人阅读文艺作品,让他们一心只读圣贤书,可以清心寡欲,不至出事。殊不知《水浒传》出现以前就有盗,那是不合理的社会制度造成的;不读《红楼梦》的人也要谈情说爱,那是人的青春期的一种需要,正如歌德在《少年维特之烦恼》的卷首诗中所说:"青年男子谁个不善钟情?妙龄女人谁个不善怀春?这是人性中的至洁至纯。"《牡丹亭》中的杜丽娘,所受庭训甚严,家里请了个陈最良老夫子,教她读的是《诗经》,那是经过孔老夫子删削过的,一言以蔽之,曰:思无邪!然而还是要少女怀春,见景生情,闹出游园惊梦等种种风流韵事来,真是无可奈何啊。这种为了防范文学作品的影响而禁止青年人阅读之事,后来又打着"革命"的旗号进行,刘心武的小说《班主任》写的就是这回事。

正因为文学作品是社会矛盾和群众情绪的反映,所以,首先要解决社会矛盾,而不是禁止文学作品的流通。而且,受到群众欢迎的文学作品是无法禁绝的。从文学作品的传播史上看,这些作品是愈禁则流传得愈广。

当然,这并不是说文学作品毫无用处。文学家毕竟是敏感的,他们往往率先发现社会矛盾,大胆地加以描写,倘有力,便又一转而影响社会,使有变革。例如:屠格涅夫的《猎人笔记》,揭露了农奴制度的罪恶,推动了俄国的农奴解放运动,被称为是"一部点燃火种的书"。斯托夫人的《汤姆叔叔的小屋》,揭露了美国南方蓄奴制度的野蛮与残酷,激发了人们酝酿已久的反蓄奴制的情绪,林肯总统称赞作者是"写了一部书,酿成一场大战的小妇人",这虽然是风趣而夸张之赞语,但不可否认,这本书在解放黑奴的战争中,的确起了鼓动的作用。但是,解放农奴和黑奴,本身却是历史的要求,是社会矛盾的产物。

由于过高地估计了文学艺术的社会作用,赋予文艺以太多的政治因素,将它看作是"时代的风雨表",就会导致将文艺批判作为政治批判的先导,这看来是重视文艺,其实却造成对文艺的伤害,破坏了文艺正常发展的途径。

文艺与其因非文艺的原因而引人瞩目,倒不如回归文艺自身而趋于平淡。

二、干预生活与改造灵魂

但文艺本身毕竟还是具有社会作用的。

就文学家主观动机而言,他们的社会责任感并不一样,这与他们的文学观有关。

有些人抱非功利主义的艺术观,认为自己的写作,有如夜莺的歌唱一样,只是有一种情绪要发泄,发讫即罢,别人感到好听不好听,是无所谓的;或如草木开花,乃自然之本性,至于所开之花有毒无毒,则与草木无关。非功利主义者不顾及作品的社会效益,"为艺术而艺术"的口号就是他们提倡的。

有些人抱着纯市场主义的艺术观,写什么和怎么写,全看市场的需要而定,他们追求的是票房价值和书籍印数,即所谓市场效益,而非社会效益和艺术水准。这类作品通常娱乐性很强,而艺术性较弱,也缺乏社会效益。

而艺术上的功利主义者,则讲究文学的社会效益。他们有强烈的社会责任感,抱着改造社会、改造人生的目的而写作。"为人生的艺术"是他们的口号。普列汉诺夫说:"所谓功利主义的艺术观,即是使艺术作品具有评判生活现象的意义的倾向,以及往往随之而来的乐于参加社会斗争的决心,是在社会上大部分人和多少对艺术创作真正感到兴趣的人们之间有着相互同情的时候产生和加强的。"①

在我国,由于儒家的文化传统占统治地位,入世的文人较多,功利主义的文艺观居主导,所谓"诗歌合为时而作,文章合为事而作",等等,都是积极有为的。文人们喜欢讲究文章的教化作用,似乎没有教化作用就不是好文章,以致像《金瓶梅》《肉蒲团》这样以大量篇幅直接描写性生活的作品,在序言中也一定要特意声明,他们写这些情节的目的,是为了教育读者,使他们知道过度宣淫是要遭到报应的。

至于革命的文学家们,则以文学为社会斗争的武器,为革命宣传的工具,其社会目的性就更明显了。文学家总有自己的社会主张,他笔下的文学作品也总会流露出一定的思想倾向,所以革命的功利主义本也无可厚非,但若走过了头,变成只顾宣传而不要艺术的政治宣传品,就脱离了文艺领域了。

文学的确有自我表现的成分,但不讲社会效益只重自我表现的非功利主义艺术观显然是错误的。艺术作品毕竟不同于夜莺的歌唱和草木之开花,后者是一种自然现象,人们可以听之任之,"花开花落两由之";而艺术是一种社

---

① 《艺术与社会生活》,《普列汉诺夫美学论文集》(Ⅱ),第829页。着重号原有。

会意识形态,必然有倾向性,也一定会产生社会作用。因此,文学家一定要有社会责任感,以自己的艺术促使社会进步。

在市场经济的条件下,文学家追求市场效益也并非坏事,但如果毫无艺术性可言,这种作品就不是艺术品了,如果社会效果不好,也就把自己置于社会的对立面了。文学,还是要讲究社会效果的。

那么,文学应该起什么样的社会作用呢?

这大致也有两种看法:一是认为文学要干预生活,一是认为文学应起改造人们灵魂的作用。

所谓干预生活,是指文学直接介入当时的社会生活和政治生活,对社会事件或政治事件发言,其效果是快速的,反应是强烈的。如左拉对德莱孚斯事件发言的《我控诉》,鲁迅抨击时弊之杂文,以及当代的许多报告文学、纪实小说,等等。

所谓改造灵魂,是说文学不必对当前的社会事件做出反应,而着重揭露人们思想上的弊病,对人们的灵魂进行鞭挞、改造。这种作品,不求一时快速的社会效果,却能产生长远的影响。如陀思妥耶夫斯基的小说,以显示灵魂的深为特色;鲁迅的小说,以改造国民的劣根性为己任。

我们很难说这两种见解孰是孰非,事实上这两种文学都存在,而且都起着积极作用。甚至同一个作家写着两种作品,起着两种社会作用。例如,鲁迅是因为文艺能改造灵魂,才从事文艺工作的,他的小说和一部分杂文,都并不直接反映当时的政治事件和社会斗争,而着重剖析国民性的弊病,以引起疗救的注意;但一旦投身社会运动之后,便有点身不由己,直接介入了当前的斗争,如前期的声援女师大学生运动和谴责"三一八"惨案的制造者及其帮凶,后期的反对国民党专制主义的斗争,鲁迅都写了许多匕首投枪式的杂文,起了很大的社会作用。他说当时是多么迫切的时候,作者的任务是在对于有害的事物,立刻给以反响或抗争,他的杂文就起着"感应的神经","攻守的手足"的作用。

一般说来,在法制不健全、新闻不自由的时候,干预生活的文学就比较发达些,如德莱孚斯枉判,引起左拉的抗议;国民党统治时代,没有新闻自由,就需要用曲笔的杂文来揭露。如果法制健全了,新闻自由了,那么有许多直接进行社会斗争的任务,可以由法律工作者和新闻工作者去担负,社会也不会那样迫切地要求文学去直接干预生活了,可以让文学家们从容地开掘人们的灵魂的深处,从事改造和净化人们心灵的工作。而只要人的灵魂改造好了,真正达到心灵美的境界,那么社会弊病也必然会大为减少;倘若人的灵魂丑陋,那么不管做什么事情都会出毛病。这样看来,改造灵魂仍然是文学的根本使命。

而文学的这种社会使命,正是与它特殊的审美功能相联系的。

第二节 文学的审美教育作用

文学有改造灵魂的作用,但它对接受者并非耳提面命,而是潜移默化,不是诉诸人的理智,而是打动人的感情;总之,文学是通过审美功能而产生社会作用的。

所谓审美功能,自然包括愉悦作用在内,但又不仅仅限于愉悦作用,它还能陶冶心情、澡雪精神,所以称为审美教育作用。

我国现代思想家、教育家们,都很重视审美教育作用。蔡元培提出了"以美育代宗教"之说,就想以审美教育来净化人们的心灵,来代替宗教的作用;王国维认为在下层人民中可进行宗教宣传,而在上层人士中则宜代以审美教育,其意亦与之相近,只是觉得当时下层人民文化水平不高,无法接受审美教育而已。

美总是与真和善联系在一起的。黑格尔说:"美与真是一回事。这就是说,美本身必须是真的。"①同时,美的东西也总是引人向善的,何况艺术美本来就包含创作主体的思想因素在内。因此,审美教育同时就包含认识作用、教育作用和审美作用在内。

一、文学的认识作用

所谓文学的认识作用,是指作品能提供真实、丰富的生活材料而言。文学作品不是知识读物,本不以提供知识为目的,但只要能真实地反映生活,就能为读者提供认识材料。车尔尼雪夫斯基说:"艺术,或者不如说,诗歌(只有诗歌,因为别种艺术在这方面的贡献甚少)向读者群众普及大量知识,而且,更重要的是使读者认识了科学所求得的概念——诗歌对于生活的伟大意义,就在于此。"②

认识作用有多种层次。

第一层,是对于生活情状的认识。如老舍的作品可提供读者对北京市民生活习惯的认识;从沈从文的作品里,我们可以看到湘西那种既纯朴又剽悍的民风。有些写得细致精确的作品,甚至可以提供我们各种生活细节的认识材

---

① 《美学》第1卷,第142页。着重号原有。
② 《论亚里士多德的〈诗学〉》,《美学论文选》,人民文学出版社1957年版,第137页。

料。譬如,巴尔扎克的作品就是这样。恩格斯在论及他的《人间喜剧》时说:"我从这里,甚至在经济细节方面(诸如革命以后动产和不动产的重新分配)所学到的东西,也要比从当时所有职业的历史学家、经济学家和统计学家那里学到的全部东西还要多。"[1]但这种认识作用毕竟是初级的,而且不是所有作品都有这种认识作用。因为艺术有想象,有夸张,并不都是写实的。拉伯雷的《巨人传》写高康大和庞大官儿的生活:一顿饭可以吃下四千六百头奶牛所挤出的牛奶,一泡尿可以阻住敌军的退却,大便后用一只鹅来揩屁股,等等,你就不能信以为真;吴承恩的《西游记》写孙悟空有七十二变,一筋斗可翻十万八千里,当然是一种幻想;李白有诗云:"白发三千丈,缘愁似个长",你就绝不能以为真有那么长的头发,盘在头顶上简直成为一个稻草堆,那不过是种夸张的比方。杜甫一向以写实著称,但他的诗句有时也并不写实,如:"霜皮溜雨四十围,黛色参天二千尺。"有人指责他描写失实,有人考证古今度量制的不同,曲为之辩,其实都是不懂艺术夸张的特点,硬要诗文与现实事物完全一致,这就显得拘泥可笑。而且,有些作品以表现内心的意识或潜意识为主,要在这里寻找风俗资料或经济细节,那是徒劳的。

第二层,是对于社会关系的认识。细节的真实毕竟是次要的,对社会关系的描写才是最主要的。马克思称赞巴尔扎克对现实关系有深刻理解,恩格斯也首先肯定"他在《人间喜剧》里给我们提供了一部法国'社会',特别是巴黎'上流社会'的卓越的现实主义历史"[2]。列宁说:"如果我们看到的是一位真正伟大的艺术家,那末他就一定会在自己的作品中至少反映出革命的某些本质的方面。"[3]他称托尔斯泰是俄国革命的一面镜子,因为托尔斯泰以他天才艺术家特有的功力,表现了1861至1904年这一时期的俄国最广大人民群众的观点和急剧转变,他"在自己的作品里惊人地、突出地体现了整个第一次俄国革命的历史特点,它的力量和它的弱点"[4]。就这个意义上说,每一个伟大的作家,每一部成功的作品,都是一面时代生活的镜子。无论他以何种形式去反映生活,即使是以夸大或变形的手法来描写,缺乏细节的准确性,但只要他反映出了时代的风貌、群众的情绪,那么,他的作品仍然具有认识意义。甚至,从象征派的诗歌《恶之花》里,我们也可以看出时代的忧郁情绪,从荒诞派的

---

[1] 1888年4月初致玛·哈克奈斯信,《马克思恩格斯选集》第4卷,第684页。
[2] 1888年4月初致玛·哈克奈斯信,《马克思恩格斯选集》第4卷,第683页。
[3] 《列夫·托尔斯泰是俄国革命的镜子》,《列宁论文学与艺术》(一),人民文学出版社1960年版,第281页。
[4] 《列·尼·托尔斯泰》,《列宁论文学与艺术》(一),第289页。

戏剧《等待戈多》里,也可以见到战后的资本主义国家下层人民的无望的期待。这些作品也都在某种意义上给我们提供了认识材料。

第三层,是对人们灵魂的认识。伟大的作品在深刻地描写社会关系的同时,总是注意表现人物的心灵。如巴尔扎克对于拉斯蒂涅、吕西安灵魂的揭露,托尔斯泰对于安德烈和聂赫留多夫内心世界的描写,鲁迅对于阿Q精神胜利法的批判,等等。通过文学作品,读者可以认识各种人物的灵魂,从而进一步认识这个世界。鲁迅很称赞陀思妥耶夫斯基的作品对于灵魂的开掘,他说:"显示灵魂的深者,每要被人看作心理学家;尤其是陀思妥夫斯基那样的作者。他写人物,几乎无须描写外貌,只要以语气,声音,就不独将他们的思想和感情,便是面目和身体也表示着。又因为显示着灵魂的深,所以一读那些作品,便令人发生精神的变化。"鲁迅认为,但将这灵魂显示于人的,"是'在高的意义上的写实主义者'"①。

二、文学的教育作用

认识也是一种教育。文学作品提供了关于社会关系的认识材料,也就帮助读者形成一定的社会观。但文学作品的教育作用还不止于此,它对读者、观众还有直接的思想和道德教育作用。这是因为文学作品不是对现实生活的纯客观的反映,而是包含着作家的主观认识,所以必然要在思想上对读者产生影响。

文学作品对于读者的教育作用,首先表现在英雄人物的思想影响上。这些英雄人物,在生活中起了榜样的作用,他们的英雄行为和崇高思想可以供人效仿。国际工人运动领袖、在莱比锡法庭上曾机智地与德国纳粹党徒进行不屈斗争的季米特洛夫说:"我还记得,在我少年时代,是文学中的什么东西给了我特别强烈的印象,是什么榜样影响了我的性格? 我必须直接地说:这是车尔尼雪夫斯基的书《怎么办?》。我在参加保加利亚工人运动的日子里培养起来的那种坚持力和我在莱比锡法庭上所采取的那种一贯的坚持力、信心和坚定精神——这一切都无疑地同我在少年时期读过的车尔尼雪夫斯基的艺术作品有关系。"②的确,《怎么办?》里的拉赫美托夫等英雄形象,曾经给人以很大的鼓舞。奥斯特洛夫斯基在他的小说《钢铁是怎样炼成的》里写到保尔·柯察金深受《牛虻》主人公的英雄行为的影响,而《钢铁是怎样炼成的》又对20

---

① 《集外集·〈穷人〉小引》。
② 《同法西斯主义斗争的文学》,《季米特洛夫论文学、艺术与科学》,人民文学出版社1959年版,第9页。

世纪四五十年代的青年产生过很大的影响,他们往往以保尔·柯察金为自己的榜样,并且把他的名言作为座右铭:"人的一生应当这样度过:当他回首往事的时候,他不会因为虚度年华而悔恨,也不会因为碌碌无为而羞愧;这样,在临死的时候,他就能够说:'我的整个生命和全部精力,都已经献给世界上最壮丽的事业——为人类的解放而斗争。'"

但是,并不是所有作品都塑造英雄形象,而且新的思想也不一定都通过英雄人物而体现出来。因此,我们不能将文学作品的教育作用局限在英雄人物的塑造上,更不能把塑造英雄人物作为文学创作的根本任务。应该说,凡是体现新思想、有进步倾向的作品都有教育作用。譬如,《红楼梦》中的贾宝玉、林黛玉以及其他少男少女们,大概都算不上英雄人物,但是,贾宝玉对于仕途经济的厌恶,他和林黛玉对于婚姻自由的追求,在封建社会里,却不能不算是新的思想,也能给人们以鼓舞。《红楼梦》为广大读者所钟爱,又为封建卫道士所反对,不是没有道理的。

即使是暴露性的作品,也能给人以教育。当然并不是叫人去学习书中的批判对象,而是因为作者在批判旧事物中表现出他的审美理想,这种审美理想,就能给读者以教育作用。例如,果戈理的喜剧《钦差大臣》,描写外省一个城市的官吏及其太太们把一个过路的旅客当作钦差大臣来吹拍,无论是这个乘机冒充钦差大臣的骗子,还是围着他转的当地名流,都是可笑的讽刺性形象,但是这种讽刺所激起的笑声,却是对沙俄官僚制度下丑恶事物的批判,这种批判,帮助观众分清善恶美丑,净化了人们的灵魂。但是,并不是所有暴露性的作品都有理想力量。那些没有崇高审美理想,只是展览丑恶的作品,是没有教育作用的。

正如作品的思想倾向不能特别地说出,而要在场面和情节中自然地流露出来一样,文学对读者、观众的思想教育,也不能直接灌输,而只能细雨浸润式地进行,诚如杜甫《春雨》诗中所说:"随风潜入夜,润物细无声。"这就是"潜移默化"的作用,若是板起面孔来,存心教训人的作品,效果总是适得其反,这在历史上是有深刻的教训的。比如,宋代理学盛极一时,诗歌不讲形象思维,小说也多理学化了,以为非含有教训便不足道,结果把诗文小说当作修身教科书,也就不成为文艺作品了;20世纪的革命文学,则以政治宣传为目的,常常在作品中图解政策,书写标语口号,同样失去了感人的力量。

我国由于长期的儒学统治,教化思想渗透到各个方面,说教文学比比皆是,这实际上是文艺的歧途。要想发挥文学的教育作用,必须通过文学的审美作用才行。

三、文学的审美作用

对于文学艺术教育的特殊方式,古人早就看到了。在我国,荀子在《乐论》中说:"声乐之入人也深,其化人也速。"《乐记》中则说:乐也者,"其可以善民心,其感人深,其移风易俗"。在西方,古罗马的贺拉斯在《诗艺》中明确提出了"寓教于乐"的看法,近代德国诗人席勒又专门写有一本著作,叫作《审美教育书简》,阐述审美教育原理。其他作家,也有许多类似的言论。如瑞士小说家凯勒曾说:"诗可以教诲,然教诲必融化于诗中,有若糖或盐之消失于水内。"法国诗人瓦勒里亦说过:"诗歌涵义理,当如果实含养料;养身之物也,只见为可口之物而已。食之者赏滋味之美,浑不省得滋补之力焉。"[1]总之,我们不能忽视文学的审美作用。实际上,文学的认识作用和教育作用都是通过审美作用而实现的。

何谓审美作用?我们欣赏艺术形象时,在感情上受到打动,得到美的享受,从而净化了灵魂,这就是文学的审美作用。茅盾曾做过这样的解释:"我们都有过这样的经验:看到某些自然物或人造的艺术品,我们往往要发生一种情绪上的激动,也许是愉快兴奋,也许是悲哀激昂,不管是前者,还是后者,总之我们是被感动了,这样的情感上的激动(对艺术品或自然物),叫做欣赏,也就是,我们对所看到的事物起了美感。"[2]茅盾这里所说,除欣赏艺术美外,还包括欣赏自然美所产生的美感,范围更加广泛,但道理是一样的。

文学的审美作用是多方面的。

首先是给人以美的享受,使人得到愉快和休息。不要小看这种愉快和休息,它是必要的精神调剂。试想,如果一天到晚,一年到头都把精神的弦绷得紧紧的,能不断裂吗?所以文学就要在娱乐和休息上给人以满足,这也从侧面推动了工作。如果只考虑到文学的战斗性而不顾及娱乐性,只想用文学来教训人,而不能给人以美的享受,那效果往往是适得其反。我们不应该忽视文学的娱乐性。当然,娱乐性也有高级和低级之分,不能把娱乐理解为仅仅是感官的刺激,更重要的是怡情冶性,能给人以美的享受。

其次,培养人的爱美之心,使人的性格得到全面发展。俗语说:爱美之心,人皆有之。但这种爱美之心,有时却受到压抑和扭曲。这与物质生活有关,也与精神生活有关。物质生活过于贫困,终日为谋生奔忙、为衣食烦恼的人,当

---

[1] 转引自钱锺书《谈艺录》上卷,生活·读书·新知三联书店2001年版,第63—64页。
[2] 《欣赏与创作》,《茅盾评论文集》(上),人民文学出版社1978年版,第5页。

然易于忽略对美的追求;而精神生活过于紧张,或精神过于空虚的人,也不会去追求美,不但不去追求美,反而会摧残美,毁灭美,这就造成对社会的破坏。要改变这种情况,当然不是光靠文学的力量所能达到的。人的性格要得到全面发展,只有当物质产品大量涌流的时候才能达到,但文学作品对培养人的爱美之心,促进性格的全面发展,还是能起积极作用的。只有当人的性格得到全面发展了,思想境界才能得到提高。

再则,能对人的心灵起净化作用。这种"净化"作用,还是亚里士多德先提出来的。他在《政治学》中说:"有些人受宗教狂热支配时,一听到宗教的乐调就卷入迷狂状态,随后就安静下来,仿佛受到了一种治疗和净化。这种情形当然也适用于受哀怜、恐惧以及其他类似情绪影响的人。某些人特别容易受某种情绪的影响,他们也可以在不同程度上受到音乐的激动,受到净化,因而心里感到一种轻松舒畅的快感。"[①]文学作品所激起人们的感情是不一样的,但无论是悲剧所激起的崇高感或喜剧所激起的滑稽感,英雄史诗所激起的壮美感或风景花卉画所激起的优美感,都能起到陶冶心情,净化心灵的作用。心灵得到净化之后,卑劣之念就能够去除,思想水准、道德水准就能够提高。

如此看来,文学的美感作用与教育作用是相联系的,只不过它不是拘泥于某一具体问题的教育,而是通过对人的提高而起作用。人的提高,才是真正的提高,改造人的灵魂,才是根本之图。

---

① 《西方文论选》上卷,第96页。

第四章　文学的社会联系

　　文学艺术虽然由于它的审美属性,而带来一系列的特殊性,但它毕竟属于社会意识形态领域,因而不可能脱离社会而存在。正如恩格斯所说:"政治、法律、哲学、宗教、文学、艺术等的发展是以经济发展为基础的。但是,它们又都互相影响并对经济基础发生影响。"①因此,当我们宏观地考察文学艺术的时候,就不能不考察它的社会联系,特别是它与哲学、宗教、政治的相互关系。

第一节　文学与哲学的关系

一、哲学对文学的影响

　　哲学是一门概括性很广的学科,它是关于自然知识和社会知识的概括和总结。所以哲学对自然科学和社会科学都有指导作用,对于文学艺术也有不可估量的影响。

　　哲学对于文学的影响,首先表现在认识事物的原则和方法上。文学是一种认识——审美认识,既然是一种认识,当然就有认识事物的原则和方法,这样,就和哲学上的认识论和方法论挂上了钩。尽管有许多作家并不一定有明确的哲学观点,但他们在观察事物、认识事物时仍离不开一定的原则和方法。你是按照客观事物原来的样子去认识事物呢,还是将自己的想象色彩涂到客观事物上去?你是全面地观察事物的普遍联系呢,还是抓住一点不及其余?你是静止地观察事物呢,还是看到事物的发展趋势?这些,实际上都是认识论和方法论上的问题。而有些作家口头上标榜的是某一种哲学观点,实际上遵循的却是另一种哲学观点。譬如,有些作家声称自己是辩证唯物论者,但他们却不能如实地反映生活中的矛盾斗争,而是从某种既定的观念出发,根据某种需要去剪裁生活,甚至歪曲生活;他们也不能写出人物性格的丰富性和复杂性,只抽取一面,无限突出,成为绝对化的形象。这样,他们实际上既不唯物,

---

　　① 1894年1月25日致瓦·博尔吉乌斯信,《马克思恩格斯全集》第39卷,人民出版社1975年版,第199页。

也不辩证,不过其中仍有一定的哲学观点支配着,那就是唯心论和形而上学。可见作家在观察生活、反映生活时,总是受一定的哲学观点所支配,只不过重要的并不是他自己标榜什么,而是实际上遵循什么原则和方法。

其次,有许多作家,常常从哲学家那里吸取精神养料。因为作家们的观察力不是天然的,为了探索人生的奥秘,他们必须求助于哲学。我国古代文人,文史哲不分家,《论语》《孟子》《老子》《庄子》等哲学著作是案头必备之书,还有些文人爱读佛典,也因为那里面有许多人生哲理。外国古代文人,对亚里士多德等人的著作也很熟悉。而现代作家涉猎哲学书籍的面就更广了。例如鲁迅,既爱读老庄、韩非,又精研佛典;既心仪于赫胥黎的《天演论》,又广泛吸取西方的个性主义思想;此外对尼采哲学也很感兴趣。这些哲学思想,都在他的作品中留下了影响。他时而峻急,时而随便,这是韩非、老庄的影响。"我知道伟大的人物能洞见三世,观照一切,历大苦恼,尝大欢喜,发大慈悲。但我又知道这必须深入山林,坐古树下,静观默想,得天眼通,离人间愈远遥,而知人间也愈深,愈广;于是凡有言说,也愈高,愈大;于是而为天人师。"①——这显然夹满佛家语,不过鲁迅持的是批判态度。他认为青年必胜于老年,这是进化论观点;而号召青年起来,"敢说,敢笑,敢哭,敢怒,敢骂,敢打,在这可诅咒的地方击退了可诅咒的时代"②,这又是主张个性的张扬。尼采的哲学也在鲁迅著作中留下了影响,这不但从《热风》中某些随感录的文风和用语上可以看出,如《四十一》中所说:"能做事的做事,能发声的发声。有一分热,发一分光,就令萤火一般,也可以在黑暗里发一点光,不必等候炬火。此后如竟没有炬火:我便是唯一的光。倘若有了炬火,出了太阳,我们自然心悦诚服的消失,不但毫无不平,而且还要随喜赞美这炬火或太阳;因为他照了人类,连我都在内。"就是典型的尼采式语言;而且他对于传统的批判,对于国民劣根性的批判,也多少从尼采哲学中吸取过力量。当然,上述种种哲学思想在鲁迅作品里并不是拼凑的杂拌,而是统一在彻底反封建的思想格调中。到后期,鲁迅接受了"史底唯物主义",用唯物史观来观察问题,对社会问题就看得更加透彻了。还有些作家,本身就是哲学家,如法国的萨特,既是存在主义哲学家,又是存在主义作家,他的存在主义,同时贯穿在他的哲学著作和文艺创作中。

再则,各种创作方法也总是以一定的哲学思想作为理论基础的。各种哲学思想渗透到创作原则中去,形成了不同的特色。如:古典主义的指导思想是

---

① 《华盖集·题记》。
② 《华盖集·忽然想到(五)》。

唯理主义,因此它崇尚理性,蔑视感情,强调普遍性而忽视个别性;自然主义的哲学基础是实证主义,因此它只注意表面现象的描写,而否认现实的客观法则;现实主义遵循唯物主义原则,主张按照现实本来的面貌反映生活;现代主义诸流派是在叔本华、尼采等强调主体意识的现代哲学影响下产生的,所以这些流派虽有不同特色,但都比较强调自我意识。总之,哲学思想是贯穿在创作方法之中的。

二、文学对哲学的丰富和发展

但是,并非只有哲学对文学产生影响,而文学对哲学就不起什么作用。世上的事物,影响和作用总是相互的。不但文学常受哲学思想的影响,而且哲学思想也每受文学作品的启迪,从而获得丰富和发展。正如钱锺书所说,文学与哲学思想,是"交煽互发,转辗因果"的。

文学对于哲学的反作用,表现在两个方面。

首先,由于文学是现实生活的反映,只要反映得深刻,就会表现出许多人生哲理,这种文学作品中反映出来的人生哲理,可以作为哲学的养料,并能够启发新的哲学思想。譬如,《三国演义》开卷第一句"话说天下大势,分久必合,合久必分",就有哲理性,不管是属于辩证法还是历史循环论,它总是一种历史哲学观点。《安娜·卡列尼娜》开头说:"幸福的家庭都是相似的,不幸的家庭各有各的不幸";《红楼梦》里说:"千里搭长棚,没有不散的筵席";《故乡》里说:"地上本没有路,走的人多了,也便成了路",等等,都蕴含着生活的哲理。毛泽东在他的哲学著作《矛盾论》里引用过《水浒传》的例子来说明研究问题忌带主观性、片面性的道理:"《水浒传》上宋江三打祝家庄,两次都因情况不明,方法不对,打了败仗。后来改变方法,从调查情形入手,于是熟悉了盘陀路,拆散了李家庄、扈家庄和祝家庄的联盟,并且布置了藏在敌人营盘里的伏兵,用了和外国故事中所说木马计相像的方法,第三次就打了胜仗。《水浒传》上有很多唯物辩证法的事例,这个三打祝家庄,算是最好的一个。"①存在主义哲学大师海德格尔在他的主要著作《存在与时间》里,论及"此在之为烦的生存论阐释"时,就引述了16世纪作家海基努斯《寓言集》中有关"烦"的一大段拉丁语全文,说是先获我心;而卡夫卡、陀思妥耶夫斯基也在海德格尔等人之前,被奉为存在主义之先觉。这样,诚如钱锺书所说:"故哲学思想往往先露头角于文艺作品,形象思维导逻辑思维之先路","盖文艺与哲学思想

---

① 《毛泽东选集》第1卷,第301页。

交煽互发,转辗因果,而今之文史家常忽略此点。"①

其次,历来大作家、大艺术家都是大思想家,他们虽然未必都有完整的哲学体系,但他们的思想却都有丰富的社会内涵,他们在思想史上有重要的地位,可与伟大的哲学家相互辉映。但丁和达·芬奇是文艺复兴时期伟大的人文主义者;狄德罗和卢梭是为法国资产阶级革命制造舆论的启蒙主义思想家;浪漫主义先驱雨果以他富有魅力的作品,诉说着人间社会的不平,宣扬了人道主义精神;现实主义大师巴尔扎克无情地揭出了资本主义社会的丑恶,以极其出色地深刻理解现实关系著称;普希金在俄国社会还处于严冬的时期,以美妙的歌喉唱出了春天的声音;托尔斯泰对于改造俄国社会提出了一整套的主张,形成了托尔斯泰主义;中国近代开风气的诗人龚自珍以河汾之道自诩,他憧憬着隋代经学大师王通在思想界的地位;而代表中国新文化方向的鲁迅,则一生不懈地探索着救国救民的道路,对中国社会剖析得入骨三分。不管这些大师们的思想是否完全正确,由于他们对生活真理作过认真地独立地探讨,因而他们有独到的见解,在思想史上独树一帜。

艺术大家们从来不作无病呻吟,都是有所为而作。他们或者有政治抱负,因遭挫折,愤而著书;或者有社会理想,以文学艺术的形式来表达自己的人生哲学。司马迁在《史记》自序中说:"夫《诗》《书》隐约者,欲遂其志之思也。昔西伯拘羑里,演《周易》;孔子厄陈蔡,作《春秋》;屈原放逐,著《离骚》;左丘失明,厥有《国语》;孙子膑脚,而论兵法;不韦迁蜀,世传《吕览》;韩非囚秦,《说难》《孤愤》;《诗》三百篇,大抵圣贤发愤之所为作也。"虽然这里所说的有许多并非文学作品,但文学作品也是包括在内的。正因为有所为,有识见,所以作品才有思想深度,才能在思想史上具有价值。

可见抱负与识见对作家、艺术家来说,是非常重要的。

三、学诗者以识为主

我国古代史论家向作史者提出了才、学、识的要求,文论家认为这同样适用于诗人、作家,而且还强调以识为主。袁枚就说:"作史三长:才、学、识缺一不可,余谓诗亦如之,而识最为先。非识,则才与学俱误用矣。"②刘熙载也说:"文以识为主。认题立意,非识之高卓精审,无以中要。才、学、识三长,识为

---

① 《致胡乔木》,《钱锺书散文》,浙江文艺出版社1997年版,第423、424页。
② 《随园诗话》,人民文学出版社1960年版,第87页。

尤重,岂独作史然耶?"①有类似看法的人还有很多。譬如,严羽说:"夫学诗者以识为主"②;沈德潜说:"有第一等襟抱,第一等学识,斯有第一等真诗"③;叶燮说得更具体:"惟有识,则能知所从,知所奋,知所决,而后才与胆力,皆确然有以自信;举世非之,举世誉之,而不为其所摇。安有随人之是非以为是非者哉?""惟有识,则是非明;是非明,则取舍定。不但不随世人脚跟,并亦不随古人脚跟。"④

西方作家和理论家们对于认识力和判断力也是很重视的,贺拉斯说:"要写作成功,判断力是开端和源泉"⑤;布瓦罗批评有些有才智的人,说"他们不明晰的思想,总是被浓厚的乌云层层遮上;纵然是理性的光芒,也不能把它穿透",因此要求作家"写作之前先要学构思清楚"⑥;巴尔扎克在他的小说总集《人间喜剧》前言中说:"只要严格摹写现实,一个作家可以成为或多或少忠实的、或多或少成功的、耐心的或勇敢的描绘人类典型的画家、讲述私生活戏剧的人、社会设备的考古学家、职业名册的编纂者、善恶的登记员;可是,为了得到凡是艺术家都会渴望的赞词,不是应该进一步研究产生这些社会现象的多种原因或一种原因,寻出隐藏在广大的人物、热情和事故里面的意义吗? 在寻找了(我没有说:寻到了)这个原因、这种动力之后,不是还需要对自然法则加以思索,看看各个社会在什么地方离开了永恒的法则,离开了真,离开了美,或者在什么地方同它们接近吗?"

是的,作家必须具有器识,这才不会跟随别人的脚跟转,人云亦云,这才不会成为只能描写生活表象的编纂者、登记员之类。

我们常常碰到这样的作品,它们总是重复别人讲过的话,而不能引起读者的思考,不能给我们新的东西,正如罗丹所指责的:"拙劣的艺术家永远戴别人的眼镜。"⑦而艺术家应该是生活的探求者,像地质勘探一样,要向地壳内层钻探。还是巴尔扎克说得好:"一个见信于人的作家,如果能使读者思考问题,就是做了一件大好事。"⑧

为了使自己具有识见,作家应该掌握哲学思想。巴尔扎克在《幻灭》第二

---

① 《艺概》,上海古籍出版社1978年版,第38页。
② 《沧浪诗话·诗辨》,郭绍虞《沧浪诗话校释》,人民文学出版社1962年版,第1页。
③ 《说诗晬语》,《原诗·一瓢诗话·说诗晬语》,第187页。
④ 《原诗》,《原诗·一瓢诗话·说诗晬语》,第29、25页。
⑤ 《诗艺》,《诗学·诗艺》,第154页。
⑥ 《诗的艺术》,《西方文论选》上卷,第293—294页。
⑦ 《罗丹艺术论》,人民美术出版社1987年版,第4页。
⑧ 《致〈星期报〉编辑意保利特·卡斯狄叶先生书》,《文艺理论译丛》1957年第2期,第37页。

部《外省大人物在巴黎》里曾通过对一个有识见人物的描写说:"大丹士认为不精通形而上学,一个人不可能出类拔萃。那时他正在挖掘古往今来的哲学宝藏,预备吸收融化,他要像莫里哀那样,先成为深刻的哲学家,再写喜剧。思想和事实,书本上的世界和活生生的世界,他都研究。"

当然,我们提倡作家研究哲学,并不是要他们在自己的作品里写哲学讲义,而只是希望他们能运用哲学思想来观察社会,提高识见。在艺术作品里,哲学的意蕴是应该融化在诗情画意之中的。

第二节 文学与宗教的关系

宗教是一种重要的文化现象,在历史上曾经产生过广泛的影响。它是颠倒了的世界观。但产生它的社会本身就是颠倒了的世界。因此,"宗教是这个世界的总理论,是它的包罗万象的纲要,它的具有通俗形式的逻辑,它的唯灵论的荣誉问题,它的狂热,它的道德约束,它的庄严补充,它借以求得慰藉和辩护的总根据"①。

既然它是总理论和包罗万象的纲要,当然就不会不渗透到文学艺术这块园地里来。在中外的历史上,宗教和文学艺术总是结下不解之缘。

宗教对艺术的渗透,大致从两方面进行。

一、宗教利用艺术传经布道

原始艺术和原始宗教,本来是密不可分的。两者可说是同时形成,而且有着共同的认识论根源,即对现实的主观幻想的认识。当然,两者出于不同的社会需要,原始艺术的产生是由于人类审美的需要,原始宗教的产生则出于人类企图掌握自然的要求。而原始宗教一旦产生,它就要利用原始艺术,同时也就激发了原始艺术的发展。在远古时代,初民将某种动植物当作神来崇拜,这叫图腾崇拜。弗洛伊德将图腾崇拜看作原始的宗教形式,而图腾崇拜与原始艺术的关系就很密切。首先是需要塑造或绘制图腾崇拜物的形象,作为本部落的标志,作为顶礼膜拜的偶像,这就是原始的绘画和雕塑。其次,在崇拜图腾的礼仪中要载歌载舞,这是原始歌舞,而且还逐渐演变出神话剧来。在原始社会中,神的意识占主导地位,艺术与它相关是必然的。正如别林斯基所说:"艺术从来不是独立地、单独地发展的,相反,它的发展总是和其他意识范畴

---

① 马克思:《黑格尔法哲学批判·导言》,《马克思恩格斯选集》第1卷,第1页。

相联在一起的。在各民族的幼年时代和少年时代，艺术或多或少地总是宗教思想的表现，而在壮年时代，则是哲学概念的表现。"①

后来，虽然宗教文化与世俗文化分离，但宗教为了自身的需要，仍旧离不开艺术。基督教的《圣经》，本身就是文学性很强的历史故事，佛教经典里除一部分经论之外，也有一些文学性很强的经传，如《佛本生经》和《六祖坛经》等，都是用佛祖的传记故事来宣扬佛法。

但经典无论怎样有文学性，也只能以知识分子为读者对象，还不可能普及到下层群众中去。为了广泛地在善男信女中传教，宗教还要利用文学艺术作为传经布道的工具。历史上许多名画，其实都是以宗教为题材的宣传画。如达·芬奇的名画《最后的晚餐》，就是选取耶稣被捕前，在最后的晚餐席上向十二个门徒宣布"你们中有人出卖了我"这一刹那间的场景为题材的。而且是应教会之请，就画在圣玛丽教堂修道院食堂的墙壁上。拉斐尔以画圣母出名，他画了许多圣母像，如《圣母的婚礼》《安西德圣母》《花园中的圣母》《带金莺的圣母》。米开朗基罗的雕塑《摩西》和《大卫》，也取材于《圣经》。又如《创造日月》《创造亚当》《原罪，逐出乐园》等，都是为西斯廷礼拜堂画的拱顶壁画。佛教中的雕塑和绘画也不少。除了寺院中的佛像和壁画之外，还凿出专门的石窟来造像。如我国的三大石窟：大同的云冈石窟、洛阳的龙门石窟和敦煌的莫高窟。前两个石窟都是大小不同的石像，莫高窟则除了石像塑像以外，还有许多壁画。这些宗教画，有些是表现宗教人物圣洁形象的，如《维摩诘与文殊经变》，描写维摩诘居士与文殊菩萨论难的场面；有些是佛教故事的连环画，如《萨埵那舍身饲虎图》，描写萨埵那王子在山间看见垂死的饿虎，动了善心，舍身饲虎的故事，《五百强盗成佛图》则描写强盗与官兵大战，强盗被俘，被挖去双目，放逐山林，后来皈依佛法，于是双目复明的故事。绘画、雕塑之外，宗教还广泛地利用其他文艺形式为己所用，如音乐、文学等。天主教堂里的唱诗班，就借诗和歌来宣传宗教；佛教的偈子，也是诗的变种，即用诗的形式来宣扬佛理，如禅宗六祖惠能和尚那首有名的偈子云："菩提本无树，明镜亦非台，本来无一物，何处惹尘埃"，就是宣扬四大皆空观点的诗句；而变文、宝卷，如《目莲救母记》等，则是利用讲故事的形式来宣传宗教。佛教因为八戒中有所谓"歌舞观听戒"，所以一般地说不重视歌舞，但亦有所谓佛曲。佛教徒向佛与菩萨唱颂歌，亦可有乐器伴奏，是为梵呗，也可算音乐之应用。

宗教是苦难人民的精神慰藉。宣传宗教的艺术当然起了抚慰人心的作

---

① 《杰尔查文作品集》，《别林斯基选集》第5卷，上海译文出版社2005年版，第161页。

用。但是,不可否认,宗教也推动了艺术的发展。梵蒂冈教堂中和中国云冈、龙门、敦煌三大石窟里的雕塑和壁画,都成了人类的宝贵艺术财富。有些巨型佛像,如果没有狂热的宗教精神,是难以完成的,它们在艺术史上占有重要地位。龙门奉先寺的卢舍那大佛,就被称为中国古代雕塑作品中的最高代表。而我国雕塑艺术的发展,可以说主要体现在佛像的造型上。宗教画和雕塑的艺术手法,显然对世俗画和雕塑有重大影响。有人从北魏时期衣着贴体的佛像身上,找到了唐代绘画中"曹衣出水"法的历史渊源,从佛手的造型美中研究出中国画何以讲究手的艺术美,都是有根据的。有些宗教艺术,在文体上还有创新作用,如佛教变文,就对我国说书艺术的发展起了推动作用,并间接促进了小说创作的发展。我国古典小说中常见的散韵混合形式,在叙述中插入一段对场景或人物的骈体描写,显然是受了变文文体的影响。

二、宗教思想影响文学思想

作家的文学思想受宗教思想的影响,是相当普遍的现象。他们不一定创作宗教艺术,但由于思想上受教义或经论影响太深,于是潜移默化,就会反映到他们的创作中来。托尔斯泰的勿抗恶主义和鼓吹道德上的自我完善、陀思妥耶夫斯基的尽从,都是基督教思想的表现。中国古代作家受佛道二教的思想影响也很深。如李白,深受道家思想影响,所以"五岳寻仙不辞远,一生好入名山游"。他在《梦游天姥吟留别》里描写梦境中所见的洞府的情景:"洞天石扇,訇然中开:青冥浩荡不见底,日月照耀金银台。霓为衣兮风为马,云之君兮纷纷而来下。虎鼓瑟兮鸾回车,仙之人兮列如麻。忽魂悸以魄动,恍惊起而长嗟。"真是一派仙家景象!王维,则读经礼佛,是禅宗的信徒。他的名字(名维,字摩诘),就取自《维摩诘经》。王维官至尚书右丞,拥有辋川别墅,但是"晚年惟好静,万事不关心"。他有许多写景小诗,其实都渗透着禅理。《鹿柴》是我们熟悉的五绝:"空山不见人,但闻人语响。返景入深林,复照青苔上。"它通过深山密林境界之空灵,声音色彩给人感受之恍惚微妙,以显示出世界一切事物都不过是虚假的幻觉。①苏东坡也常以禅理入诗词,不过他是豪放派,与王维的格调不同。如《临江仙·夜归临皋》:"夜饮东坡醒复醉,归来仿佛三更,家童鼻息已雷鸣。敲门都不应,倚杖听江声。长恨此身非我有,何时忘却营营?夜阑人静縠纹平。小舟从此逝,江海寄余生。"禅机显然可见。

中国的知识分子称为儒,原以儒家为正宗,但与和尚道士结交者却颇不乏

---

① 参见陈允吉:《唐音佛教辨思录·论王维山水诗中的禅宗思想》,上海古籍出版社1988年版。

人。特别对于那些深通佛理的禅师,他们更深为敬重。王维与道光禅师为友,又受到禅宗六祖惠能的大弟子神会的赏识;柳宗元的和尚朋友很多,并常为他们写碑铭;苏轼不仅和禅师交往,而且还学他们的口吻,与他们大掉机锋;王安石中年信佛,将家宅舍为寺院;李贽干脆落发为僧;袁宏道则声称,讲禅除李贽外,他是天下无敌。如果说,苏轼、李贽、袁宏道辈,都是比较放达的文人,不受儒家信条的约束,那么,以儒家正统自居的理学家,也有与佛学结缘的。如宋代理学大师周敦颐,他的名文《爱莲说》就是根据《华严经探玄记》的命意写成的。现将二文作一比较,即可明白。

《爱莲说》原文:

　　水陆草木之花,可爱者甚蕃。晋陶渊明独爱菊。自李唐来,世人盛爱牡丹。予独爱莲之出淤泥而不染,濯清涟而不妖,中通外直,不蔓不枝。香远益清,亭亭净植,可远观而不可亵玩焉。予谓:菊,花之隐逸者也;牡丹,花之富贵者也;莲,花之君子者也。噫!菊之爱,陶后鲜有闻。莲之爱,同予者何人?牡丹之爱,宜乎众矣。

《华严经探玄记》第三卷片断:

　　大莲华者,梁摄论中有四义。一、如世莲华,在泥不染,譬如界真如,在世不为世法所污。二、如莲花自然开发,譬真如自性开悟,众生若证,则自性开发。三、如莲华为群蜂所采,譬真如为众圣所用。四、如莲华有四德:一香,二净,三柔软,四可爱,譬真如四德,谓常乐我净。

《爱莲说》里歌颂莲花的词句,几乎就是《华严经探玄记》的翻版。《华严经》借莲花来象征佛性,《爱莲说》借莲花来象征人性,佛性与人性是相通的,于是理学与佛学走到一起去了,并从佛学里借鉴和移植了许多东西。如净染问题,乃理学家性论中的重要命题,就是从佛学中来的。另外,理学家还从道教吸取养料,他们的《太极图》就源出于《道藏经》①。这就形成了三教同源论。

不但理学从佛学中吸取养料,而且与理学相对立的心学,也深受佛学的影响。王阳明的心学就是在佛教禅宗的基础上建立起来的。禅宗讲"本心清净",

---

① 参见侯外庐、邱汉生、张岂之主编:《宋明理学史》上卷第一章,人民出版社2001年版。

王阳明讲"性善";禅宗讲"直指本心",王阳明讲"致良知";禅宗讲"即心即佛",王阳明宣扬孟子的"求其放心"说,相互间都有联系。直接受王阳明心学影响的李贽的"童心说"与袁宏道的"性灵说",也与禅宗之自然本性说相关。而且,他们对儒教的叛逆精神,也多少受到禅宗"呵佛骂祖"作风的启迪①。

佛学思想不但影响文艺创作,而且也影响到文艺批评。《诗品》的作者司空图是禅宗信徒,他讲究"不着一字,尽得风流";严羽的《沧浪诗话》以禅喻诗,要求"羚羊挂角,无迹可求",都是禅宗"不落言筌"表达方式的流衍。

儒家是讲进取的,佛道是讲退隐的,为什么中国文人士大夫会接受佛道思想呢?这也有特定的社会原因。因为在封建社会里,没有自由职业的知识分子,要么做官,要么退隐,所以鲁迅说中国只有两种文学:一是廊庙文学,一是山林文学。鉴于这种情况,儒家就有"达则兼济天下,穷则独善其身"的说法。到得"穷"时,就要找老庄的清静无为说或佛家的出世思想作为精神上的自我调剂。即使在"达"时,官场的斗争激烈,不能时时占上风,于是也要从佛道思想中寻找精神安慰,所以有"大隐隐于朝"的说法。

总之,宗教思想大抵先影响哲学思想,然后影响到文学思想。这种影响有时是有形的,有踪迹可寻,有时是无形的,不一定与某种宗教条文有直接联系,如中国古代自然淡泊的诗,或表现宁静幽远境界的画,都是这种无形影响的表现。

第三节　文学与政治的关系

在上层建筑的各个部门中,与文艺关系最为密切的是政治。政治是经济的集中表现,而且渗透到社会的每一个角落,所以,作为社会意识形态的文学,不能不与政治发生关系。文学是不可能脱离政治的,问题是保持怎样的联系?

一、政治对文学的需要

政治是一种强大的社会力量,它要求各种事物都围绕着自己这个轴心旋转。对于文学,当然并不例外。各个政治集团总要求文学来适应自己的政治需要,为自己的政治利益服务。这在我国封建社会里,表现得特别明显。孔子曰:"诵诗三百,授之以政,不达;使之四方,不能专对;虽多,亦奚以为。"②这简

---

① 参见葛兆光:《禅宗与中国文化》,上海人民出版社1986年版。
② 《论语·子路》,《四书章句集注》,中华书局1983年版,第143页。

直把《诗经》当作治理政事和办理外交的工具了。他又说:"诗可以兴,可以观,可以群,可以怨。迩之事父,远之事君,多识于鸟兽草木之名。"①这里,虽把对文学的作用理解得宽泛一点了,但着重点还是政治需要——考见政事得失,团结众人,怨刺上政,为事父事君的大事服务。孔子的观点对后代影响很大。儒家论文,大抵都从政治和伦理上着眼。在西方国家,政治也并没有放松对于文学的要求,柏拉图要求诗人歌颂理念、歌颂神,教育公民去敬神和捍卫国家,如果不能发挥这种教育作用,在理想国中便没有诗人的地位。如果诗人渎神,就可以把他逐出理想国。17 世纪法国路易十四时代,宫廷成为文化活动的中心,枢密大臣黎塞留主教创办了法兰西学院,就是为了使文学艺术与专制政治相适应。古典主义的各项原则,是为这种政治制度服务的。普列汉诺夫说:"任何一个政权,只要注意到艺术,自然就总是偏重于采取功利主义的艺术观。这也是可以理解的,因为它为了自己的利益就要使一切意识形态都为它自己所从事的事业服务。可是由于政权只是在少数情况下是革命的,而在大多数情况下都是保守的,甚至是十分反动的,因此不该认为,功利主义的艺术观好像主要是革命者或一般具有先进思想的人们所特有的。"②

所谓文学上的功利主义,与文学的阶级性密切联系。各个阶级都要求文学表现本阶级的意识,维护本阶级的利益。封建统治阶级要求文学宣扬封建之道,起到所谓"经夫妇,成孝敬,厚人伦,美教化,移风俗"的作用③,目的是为了巩固君君臣臣父父子子的封建秩序。他们对于歌功颂德,宣扬忠孝节义思想的作品是奖励有加,而对于宣扬叛逆精神、反抗思想的作品,则禁之唯恐不严。所以历代都有"歌德"文学,历代都有禁书,历代都有以文字得宠者,历代都有以文字获罪者。封建帝王对于文辞之臣,开始是置于帮闲,清客之列,"俳优蓄之",是为弄臣。虽然有些辞臣对这种帮闲地位表示不满,如司马相如,常常称病不朝,而暗地里却在写《封禅文》,以示自己有帮忙的能力。倘如汉武帝之类的开拓之主,对帮忙、帮闲尚有区分能力,而到得那些昏庸之君,就分不清二者的区别了,把辞臣作为重臣用,往往弄得丧家亡国,如南唐李后主就是例子。既然一方面对御用文人奖励升级,另一方面也必然对叛逆文人加紧镇压,所以文字狱也愈演愈烈。到得后来,发展到专门从字眼里找岔子来定罪。如清王朝就经常如此,胡中藻有诗:"一把心肠论浊清",全祖望有诗:"为我讨贼清乾坤",因把浊、贼放在清字之上而获罪;徐述夔诗云:"大明天子重

---

① 《论语·阳货》,《四书章句集注》,第 178 页。
② 《艺术与社会生活》,《普列汉诺夫美学论文集》(Ⅱ),第 830 页。
③ 《毛诗序》,《中国历代文论选》第一册,第 63 页。

相见,且把壶儿搁半边",沈德潜诗云:"夺朱非正色,异种也称王",都被冠以兴明灭清的罪状,迭兴大狱。可见那时的统治者神经衰弱到何等地步!晚清诗人龚自珍云:"避席畏闻文字狱,著书都为稻粱谋。"古代文字狱的恐怖气氛是如何压迫着文人的心理啊!

但文字狱不一定都是阶级对阶级的压迫。因为政治斗争本不等于阶级斗争,在许多情况下,倒是同一阶级之内的不同政治集团之间的斗争,有时也斗得很激烈。如明太祖朱元璋死后,燕王棣与孝惠帝之间的斗争,就是同一封建统治阶级内不同政治集团的斗争,他们为争夺帝位,打得你死我活。有些愚忠的文人夹在中间,以身殉主,如方孝孺因为不肯承认朱棣的帝位,不但本人死得很惨,而且还被诛灭十族。但他并不代表新兴阶级的思想和利益,而只不过是维护嫡系继承权而已。他做了政治斗争的牺牲品,却并非从事文学上的阶级斗争。在清朝,还有些文人因向皇上表忠心表得不当而被抄家杀头的,这叫"忠而获咎",连政治斗争都谈不上了,鲁迅把这称作政治上的"隔膜"。这都是由于政治舞台上矛盾斗争的复杂性,给文学和文人带来的影响,不能一概而论。

二、文学不能超脱政治

政治不但作为一种强力来干预文学,而且广泛地渗透到社会生活的各个方面,使得生活在社会中的文学家不可能超脱政治。历史上有所谓"田园诗人"和"山林诗人",有所谓"为艺术而艺术"的文学家,但实际上都是与社会相连,与政治相关。鲁迅说:"据我的意思,即使是从前的人,那诗文完全超于政治的所谓'田园诗人','山林诗人',是没有的,完全超出于人间世的,也是没有的。既然是超出于人世,则当然连诗文也没有。诗文也是人事,既有诗,就可以知道于世事未能忘情。"①这话说得很透彻。

当然,他们的具体情况有种种不同:

一种是自命清高,而实际上是在退隐与出仕之间徘徊,他们的退隐多半是不得已的,有些甚至以此为终南捷径。例如,唐代诗人孟浩然,是有名的隐士,可是他入世思想却很浓,这从他的诗中可见:"惟先自邹鲁,家世重儒风","昼夜常自强,词赋颇亦工。"直到四十岁考进士落第,这才正式地当起隐士来,但仍做出"欲济无舟楫,端居耻圣明","不才明主弃,多病故人疏"这样的诗句来,可见他并不安心做隐士,一生都处于求官与归隐的矛盾中。只可惜皇帝并不赏识他,所以只好"坐观垂钓者,徒有羡鱼情"。又如明代文人陈眉公,也是

---

① 《而已集·魏晋风度及文章与药及酒之关系》。

以隐士自居的,但却喜欢出入贵人之家,于是有人当场奚落他:"既是山人,何不到山里去?"后来有人在《临川梦》一剧写了一首出场诗,是刻意讽刺他的:"妆点山林大架子,附庸风雅小名家。终南捷径无心走,处士虚声尽力夸。獭祭诗书充著作,蝇营钟鼎润烟霞。翩然一只云间鹤,飞来飞去宰相衙。"①可见这些隐士并非真隐,如果是真隐,他们就不会这样在官衙中飞来飞去的了。实际上,隐士一向有很高的社会地位,进则可以做"征君",退则仍旧是名流,只要有隐士的招牌,就可以作为吃饭的手段,作为进身的跳板。只有谋官谋隐两无成,这才是真正的没落。

第二种是厌恶了政治斗争,这才归隐田园,但也未能完全忘怀于世情。如王维,青年时代很有进取之心,而且仕途得意,官阶甚高。他对政治斗争也并非不关心,这从他讥弹贵戚宦官的诗篇中可以看出。安禄山叛乱时,王维曾受伪职,这在当时是政治上严重的失节行为,平乱后受到降职处分。他是在政治上碰了钉子,这才脱离官场,归隐山林,其实已是官成身退。当然,他原来就有佛家思想,这也是退隐的思想基础。至于陶渊明的归隐,众所周知,他是不愿为五斗米折腰。陶渊明早于王维,生活在晋宋之际,那正是天下大乱的时候,政治上纷扰很多,陶渊明出于对政治上的不满,所以挂冠归隐。但他并没有超脱政治,《述酒》一篇,就涉及当时政治的,可见他于世事也并没有遗忘和冷淡。此外,关心世事的诗句就更多了,如:"丈夫志四海,我愿不知老","忆我少壮时,无乐自欣豫,猛志逸四海,骞翮思远翥"(《杂诗》),等等。陶诗以平淡为特色,但在这平淡后面,却掩藏着很激烈的政治态度。历史上有不少人看出这一点,例如,龚自珍于《己亥杂诗》中写道:"陶潜诗喜说荆轲,想见停云发浩歌。吟到恩仇心事涌,江湖侠骨恐无多!""陶潜酷似卧龙豪,万古浔阳松菊高。莫信诗人竟平淡,二分梁甫一分骚。"可见陶渊明的超脱政治,只是一种表面现象。对于这类情况,普列汉诺夫有过恰当的分析,他说:"凡是在艺术家和他们周围的社会环境之间存在着不协调的地方,就会产生为艺术而艺术的倾向。"②

第三种是自以为艺术至上,钻在象牙塔里做文章,但一旦与切身利益相关时,他便会作出强烈的反应,甚至为了一定的利益,会在政治上走向堕落。法国的戈蒂叶,关在书房里雕章琢句,自称不问世事,但当梯也尔的军队镇压了巴黎公社起义,押着俘虏走过他的窗下时,他却打开了窗户,兴高采烈地观看

---

① 见梁绍壬:《两般秋雨庵随笔》,上海古籍出版社1982年版,第137页,陈眉公条。
② 《艺术与社会生活》,《普列汉诺夫美学论文集》(Ⅱ),第822页。着重号原有。

了。我国现代作家周作人,原是五四时期新文化运动的积极分子,提倡"人的文学",反对封建文化。后来被白色恐怖吓坏了,宣称要在十字街头筑起象牙之塔,不管外面多么纷扰,他要躲在里面临《九成宫》字帖。所以他在20世纪30年代鼓吹幽默文章,提倡闲适小品,一副超然出世的样子。且看他在1934年写的五十自寿诗:"前世出家今在家,不将袍子换袈裟。街头终日听谈鬼,窗下通年学画蛇。老去无端玩骨董,闲来随分种胡麻。旁人若问其中意,且到寒斋吃苦茶。"(其一)这是何等的飘逸!所以当时有人评论周作人的道路是:从叛徒到隐士。但在社会斗争激烈的社会里,这种超然物外的态度是难以持久的。果然,周作人并没有做稳隐士。抗日战争开始不久,他就在沦陷了的北平出任伪职,堕落为汉奸。这样,他从超然物外,又陷入了政治的泥潭。

第四种,有些人提倡为艺术的艺术,是为了反对文以载道的封建文学,实际上有反封建的积极作用。例如创造社,是五四以后我国一支重要的新文艺队伍,但他们却鄙薄为人生的艺术,主张为艺术的艺术。他们在文学思想上虽然有偏颇的一面,在行动上也有在新文学阵营内部打派仗的时候,但主要的方向是反对文以载道的封建文学,是积极的、革命的。欧洲浪漫派文人的艺术至上主义,也不能说没有积极意义,他们大抵是对于为君主专制主义国家利益服务的古典主义文艺的一种反拨。这种所谓艺术的艺术,当然更加不可能超脱政治。它的政治倾向其实是很鲜明的。

三、文学家的独立精神

文学与政治的关系极为密切,但要处理好两者的关系却很不容易。文学要超脱政治显然是不可能的;但政治若要把文学当作自己手中的工具,也就会导致文学变质,使其不成为艺术。这在我国古代和现代,都有一些值得总结的历史经验。

我国古代是在漫长的封建专制主义制度下度过的,人们没有自己的独立地位,"学成文武艺,货与帝王家"是他们唯一的出路。在这种制度下,文人的依附观念和庙堂意识很强,他们只想在官场里占一席之地,用自己的文才来为皇家服务,缺乏独立精神和自由思想。所以中国多的是歌功颂德之作,应和酬唱之作和风花雪月之作,而少有正视现实的作品,更少有反抗的呼声。"一为文人便无足观"的讥评,虽有一竿子打翻一船人的毛病,但对于那些帮忙文人和帮闲文人来说,却是恰当的。而这类文人,在中国又何其多也!

在现代,如何处理好文学与政治的关系,同样是一个难题。文学既不能脱离政治,也不能成为政策的图解。鲁迅关于"遵命文学"的论述为我们提供了启示。

人们往往引述鲁迅所说的"遵命文学"为佐证,来说明文学家应该听命于政治家。殊不知这是对鲁迅精神最大的歪曲。诚然,鲁迅在《〈自选集〉自序》中谈到自己在五四时期所写的小说时,曾经说过:"这些也可以说,是'遵命文学'。"但他接着说:"不过我所遵奉的,是那时革命的前驱者的命令,也是我自己所愿意遵奉的命令,决不是皇上的圣旨,也不是金元和真的指挥刀。"这句话说得很清楚,他的"遵命"并不是盲目的,更不是功利的,而是"遵奉"与自己的观点相一致的"命令"。我们还应该注意到,这里用"也可以说"这样勉强的词语,而且又在"遵命文学"一语中打上引号,说明这段话是在特定语境中说的。这语境,可以从1928年所写的《〈农夫〉译后附记》中看出。鲁迅在这里说:"今年上半年'革命文学'的创造社和'遵命文学'的新月社,都向'浅薄的人道主义'进攻,即明明白白证明着这事的真实。""乖哉乖哉,下半年一律'遵命文学'了,而中国之所以不行,乃只因鲁迅之'老而不死'云。"原来他称自己的作品"也可以说,是'遵命文学'",是一种调侃和讽刺。后来在《革命文学与遵命文学》的演讲中,则明显地将"遵命文学"作为"革命文学"的对立面加以批判,鄙视、憎恶之情溢于言表,何言提倡?① 盖鲁迅好作反讽之语,见者不察,作为正面之语运用,或明知其意在于讽刺,而故意曲解为提倡,使其为己所用。

从鲁迅历来的文学见解看,他是最反对配合形势,命题作文的。比如,他在《忽然想到(十一)》中说:"即使是真的诗文大家,然而却不是'诗文大全',每一个题目一定有一篇文章,每一回案件一定有一通狂喊。他会在万籁无声时大呼,也会在金鼓喧阗中沉默。"又在《革命时代的文学》中说:"好的文艺作品,向来多是不受别人命令。不顾利害,自然而然地从心中流露的东西;如果先挂起一个题目,做起文章来,那又何异于八股,在文学中并无价值,更说不到能否感动人了。"

这些话,才真正代表了鲁迅的文学精神!

要正确处理文艺与政治的关系,需要政治家与文艺家共同的努力。

---

① 鲁迅于1932年11月24日在北平女子文理学院作《革命文学与遵命文学》的演讲,未存讲稿。但次日《世界日报》的"特讯"中有所报道。鲁迅在演讲中谴责了三种人:(一)在上海以革命文学自居,而后来因他被捉,于是成为民族主义文学之丁卒矣,彼之革命文学,一变为遵命文学矣。(二)有些人一面讲马克思主义,而却走到前面去,他所讲者,十分高超,使之难以了解,但绝非实际所可做到,似此表面虽是革命文学,其实乃是遵命文学。(三)一些人打着"为艺术而艺术"之牌子,不顾一切,大步踏进,对于时代变迁之旧道德,旧法律,彼等毫不向及,不关心世事,彼借此幌子,而保自己实力,表面上虽是前进,实则亦是遵命文学。

第二编

创作论

第一章 文学创作的现实基础

　　文学创作是主客观相搏斗、相统一的过程,而客观生活则是文学创作的现实基础。倘若没有这个基础,则创作情思不能激发,作品内容没有着落,主题思想无从提炼,艺术技巧也无可施展。俗语说,巧妇难为无米之炊,社会生活就是作家的米,缺乏生活经历是绝对写不好作品的。

　　在这方面,陆游的经验是值得重视的。陆游开始学诗的时候,由于缺乏生活阅历,虽然很注意技巧,但总写不好诗。到得中年,入蜀从戎,取得丰富的生活经验,于是"诗家三昧忽见前,屈贾在眼元历历。天机云锦用在我,剪裁妙处非刀尺"①。从此诗风大变,在艺术上也取得很大的成就。他自己充分意识到这一点,所以在晚年教幼子学诗时就说:"汝果欲学诗,功夫在诗外。"②这句诗后来经常为人所引用,几乎成为学习文学创作的普遍经验。

第一节　生活是文学的唯一源泉

一、心动,还是幡动

　　据《坛经》记载,禅宗六祖惠能大师在南方隐居时,一日,过一做法事处,风吹幡动,两个和尚大加争论,一个说幡动,一个说风动,惠能却说:既非幡动,亦非风动,乃是心动。于是众僧大服,知非凡僧。

　　惠能的心动说,在主观唯心主义的禅宗哲学里,是彻底的,乃悟道之言,所以引得众僧折服。但在唯物主义者看来,它颠倒了因果,显然是错误的。因为心乃物之反映,必先风吹幡动,而后心才会感到它动;并非心先感知,幡然后才动。

　　文学创作也是如此,它是现实生活的反映,而不是它去制造现实生活。正如罗丹所说:"我服从'自然',从来不想命令'自然'。"③

---

① 《九月一日夜读诗稿有感走笔作歌》,《陆游选集》,中华书局1962年版,第113页。
② 《示子遹》,《陆游选集》,第177页。
③ 《罗丹艺术论》,第15页。

作为社会意识形态的文学艺术,始终是第二性的东西,社会生活是它的反映对象,才是第一性的东西。正如毛泽东所说:"一切种类的文学艺术的源泉究竟是从何而来的呢?作为观念形态的文艺作品,都是一定的社会生活在人类头脑中的反映的产物。革命的文艺,则是人民生活在革命作家头脑中的反映的产物。人民生活中本来存在着文学艺术原料的矿藏,这是自然形态的东西,是粗糙的东西,但也是最生动、最丰富、最基本的东西;在这点上说,它们使一切文学艺术相形见绌,它们是一切文学艺术的取之不尽,用之不竭的唯一的源泉。"①最明显的例证是,世界上总是先有某种社会生活,才有反映这种生活的文艺作品。比如,有了北宋末年的农民起义,才有描写这次起义的《水浒传》;有了封建贵族家庭的没落历史,才有描写这没落家族的《红楼梦》;有了俄军反击拿破仑的战争,才有以这场战争为题材的《战争与和平》;有了资本主义的崛起,才有描写崛起过程中各种社会面貌的《人间喜剧》的出现。绝不可能颠倒过来,先有艺术形象,后有根据这形象而产生的实际生活。有时,似乎是作家先创造出了某种典型,然后社会上才产生出这种人。比如,有人举俄国作家阿尔志跋绥夫的小说《沙宁》为例,说《沙宁》写于1905年之前,而沙宁式的性欲主义的堕落青年则大量地出现在1905年革命失败之后,可见是文学人物创造了现实人物。但实际情况并非如此。实际上,沙宁式的性欲主义者,在俄国早就存在。正如鲁迅所说:"便在社会运动时期,自然也参互在里面,只是失意之后社会运动熄了迹,这便格外显露罢了。"不是文学创造了现实,而是诗人较为敏锐,能够比常人早看出问题。"阿尔志跋绥夫是诗人,所以在1905年之前,已经写出一个以性欲为第一义的典型人物来。"②

不但叙事作品是现实生活的反映,而且抒情作品也总是以现实生活为基础。抒情作品要求情景交融,即景生情。景,就是现实生活。当然,景有社会之景和自然之景的区分,社会之景不用说是人类社会生活之一部分,诗人所写的自然景象,也是人化了的自然。陶渊明诗云:"采菊东篱下,悠然见南山。"这里的菊和南山是自然景象,但又并非纯自然的,它与陶渊明的隐居生活联系在一起,这才能产生悠然之情。而这情的本身,也是社会生活的反映,是特定的社会生活激起作家的某种情感。

神话和神魔小说,看来并不描写现实人生,但实际上也是现实生活的反映。毛泽东说:"神话中的许多变化,例如《山海经》中所说的'夸父追日',

---

① 《在延安文艺座谈会上的讲话》,《毛泽东选集》第3卷,第862页。
② 《译了〈工人绥惠略夫〉之后》。

《淮南子》中所说的'羿射九日',《西游记》中所说的孙悟空七十二变和《聊斋志异》中的许多鬼狐变人的故事等等,这种神话中所说的矛盾的互相变化,乃是无数复杂的现实矛盾的互相变化对于人们所引起的一种幼稚的、想象的、主观幻想的变化,并不是具体的矛盾所表现出来的具体的变化。"①"夸父逐日"和"羿射九日"的神话故事,反映了太古时代人与自然的艰苦斗争,表现了人想征服自然的心态。《西游记》与《聊斋志异》里虽然多是鬼狐神怪,但实际上写的却是人情世态。孙悟空机灵尽责、屡建奇功而不受信任;猪八戒好吃懒做、喜进谗言却颇获好感;人妖不分、贤愚不辨的唐僧则处于长者地位……这不是活生生的现实人生吗?《聊斋》里的许多鬼狐都很有人情味,如小谢、菊精……写的都是人,特别是菊精,除最后酒醉,委地变菊较为突兀,知原非人外,其余情节,与人的生活无异。所以表面上写鬼怪,其实是写人和人的生活。不但性情,就是外形,虽然有时写得稀奇古怪,其实也还是从人体上衍化出来的。正如鲁迅所说:"天才们无论怎样说大话,归根结蒂,还是不能凭空创造。描神画鬼,毫无对证,本可以专靠了神思,所谓'天马行空'似的挥写了,然而他们写出来的,也不过是三只眼,长颈子,就是在常见的人体上,增加了眼睛一只,增长了颈子二三尺而已。这算什么本领,这算什么创造?"②而且,艺术家们在描画或雕塑神像时,也总是以世间的人物为模特儿的。巴尔扎克在《论艺术家》一文中对鲁本斯、伦勃朗和米尼亚尔笔下各种圣母像作了分析,认为圣母表现了人间生活的各种形态。据说,洛阳龙门奉先寺的那尊巨大的卢舍那佛是以武则天的面容为原型的,因为这个寺,乃是武则天捐献她的脂粉钱所建造。列宁在他的《哲学笔记》中曾引用古希腊哲学家色诺芬尼的话说:"假如牛和狮子都有一双手,能像人一样创作艺术品,那末,它们也同样会描绘出神,并把它们自己的形象赋予这些神。"③这真是把问题说透了。

  古人有云:"夫文章者,原出五经,诏命策檄,生于《书》者也;序述论议,生于《易》者也;歌咏赋诵,生于《诗》者也;祭祀哀诔,生于《礼》者也;书奏箴铭,生于《春秋》者也。"④这是颠倒了源与流的关系。前人开创性的著作,对后来者无论在思想上、文体上或写法上都会有重大影响,但前人的著作毕竟是流而不是源,前人的论著是当时生活经验的总结,前人的文学作品是当时社会生活的反映。后来者可以从前人的作品里得到启迪,甚至可以因袭前人用过的题

---

① 《矛盾论》,《毛泽东选集》第1卷,第319页。
② 《且介亭杂文二集·叶紫作〈丰收〉序》。
③ 《列宁全集》第38卷,第278—279页。
④ 《颜氏家训·文章篇》,《诸子集成》第8卷,上海书店1986年版,第19页。

材,但在重写的作品中,也不能不反映此时此地的生活,赋予新的命意。否则,仅只是史料的翻版,作品并无自身的价值。莎士比亚的《哈姆雷特》,歌德的《浮士德》,都是别人写过的题材,它们之所以成为戏剧史、文学史上的名著,并非因为改编的成功,而是由于作者借用古人的题材,写出了新时代的思想风貌。《哈姆雷特》反映了文艺复兴时期人文主义者的特点,《浮士德》写出了德国资产阶级的矛盾性和它的进取精神。

总之,文学艺术的唯一源泉是生活,而不是书本、主观精神或其他。

二、从观念出发,还是从生活实际出发

既然社会生活是文学艺术的唯一源泉,那么,文艺创作就必须面向生活,从生活实际出发。

有些人虽然口头上承认生活是文学艺术的唯一源泉,但实际上却并不从生活出发,而是从观念出发,从原则出发。在这方面,"主题先行论"是突出的例子。

什么叫主题先行呢?这就是说,作家预先有了某种思想,作为作品的主题——这种思想并非从生活中得出,而是从政策条文、领导指示,或理论原则、流行观念中获得的,然后根据这种预先设想好的主题思想的要求,再去搜集材料,甚至随意编造故事。

这是颠倒了的做法。

人的思想认识不可能先验地存在,只能从社会实践中来。所以,从事实际工作者,先要做调查研究,才能发现问题,并着手加以解决;从事学术工作者,必先搜集大量资料,加以梳理,才能形成观点,撰写成文;文艺创作离不开感性的材料,作家艺术家更需深入生活,在生活中有了深切的感受,才能形成主题思想,进入创作。思想观点提出在深入实际生活之前者,是先验的,而先验的观点总是不切实际的,用来指导工作,就要犯主观主义的错误,用来从事创作,必然违背生活真实,失却文学的生命线——真实性。我们许多文艺作品之所以缺乏生命力,有些即使红极一时,也很快烟消火灭,经不起历史的考验,就是因为缺乏生活真实性的缘故。

真实是文学的生命,而主题先行却是违背了真实性,导致文学的毁灭。

主题先行与长官意志有关。曾经流行过一种说法:领导出思想,群众出生活,作家出技巧。这就是说,某些领导根据政治需要,提出某种思想意图,群众根据领导的思想意图去拼凑生活材料,然后由作家运用他的生花之笔,编造成一个娓娓动听的故事。这样"三结合"出来的作品,必然是缺乏生活实感,没

有真知灼见的拼凑之作,当然也谈不上艺术的完整性。

主题先行又与图解政策的做法有关。有些作家有很强的紧跟意识,总是自觉地根据政策条文去构思作品。政策,是政党或政府处理问题的政治策略,它必然包含着某种政治利益的考虑,图解政策的作品也就成为从政治利益出发的宣传品,而不是从生活出发的艺术品。而且,政策也只能做一般性的规定,而文学创作却需从具体、个别出发,以一般来代替个别,当然也就不成其为文学作品了。

主题先行还与随波逐流的创作作风有关。有些作家对生活没有深切的感受,缺乏真知灼见,提不出自己的看法,只能从流行观念中汲取思想,从报纸新闻中寻找材料,从道听途说中拼凑情节。于是就出现了许多赶时髦的作品。作品的主题随着流行观念在旋转,而不是从生活的底层中掘取,于是难免就要取其一端不及其余,把复杂的问题简单化,远离生活的真实情况。

以上几种做法,其实是同出一源,即不是从生活实际出发,而是从思想观念出发来进行创作的缘故。而根据某种观念所创作出来的作品,则必然是脱离生活实际的虚假之作,当然不可能有生命力。

只有忠于生活,从生活实际出发,才能创作出好作品。罗丹说得好:"但愿'自然'成为你们唯一的女神。对于自然,你们要绝对信仰。你们要确信,'自然'是永远不会丑恶的;要一心一意地忠于自然。"①

第二节　生活是作家的学校

一、深入生活,熟悉生活

既然生活是文艺创作的唯一源泉,那么,深入生活、熟悉生活自然是作家艺术家的第一要事了。

有人以为,深入生活、熟悉生活是在1942年延安文艺座谈会以后提出来的,过去的作家并不讲究这些,也照样写出很好的作品,现在又何必多此一举呢?

其实,情况恰恰相反,古今中外的大作家们倒是一向就很强调深入生活、熟悉生活的重要性的。我国古代诗人说:"为嫌诗少幽燕气,故向冰天跃马行",就是有感于深入生活、熟悉生活的重要性而言。因为缺少北地的生活经验,诗歌里写不出苍凉慷慨的幽燕气概来,所以要跃马到冰天雪地里去取得相

---

① 《罗丹艺术论》,第1页。

应的生活经验。俄国作家契诃夫劝人"要尽量坐三等车",也是提倡深入生活,熟悉生活的意思。三等车当然不及头等车舒服,但那里面坐着各色人等,"在那儿可以听见有趣极了的谈话"。契诃夫觉得奇怪,有些作家怎么能一连好几年什么也不看,只从彼得堡自己书房的窗子里看隔壁人家的防火墙。他常常语气里带点焦急地说:"我不懂,您这么年轻、健康、自由,却为什么不出门,比方说,到澳洲去……或者到西伯利亚去。"契诃夫自己就以有病之躯,长途跋涉,到流放犯人的库页岛去进行调查。契诃夫认为:生活是作家的学校。他说:"谁要描写人和生活,谁就得经常亲自熟悉生活,而不是从书本上去研究它。"①

不但现实主义作家强调生活经验的重要性,就是浪漫主义作家,也是很重视观察和感受生活的。英国的"湖畔派"诗人华兹华斯是有名的浪漫主义的代表人物,他在《抒情歌谣集》1815年版序言中提出写诗需要有五种能力,把"观察和描绘的能力"和"感受性"放在第一位和第二位,而把"沉思""想象和幻想""虚构"这三种能力摆在较次要的位置上。因为在他看来,"按照事物本来的面目准确地观察"毕竟是最重要的。他之所以强调"感受性",也是由于"这种能力愈敏锐,诗人的知觉范围就愈广阔,他也就愈被激励去观察对象"②的缘故。还有一些现代派作家,也很重视生活印象在创作过程中的作用。亨利·詹姆斯在《小说艺术》中说:"小说按最广义的界说而言,是个人的、直接的生活印象,首先是这种生活印象构成小说的价值,而小说价值的大小,就看生活印象的强烈性如何而定。"

总而言之,创作是离不开生活的,倘使脱离生活,那就会变成无源之水,无本之木,很快枯萎了,即使是很有才华的作家也写不出有价值的作品来。屠格涅夫无疑是一个杰出的现实主义作家,他不但以反对农奴制的《猎人笔记》赢得了声誉,而且以善于了解当代知识界的思想动向,捕捉新的青年典型而著称。他的六部长篇小说:《罗亭》《贵族之家》《前夜》《父与子》《烟》《处女地》,几乎可以说是19世纪中叶俄国社会精神生活的编年史,写出了当时迅速变化着的青年的思想。杜勃罗留波夫称赞屠格涅夫能"迅速地揣测出社会意识中出现的新要求和新思想,透过自己的作品经常关心那种当前的,开始隐隐约约使社会激动不安的问题"。但是,从19世纪60年代开始,屠格涅夫长期侨居西欧,逐渐脱离了俄国的社会生活,终于使他的创作源泉枯竭了。这一

---

① 引自《回忆契诃夫》,《文艺理论译丛》1958年第2期,第190页。
② 《西方文论选》下卷,第19页。

点作家自己心中很明白。他在1869年致波隆斯基的信中写道:"我十分了解,我的经常寓居国外,是有害于我的文学活动的——其为害竟是这样,也许是完完全全地毁了它:而这又是无法改变的。因为我——在我写作事业的整个过程中——从来不是从观念,而永远是从形象出发……而且由于形象日益显得缺乏,我的诗神再也没有什么可以依照来写自己的画面的了。于是我把画笔束之高阁,而来看看,别人将怎样从事创作。"①屠格涅夫是有自知之明的。陀思妥耶夫斯基因为避债,躲到外国去写作,但也感到远离俄国生活对创作的不利。他自己在给友人的书信中说:"周围没有俄国生活,没有俄国的印象,而这些对于我的工作来说永远是必不可少的。"②"此外,发生了我自己也难以预见到的情况:我因为长期离开俄国,甚至丧失了正常创作的可能性,因此我都无法指望创作什么新的作品……"③"我确实落后了,不是落后于时代,也不是不了解国内的情况(我大概了解得比您还多,因为每天读三份俄文报纸,一字不漏,还订了两份杂志),而是落后于生活的脉搏;不是落后于思想,而是不了解它的血肉,这对艺术创作的影响是多么之大!"④

　　由于文学本身的性质所决定,创作必然受着作家生活经验的制约。清人王夫之说得好:"身之所历,目之所见,是铁门限。"⑤他认为,即使极写大景,如王维《终南山》中"阴晴众壑殊"和杜甫《登岳阳楼》中"乾坤日夜浮"这样的诗句,也必不能逾越此限。而杜甫《登兖州城楼》中描写的"平野入青徐"的景象,更不是看着地图就可写出来的,而是诗人登楼所见,实际感受的结果。否则,有如隔墙听演杂剧,可闻其歌,不见其舞,如果再远一些,那么只听到鼓声,哪里能见到演出的真相呢?我国当代小说家王汶石也说过一句很有见地的话:作家跳不出自己的生活经验,就如一个人跳不出他自己的影子一样。

　　所以,作家只能写他自己所熟悉的生活,而对他所不熟悉的东西就无法写得确切。《红楼梦》对贵族家庭的生活描写得细致逼真,因为作者曹雪芹自幼生长在钟鸣鼎食之家,对其中的矛盾斗争了解得非常清楚;《大卫·科波菲尔》通过一个孤儿的遭遇,揭露了英国资本主义社会的方方面面,写得凄楚动人,这与作者狄更斯本人同作品主人公有着相同的遭遇是分不开的;奥斯特洛

---

① 《古典文艺理论译丛》第11辑,人民文学出版社1966年版,第102页。着重号原有。
② 1868年11月7日致阿·尼·迈科夫信,《陀思妥耶夫斯基选集·书信选》,人民文学出版社1986年版。
③ 1870年5月19日致索·亚·伊万诺娅信,《陀思妥耶夫斯基选集·书信选》。
④ 1870年4月6日致阿·尼·迈科夫信,《陀思妥耶夫斯基选集·书信选》。着重号原有。
⑤ 《薑斋诗话》,《薑斋诗话笺注》,人民文学出版社1981年版,第55页。

夫斯基的《钢铁是怎样炼成的》也是以作者本人的战斗经历为基础写成的;而巴金的《家》则是以他自己的家为原型的,作者说:"书中的人物都是我所爱过和我所恨过,许多场面都是我亲眼见过或者亲身经历过的。"罗丹说得好:"最美的题材摆在你们面前:那就是你们最熟悉的人物。"①当然,我们不能把一切作品都看作作者的自叙传,而且也不能把生活经验局限于作家自身的经历。正如鲁迅所说:"作者写出创作来,对于其中的事情,虽然不必亲历过,最好是经历过。诘难者问:那么,写杀人最好是自己杀过人,写妓女还得去卖淫么?答曰:不然。我所谓经历,是所遇,所见,所闻,并不一定是所作,但所作自然也可以包含在里面。"②对"生活经历"作这样的理解,就宽泛得多了。鲁迅写出了《狂人日记》《阿Q正传》《祝福》《伤逝》等不朽的名篇,但鲁迅并非狂人、阿Q、祥林嫂、涓生,他自己也没有相同和相似的经历。有一次,鲁迅听到一种传说,说《伤逝》是写他自己的事,"因为没有经验,是写不出这样的小说的"。他写信把这件事告诉朋友,并感慨系之地说:"哈哈,做人真愈做愈难了。"③其实,只是因为作者对农民和知识分子的生活所遇所见所闻很多,知之甚稔,所以写得很真切。而对他所不熟悉的事,也就难以下笔了。鲁迅不会赌博,《阿Q正传》中赌博的场面,什么"天门啦~~角回啦~~"这种叫法,是向别人做了调查之后才写的;鲁迅没有坐过牢监,他作《阿Q正传》到阿Q被捉时,作不下去了,曾想装作酒醉去打巡警,得一点牢监里的经验。……当然,对于个别的细节,次要的场面如果不甚了解,还可以回避一下,或者写得简略一点,而对于主要事物如果不熟悉,那就无法描写了。鲁迅是一个慎重的现实主义者,对于他所不熟悉的生活,是决不肯轻易下笔的。20世纪30年代有些共产党人希望鲁迅能写红军的战斗生活,给他看了一些书面材料,鲁迅也答应试一试,还请到上海治伤的红军指挥员陈赓向他详细地介绍过战斗情况,但终因没有直接的生活经验而无法动笔。有些作家对于不熟悉的生活贸然写去,没有不失败的。不是概念化的描写,就是胡编乱造。可见生活经验对于作家说来的确是头等重要的东西。

有的人可能会提出疑问:那么,写历史题材和神怪题材的作品,又如何去取得生活经验呢?我们说:不管描写什么题材的作品,总是以现实的生活经验为基础的。写历史题材当然需要研究史料,研究事件的发生发展过程,研究当时的典章文物,研究所写的历史人物,否则就写不真切,也容易出错误。那种

---

① 《罗丹艺术论》,第4页。
② 《且介亭杂文二集·叶紫作〈丰收〉序》。
③ 1926年12月29日致韦素园信。

把唐代的官制套到汉代去,让晋人穿着明人服饰,或者将历史器物现代化的描写,就是不熟悉历史资料的缘故。

鲁迅在致青年作家姚克信中说:"先生见过玻璃版印之李毅士教授之《长恨歌画意》没有?今似已三版,然其中之人物屋宇器物,实乃广东饭馆为'梅郎'之流耳,何怪西洋人画数千年前之中国人,就已有了辫子,而且身穿马蹄袖袍子乎。绍介古代人物画之事,可见也不可缓。"①所以鲁迅很想将他搜集之汉唐画像石刻选印出来,作为作者的参考,可惜因为经费问题,未能如愿。但历史小说或历史剧毕竟不同于历史论文,单靠死材料是不能写得生动活泼的。要使人物栩栩如生,作者还得有自身相应的生活经验才行。列夫·托尔斯泰在写作长篇历史小说《战争与和平》的时候,除了研究过 1812 年战争的文字资料外,还特地跑到鲍罗金诺战场去了一趟,步行和骑马巡视了整个战场,做了札记,画了战役形势图,并找到 1812 年战争时代的老人谈话,积累了丰富的素材。但这些只能构成作品的骨架,至于具体的生活场面、战争情景和人物的面貌,还要作家调动自己的生活经验。托尔斯泰伯爵本身是个贵族,对贵族生活自然是熟悉的,他到高加索军队中当过军官,又亲自参加过克里米亚战争,在塞瓦斯托波尔经过浴血的战斗。因此,他对贵族生活和战争场面,都能描写得逼真、生动。郭沫若自己就说过:"蔡文姬就是我。"他在历史剧《蔡文姬》中描写文姬归汉时的矛盾心情,是把自己的生活经历包含进去的。这是指他在 1937 年"七七"事变后,逃出日本警察的监视,别妇抛雏回国参加抗战的心境有点相似于蔡文姬别夫抛雏回归中原的心境。还有这样的情况,有时,作者在现实生活中有所感受,然后再找相应的历史题材来表现。郭沫若的《孤竹君之二子》就是如此。郭沫若说:"《孤竹君之二子》在初本想写达夫和我在四马路上醉酒的那一晚上的事情,是想用写实的手法写成小说的。但我对于现实的逃避癖,却又逼着我把伯夷、叔齐写成了那样一篇不成名器的作品。"②

二、熟悉生活的不同途径

无论写什么题材的作品,生活经验总是基本的东西,所不同的仅仅是取得生活经验的方式有所差异罢了。

有些作家是有了丰富的生活积累之后再动手创作,他们对所写东西已经

---

① 1934 年 3 月 24 日致姚克信。
② 《创造十年》,《沫若文集》第 7 卷,人民文学出版社 1958 年版,第 135 页。

非常熟悉,无须再特地到什么地方去深入生活、体验生活。例如,巴尔扎克在从事创作之前曾经经商负债,继而终生受高利贷的盘剥,他对于因钱财问题而引起的争斗和痛苦是非常熟悉的,写起来得心应手,不必另做调查。

也有些作家是因为要写作才搜集材料,这样就得临时去深入生活、熟悉生活,否则便难以下笔。报告文学作家大都是这样,他们往往是发现可写的题材之后,再去进行深入调查的。小说家们有时也要这样做。据说左拉为了写《巴黎之腹》,就曾到菜市场去体验他所不熟悉的生活。而茅盾在写作《子夜》之前,则花了半年多的时间在企业家、银行家和商人之间访亲问友,以了解中国民族工业发展的实际情况。曹禺为了要在《日出》第三幕里写小东西被卖到妓院里的场面,还特地请人带他到下等妓院里去观察了一番。

当然,这种区分并不是绝对的,一个作家往往兼而取之,即他平时本有相当的生活积累,而在写作之前或在写作过程中对于不熟悉的部分再做深入的调查。左拉说:"我们的一位自然主义小说家想要写一本关于戏剧界的小说。他有了这个总的想法但还既无故事又无人物。他首先关心的是从他的笔记里收集他对自己所要描绘的领域所能掌握的一切知识。他结识过某位演员,他观看过某场演出。这就是一切材料,也是最好的材料。这些材料在他思想里酝酿成熟。然后,他开始活动,和最内行的人交谈,收集有关的词汇、故事和肖像。这还不算:此后,他还要参考成文的材料,阅读一切对他有用的东西。最后,他要参观故事发生的地点,为了看清楚每一个细小的角落,在一个剧院里住上几天,在女演员的化妆室里度过几个晚上,尽可能地沉浸在周围的气氛里。一旦他的材料齐备,就如我上面所说的那样,他的小说自己就形成了。"①

对于一个作家来说,生活积累愈多愈好,生活知识愈广愈好,所以作家们总是随时随地观察,研究,将自己的感受记下。契诃夫是带有笔记本做创作札记的,另一些作家则记在心里,但他们都注意长期地积累材料。当然,这种生活积累不会全部用到作品里去,但是创作又必须以庞大的生活积累作基础。海明威试图用冰山的原理去说明它:"关于显现出来的每一部分,八分之七是在水面以下的。你可以略去你所知道的任何东西,这只会使你的冰山深厚起来。这是并不显现出来的部分。如果一位作家省略某一部分是因为你不知道它,那么在小说里面就有破绽了。"②他还以自己的名作《老人与海》为例,说这篇很短的中篇小说本来可以写成一千多页那么长,小说里有关村庄中的

---

① 《论小说》,《欧美古典作家论现实主义和浪漫主义》(二),第216—217页。
② 乔治·普林浦敦:《海明威访问记》,《海明威研究》,中国社会科学出版社1980年版,第73页。

每一个人物,以及他们怎样谋生,怎样出生,受教育,生孩子等的一切过程,都可以写得很详细。但是海明威没有这样做,他删去没有必要向读者传达的一切事情,只留下八分之一的冰山在水面上,所以这篇作品显得很坚实,深厚。

毛泽东正是根据这种文艺创作的规律,才提出了作家要深入生活的号召。他说:"中国的革命的文学家艺术家,有出息的文学家艺术家,必须到群众中去,必须长期地无条件地全心全意地到工农兵群众中去,到火热的斗争中去,到唯一的最广大最丰富的源泉中去,观察、体验、研究、分析一切人、一切阶级、一切群众,一切生动的生活形式和斗争形式,一切文学和艺术的原始材料,然后才有可能进入创作过程。"①当然,这个号召带有明显的阶级倾向性,即强调作家要熟悉工农兵生活,以便很好地表现工农兵形象,为工农兵服务,这就是文艺的工农兵方向。

这一理论在实践中所带来的矛盾,不是要不要熟悉生活、深入生活的问题,而是对于生活范围的限制性,以及如何熟悉,如何深入的问题。中国的文字特别艰难,学之不易,当时极少有真正出身于工农阶级的作家,已有的作家们所熟悉的是别的阶级、别的阶层的生活,而非工农兵生活,要表现工农兵,当然"必须长期地无条件地全心全意地到工农兵群众中去"。但这"长期"到底有多长?过去那些作家深入生活,短则几个月,长则一年半载。他们对表现对象的熟悉程度有限,只能根据政策条文来认识生活、描写人物,或者模仿苏联同类题材的小说来加以敷衍,那简直是外国文学的翻版了。后来领导部门着意从工农兵中培养作家,就熟悉生活这一点而言,他们是占有优势的,但由于文化水平的关系,往往又缺乏认识生活的能力,还是只能根据政策来写作,表现不出深层的东西来。

改革开放以后,打破了文艺方向上的严格限制,写作的题材比较宽泛了,作家本该可以潜心去写自己熟悉的生活,但是,为了迎合市场的需要,有些作家往往仍旧喜欢追逐时尚,去写自己所不熟悉的东西。这些作品,当然也就成不了上乘之作。

所以,问题还是要回到"熟悉生活"这个原点上来。作家必须熟悉生活,作家只能写他所熟悉的生活。熟悉生活,是对作家的绝对要求,但方式和途径则是多种多样的,并非都需要长期蹲在一个点上。这里还有个点面结合的问题。深入一点,有利于透视生活;接触面广,则可以开阔视野。所以,深入一点

---

① 《在延安文艺座谈会上的讲话》,《毛泽东选集》第3卷,第862页。

和扩大生活面对作家来说,都是需要的。不深入体验、观察,就如点水蜻蜓,一切都如浮光掠影,不可能写得深刻;但若接触面不广,无所比照,不能跳到圈外来看生活,弄不好则会成为井底之蛙,也不能开掘出生活的深层意义。熟悉,还要理解。这就需要多种方式和多种途径的结合。

第二章　文学创作的主体意识

生活虽然是文学艺术的唯一源泉,但生活毕竟不等于艺术。从生活到艺术,需要经过一番创造制作的功夫。在这个过程中,创作者的主体意识起了决定性的作用。不熟悉生活、缺乏生活经验的人,当然无从创作,但单是熟悉生活、富有生活经验,而缺乏审美力、判断力和创造力,却也当不成作家、艺术家。这就是为什么世界上有千千万万流浪汉,而只出了一个大文豪高尔基,有无数人经商失败,债台高筑,历尽世态炎凉,却只有巴尔扎克写出了伟大的作品《人间喜剧》的缘故。要研究创作论,绝不能忽视创作的主体意识。

过去相当长的时期内,我们的文学理论只突出文艺源泉的重要性,却不讲究创作主体的积极作用;或者只强调作家世界观的改造,而忌谈作家独立意识的发扬。对于"主观战斗精神"说的批判,就是对于创作主体性的打击。这种批判的结果,使得作家不敢有自己的主见,只能以领导的见解为自己的见解,于是在创作上缺乏创新精神,当然也就写不出深层次的作品来。由于作家的思想来源是共同的,思想认识也是共同的,他们写出来的作品难免就有雷同化的倾向。如果能充分发挥主体意识,那么,即使面对同一题材,创作者的感受、把握、表现都是不同的,何来"雷同"之有?可见雷同化、公式化、表面化的倾向,不仅是作家脱离生活实际的缘故,而且也是缺乏主体意识的结果。只有充分发挥创作的主体性,对生活具有独立见解,才能写出具有创意的作品来。

面对这一情况,文艺学也应加强对创作主体意识的研究。

第一节　创作主体的能动性

一、主体对客体的渗透

创作主体要受客体的限制,作家无法去写他所不熟悉的生活;但是,客体同样受着主体的制约,并不是作家所熟悉的生活都能写入艺术作品。作家大抵写他既熟悉而又深有感受的生活。也就是说,生活中的某一点触发了作家的情思,使他产生了审美感知,这样才能进入创作。否则,即使很熟悉的生活,也会熟视无睹,无动于衷,不能产生创作冲动。如果硬要作家去写,那只能写出干巴巴的作品,既感动不了自己,当然也不能感动别人,这就不成其为创作了。过去一些奉命而作的诗文,配合政治任务而硬写出来的作品,之所以缺乏生命力,主要原因就在于创作者缺乏真情实感。

既然创作的起点是主客体的契合,那么这种契合就需具备两方面的条件:首先,作为客体的生活材料需要具有审美价值;其次,这种客体的审美价值必须符合创作主体的审美情趣。并不是所有现实生活中的东西都可以进入作品的,有些缺乏审美价值的东西根本无法表现,硬要描绘出来也不成其为艺术作品。正如鲁迅所说:"世间实在还有写不进小说里去的人。倘写进去,而又逼真,这小说便被毁坏。譬如画家,他画蛇,画鳄鱼,画龟,画果子壳,画字纸篓,画垃圾堆,但没有谁画毛毛虫,画癞头疮,画鼻涕,画大便,就是一样的道理。"①也并不是所有具有审美价值的材料都可随便由哪一个作家去表现的。创作客体如果与创作主体的审美情趣不相契合,那也难以进入创作。创作者总是喜欢写他自己所感兴趣的东西。他们的创作,不但受生活经验的限制,而且与自己的审美情趣有关。有些画题大不相同的艺术家,显然并非生活材料的限制,比如,徐悲鸿喜欢画马,但并非养马世家,齐白石多画草木鱼虫,也不是菜农花匠,他们大抵是从审美情趣出发,再对审美对象细加观察的。还有些作家写同一题材,但意味却并不相同,如朱自清与俞平伯曾同游秦淮河,各写一篇《桨声灯影里的秦淮河》,两篇散文都写出了时代的苦闷情绪,但朱文清新,俞文朦胧,朱自清从秦淮河现实的纷扰中感到了"历史的重载",甚至以为碧阴阴的、厚而不腻的秦淮河水"是六朝金粉所凝",俞平伯则在"怪异样的朦胧"中悟出空幻的哲理。应该说,朱自清与俞平伯两人的人生理想与审美情趣还是比较接近的。更有甚者,不同的诗人对同一审美对象可以进行截然相悖的审美观照。比如,同是咏蝉,而各人寄寓不同:虞世南"居高身自远,端不借秋风",是清高语;骆宾王"露重飞难进,风多响易沉",是患难语;李商隐"本以高难饱,徒劳恨费声",是牢骚语。又如,李商隐有诗云"向晚意不适,驱车登古原。夕阳无限好,只是近黄昏",是感喟;而朱自清云"但得夕阳无限好,何须惆怅近黄昏",则是奋发。面对夕阳,意趣完全相反。

为什么同一组生活,同一种景象,进入创作之后却成为不同的艺术意境呢?这是因为在客体中渗入了主体意识,艺术形象已不复是原来的生活现象了。艺术形象历来就带着作家的主观色彩。"晓来谁染霜林醉?总是离人

---

① 《且介亭杂文末编·半夏小集》。

泪。"（王实甫《西厢记》）树林中的红叶，在诗人的眼里化作醉脸，而醉人的酒浆，却是情人分别的眼泪。"大江东去浪千叠，引着这数十人驾着这小舟一叶。……这也不是江水，二十年流不尽的英雄血！"（关汉卿《关大王独赴单刀会》）——在剧作家的笔下，这长江水变成了英雄血。谁又能指责这种描写是违背客观真实呢？艺术表现与科学描述不同之处，就在于艺术不是纯客观地表现对象，而是糅合了创作主体的主观情感。正因为如此，所以在《静静的顿河》里，葛里高利所看到的太阳是黑的，因为其时他刚埋葬了他的情人阿克西尼娅，世界上的一切在他看来都是灰黑色的；而《彷徨》的封面画上，太阳是橘黄色的，而且圆周是不规则的，这正是观看者面对夕阳的视觉形象。

这样，就涉及生活真实与艺术真实的关系问题。

二、生活真实与艺术真实

生活真实是现实生活中的真实情况，是纯客观的，是艺术描写的对象；艺术真实是经过作家艺术家主体意识渗透的真实形象，是主客观的统一。艺术真实以生活真实为基础，但既经作家艺术家的加工、改造，就不复是生活中原来的样子了。有时需要扬弃一些偶然因素，使本质更加突出；有时需要作一些综合、概括，使特点更加集中；有时为了审美的需要而删繁就简、移花接木。这种加工改造，并非对生活真实的歪曲，而是使它更加鲜明、生动。齐白石画虾，并不完全照现实中的虾来画，至少虾腿就删掉许多，但却把虾的活泼的神态画出来了，这就是艺术的真实。小说家们塑造人物形象，也并非完全依据真人真事，只要符合生活规律，也就具有真实性。正如鲁迅所说："艺术的真实非即历史上的真实……因为后者须有其事，而创作则可以缀合，抒写，只要逼真，不必实有其事也。然而他所据以缀合，抒写者，何一非社会上的存在，从这些目前的人，的事，加以推断，使之发展下去，这便好像豫言，因为后来此人，此事，确也正如所写。"①所以艺术描写不必拘泥于生活实事，而读者、观众也不能以生活实事去要求艺术作品之真实性。世间常有对号入座者，见某作品所写之事略有与自己所作所为相似，即认为是写自己，又因为作品所写与自己的事不完全一样，就指责其失实。其实，作家艺术家完全有权缀合乃至虚构，只要符合情理，就具有真实性，不能苛求其事事都有出处。艺术创作与新闻报道不同，新闻报道应该完全符合事实，这叫新闻的真实性，虚构与缀合是不允许的，

————————
① 1933年12月20日致徐懋庸信。

那是报道失实。而艺术创作则不必完全等同于原型。郭沫若甚至提出要"失事求似",这就是说,不要求在事实上完全符合实际,只求其合理相似而已。俄国作家冈察洛夫说:"艺术的真实和现实的真实并不是同一个东西。从生活中整个儿搬到艺术作品中的现象,会丧失现实的真实性,不会变成艺术的真实。把生活中的两三件事实照原来的样子摆在一起,结果会是不真实的,甚至是不逼真的。"①就是历史剧和历史画,事实上也不可能完全照历史本来的面貌写。狄德罗说:"如果我们叫我们著名悲剧里的英雄从坟墓里跑出来,他们倒很难在我们舞台上认出自己的形容;假使布鲁图、卡底里奈、恺撒、奥古斯都、加图站在我们的历史画前,他们必然会诧异,画里画的是些什么人物。"②狄德罗还认为艺术真实与哲学的真实性也不同,他说:"诗里的真实是一回事,哲学里的真实又是一回事。为了存真,哲学家说的话应该符合于事物的本质,诗人只求和他所塑造的性格相符合。"③

艺术不但需要缀合,抒写,而且还允许夸张和变形。夸张是将对象的特点加以夸大,如将高鼻子画得更高,将大眼睛画得更大,使人一目了然。阿Q的形象也是夸张了的。但只要被夸张的特点是实在的,这就具有真实性。鲁迅曾说,讲燕山雪大如席,是夸张,因为燕山确实有雪;说广州雪大如席,则是撒谎,因为广州根本没有雪。变形也是一种夸张,不过夸张到怪诞的地步罢了。如果戈理的小说《鼻子》,描写趾高气扬的八等文官可伐罗夫,忽然发现掉了鼻子,这鼻子竟变成了一个人,后来又回到鼻子的位置上。这是奇特的怪事,但却深刻地反映了这种趾高气扬的官吏的精神状态。卡夫卡的《变形记》,写一个小公务员葛里高利,一天早上醒来,忽然发现自己变成了一只大甲虫,然后写他变成甲虫之后的种种遭遇。这种变形虽然是怪诞的,但却反映了资本主义社会关系中人的异化状况,人变成了非人。就这一点说,仍有其真实性。这种变形的写法,也不是从现代派艺术开始,古代艺术中早就有过。在欧洲,古罗马就有奥维德写的《变形记》。在中国,《聊斋志异》中的《促织》也有变形的描写:在官府催缴蟋蟀,不缴就要家破人亡的高压下,人竟变成了蟋蟀。要评价这类作品的真实性问题,就不能从人会不会变甲虫、变蟋蟀的角度来立论,而是要看通过这种变形的故事所反映的社会关系是否真实。如果这种社会压迫、人的异化是实在的,那么艺术描写虽然怪诞,无疑仍有真实性。这是创作主体根据自己对社会本质的认识而作的极度夸张的

---

① 《迟做总比不做好》,《古典文艺理论译丛》(1),人民文学出版社1961年版,第182页。
② 《论绘画》,《西方文论选》上卷,第392页。
③ 《论戏剧艺术》,《西方文论选》上卷,第365页。

写法。

三、主体意识的发挥与创作自由

既然作家的主体意识在创作过程中起着重要作用,那么,充分地发挥创作者的主体性,便成了繁荣创作的必要条件。正如发展生产需要解放生产力一样,繁荣创作也需要有创作自由。所谓创作自由,就是解除作家艺术家的思想束缚,使主体意识能够自由翱翔。

要获得创作自由,需要有主客观两方面的条件。

客观上,要有民主、自由的空气。不能把文学看作政治的附属物去要求文学围绕着政治任务旋转,应该承认文学的独立地位,让文学在审美领域里发挥它自己的作用;不要在文学艺术园地中树立样板,固定模式,而要真正实行"百花齐放"的方针,让各种艺术样式和风格自由发展;更不可在文化思想领域内设置独木桥,只准一种样式通过,不给其他样式放行,而要真正允许"百家争鸣",以期相互促进。只有在充分自由的空气里,作家的主体意识才能抬头,艺术个性才能得到张扬。否则,终日左顾右盼,诚惶诚恐,或者变成了机器上的齿轮、螺丝钉,成为领导人物手中的驯服工具,作家们的自我早已失落,哪里还谈得上主体意识的发挥呢?

但是,单有客观上的条件还不够。作家在主观上还必须努力找回失落掉的自我。由于社会上各种错综复杂的关系,文人们是不容易摆脱其依附地位的。首先是对于权力的依附。有些文人从事创作时,既不是根据客观的实际情况,也没有自己主观的见解,而是先看权力者的意见如何,以迎合上级为旨归,以阐明领导意图为己任,这当然没有自我。其次是对于权威的依附。有许多文人,拜倒在思想权威面前,以权威的思想为自己的思想,不敢越雷池一步。譬如,中国文人长期以来以孔子为偶像,以孔子之是非观为是非观,以孔子之美丑观为美丑观,并无主体意识可言。再则,是对于金钱的依附。文人也是人,在商品社会里当然需要金钱来养活自己,而且创作者往往是靠出卖作品来换取金钱,这是很自然的。但是对金钱的追求,对别人钱袋的依赖,同样会叫人丧失主体意识,使创作变成迎合买主的东西。美国作家海明威说:"我们有许多办法把他们毁掉。第一是经济。他们挣钱。虽然好作品终究会赚钱,可是作家去挣钱是危险的事情。我们的作家挣了几个钱,提高了他们的生活水平,这就麻烦了。他们只好为了维持家业、养活老婆等等去写作,这就写坏了。不是有意写坏,是因为写得太快。因为他们写的时候无话可说,或者说,井里没有水。因为他们有野心,他们一旦出卖自己,又想维护自己,这就越写越坏。"①他说的就是这种情况。不管是哪一种依附,都会使作家艺术家丧失主体性。只有摆脱一切依附,作家才能有独立的人格,才能真正以自己的审美观点、审美情趣对生活进行审美观照,也才能真正创作出属于自我,充分展现创作个性的作品。海明威在获得诺贝尔文学奖时还特别指出:"写作,在最成功的时候,是一种孤寂的生涯。"②这种孤寂,正是排除人云亦云的平庸见解的必要条件。鲁迅曾经赞美过一种天马行空的艺术精神,只有获得这种精神,才能创作出好作品,而只有摆脱一切依附的作家,才能获得这种精神。

第二节　创作主体的创造能力

创作主体在创作过程中之所以能起很大的作用,全在于有一种创造能力。这种创造能力由各方面的因素组成,主要体现在以下几个方面。

一、观　察　力

艺术形象既然以生活现象作基础,那么,作家就必须善于捕捉生活现象中具有特征性的东西,以便把它转化成艺术形象。因此,观察力对于作家具有重要的意义。每个人每天都面对许多生活现象,有些人毫无感触地让它过去了,而另一些人则善于把握住生活现象的特点,这就是观察力问题。创作的成功与否,不在于是否抢到新奇的题材,不在于有无垄断独家材料,而在于作者能否从常见的生活现象中观察到独到的东西。罗丹说:"所谓大师,就是这样的人:他们用自己的眼睛去看别人见过的东西,在别人司空见惯的东西上能够发现出美来。"③别林斯基说:"现实诗歌的任务,就是从生活的散文中抽出生活的诗,用这生活的忠实描绘来震撼灵魂。"④要达到这个境界,就要培养观察力。作家和艺术家都有许多培养观察力的方法。画家从写生入手,在很大程度上就是对观察力的培养,即养成把握对象特点的能力。小说家也有类似写生的方法,福楼拜就曾要他的学生莫泊桑做过这样的训练,他说:"当你走过一位坐在自家门前的杂货商的面前,走过一位吸着烟斗的守门人的面前,走过一个马车站的面前的时候,请你给我画出这杂货商和这守门人的姿态,用形象

---

① 《谈创作》,《海明威研究》,第81页。
② 《在诺贝尔文学奖金授奖仪式上的书面发言》,《海明威研究》,第94页。
③ 《罗丹艺术论》,第4页。
④ 《别林斯基选集》第1卷,上海文艺出版社1963年版,第185页。

化的手法描绘出他们的包藏着道德本性的形象外貌,要使得我不会把他们和其他杂货商其他守门人混同起来,还请你只用一句话就让我知道马车站有一匹马和它前前后后五十来匹马有什么不同。"这当然也是为了培养观察力,因为在福楼拜看来,"才能就是持久的耐性。对你所要表现的东西,要长时间很注意去观察它,以便能发现别人没有发现过和没有写过的特点。……为了要描写一堆篝火和平原上的一株树木,我们要面对着这堆火和这株树,一直到我们发现了它们和其他的树、其他的火有所不同的时候"①。作家只有具备这样的观察力,才能以最简洁的文字表现出对象的鲜明的特征。

作家的观察,当然不限于外貌,而且要深入到内层,他们往往通过外貌特征来把握内在的实质。特别是对于人物的性格特点和心理活动,作家们观察得相当深入。契诃夫在他的创作手记里,有这样的记载:"有一个人,从外貌上判断,他除去加卷心菜的腊肠之外,什么都不喜爱";"某军官惯于和他的太太一块儿到澡堂去。他们两人都是由一个跟班来替他们搓澡。这很明白:他们并没有把他当人看待。"②这就是从外貌和行为来判断人物的思想和爱好的记载。艺术作品中的性格刻画和心理描写,就是在这种观察和判断的基础上进行的。

艺术创作者需要有特殊的观察力,但却并非经常都带着特殊使命去观察生活,在更多的时候,他们像普通人一样生活着,在无形中积累着生活经验。海明威说:"如果一个作家停止观察,那他就要完蛋了。但是他不必有意识地去观察,也不必去想怎样它才会有用。开始的时候也许会那样。但是后来他所看到的每一件事情都进入了他知道或者曾经看到的事物的庞大储藏室了。"③而当作家有了丰富的生活经验之后,他一旦受到某种思潮的启发,或者文化视野突然开阔,再对原来的生活进行反视,他就会在原有生活经验的基础上,进一步观察到许多新的东西。鲁迅虽然小时候就与农民接近,知道他们受着压迫,有很多苦痛,但是直到后来看到一些为劳苦大众而呼号的外国小说之后,才对农民问题看得更清。他说,到那时"历来所见的农村之类的景况,也更加分明地再现于我的眼前。偶然得到一个可写文章的机会,我便将所谓上流社会的堕落和下层社会的不幸,陆续用短篇小说的形式发表出来了"④。这也许可以称之为观察生活上的反刍现象,即在生活积累比较地丰富,生活认识

---

① 莫泊桑:《小说》,《欧美古典作家论现实主义和浪漫主义》(二),第237—238页。
② 贾植芳译:《契诃夫手记》,浙江人民出版社1982年版,第9、10页。
③ 乔治·普林浦敦:《海明威访问记》,《海明威研究》,第72—73页。
④ 《集外集拾遗·英译本〈短篇小说选集〉自序》。

相应地提高之后,对原来的生活经历会有新的感受和新的认识。这种新的感受和新的认识,就会把他的创作提高到一个新的境界。

二、审美力

观察,是为了把握对象的特点,但创作既然不是生活对象的纯客观的反映,它还包含着主观的审美感受,所以,除了观察力以外,作家还必须具有审美力。

创作过程中的审美力,是指创作主体对于现实生活的审美感受能力。在现实生活中,随处都存在着审美对象,问题在人的审美感受能力。有些人感觉迟钝,即使面对良辰美景,也无所感受,他们当然成不了艺术家;有些人过于理智,对于社会现象能作理性的分析,却缺乏热情的感应,他们也写不出好的艺术作品;艺术家大抵具有敏感的神经,一接触到热点,便产生强烈的感应,主客体相搏,这才能进行创作。弗洛伊德说,作家都是精神病患者,这当然是偏激之词,但作家神经敏感,易于激动,却也是事实。这种艺术型的气质,在崇尚温柔敦厚的社会里,虽然显得乖张、奇特、不合群,但对艺术创作来说,却是必需的,因为它对现实中的美丑具有高度的敏感性。

审美力不但需要有高度的敏感性,而且具有强烈的主观性。对于美的感受,与审美主体的主观情感有密切的关系。鲁迅在《社戏》里写到"我"在两种场合看中国戏的情况,由于主观心境的不同,审美感受也完全两样。先是写近十年在北京戏园子里看戏,出演的都是名角,但由于拥挤、混乱、心境不佳,只感到受罪,省悟到自己不适于在戏台下生存;后写幼年在故乡看社戏,出演的是草台班,由于心向往之,所以连沿途的景色都感到是美的:

> 两岸的豆麦和河底的水草所发散出来的清香,夹杂在水气中扑面的吹来;月色便朦胧在这水气里。淡黑的起伏的连山,仿佛是踊跃的铁的兽脊似的,都远远地向船尾跑去了,但我却还以为船慢。他们换了四回手,渐望见依稀的赵庄,而且似乎听到歌吹了,还有几点火,料想便是戏台,但或者也许是渔火。
>
> 那声音大概是横笛,宛转,悠扬,使我的心也沉静,然而又自失起来,觉得要和他弥散在含着豆麦蕴藻之香的夜气里。

这景色,在江南水乡,本也是常见的,但由于"我"当时期待的事儿正在实现,心情特别愉快,所以感到它特别美。在这里,客观景色与主观审美感受是紧密

地结合在一起的。这种结合,是普遍现象。我们再看看朱自清《荷塘月色》里的描写:

> 月光如流水一般,静静地泻在这一片叶子和花上。薄薄的青雾浮起在荷塘里。叶子和花仿佛在牛乳中洗过一样;又像笼着轻纱的梦。虽然是满月,天上却有一层淡淡的云,所以不能朗照;但我以为这恰是到了好处——酣眠固不可少,小睡也别有风味的。月光是隔了树照过来的,高处丛生的灌木,落下参差的斑驳的黑影,峭楞楞如鬼一般;弯弯的杨柳的稀疏的倩影,却又象是画在荷叶上。塘中的月色并不均匀;但光与影有着和谐的旋律,如梵婀玲上奏着的名曲。

试想,如果我们剥离了这里面的主观审美感受的成分,那么,月色映照下的荷塘,还有多少情趣呢?

三、想 象 力

艺术创作必然要借助于想象,才能完成它的形象创造。想象力是否丰富,直接影响到艺术家的创造力。所以历来的作家、理论家都很重视想象的作用。黑格尔在谈到艺术创作的本领时说:"如果谈到本领,最杰出的本领就是想象。""想象是创造的。"① 马克思说:"想象力,这个十分强烈地促进人类发展的伟大天赋,这时候已经开始创造出了还不是用文字来记载的神话,传奇和说的文学,并且给予人类以强大的影响。"② "任何神话都是用想象和借助想象以征服自然力,支配自然力,把自然力加以形象化。"③ 别林斯基说:"在艺术中,起着最积极和主导的作用的是想象,而在科学中则是理智和思考力。"④ 冈察洛夫则说:"想象将永远是艺术家的手段","我主要是在想象的影响下生活和写作,而且没有想象,我的笔杆就很少有力量,就不能发生效力"⑤。

为什么想象在艺术创作活动中具有这样巨大的作用呢? 这与艺术的特殊性有关。因为艺术作品是以形象来反映生活的,而艺术形象则需要虚构,所以

---

① 《美学》第1卷,第357页。着重号原有。
② 《摩尔根〈古代社会〉一书摘要》,《马克思恩格斯论艺术》第2卷,人民文学出版社1963年版,第5页。着重号原有。
③ 《政治经济学批判·导言》,《马克思恩格斯选集》第2卷,第29页。
④ 《一八四七年俄国文学一瞥》,《外国理论家作家论形象思维》,中国社会科学出版社1979年版,第75页。
⑤ 《迟做总比不做好》,《古典文艺理论译丛》(1),第182、189页。

想象就在艺术思维中起了决定性的作用。正如乔治·桑所说:"在艺术的虚构里,即使是最简单的虚构,也是凭借了想象,来把孤立的事实加以联系,加以补充,加以美化。"①

想象在艺术创作中的作用表现在两个方面:

一是缀合、改造作用。

艺术想象不是凭空乱想,不是胡编乱造,它是以现实生活作基础,首先唤起作家记忆中的生活印象,然后将它缀合、改造,通过想象形成一个完整的形象。伏尔泰说:"我们看到人、动物、花园,这些知觉便通过感官而进入头脑;记忆将它们保存起来;想象又将它们加以组合。"他认为积极的想象把思考、组合与记忆结合起来,它能将彼此不相干的事物联系在一起,把混合在一起的事物分离开,将它们加以组合、加以修改。"正是凭借这种想象,诗人才创造出他的人物,赋予他们个性和激情;才构造出他的故事情节,将它铺展开来,把纠葛加紧,然后酝酿冲突的解决。"②的确,如果缺乏想象力,就根本无法将零星的材料组合在一起,无法打破时间和空间的界限,进行移植改造。而且,艺术创作并非是在所有的材料齐备的情况下进行的,所以,高尔基说:"想象和推测可以补充事实的链条中不足的和还没有发现的环节。"③

二是补充生活经验之不足。

作家应写自己熟悉的生活,但一个人的生活经验毕竟有限,艺术想象可以把作家带入特定情境,模拟描写对象的神态,体验描写对象的心情,以弥补自己生活经验之不足。

传说赵子昂画马,自己先趴在地上装作马的样子;李伯时为了画好马,自己先学滚尘;罗大经画草虫,先把自己想象成草虫,以致说:"方其落笔之际,不知我之为草虫耶?草虫之为我耶?"这真是"庄生晓梦迷蝴蝶",不知庄周变成蝴蝶,还是蝴蝶变成庄周了。

至于对人物心情的体验,那就更是常见了。福楼拜说,他写爱玛·包法利夫人服毒自杀时,"感到嘴里有砒霜的味道";列宾说他画伏尔加河船夫时,感到自己同纤夫一块"拉得精疲力尽","磨伤的皮肤在刺痒地痛";有一次,巴尔扎克的朋友去看他,发现巴尔扎克躺在地上,大吃一惊,以为他生了大病,巴尔扎克起来说,刚才是高老头死了;又一次,巴尔扎克的朋友敲了门,听见巴尔扎克正同谁激烈地争吵:"你这个恶棍,我要给你点颜色瞧瞧!"这个朋友推门

---

① 《安吉堡的磨工·原序》,《外国名作家谈写作》,北京出版社1980年版,第83页。
② 《哲学词典》,《外国理论家作家论形象思维》,第29—30、31页。
③ 《谈谈我怎样学习写作》,《论文学》,第158—159页。

进去,却只见巴尔扎克一个人,原来巴尔扎克在痛骂他作品中一个坏人的卑劣行径。——阿·托尔斯泰对此评论道:"巴尔扎克产生了幻觉。每个作家对自己要写的东西都应当达到产生幻觉的地步。应该在自己身上发展这一素质。"① 柳青逝世前一段时期,住在西安第四军医大学附属医院治病,同时修改《创业史》第二部。有一次,有人去探望他,见他精神非常痛苦,问他病情是否加重了。柳青说,这几天我正在扮演一个反动富农角色,高低扮演不好,很伤脑筋,倒不是病重了。② 可见他也是进入角色了。

想象在艺术创作活动中占有重要的地位,但想象并非艺术思维所特有。艺术需要想象,科学也需要想象。列宁说:"有人认为,只有诗人才需要幻想,这是没有理由的,这是愚蠢的偏见!甚至在数学上也是需要幻想的,甚至没有它就不可能发明微积分。"③ 英国物理学家廷德尔说:"有了精确的实验和观察作为研究的依据,想象力便成为自然科学理论的设计师。"④ 如果没有想象,不但设计不出飞机、潜艇,甚至 $1+1=2$ 的简单数式也无法推导,日常生活也无法进行。所以狄德罗说:"想象,这是一种特质。没有了它,一个人既不能成为诗人,也不能成为哲学家、有机智的人、有理性的生物,也就不成其为人。"⑤

但是,艺术想象与科学想象是有区别的。这种区别首先表现在:科学想象虽然有时也有形象性,但主要是通过推理来完成,艺术想象则始终与形象相联系。狄德罗说:"想象是人们追忆形象的机能。"⑥ 爱迪生说:"我们想象里没有一个形象不是先从视觉进来的。可是我们有本领在接受了这些形象之后,把它们保留、修改并且组合成想象里最喜爱的各式各样图样和幻象。"⑦ 基于形象思维的特点,在整个艺术想象的过程中,总是不离开具体感性的形象材料,而是根据印象中的形象材料,而想象成一个新的完整的艺术形象。

其次,艺术想象充满作家的主观感情色彩。所谓"登山则情满于山,观海则意溢于海","满纸荒唐言,一把辛酸泪",都说的是艺术想象时的感情作用。意大利理论家慕拉多利说:"想象力受了感情的影响,对有些形象也直接认为真实或逼似真实。诗人的宝库里满满地贮藏着这类形象。……想象力把无生命的东西看成有生命的东西。情人为他的爱情对象所激动,心目中充满了这

---

① 《同〈接班人〉杂志编辑部全体谈话的速记记录》,《外国理论家作家论形象思维》,第 162 页。
② 见《论柳青的艺术观》,上海文艺出版社 1981 年版,第 57 页。
③ 《俄共(布)第十一次代表大会》,《列宁全集》,第 33 卷,第 282 页。
④ 见弗里奇:《科学研究的艺术》,科学出版社 1979 年版,第 56 页。
⑤⑥ 《论戏剧诗》,《外国理论家作家论形象思维》,第 27 页。
⑦ 《旁观者》,《外国理论家作家论形象思维》,第 22 页。

种形象。"①由于艺术想象充满感情色彩,所以艺术家在想象、虚构的过程中,常常嬉笑怒骂或痛哭流涕。这样想象出来的艺术形象,也就充满生气,富有生命力。

四、表 现 力

作家有了审美感受,经过艺术想象,在心中形成了一种意象。但这还不是艺术,直到将这种意象形诸笔墨,这才成其为艺术作品。虽说意象的形成也是一种表现,但一般所说的艺术表现,是指形诸笔墨的过程。

艺术表现是一个艰难的历程。作家经过苦心经营,往往仍不能将心目中的意象完美地表现出来。陆机《文赋》中所说"文不逮意,意不称物",刘勰《文心雕龙》中所说"方其搦翰,气倍辞前;暨乎篇成,半折心始",谈的就是这种情况。原因何在呢?刘勰的分析是:"意翻空而易奇,言征实而难巧也。"要把空蒙的意象用实在的语言表现出来,确实不易,所以难免要打很大的折扣了。在这里,作家表现力的高低,就起重要作用。

表现力体现在许多方面:

首先是艺术构思的能力。所谓艺术构思,即作家艺术家通过怎样的艺术格局把心中的意象表现出来。鲁迅曾举过这样的例子:漫画家们要讽刺一位白净苗条的美人,很不容易设法,"有些漫画家画作一个髑髅或狐狸之类,却不过是在报告自己的低能。有些漫画家却不用这呆法子,他用廓大镜照了她露出的搽粉的臂膊,看出她皮肤的褶皱,看见了这些褶皱中间的粉和泥的黑白画。这么一来,漫画稿子就成功了"②。这里说的就是不同的构思所取得的不同的艺术效果。古人尝以某诗句为题,要画家作画,也就是考查他们艺术构思的能力。如"深山藏古寺"的画题,得头名者只画溪边汲水的和尚,而不画山上的庙宇;"野渡无人舟自横"画题的优胜者,只画悠闲的舟子横卧在舟上吹笛,而不画赶路的行人,都很好地表现出了诗意,比那些直露地画古寺,画渡口者为好。这说明他们的艺术构思是富有表现力的。

其次是描写刻画的能力。有了好的艺术构思,还要有好的笔法来表现。描写刻画的功夫是必不可少的,这是艺术家的基本功。以人物描写为例,我们常见有些作品用陈词滥调来描写,如以"闭月羞花之容,沉鱼落雁之貌"来形容美女,这就毫无表现力;倒不如汉代民歌《陌上桑》中用间接表现法来得有

---

① 《论意大利最完美的诗歌》,《外国理论家作家论形象思维》,第21页。
② 《且介亭杂文二集·漫谈"漫画"》。

力,"行者见罗敷,下担捋髭须。少年见罗敷,脱帽着帩头。耕者忘其犁,锄者忘其锄。来归相怨怒,但坐观罗敷"。这里虽没有直接描写罗敷的美,但从观者的神态,使读者可以想见其美。正如荷马史诗描写海伦的美,只写海伦走过城楼,几个老成持重的人看了,都说为了这个美人,打了十年的特洛伊战争,死了那么多人是值得的,这就可见其美了。描写得落入俗套,有时于优秀的古典作品里也在所难免。《三国演义》在人物出场时,就常来一套表面的描写,如在吕布出阵时写道:"头戴三叉束发紫金冠,体挂西川红锦百花袍,身披兽面吞头连环铠,腰系勒甲玲珑狮蛮带;弓箭随身,手持画戟;坐下嘶风赤兔马:果然是'人中吕布,马中赤兔!'"这种描写没有什么特色,远不如鲁迅在《故乡》中对豆腐西施杨二嫂的描写来得传神:"我吃了一吓,赶忙抬起头,却见一个凸颧骨,薄嘴唇,五十岁上下的女人站在我面前,两手搭在髀间,没有系裙,张着两脚,正像一个画图仪器里细脚伶仃的圆规。"寥寥几笔,神态毕肖,加上前后的对话,人物的性格就出来了。可见描写对于艺术表现是很重要的。

再则,形式美的表现能力也很重要。文学作品总是通过一定的艺术形式表现出来的,因此,文学创作不但要追求内容的深刻、形象的生动,而且要讲求形式美。作家艺术家需要有形式感,有形式美的表现能力。舞蹈姿态不能酷似生活动作,它要追求自身的和谐、优美;绘画的布局不能满纸堆砌,要讲究疏密相间、计白为黑,而且还要讲究色彩的协调;诗歌语言除了要表现情感之外,又要讲究音节韵律之美,而且还得注意诗句排列的整齐美或参差美;就是小说、散文,也要写得舒紧有度……这些,都属于形式美的追求。忽略了形式美,艺术也就不成其为艺术了。就这个意义上说,贝尔把艺术的性质界定为"有意味的形式",还是有一定道理的。他特别指的是视觉艺术:"在各个不同的作品中,线条、色彩以某种特殊方式组成某种形式或形式间的关系,激起我们的审美感情。这种线、色的关系和组合,这些审美的感人的形式,我称之为有意味的形式。'有意味的形式',就是一切视觉艺术的共同性质。"①

其实,不但视觉艺术,而且一切艺术都有形式美的要求。形式美的表现能力,是作家艺术家艺术水平的重要标志。

---

① 《艺术》,第4页。

第三章　文学创作的提炼与加工

创作过程,就是将原始的生活材料提炼成为艺术作品的过程。

艺术创作的加工是多方面的,从题材的选择、主题的开掘、人物的塑造、情节的提炼、结构的安排直到语言的锤炼,等等。但中心问题是典型化。所以本章着重讨论典型与典型化,别的问题留待作品论中再论述。

第一节　文学的典型性

一、典型性是文学创作的基本法则

文学具有形象性,但形象性只是文学的初级形态,要使作品能反映出生活的本质,并且有更高的审美价值,还需具有典型性。

现实主义文学特别重视典型性,但典型性并非现实主义所独有。要使作品比实际生活更高、更集中、更强烈,则无论哪一流派的作家,都必须追求典型性。

典型是生活现象的结晶。正如高尔基所说:"大作家、老作家和古典作家笔下的典型是什么意思呢?这是从牛乳中炼出来的凝乳,这是一种发过酵的东西,一种提炼过的东西。"①所以作家总是通过一定的典型去概括现实生活,揭示一定社会现象的本质,读者、观众也总是通过一定的典型去认识生活。艺术作品的典型性愈高,它的社会意义也愈大,审美价值也愈高。别林斯基指出:"典型性是创作的基本法则之一,没有典型性,就没有创作。"②

正因为典型问题如此重要,所以它受到许多作家、理论家的重视。例如,福楼拜说:"必须永远把自己的人物提高到典型上去。伟大的天才与常人不同的特征即在于:他有综合和创造的能力;他能综合一系列人物的特性而创造某一种典型。"③列夫·托尔斯泰说:"艺术家的事情便是捕捉典型的东

---

① 《同进入文学界的青年突击队员谈话》,《论文学》,第276页。
② 《现代人》,《别林斯基选集》第2卷,第25页。
③ 引自季莫菲耶夫:《文学原理》,平明出版社1955年版,第35页。

西。"①恩格斯在赞扬一部小说时说:"每个人都是典型,但同时又是一定的单个人,正如老黑格尔所说的,是一个'这个',而且应当是如此。"②他们都把典型性看作艺术创造水平高低的标志。正如别林斯基所说:"创作独创性的,或者更确切点说,创作本身的显著标志之一,就是这典型性——如果可以这样说的话,——这就是作者的纹章印记。"③

但是,也有些人否认典型问题在文学创作中的重要性。这是与他们否认文学要反映现实的本质、否认文学要写人的观点相一致的。文学如果不写人,当然就不需塑造典型性格;文学如果只写现象,不必反映现实的本质,当然也就不必进行典型化。但是,如果承认文学要写人,要反映生活本质,那么,典型仍是文学创作中的中心问题。

当然,并非所有种类的作品都要塑造典型人物,抒情诗就只是表现某种感情,但这种感情同样需要具有典型性,才能深切动人;此外,还有典型事件、典型情节等说法。不过,人物典型毕竟是艺术作品典型性的核心,情节、事件是围绕着人物而展开的,感情也是抒情主人公的感情,所以要研究典型问题,必须以人物典型为主要对象。

二、典型:以独特的个性反映社会关系的本质

"典型"一词,在我们的日常生活中用得相当普遍:典型报告、典型经验、典型事物、树立典型、学习典型,等等。在这里,典型性就是代表性,它与文学创作上的典型,不是一回事。

那么,什么是文艺创作上的典型呢?

过去人们常常把典型解释为个性与共性的统一。这在哲学上不能说错,但却并不准确。这个定义有两个缺点:

其一,个性与共性的统一是一切事物所共有的属性,并非文学典型所独有,因此不能说明它的特殊性。主张个性与共性统一说者常常引用列宁和毛泽东的话作为理论根据,列宁说:"个别一定与一般相联系而存在。一般只能在个别中存在,只能通过个别而存在。任何个别(不论怎样)都是一般。任何一般都是个别的(一部分,或一方面,或本质)。任何一般只是大致地包括一切个别事物。任何个别都不能完全地包括在一般之中,如此等等。"④毛泽东

---

① 《列夫·托尔斯泰论创作》,第97页。
② 1885年11月26日致敏·考茨基信,《马克思恩格斯选集》第4卷,第453页。
③ 《论俄国中篇小说和果戈理君的中篇小说》,《别林斯基选集》第1卷,第191页。
④ 《谈谈辩证法问题》,《列宁全集》第38卷,第409页。

说:"矛盾的普遍性和矛盾的特殊性的关系,就是矛盾的共性和个性的关系。""然而这种共性,即包含于一切个性之中,无个性即无共性。"①而这两段话,恰恰是论述事物的普遍规律的。这就是说,世间一切事物,都是个性与共性的统一,非独典型为然。因此,它不能作为典型的定义。

其二,这个定义的缺点还在于,所谓共性,常常被理解为某种事物的平均数,是一个量的概念。这样,有些人就把典型和最常见的大多数事物等同起来,抹杀了稀少事物的典型意义,不利于作家去创造反映新的社会关系的艺术典型。当作品中出现一个独特的不常见的典型时,就会被指责为不真实。"难道这是农民吗?""难道这是工人吗?"或者说:"这是给我们干部脸上抹黑!"等等。因为按有些人的理解,工人典型一定是大公无私的,农民典型一定是勤劳、刻苦而带点自私、保守,而干部典型则是全心全意为人民服务的,这是他们的共性,没有反映出这种共性,就是不典型。这种典型论,也是造成人物性格雷同化现象的原因之一。

典型是一个质的概念,而不是量的概念,它代表了一种必然性、规律性,而不是事物的平均数。

典型,是以鲜明独特的个性,反映出一定历史时期社会关系的某些本质方面。

艺术典型需要有鲜明的个性特征,这是它区别于同类人物的标志,是艺术生命存在的形式。如果缺乏鲜明的个性,典型就会变成类型化的东西,变成时代精神的单纯的传声筒,也就不成其为典型了。所以文学史上成功的典型总是具有鲜明独特的个性的。比如阿Q,是辛亥革命时期中国农民的典型,在阿Q身上,作者概括了当时底层人物共同的痛苦、要求和欲望,但阿Q又与其他贫雇农有着显著的不同,他有鲜明的个性特点,这就是他的精神胜利法,阿Q式的革命思想,等等。这些特点,给人印象至深,使他有别于其他的农民。离开了这些特点,也就没有了阿Q。又如,罗亭的夸夸其谈、奥勃洛摩夫的懒惰、堂·吉诃德的天真主观,一个个都有鲜明的个性。有些作品,描写了同一阶级甚至同一类型的许多人物,但彼此之间仍判然有别,绝不雷同。这靠的是什么呢?靠的就是鲜明的个性特征。譬如,果戈理的《死魂灵》写了许多俄罗斯地主,但是没有一个相同的,泼留希金的贪婪、吝啬,玛尼洛夫的虚伪、圆滑,罗士特莱夫的粗鲁、莽撞……形形色色,形成一个地主画廊。《红楼梦》写了封建贵族家庭的各色人等,别的且不说,以妇女形象而论,单是金陵十二钗正册、副

---

① 《矛盾论》,《毛泽东选集》第1卷,第307页。

册、又副册中，就有几十人，但也没有一个雷同的。王熙凤是有名的"泼辣货"，古今中外，独一无二，就是老好人李纨，带点憨气的史湘云，也都具有鲜明的个性。同是贾家女儿，迎春软弱，探春能干，就大不相同。同是具有辣味，王熙凤的辣与探春的辣又有不同，王熙凤是狠毒，探春是严明。同是贾府中的丫环，袭人、晴雯、鸳鸯、紫鹃等人的差异也太大了，她们各有各的命运，各有各的个性。这样才能成为各自独立而不雷同的典型。可见鲜明独特的个性，是典型创造必不可少的条件。

但是，如果艺术形象只有个性特征，而不能概括一定的社会本质，那也不成其为典型。这种不能反映本质的个性化，就成了恩格斯所批评的"恶劣的个性化"。试想，阿Q形象如果只剩下黄辫子、癞痢头和精神胜利法，而不能概括辛亥革命时代农民的痛苦、要求和弱点，那还有什么深刻的社会意义呢？剩下的只不过是一堆笑料罢了。就是阿Q式的革命，也反映了农民革命的某种特点。所以，典型的个性特征必须反映出社会关系的某些本质方面。而事实上，人物的个性特征也总是与他的社会本质相联系的，是社会本质的个性化的表现。譬如，林黛玉的孤高自许、多愁善感，薛宝钗的罕言寡语、安分随时，都不能仅仅看作没有社会内容的个性特点，而正是与她们的社会地位和她们所代表的社会力量相联系的。林黛玉父母双亡，寄人篱下，日子并不好过，而她又不愿去讨别人的欢心，这样就陷于孤独；在这种情况下，她对于封建礼教有反抗的要求，但还缺乏明确的意识，当然也不可能大声疾呼或像娜拉那样地愤然出走——这不合大家闺秀的身份，也为历史条件所不允许。她只能在爱情上寻找知己，这样，就爱上了同样具有叛逆性的贾宝玉。但作为一个贵族少女，她不可能大胆地倾吐爱情，所以终日与宝玉怄气，其实这是爱情的试探。处于这样的景况，她当然不可能像薛宝钗一样的心宽体胖，而是多愁善感，瘦弱多病。薛宝钗的情况就不同了，她有财有势，到贾府上来是走亲戚，同时是准备入选才人，到皇帝身边去的，她是封建制度的维护者，她的安分随时等特点都是与封建礼教的要求相适应的。总之，鲜明的个性特点总是与社会本质相联系的，或者说，人物的社会本质就是通过这些个性特点表现出来的。鲜明独特的个性和社会关系的某些本质特征，是辩证地统一在一起，不能分离的；缺少了任何一个方面，就不成为艺术典型。

典型怎样体现出社会关系的某些本质方面呢？首先，它应该体现为质，而不是体现为量。只要能体现一定的社会本质，常见的、多数的事物可以成为典型，特殊的、少数的事物也可以成为典型。契诃夫笔下的小人物和一些知识分子，大都是当时生活中常见的，他们反映了一定社会关系的本质，但习以为常了，人们往往并无特别的感触，作家把它加以集中概括，塑造成文学典型，就能帮助读者认识这些常见人物的社会本质。高尔基的《母亲》中所写的工人伯惠尔和他的母亲，从自发的反抗走向自觉的革命斗争，在当时革命低潮时期还属于少数，但却反映了一定的社会本质力量，高尔基大胆地描写了他们，具有深刻的典型意义。当然，这种具有典型意义的少数事物，既可以是萌芽状态的，也可以是衰落状态的，既可以是革命者的典型，也可以是别的什么典型。马克思曾经这样称赞过巴尔扎克："巴尔扎克不仅是当代的社会生活的历史家，而且是一个创造者，他预先创造了在路易·菲力普王朝时还不过处于萌芽状态，而直到拿破仑第三时代，即巴尔扎克死了以后才发展成熟的典型人物。"①可见量的多少是无关紧要的，只要能体现某种本质力量，都可成为典型。其次，典型应该表现某种必然规律，而不是表现偶然性。虽然必然总是通过偶然体现出来的，但并非所有偶然都能体现必然。有些偶然现象并不体现必然，它就没有典型意义。典型总是同必然相联系的。有一段时期，卫道的批评家们总是否定革命干部队伍中反面人物的典型性，其实，这不能从现象上看问题，而要看这种人物的出现有无必然性，如果是必然的，那就是典型的。

那么，我们为什么又要在社会本质前面加上"一定历史时期的"这一定语呢？这是为了给它以历史的规定性。因为社会关系的本质总是具体的，所以要把它提到一定的历史范畴来看。我们不能抽象地规定工人的本质、农民的本质、资本家的本质、地主的本质，等等，而要看出他们各自在不同时期的历史演变。文学如果不能追踪这种历史演变，就写不出活生生的典型。所以艺术典型总是带有历史的具体性。譬如，阿Q是中国辛亥革命时期落后农民的典型，它既不同于古代农民起义中的农民，也不同于现代进城打工的农民。他的性格具有历史的内涵：阿Q的精神胜利法，是晚清失败主义的产物，阿Q从反对革命到幻想革命，从假洋鬼子不准他革命，到他被当作罪犯而送上刑场，就体现了当时农民的历史命运。

但在文学史上，却又出现这样的情况：有些成功的艺术典型，不但体现了一定历史时期社会关系的某些本质方面，而且被用来作为概括不同时代、不同阶级，以至不同民族的某种人物性格特点的共名，如阿Q的精神胜利法、堂·吉诃德的主观主义、诸葛亮的智慧、李逵的鲁莽……于是，有些理论家就认为，典型是可以超越一定的历史范围、超越一定的社会关系，而反映人类的某种普遍的、共同的弱点或特点。这是一种抽象化的理论，以它指导创作，就会产生

---

① 《回忆马克思恩格斯》，人民出版社1973年版，第6页。

一种抽象化的作品。人并不是抽象的存在物,因此没有超脱历史的具体性的人类共同的弱点或特点,作为社会关系总和的人的本质总是历史的具体的。如果离开一定历史时期的社会关系去写人,只能是抽象的人、概念的人。正如恩格斯所说:"当我们深思熟虑地考察自然界或人类历史或我们自己的精神活动的时候,首先呈现在我们眼前的,是一幅由种种联系和相互作用无穷无尽地交织起来的画面,其中没有任何东西是不动的和不变的,而是一切都在运动、变化、产生和消逝。"① 既然世界上一切事物,包括人的精神活动,都是在相互关系中运动、变化着,文学作品当然不能静止地去表现抽象的特点。

那么,生活中的确存在的把某些艺术典型作为共名的现象又怎么解释呢?

首先,典型人物的性格特点虽然是一定历史时期社会关系的产物,但历史的发展不是一刀切的,往往是经济制度和政治制度在总的方面已经改变了,但是某些具体的社会关系还继续保留着,因而旧意识就不会很快地消失,反映这种意识特点的艺术典型也就继续保持现实的生命力。列宁说过:"在俄国生活中曾有过这样的典型,这就是奥勃洛摩夫。他老是躺在床上,制定计划。从那时起,已经过去很长一段时间了。俄国经历了三次革命,但仍然存在着许多奥勃洛摩夫,因为奥勃洛摩夫不仅是地主,而且是农民,不仅是农民,而且是知识分子,不仅是知识分子,而且是工人和共产党员。"② 这并不是说奥勃洛摩夫性格是超时代的抽象物,而只能说产生奥勃洛摩夫性格的社会基础并没有完全清除,因而相应的社会意识也留传下来了。同样,阿Q精神至今还活着,也是因为产生阿Q精神的社会关系没有完全改变的缘故。历史的现象是非常复杂的,人们的思想面貌不是一两次革命所能完全改变的,社会关系的某些方面会出现超稳定状态,于是某种文化心理和社会思想也会长期遗留。

其次,我们还得把创作与阅读分别开来考察。在创作过程中,作家只能根据现实社会关系中的人来塑造典型,但一当典型形象创造成功,产生了社会影响,那么在艺术流通过程中它就有了自己的命运,并不是创作者主观所能掌握的。读者在阅读作品时,往往并不全面考察人物的典型意义,而只抓住他的某一突出的特点,再根据自己的生活经验,加以丰富发展,于是这个艺术典型在某些读者的心理,就丧失了具体的历史内涵,而成为某一特点的代名词,如阿Q的精神胜利法、唐·吉诃德的主观主义、诸葛亮的智慧、李逵的鲁莽、贾宝玉的多情,等等。这是接受美学所要研究的内容。我们要看到现实情况的复杂

---

① 《社会主义从空想到科学的发展》,《马克思恩格斯选集》第3卷,第733页。
② 《论苏维埃共和国的国内外形势》,《列宁全集》第33卷,第194页。

性,不能用逆推理的办法,把阅读过程中出现的现象,回溯到创作过程中去,说成是创作规律,那显然是错误的。

三、典型环境与典型人物

既然典型人物是与一定历史时期的社会关系相联系,那么,文学作品为了要塑造好典型人物,还必须注意写好环绕着人物的环境。狄德罗早就注意到了人物与环境的关系,他在《论戏剧艺术》中说:"人物的性格要根据他们的处境来决定";"真正的对比乃是性格和处境之间的对比,不同人物的利益间的对比。"莱辛在《汉堡剧评》中也说:"我们不应该在剧院里学习这个人或那个人做了些什么,而是应该学习具有某种性格的人,在某种特点的环境中做些什么。"恩格斯则进一步发展了这种理论,明确地提出:"据我看来,现实主义的意思是,除细节的真实外,还要真实地再现典型环境中的典型人物。"①

这里所说的环境,是指社会环境,指人与人之间的关系,而不是指自然环境。

所谓典型环境,指的是形成典型人物的性格和驱使他们行动的环境,对于它所反映的时代来说,具有典型性。即既能反映该时代社会生活的某些本质方面和阶级斗争、社会斗争的总趋势,同时又具有自己的特点。

倘使作品所描写的环境不能反映时代生活的本质特点,不能反映阶级斗争、社会斗争的总趋势,那就会影响人物的典型意义。如恩格斯曾批评哈克奈斯的《城市姑娘》道:"您的人物,就他们本身而言,是够典型的,但是环绕着这些人物并促使他们行动的环境,也许就不是那样典型了。"为什么说《城市姑娘》里的人物不是典型环境中的典型人物呢?因为"在《城市姑娘》里,工人阶级是以消极群众的形象出现的,他们无力自助,甚至没有作出自助的努力。想使这样的工人阶级摆脱其贫困而麻木的处境的一切企图都来自外面,来自上面"②。恩格斯认为,这种描写,对于19世纪初圣西门和欧文的时代是正确的,而对于无产阶级进行了长期自觉斗争的80年代来说,就不能算是正确的了。因为它没有写出时代生活的特点,没有体现出阶级斗争的总趋向。

反之,如果作品所写的环境没有自己的特点,那么,描写某一个国家、某一个历史时期的作品都要雷同了,那也不成其为典型环境。只有既写出总的社会情势,又写出各自不同的特色,这样才能形成典型环境。

----

①② 1888年4月初致玛·哈克奈斯信,《马克思恩格斯选集》第4卷,第683页。

典型环境与典型性格的关系非常密切。它们的关系,表现在两个方面。

一方面,典型性格是在典型环境中形成的,不充分展示环境,性格的发展就失却了依据,没有必然性。例如,阿Q的愚昧、落后,与辛亥革命时期没有唤起民众的历史条件有关,在未庄这样的环境中,他的性格的形成是必然的;而《红旗谱》里朱老忠的革命性,则是大革命时代环境的产物。离开了相应的时代环境,特定性格的出现是不可设想的。作者不但要写出环境对于性格形成的作用,而且还要写出随着环境的变化而促使性格的发展变化。例如,阿Q从对革命深恶而痛绝之,到"便是我也要革他妈妈的命",那是未庄和城里的革命形势所造成的。因为革命能使百里闻名的举人老爷如此恐慌,所以不禁使他神往。而朱老忠的从自发斗争到走向自觉革命,则是共产党领导的农民运动所带来的影响。

另一方面,典型环境是由典型人物的活动所构成的,离开了人,无所谓环境,因而写环境也是为了刻画性格,不能脱离人物来孤立地描写环境。例如,《阿Q正传》所反映的辛亥革命时期的典型环境,正是在阿Q、小D、赵太爷、假洋鬼子、秀才、白举人、把总等人物的交互活动中体现出来的,离开这些人物而空写一通时代背景,就没有什么意思了。

总之,环境和人物是水乳交融在一起,不可分割的。只要一写人,就涉及环境,一写环境就涉及人。因此,如果环境不典型,那么人物也就不可能是充分典型的了。

恩格斯关于典型环境中的典型性格的理论,是建筑在唯物史观的基础上的,他把人和时代环境统一起来考察,既不是把人看作脱离时代环境的单个抽象物,也不是把人看作只受环境支配,不起积极作用的被动的东西。人是由环境造就的,而人也积极地影响环境。恩格斯的这种见解,与马克思在《路易·波拿巴的雾月十八日》第二版序言中所说的话,是相一致的,我们可以拿来互相印证。马克思说:"在与我这部著作差不多**同时**出现的、论述同一问题的著作中,值得注意的只有两部:**维克多·雨果著的《小拿破仑》**和**蒲鲁东的《政变》**。维克多·雨果只是对政变的负责发动人作了一些尖刻的和机智的痛骂。事变本身在他笔下却被描绘成了晴天的霹雳。他认为这个事变只是一个人的暴力行为。他没有觉察到,当他说这个人表现了世界历史上空前强大的个人主动性时,他就不是把这个人写成小人而是写成巨人了。蒲鲁东呢,他想把政变描述成以往历史发展的结果。但是,在他那里关于政变的历史构想不知不觉地变成了对政变主人公所作的历史的辩护。这样,他就陷入了我们的那些所谓**客观**历史编纂学家所犯的错误。相反,我则是证明,法国

阶级斗争怎样造成了一种局势和条件,使得一个平庸而可笑的人物有可能扮演了英雄的角色。"①尽管马克思评论的是历史著作,但其中所体现出来的个人与历史环境之间相互关系的观点,却同样对文学创作具有指导意义。

第二节 典型人物的创造

创造典型人物必须从生活出发,所以艺术作品中的人物总有生活原型。巴尔扎克说:"世界上没有光凭脑子就可以想出这样多小说来的人……从来小说家就是自己同时代人们的秘书。"他认为不管是什么样的小说,"就找不出一篇不是以当时的真实事实作基础的"②。但作品中的人物并不等于生活中的人物,必须经过一番改造和制作的功夫。这改造和制作的工作,就叫作典型化。化者,变也;典型化者,即将生活原型变为艺术典型的意思。我们要考察的正是这个改造、变化的过程。

鲁迅说:"作家的取人为模特儿,有两法。一是专用一个人,言谈举动,不必说了,连微细的癖性,衣服的式样,也不加改变。……二是杂取种种人,合成一个,从和作者相关的人们里去找,是不能发见切合的了。但因为'杂取种种人',一部分相像的人也就更其多数。"③我们分别对这两种方法进行考察。

一、专用一个人为模特儿

这种方法实际上又有两种不同的情况:

其一,是以生活中某一原型为基础,但又不受原型的严格限制,作家广泛地概括了同类人物的某些特征,加以想象与虚构,创造出具有高度概括意义的典型形象。例如,《儒林外史》中的许多人物,都是有生活原型的:马二先生的原型是作者的朋友冯执中,杜少卿的原型是作者吴敬梓自己,等等。但作者又不是将生活原型直接搬到作品中来,而是有所改造,有所渲染。马二先生的直率、博通,取之于冯执中,但为了表现他的迂儒本色,作者安插了一个马二先生游西湖的情节,则显然有着虚构成分。这个情节虽极平淡,但却很能表现性格。马二先生游西湖是漫无目的,全无会心,到处走走,到处吃吃,吃东西也毫无选择,"柜上摆着许多碟子:橘饼,芝麻糖,粽子,烧饼,处片,黑枣,煮栗子,

---

① 《马克思恩格斯选集》第 1 卷,第 579—580 页。
② 《〈古物陈列室〉、〈钢巴拉〉初版序言》,《欧美古典作家论现实主义和浪漫主义》(二),第 110 页。
③ 《且介亭杂文末编·〈出关〉的"关"》。

马二先生每样买了几个钱,不论好歹,吃了一饱。"马二先生是时文选家,生活上既毫无见解,可见其衡文也不会有什么标准。但他的性行,却仍有君子风。小说描写他游净慈寺的情景道:"那些富贵人家女客,成群结队,里里外外,来往不绝。……马二先生身子又长,戴一顶高方巾,一幅乌黑的脸,腆着个肚子,穿着一双厚底破靴,横着身子乱跑,只管在人窝子里撞。女人也不看他,他也不看女人。"这些性格化的描写,决不是照搬生活原型所能得到的。又如,《林海雪原》中的杨子荣,是实有其人的,但连他的结局都改变了。生活中的杨子荣是在最后的战斗中牺牲了,而小说中的杨子荣则与小分队胜利会合,凯旋而归。作者只取其英雄性格和部分英雄事迹而已。

因为这种艺术典型在生活中有一个基本原型,所以考据家们总要考证出作品中的某人就是生活中的某人,还由此生出许多枝节来,有人冒充作品中的英雄人物,有人又宣扬某作品中的人物是影射、攻击某人的。这样就大大缩小了艺术典型的社会意义,把文学作品看作个人传记或揭人隐私的谤文。殊不知生活原型一旦提炼成艺术典型,他就失却了自身的意义,作家概括了更丰富的东西,并灌输进自己的美学理想,使艺术典型有了独立的社会价值和审美价值。鲁迅说得好:"世间进不了小说的人们倒多得很。然而纵使谁整个的进了小说,如果作者手腕高妙,作品久传的话,读者所见的就只是书中人,和这曾经实有的人倒不相干了。例如《红楼梦》里贾宝玉的模特儿是作者自己,《儒林外史》里马二先生的模特儿是冯执中,现在我们所觉得的却只是贾宝玉和马二先生……这就是所谓人生有限,而艺术却较为永久的话罢。"①

其二,则是完全写真人真事。如传记文学、报告文学、回忆录,以及相应的纪实性戏剧、电影里所写的人物。这是因为现实生活中的确有些人具有鲜明的个性特征,而且又体现了某种社会力量的本质,如实地把他们描写下来,就可以成为深刻的典型。如欧文·斯通的传记文学《渴望生活》,揭示了在穷困生活的煎熬中追求艺术美境的画家梵高的心灵世界,富曼诺夫的纪实小说《夏伯阳》,刻画了对革命事业忠心耿耿,而又具有浓重的游击习气的草莽英雄夏伯阳的形象,都是具有典型意义的。但是,这类作品也不是简单的生活记录,同样需要艺术加工。

对于写真人真事的作品如何进行典型化的问题,大体有两种看法:一是认为可以虚构,一是认为必须完全写实。苏联两位著名的报告文学作家波列伏依和奥维奇金就代表了两种不同的意见。波列伏依认为,"特写是不容许虚

---

① 《且介亭杂文末编·〈出关〉的"关"》。

构的"。哪怕是一些次要的和无关紧要的情节,也必须真实。他举了一个例子:"狄纳莫"厂有个秃头老人,由于作者不慎,描写他回家刮脸换衣服外,还梳头发,结果这点虚构就使特写大为减色,使这个可敬的老人,感到了不快,他不能避免工厂里那些顽皮的艺徒们拿他开玩笑,艺徒们常常跟在他后面问他:"库兹米奇叔叔,你是怎样梳头发的?"对此,波列伏依说:"看起来是一件小事,总共也不过是一句疏忽的话,可是就让一个好人吃了苦头,而弄坏了一篇特写。"①而奥维奇金却认为,特写虽然要准确地记录事实、人名、地点、时间等,"但这并不等于说,在这种特写中就一点也不允许作者假想,或者补充。特写是一种艺术作品,在事实基础上的、依靠作者对材料的充分掌握而进行的一定程度的假想或补充,是可以允许的"②。在我国,实际上也存在这样两种看法。有许多传记电影是加进了虚构成分的,如《聂耳》中的郑雷电就是虚构人物,未拍成的《鲁迅传》脚本也有许多虚构之事,有些报告文学也没有完全按实际情况写,这引起一些知情的读者,特别是传主的家属的不满。例如,鲁迅夫人许广平就对《鲁迅传》电影脚本大摇其头,认为鲁迅没有过的事不能写入;绍兴秋瑾纪念馆的一些同志也对电影《秋瑾》表示不满,说是不真实。但传记片的作者却又感到很有些为难之处,认为如果完全按实事写,则情节太散,没有贯穿动作,片子难以拍好。到底应如何处理为好,还需进一步探讨。但有一点是大家都同意的,这就是写真人真事也要有所选择,也要进行剪裁。正如波列伏依所说:"特写作者不应该以奴隶的态度来对待事实,应该从大量的对生活的观察中,选择那些能够充分表现生活和思想的东西作为写作的对象,应该善于选择本质的事实,而排除非本质的事实。一个作家的观察越是辽阔,生活知识越多,他就越能用自己所见到的生动的典型事例表现同时代的生活和思想。"

二、杂取种种人,合成一个

这种典型化的方法,所取的生活原型更为广泛,而糅合和塑造起来则难度较大。鲁迅说,他是采取此法来创作的,"所写的事迹,大抵有一点见过或听到过的缘由,但决不全用这事实,只是采取一端,加以改造,或生发开去,到足以几乎完全发表我的意思为止。人物的模特儿也一样,没有专用过一个人,往往嘴在浙江,脸在北京,衣服在山西,是一个拼凑起来的脚色。"③巴尔扎克也

---

① 《论特写》,《中外作家论报告文学》,云南人民出版社 1985 年版,第 312 页。
② 《谈特写》,《中外作家论报告文学》,第 333 页。
③ 《南腔北调集·我怎么做起小说来》。

说过:"文学采用的也是绘画的方法,它为了塑造一个美丽的形象,就取这个模特儿的手,取另一个模特儿的脚,取这个的胸,取那个的肩。艺术家的使命就是把生命灌注到他所塑造的这个人体里去,把描绘变成真实。如果他只是想去临摹一个现实的女人,那么他的作品就根本不能引起人们的兴趣。"①

当然,艺术形象是一个有机的统一体,并不是将取自各处的嘴、脸、手、脚、胸、肩简单地杂凑起来就可完事,那自然不成其为一个完整的典型形象。用这种方法来创造典型,需要更大的想象力和更多的虚构成分,需要对原材料加以生发和改造,按照作家的创作意图重新组合,而且还要把生命灌注到人体中去,于是这个人物才能活得起来。

我们且以阿Q这个典型人物的创造为例,来看看鲁迅是如何"杂取种种人"来"合成一个"的。据周遐寿(周作人)在《鲁迅小说里的人物》中说,阿Q的确有一个原型,叫谢阿桂,是个无业游民,绍兴人叫作"破脚骨",他平时打架、押宝、做短工,也偷过东西,而且杭州反正的时候,县城的文武官员都已逃去,城防空虚,人心惶惶,阿桂确也在街上挥臂嚷道:我们的时候来了,到了明天,我们钱也有了,老婆也有了。有破落户的大家子弟对他说,像我们这样的人家可以不要怕。阿桂说:你们总比我有。……但阿Q取之于阿桂的材料,大概也就是这些东西了,另外有许多东西是别人的,如老老实实帮人舂米是他哥哥阿有;恋爱悲剧的主人公原是鲁迅一个本家桐生少爷——这位少爷有一次忽然向老妈子跪下道:你给我做老婆,你给我做老婆!那老妈子吵了起来,伯父便赶来拿了大竹杠在桐生的脊梁上敲了好几下。不过这事就此结束了,并无下文,赔礼之类是那时常有的,不过与这事无关。……其实,阿Q的生活原型和背景材料还远远不止于此,像阿桂、阿有这一类受苦而麻木的农民,鲁迅还见过很多,而辛亥革命的失败,也是鲁迅所亲见的事实,如绍兴光复后,鲁迅与范爱农到街上去看看,虽然满眼都是白旗,而骨子里却是仍旧。不但绍兴,而且全国都如此,那些封建旧官僚摇身一变,成为新贵,而革命党人却被当作匪类镇压,还有些不相干的人民随之无辜牺牲,这在当时也是司空见惯的。至于阿Q被枪毙时群众麻木地观看的情景,则促使鲁迅弃医从文的那张幻灯片上,就有它的影子。……当然,《阿Q正传》不是这种种事实的杂陈,阿Q形象也不是这一枝一节的硬凑,作者在大量的生活经历、生活感受的基础上,形成了一个中心思想,即他自己所说的心中的"意思",并在这个"意思"的透视

---

① 《〈古物陈列室〉、〈钢巴拉〉初版序言》,《欧美古典作家论现实主义和浪漫主义》(二),第109页。

下,选择材料,加以改造、生发,形成一个完整的典型形象。

　　作者的中心"意思"是什么?鲁迅自己说是"想暴露国民的弱点的"。阿Q的性格核心就是这种国民性的弱点——精神胜利法。围绕着这个精神胜利法,展开了阿Q的种种行状:阿Q连姓名籍贯都很渺茫,但和别人口角的时候,却瞪着眼睛道:"我们先前——比你阔的多啦!你算是什么东西!"阿Q没有家,也没有固定的职业,只给人家打短工过活,人们忙碌的时候,才记起阿Q,一闲空,早就忘却他了。只是有一回,有一个老头子颂扬说:"阿Q真能做!"这时阿Q赤着膊,懒洋洋的瘦伶仃的正在他面前,别人也摸不着这话是真心还是讥笑,然而阿Q很喜欢。阿Q又很自尊,所有未庄的居民,全不在他眼里,甚而至于对于两位"文童"也有以为不值一哂的神情,他想:我的儿子会阔得多啦!加以进了几回城,阿Q自然更自负,然而他又很鄙薄城里人。阿Q"先前阔",见识高,而且"真能做",本来几乎是一个"完人"了,但可惜头上有几处不知起于何时的癞疮疤,所以他就讳说"癞"以及一切近于"癞"的音,后来推而广之,"光"也讳,"亮"也讳,再后来,连"灯""烛"都讳了。一犯讳,阿Q便大怒,估量了对手,口讷的他便骂,气力小的他便打,然而他总是输的时候为多,有时还要被揪住黄辫子碰响头。阿Q虽然吃了亏,但是不一会也心满意足地得胜地走了,因为他心里想:"我总算被儿子打了……"他又成了老子,在精神上得胜了。后来阿Q想在心里的,每每说出口来。别人知道了他这一种精神胜利法,在揪住他黄辫子的时候,人就先一着对他说:"阿Q,这不是儿子打老子,是人打畜生,自己说:人打畜生!"阿Q虽然承认是打虫豸,然而不到十秒钟,却又心满意足地得胜地走了。他觉得他是第一个能够自轻自贱的人了,除了"自轻自贱"不算外,余下的就是"第一个"。状元不也是"第一个"么?"你算是什么东西"呢?……在这里,相骂、打架、真能做,等等,已不是无业游民一般的行径了,而是经过改造、生发之后,集中地表现了阿Q的具有精神胜利法的性格特征。

　　但是,阿Q又并非精神胜利法的——或者说是阿Q主义的"集合体",他是一个活生生的辛亥革命时期的中国农民的典型。一切情节或细节,也都为此做了相应的改造。例如"恋爱的悲剧"一章所写的阿Q向吴妈下跪,就不是地主少爷的无耻行径,而贯穿着阿Q生活的要求,反映出他屈辱的地位。虽然阿Q的求爱未免有点鲁莽,但是,赵太爷都已经快有孙子了,还要讨小老婆,为什么阿Q这一个壮年汉子不能有婚姻的要求呢?然而,他不但挨了竹杠,而且还被迫赔礼道歉,典当了一切可当的东西,在未庄断了生路,只好到城里去,被逼上了偷窃的道路。至于后来革命的风声传来,阿Q在街上大喊"造反了！造反了！"以及对赵太爷的满不在乎的神态，等等，虽然都有生活原型，但安插在这里，却有特别的用意：既表现了地主阶级的恐慌状态，也表现了阿Q精神胜利法在新的形势下的发展。最后，犯人在判决书上画押，本是规定的法律手续，但阿Q的画圆圈却别有意味，他根本弄不清画了圆圈的后果是什么，生怕被人笑话，立志要画得圆，结果画成瓜子模样，还觉得是自己"行状"上的污点；枪毙前游街时，犯人大喊"过了二十年又是一条好汉"之类，以显示自己的英雄气概，在那时是常有之事，但阿Q喊时，给人的感觉却大不相同，他是多么麻木不仁啊，直到临死前都还是浑浑噩噩，没有觉醒！

总之，塑造阿Q形象的所有材料都来自生活，都有原型，但汇集到阿Q身上时，却都是经过改造和生发，集中地表现了阿Q的性格。这就是"杂取种种人，合成一个"的典型化方法。

第三节 典型形态的历史演变

正如世界上一切事物都在发展变化着一样，关于艺术典型的理论和艺术作品的典型形态，也不是固定不变的。因为艺术典型不但是现实生活的反映，而且是时代审美意识的表现，是创作主体审美理想的熔铸。所以艺术典型的形态是随着审美意识的变化而变化的。

典型形态的历史演变，大体可以分为古代和近代两个阶段，而在每一阶段又有许多小的变化。在这里，我们不去追踪那些微观的变化，只从宏观的角度，纵观典型形态的历史发展趋向。这种历史发展趋向，大致可以分为如下几个方面。

一、从神和超人到普通人形象

人类早期艺术大抵从神话衍化而来，所以出现许多神的形象是并不奇怪的。神话传说和早期诗歌、悲剧中的神，都是超凡入圣，神通广大，无与伦比。中国古代神话中的盘古氏开天辟地，女娲氏炼石补天，夸父与日竞走，后羿射下九个太阳；希腊神话中的英雄安泰是地母之子，力大无穷，战无不胜，后来敌人把他高举空中，离开大地，隔开他神力的来源，这才把他扼死。后起的艺术，虽然从神事渐入人事，但人事仍然与神事相联系，如荷马史诗《伊利亚特》所描写的特洛伊战争，虽然是人与人的战争，但特洛伊人和阿耳戈斯人双方都有神助，而且那些英雄们一个个都是超人，非常人可比。中国艺术中，也喜欢让自己心目中的偶像与神攀亲，《诗经·生民》中描写周人祖先后稷，是他母亲姜嫄踩着上帝的脚拇指印感孕而生的,生下来之后,就很神奇:"诞置之隘巷,牛羊腓字之;诞置之平林,会伐平林;诞置之寒冰,鸟覆翼之。鸟乃去矣,后稷呱矣。实覃实讦,厥声载路。"《史记·高祖本记》描写刘媪在田野里,突然雷电交加,有龙伏其上,于是怀孕,生了刘邦,可见他原是龙种,后来还有醉后斩白蛇的情节,更证明他是黄龙之子,说明来历非凡。

除了与神挂钩之外,古代艺术中的主角们大抵都是名门望族,并非寻常百姓。亚里士多德在《诗学》里论及希腊悲剧时,就说过:"现在最完美的悲剧都取材于少数家族的故事。"中国古代作品的主角也大都是英雄豪杰、才子佳人,绝非寻常之辈。这种倾向持续了相当长一段时期,直至近代市民文学的兴起,才逐渐让位于普通人的形象,连卖油郎、小村童也成为文学作品的主角;到得"平民文学""革命文学"流行,则以描写下层劳动人民的悲苦生活为时尚了。真是"旧时王谢堂前燕,飞入寻常百姓家"。

但是传统的势力仍是相当强大的,你只要看看现在的出版物,还常常渲染作品主人公出身于"名门世家",或者是什么"最后的贵族"之类,似乎这样身价就高人一等,可见旧意识之浓厚。

表现对象的选择,反映了时代审美意识的一个方面,而同时关系着表现方法的变化。

二、从过实描写到如实描写

为了把人物写成超人,必然要进行神化,在表现方法上就难免言过其实。这种绝对化的方法,当然也同样施之于反面人物,于是在艺术作品中好人是绝对的好,坏人是绝对的坏。上古时代作品中的神人当然不必说了,就是近古时代文学作品中的历史人物,同样也用的是这种方法来塑造。鲁迅曾批评《三国演义》描写手法上的缺点道:"写好的人,简直一点坏处都没有;而写不好的人,又是一点好处都没有。其实这在事实上是不对的,因为一个人不能事事全好,也不能事事全坏。譬如曹操他在政治上也有他的好处;而刘备,关羽等,也不能说毫无可议,但是作者并不管它,只是任主观方面写去,往往成为出乎情理之外的人。"这样写法,有时效果会适得其反,"以致欲显刘备之长厚而似伪,状诸葛之多智而近妖";"要写曹操的奸,而结果倒好像是豪爽多智"[①]。

随着近代人文主义思潮的兴起,在哲学上想把人复归于人自身,在文学上也追求按生活本来的面貌如实地描写人物形象,特别是在现实主义作品中,这

---

① 上述意见见于《中国小说史略》和《中国小说的历史的变迁》。

种造型方法的变化表现得特别明显。在我国,明代的话本"三言""二拍"以及长篇小说《金瓶梅》就显示了这种变化,而清代小说《红楼梦》则起了划时代的作用,所以鲁迅称赞道:"至于说到《红楼梦》的价值,可是在中国底小说中实在是不可多得的。其要点在敢于如实描写,并无讳饰,和从前的小说叙好人完全是好,坏人完全是坏的,大不相同,所以其中所叙的人物,都是真的人物。总之自有《红楼梦》出来以后,传统的思想和写法都打破了。"①

但历史的发展是曲折的,艺术上造型方法的演变更不可能截然划分。新的写法出现了,旧的写法仍旧存在,有时还表现得很突出。比《红楼梦》迟出的《野叟曝言》(夏敬渠作,光绪初年出版),在绝对化的描写上远比《三国演义》为甚。书中写主人公文素臣"是铮铮铁汉,落落奇才,吟遍江山,胸罗星斗。说他不求宦达,却见理如漆雕;说他不会风流,却多情如宋玉。挥毫作赋,则颉颃相如;抵掌谈兵,则伯仲诸葛。力能扛鼎,退然如不胜衣;勇可屠龙,凛然若将陨谷。旁通历数,下视一行;闲步岐黄,肩随仲景"。此人简单汇集了人类各种才能,而且连生殖器官也比常人奇伟,无疑是个超人。他崇奉名教,排斥异端,位极人臣,姬妾罗列,儿孙繁衍,六世同堂。凡士人意想所能及的荣华富贵,都集中在他身上了。这部作品,毫无艺术价值可言,只是突出地反映了当时所谓"理学家"之心理,表现出他们的理想和追求。

这种历史反复的情况,在西方文学中也常有。马克思和恩格斯就曾批评同时代某些作品将政党的领导人描写成"脚穿高底靴,头上环绕着光轮"的形象,认为"在这些神化的拉斐尔式的肖像中,描绘的全部真实性都消失了"②。

但历史总是前进的,艺术总是发展的,就总的趋势看,神化、绝对化的写法渐趋淘汰,而如实的描写成为艺术家努力的方向。从列夫·托尔斯泰的日记中,我们也可以看到这种历史的趋向:"我们写我们的小说,虽说已不像以往那样笨拙了:大恶棍便是大恶棍,大好人便是大好人。但是,终究还是笨拙得可怕,只会用一种色调。所有的人,正像我一样,都是黑白相间的花斑马——好坏相间,好好坏坏,亦好亦坏,好的方面决不可能像我希望别人看待我的那样,坏的方面也决不可能在我生气或者被人欺侮时看待别人的那样。"③

从这种历史趋向看,有些人所提倡的"三突出原则",即在所有人物中突出正面人物,在正面人物中突出英雄人物,在英雄人物中突出主要英雄人物,

---

① 《中国小说的历史的变迁》。
② 《马克思恩格斯论艺术》第1卷,第13页。
③ 《列夫·托尔斯泰论创作》,第82页。

和对于英雄人物的"高、大、全"的描写手法,实际上是一种艺术方法上的倒退,即从五四以后的现代化艺术中,退回到古代去。而这种倒退的现象,并不从"文革"期间开始,只是在这时被强化了,并在理论上加以系统化了。影响所及,直至今天的出版物中还不难看到它的痕迹。

三、从类型化到个性化

古希腊文论中尚无完整的典型论,无论是柏拉图所说的"美得绝无仅有的典型",或者亚里士多德所说的"有普遍性的事",都不过是典型论的萌芽而已。但可以看出,他们强调的是普遍性,而不是个性。古罗马的古典主义批评家贺拉斯,在他的《诗艺》中谈到人物塑造时,类型化的倾向就更明显了。他强调的是年龄类型的特点:"所以,我们不要把青年写成个老人的性格,也不要把儿童写成个成年人的性格,我们必须永远坚定不移地把年龄和特点恰当配合起来。"①17世纪法国新古典主义者布瓦罗在他的理论著作《诗的艺术》里则说:"为着使我们入迷,一切都拿来利用,一切都有了灵魂、智慧、实体和面容。任何抽象的品质都变成一个神祇:弥涅代表英明,维纳斯代表妍美。"这里所强调的代表性,也还是从类型上着眼。这些理论都是创作经验的总结,同时又指导创作实践。所以那个时候的创作,类型化倾向较重,无论写英雄人物或奸邪小人,写法几乎是定型的。作品中的人物,常常是某种善行或恶行的代表而缺乏鲜明的个性特点。即如法国古典主义喜剧大师莫里哀的作品,如《悭吝人》中的阿巴公、《伪君子》中的达尔丢夫,也是如此,这只要将阿巴公与巴尔扎克笔下的同类人物葛朗台老头相比,我们就可以看出阿巴公是如何缺乏个性了。

近代文学典型论上的个性化要求,是与个性解放思想相联系的。资产阶级在经济上要求自由贸易,在思想上则要求个性的自由发展。这种历史的要求在哲学上和文学上都得到了反映。黑格尔在哲学上强调"这一个",他说:"意识是自我,更不是别的什么东西,只是一个纯粹的这一个;个别的(自我)知道纯粹的这一个,或者个别的东西。"而且认为,"这一个"就能表现普遍和一般:"我们所说的是:'这一个',这就是说,普遍的这一个,或者当我们说:它存在时,亦即是说一般的存在。"②而歌德则在文学上强调个性化,他说:"我知道这个课题确实是难,但是艺术的真正生命正在于对个别特殊事物的掌握和

---

① 《诗学·诗艺》,第146页。
② 《精神现象学》上卷,商务印书馆1979年版,第64、66页。着重号原有。

描述。此外，作家如果满足于一般，任何人都可以照样模仿；但是如果写出个别特殊，旁人就无法模仿，因为没有亲身体验过。你也不用担心个别特殊引不起同情共鸣。每种人物性格，不管多么个别特殊，每一件描绘出来的东西，从顽石到人，都有些普遍性；因此各种现象都经常复现，世间没有任何东西只出现一次。"①当然，强调个性化的远不止歌德一个。而近代文学上出现了那么多个性鲜明的典型人物，则与这种个性化的要求是分不开的。

四、从单一性到丰富性

用绝对化、类型化的方法写出来的人物性格，必然是单一性的，因为它往往强调一点而不及其余。只有按照实际生活如实地描写，而且强调鲜明的个性特点，才能写出性格的丰富性。马克思认为拉萨尔的剧本《弗兰茨·冯·济金根》的最大缺点是"把个人变成时代精神的单纯的传声筒"，而建议作者要"更加莎士比亚化"②；而恩格斯则提醒拉萨尔："古代人的性格描绘在今天已经不够用了，而在这里，我认为您原可以毫无害处地稍微多注意莎士比亚在戏剧发展史上的意义。"③

什么是"莎士比亚化"呢？这就是恩格斯所说的"情节的生动性和丰富性"。可见马克思和恩格斯都很注意性格描绘方法的历史变化，要求扬弃单一性的描写，而把性格描绘得生动些、丰富些。

要达到性格描绘的丰富性，就不能孤立地描写性格的某一特点，而要写出生活各方面的辩证关系。鲁迅将这两者的关系，比作花果和枝叶，他批评只突出花果而不要枝叶的写法道："我们所注意的是特别的精华，毫不在枝叶。给名人作传的人，也大抵一味铺张其特点，李白怎样做诗，怎样耍颠，拿破仑怎样打仗，怎样不睡觉，却不说他们怎样不耍颠，要睡觉。其实，一生中专门耍颠或不睡觉，是一定活不下去的，人之有时能耍颠和不睡觉，就因为倒是有时不耍颠和也睡觉的缘故。然而人们以为这些平凡的都是生活的渣滓，一看也不看。"他的结论是："删夷枝叶的人，决定得不到花果。"④

鲁迅的见解是符合辩证法的。强调写出人物性格的丰富性和复杂性，并不是要抹杀他的特点，而是使他的特点有了存在的依据。单一性的性格，是单薄的，缺乏立体感的，因而也是站立不住的。

---

① 《歌德谈话录》，第10页。
② 1859年4月19日致拉萨尔信，《马克思恩格斯选集》第4卷，第555、554页。
③ 1859年5月18日致拉萨尔信，《马克思恩格斯选集》第4卷，第558页。
④ 《且介亭杂文末编·"这也是生活"……》。

福斯特在《小说面面观》里提倡写"浑圆人物"而反对写"扁形人物",大概也是此意。他认为,扁形人物虽然特征明显,容易被人认出来,但毕竟比较单一,而浑圆人物却是个多面体,能给人以丰富的感受。这是值得重视的见解。

第四章　创作过程中的思维活动

作家在创作过程中有没有特殊的思维活动？人们的看法颇不一致。有些人强调特殊性，认为作家是借形象的直觉来感知事物，与理论家的理性思考有根本不同；有些人则强调共同性，认为形象思维和逻辑思维都是由具体到抽象，它的特别之处只不过由抽象再化为具体罢了。

这本来属于学术上的不同见解，应该展开自由争论，而正常的学术讨论将有助于研究的深入。但在我国，这个问题的争论却每每与政治运动纠结在一起，一张一弛，都与政治形势息息相关。于是学术讨论变成政治批判，在理论上倒无法各抒己见了。

艺术创作中的思维活动，有它的特殊性，深入加以研究，必然有助于艺术创作的发展。但应该将它与政治批判分开，而在学术领域里进行。

第一节　形　象　思　维

一、诗要用形象思维

"形象思维"这一提法，常见于俄国文论中，起源于别林斯基。不过，别林斯基并没有直接运用"形象思维"这一术语，他说的是："诗歌是寓于形象的思维"①；"艺术是对真理的直感的观察，或者说是寓于形象的思维。"②但他对形象思维的特点却作了简括的论述："诗是直观形式中的真理；它的创造物是肉身化了的观念，看得见的、可通过直观来体会的观念。""诗人用形象来思考；他不证明真理，却显示真理……"③后来的文论家，根据别林斯基所说的观点，展开了对形象思维的论述。

在西方文论中，形象思维一词并不常见。虽然在普雷斯可特的《诗心》一

---

① 《〈冯维辛全集〉和札果斯金的〈犹里·来洛斯拉夫斯基〉》，《外国理论家作家论形象思维》，第56页。
② 《艺术的观念》，《外国理论家作家论形象思维》，第59页。着重号原有。
③ 《智慧的痛苦》，《外国理论家作家论形象思维》，第57、58页。着重号原有。

书中,有过"视象思维"的提法,但一般谈得更多的则是"想象"。亚里士多德就说:"想象不同于感觉和判断。想象里蕴蓄着感觉,而判断里又蕴蓄着想象。显然,想象和判断是不同的思想方式。"①马佐尼说:"想象是做梦和作诗逼真时共同需要的一种心理功能。"②培根说:"人的智力是学问的基础。学问的不同部门和人的三种智力互相关连:历史和记忆、诗和想象、哲学和理智是各各关连的。"③霍布斯说:"好的诗歌,不论史诗或戏剧,不论十四行诗,讽刺短诗,或其它体裁,里面判断和想象二者都是必需的。可是想象应该更重要些,因为狂放的想象能讨人喜欢,但是不要狂放得没有分寸以致讨厌。"④可以看得出来,西方文论家们是将想象作为艺术思维的特点来探讨的,而且将它与理论思维进行比较研究。

我国古代文论里也没有形象思维这个说法——我国的形象思维论是从苏俄引进的;但对作家创作过程中的思维活动的研究,却开始得很早。《毛诗序》里将比、兴方法作为诗六义的内容来研究,就说明已经注意到了诗歌艺术表现方法上的特点。而陆机的《文赋》,则较为详细地描述了创作思维的过程:"其始也,皆收视反听,耽思旁讯,精骛八极,心游万仞。其致也,情朦胧而弥鲜,物昭晰而互进,倾群言之沥液,漱六艺之芳润,浮天渊以安流,濯下泉而潜浸。于是沈辞怫悦,若游鱼衔钩,而出重渊之深,浮藻联翩,若翰鸟缨缴,而坠曾云之峻。收百世之阙文,采千载之遗韵,谢朝华于已披,启夕秀于未振,观古今于须臾,抚四海于一瞬。"刘勰《文心雕龙》里的《神思》篇,对创作思维活动分析得更为全面。它既注意到想象在创作思维中的地位:"文之思也,其神远矣。故寂然凝虑,思接千载;悄焉动容,视通万里;吟咏之间,吐纳珠玉之声;眉睫之前,卷舒风云之色;其思理之致乎。故思理为妙,神与物游";又对创作思维中的直观与理性的关系作了辩证的论述:"是以陶钧文思,贵在虚静,疏瀹五藏,澡雪精神,积学以储宝,酌理以富才,研阅以穷照,驯致以怿辞,然后使玄解之宰,寻声律而定墨;独照之匠,窥意象而运斤;此盖驭文之首术,谋篇之大端。"可见研究得相当深入。

无论叫不叫形象思维,创作活动中有特殊的思维规律,这是中外文论家和创作家们所共同认识到的。

---

① 《心灵论》,《外国理论家作家论形象思维》,第8页。
② 《神曲的辩护》,《外国理论家作家论形象思维》,第12页。
③ 《学问的推进》,《外国理论家作家论形象思维》,第13页。
④ 《利维坦》,《外国理论家作家论形象思维》,第15页。

二、形象思维与逻辑思维的共同规律

对于形象思维的解释，有两种错误倾向。

一种是过分强调形象思维的特殊性，把它和人类思维的共同规律对立起来。甚至以为作家只是凭感觉认识世界，只有哲学家才达到理性认识。譬如，意大利作家维科在《新科学》里就说："只有根据先由诗人们通过感觉认识到那么多平常的智慧，哲学家们后来才能通过理解把它认识成抽象的智慧。所以诗人可以看作人类的感官，哲学家可以看作人类的智慧。"又说："推理力愈薄弱，想象力就愈雄厚。"克罗齐发展了维科的学说，提出了"直觉即表现"的理论，将艺术看作是一种形象的直觉。否认形象思维中的理性认识，自然也否定了艺术对于生活本质规律的反映，同时也否认了世界观在创作中的作用。

另一种，是强调人类思维的共同规律，却否定了形象思维的特殊性。他们要求在理性认识的指导下写出生活的本质，但是由于离开了直观性，离开了具体感性材料，这样写出来的东西虽然充满理性，但往往不是艺术作品。他们给作家定出的思维公式是：表象—概念—表象；或者是：具体—抽象—具体。这就是说，在认识深化的过程中，必须扬弃表象和具体，而上升为抽象概念。于是第二个具体和表象，就变成了用具体材料来图解抽象的理论。

上面两种说法，都是错误的。应该承认，人类思维有共同的规律，但也要承认形象思维有其特殊性。正如狄德罗所说："诗人假想，哲学家推理，但在同一意义下，他们的作为都可能有条有理，也可能无条无理。"①

所谓人类思维的共同规律，就是从感性认识到理性认识的深化的过程。正如毛泽东所说："认识的过程，第一步，是开始接触外界事情，属于感觉的阶段。第二步，是综合感觉的材料加以整理和改造，属于概念、判断和推理的阶段。""感觉材料固然是客观外界某些真实性的反映……但它们仅是片面和表面的东西，这种反映是不完全的，是没有反映事物本质的。要完全地反映整个的事物，反映事物的本质，反映事物的内部规律性，就必须经过思考作用，将丰富的感觉材料加以去粗取精、去伪存真、由此及彼、由表及里的改造制作功夫，造成概念和理论的系统，就必须从感性认识跃进到理性认识。"②

形象思维并不等于感觉思维，它绝不是停留在感性阶段的思维活动，而同样有一个认识的深入过程。霍布斯说："想象没有判断的帮助不是值得赞扬

---

① 《论戏剧诗》，《外国理论家作家论形象思维》，第 29 页。
② 《实践论》，《毛泽东选集》第 1 卷，第 279—280 页。

的品德,但是判断和察别无须想象的帮助,本身就值得赞扬。"①狄德罗是肯定形象思维的,但他认为:"诗人不能完全听任想象力的狂热摆布,想象有它的一定的范围。"②歌德也说:"想象力只受艺术——尤其是诗——的节制。有想象力而没有鉴别力是世上最可怕的事。"③作家初步受到某一生活材料的触动时,他的认识是粗浅的,属于感性认识阶段,但这不能直接构成作品,必须有一个选择、提炼、开掘的过程,这就是去粗取精,去伪存真,由此及彼,由表及里的改造制作功夫,也就是从感性认识到理性认识的飞跃过程。尽管有时获得的材料相当完整,作家对这材料也有相当的认识,但是不经过改造制作的功夫,仍旧不能发掘出其内在意义。譬如,托尔斯泰在创作《复活》时,所获得的材料就比较完整。一个贵族公子调戏了亲戚家的女仆,最后使她走向堕落,当他知道这事情时,他是坐在陪审席上审判这个女仆。他良心发现,想拯救女仆。这就是所谓"科尼的故事"。托尔斯泰从朋友处听到这个故事时,就从中看到了些什么,也就是有了某种认识。他想用这材料写成小说,开始时写得较顺利,而在写作过程中,认识深化了,他不满意于原来的想法,另行构思,但写来写去写不好,非常苦恼。这部作品不断修改,不断重写,也就是认识上的不断深化过程,翻来覆去写了十年,才写成现在这个样子。故事的轮廓虽然还与"科尼的故事"有点相似,但内容丰富得多了,思想也深刻得多了。作者通过这个故事,深入地揭露了帝俄法律的虚伪,上层社会的腐朽,而且充分显现出托尔斯泰主义的人生哲学。

当然,认识的深化过程不一定都在作品的修改过程中表现出来。有些作家是"静观默察,烂熟于心,然后凝神结想,一挥而就"的,如鲁迅。在写作时,他很少修改,因此在原稿上是难以看到他认识深化的轨迹的。但在作品的孕育过程中,他的认识同样是由浅入深的。《阿Q正传》对中国的国民性开掘得如此之深,绝非偶然,也是他长期探索的结果。

由此可见,从感性认识到理性认识的深化和飞跃,是形象思维和逻辑思维所共同遵循的规律。

当然,形象思维毕竟不同于逻辑思维,它还有自己的特殊规律。

三、形象思维的特殊性

同样是认识的深化,形象思维与逻辑思维不同。逻辑思维是从具体到抽

---

① 《利维坦》,《外国理论家作家论形象思维》,第15页。
② 《论戏剧诗》,《外国理论家作家论形象思维》,第29页。
③ 《慧语集》,《外国理论家作家论形象思维》,第35页。

象的过程,它从具体材料出发,但在认识深化的过程中,则摈弃了具体的东西,得出了抽象的概念;形象思维也从具体的材料出发,但在从感性认识到理性认识的过程中,始终不脱离具体感性的形象材料,而最后仍将理性认识体现在具体的、活生生的艺术形象之中。法国理论家伏佛纳尔格谈到两者的区别时说:"凭形象的方式来产生对事物的观念,并借助形象来表达思想的那种禀赋,我称之为想象。因此,想象总诉诸于人的感官;它是艺术的创造者,是精神的装饰品。对自己的观念加以省察、检查、修改或用各种不同的方式予以组合的能力,则谓之思考。它是推理和判断的根本。"①譬如,植物学家与画家同去观看松树和柳树,他们都从大量的感性材料中概括出松、柳的特征,但当植物学家最后归纳出松树坚硬、柳树柔软的特性时,他是摈弃了具体的松、柳的姿态,而得出了抽象的结论;但画家不同,他是从婀娜多姿的风采中去表现柳树之柔,用挺拔的姿态去表现松树之坚,他始终没有脱离具体的形象,而让观众也从具体的形象中去认识松、柳的风姿。总之,在形象思维过程中,概括化、本质化始终是与具体化、个性化联系在一起,而且是同时进行的。

是什么东西最初激发起作家的创作欲望?高尔基回答说:"当然,是印象,是直接得来的对于经验起好作用或坏作用的印象。"②但印象不能直接构成创作,其间还有一个认识深化的过程。杜勃罗留波夫曾描述这个深化过程道:"一个感受力比较敏锐的人,一个有'艺术家气质'的人,当他在周围现实世界中,看到某一事物的最初事实时,他就会发生强烈的感动。他虽然还没有能够解释这种事实的理论思考能力,可是他却看见了,这里有一种值得注意的特别的东西,他就热心而好奇地注视着这个事实,把它摄取到自己的心灵中来,开头把它作为一个单独的形象,加以孕育,后来就使它和同类的事实与现象结合起来,而最后终于创造了典型,这个典型就表现着艺术家以前观察到的、关于这一类事物所有个别现象的一切根本特征。"③的确,作家常常先被生活中的某个人物或某个事件所打动,引起了他的思考和联想,然后他逐渐捉摸清这些生活事件的性质和含义,并用自己广泛的生活经验去丰富它,使它发展成为一个完整的具有深刻社会意义的艺术形象。据说,果戈理的小说《外套》的材料是得自一个官场逸闻:"一个很穷的小官吏酷爱打鸟,他节衣缩食,在公务之外牺牲休息时间找额外的工作来做,终于积到二百来个卢布,买了一枝很好的猎枪,第一次当他坐了一艘小船到芬兰湾去打猎的时候,他把宝贵的枪

---

① 《人类心灵的认识》,《外国理论家作家论形象思维》,第26—27页。
② 《我的创作经验》,《苏联作家谈创作经验》,中国青年出版社1956年版,第4页。
③ 《黑暗的王国》,《外国理论家作家论形象思维》,第91页。

放在船头,据他自己承认,当时简直有些得意忘形,直到他向船头看了一眼,不见了新买的宝贝时才清醒过来。原来在他的船走过一处芦苇丛的时候,枪被茂密的芦苇带到水里去了。怎么找也是白费力气。小官回到家里,躺到床上就再也爬不起来:发了高烧。亏得他的同僚们知道了这件事,大伙凑钱给他买了一支猎枪,他才算恢复了生命,但是一想到这件可怕的事,他的脸色就白得像死人……"①这个逸闻,大家听了只当作笑话,可是果戈理却"若有所思地倾听着,低下了头"——是日常生活的事实触动了他,使他进入了艺术的思维。又如,鲁迅《狂人日记》的主人公,据说也是有模特儿的,这是鲁迅的一个表兄弟,他在西北做事,忽然听说同事要谋害他,便逃到北京,四处躲藏,但仍很怕。他告诉鲁迅说,他如何被人跟踪追捕。在客店里深夜听到脚步声,就说捕捉他的人已知道他的住处,已埋伏好了,于是马上要求换房子。而且大清早跑到鲁迅那里,鲁迅问他为何起得这么早,他说,要被处决了,面色苍白,音调凄惨。在路上忽然看见荷枪的士兵,便神情大变,表情比真正临死的人还要恐怖②。这个被迫害狂患者本无什么意思,却引起了鲁迅的深思,成为他的模特儿。

  但是,艺术形象与生活原型是不同的。作者如果仅仅把上述这些事件原样记录下来,那只不过是笑话、逸闻而已,没有什么深刻的含义。事实上,上述的生活事件,只不过是激发创作的契机而已,它引起作家的思考。作家透过这种事件,捕捉到一些本质性的东西。他把自己丰富的生活阅历都融合到这里面去,排除、摈弃一些个别的偶然的因素,扩大并加深它的内涵,这就是本质化和概括化的过程。无论是果戈理所听到的丢失猎枪的逸闻,或是鲁迅表兄弟发狂,本身都是没有什么典型意义的偶然事件,而且也不能说这些就是作品唯一的生活来源,只不过通过这些偶然事件,作者联想到许多生活形象,从而进行广泛的艺术概括。譬如《狂人日记》,作者只不过借用了被迫害狂患者的病态特征,而表达了它的深刻的反封建的内容,这种指斥封建礼教吃人本质的态度和"救救孩子"的呼声,却是概括了广大的反封建战士的思想,这样,就使得作品具有深刻的社会意义。又如《外套》,作者也对生活原型作了许多改造,而这改造过程,也就是认识深化的过程,他摈弃了非本质的偶然因素,而加上了具有本质意义的因素。如这件事的中心问题——丢失猎枪,就是没有本质意义的,因为猎枪不是生活必需品,没有它也可以生活,所以就改成丢失外

---

① 引自多宾:《论情节的典型化与提炼》,作家出版社 1956 年版,第 5 页。
② 参见周遐寿:《鲁迅小说里的人物》,人民文学出版社 1957 年版。

套,外套是生活必需品,特别是公务员所不可缺少的东西;而且,那则逸闻说同僚们募捐给他重买了一支新猎枪,于是救了他的命,但这个"愉快的结局"却是虚伪的,要这样写,就会把帝俄又冷酷又专制的官场写成乐善好施的机关。所以在《外套》里,我们看到的是冷酷的现实:人们都在戏弄阿卡基·阿卡基耶维奇,"向他头上撒碎纸,说是下雪了",把他的衣服连在橱子上,等等,虽然也写到募捐,"但是募来的钱很少,因为即使没有这件事官吏们已经有很多花费了,例如订购司长的像,依科长的提议订购一本什么书,因为书的作者是科长的朋友——所以募来的钱少得可怜"——外套买不成,而阿卡基也终于死了。这样,果戈理就把一则普通的逸闻发展成为一个社会悲剧。

艺术的概括和科学的概括不同,科学概括是从大量的材料中抽出它的普遍的共同规律,摈弃了具体的事物,而成为抽象的公式、定理;艺术的概括则始终不离开具体感性的材料。譬如《狂人日记》,作者要通过狂人的形象来概括广泛的反封建的社会思想,就并没有归结成为几个抽象的条条,而总是通过狂人的具体行动表现出来的。如旧势力的迫害、礼教的吃人本质,是通过赵贵翁的眼神、狼子村吃人的事和历史书上满纸仁义道德而字缝里却写着"吃人"二字等具体的细节表现出来的,狂人的无畏和自信是通过"从来如此,便对吗"的发问,和"救救孩子"的呼声等表现出来的。通过一系列似狂非狂,表面上发狂而实际上清醒的言论,把狂人的勇敢、无畏,但又有点孤独的性格表现出来了。所以在形象思维的过程中,概括化和具体化总是同时进行的,决不是按照"具体——抽象——具体"的公式进行。倘若先概括成抽象的条条,再加进具体的东西表现出来,其结果必然是概念化的东西。

第二节 创 作 灵 感

一、文章天成,妙手可得

在创作思维的过程中,有时会出现一种奇妙状态,作者仿佛得了一种灵气,豁然贯通,文思泉涌,下笔不能自已,这就是所谓灵感。

对于创作灵感的论述,起源很早,古希腊的哲学家们就注意到这个问题了。如德谟克利特就说:"一位诗人以热情并在神圣的灵感之下所作的一切诗句,当然是美的。"[①]而柏拉图在对话录里,则做了更多的解释。灵感论在西方经久不衰,而且有时说得很玄妙,例如歌德认为,拜伦创作之所以总是成功

---

① 《著作残篇》,《西方文论选》上卷,第4页。

的,是因为"就他来说,灵感代替了思考。他被迫似的老是不停地做诗,凡是来自他这个人,特别是来自他的心灵的那些诗都是卓越的。他做诗就像女人生孩子,她们用不着思想,也不知怎样就生下来了"①。

中国的文论中常讲灵气、感兴、天机之类,指的也就是灵感。如陆机说:"若夫应感之会,通塞之纪,来不可遏,去不可止。藏若景灭,行犹响起。方天机之骏利,夫何纷而不理。"②李德裕说:"文之为物,自然灵气。惚悦而来,不思而至。杼轴得之,澹而无味。琢刻藻绘,弥不足贵。"③汤显祖说:"予谓文章之妙不在步趋形似之间。自然灵气,恍惚而来,不思而至。怪怪奇奇,莫可名状。非物寻常得以合之。"④沈宗骞谈美术创作云:"机神所到,无事迟回顾虑,以其出于天也。其不可遏也,如弩箭之离弦;其不可测也,如震雷之出地。前乎此者杳不知其所自起,后乎此者杳不知其所由终。不前不后,恰值其时,兴与机会,则可遇而不可求之杰作成焉。"⑤

灵感在创作思维过程中出现的情况并不相同,也不是所有的作家都很重视灵感。一般说来,理性较强的作家不大重视灵感,而主情的作家则常常为灵感所牵引。歌德谈到他的《葛兹·冯·伯利欣根》的创作情况时说:"我这篇东西既是没有先拟好草案计划就写起来,听任我的想象力和一种内心冲动为所欲为,所以,最初的部分还颇贴切,不离本题,前几出还可以说与原定的意图相符合,但是其后的部分——特别是临到结束时的部分——我便不知不觉地为一种不可思议的热情所牵引。"⑥而创作《少年维特之烦恼》时,"我像一个梦游病者那样,差不多无意识地写成这本小东西,所以,当我自己把它校阅,想要加以润色删改时,我自己也觉得十分奇怪"⑦。郭沫若说他在写诗时,常有一种神经性的发作。"那种发作大约也就是所谓'灵感'……吧,在民八、民九之交,那种发作时时来袭击我。一来袭击,我便和扶着乩笔的人一样,写起诗来。有时连写也写不赢。"他描述他写《凤凰涅槃》的情况道:"上半天在学校的课堂里听讲的时候,突然有诗意袭来,便在抄本上东鳞西爪地写出了那诗的前半。在晚上行将就寝的时候,诗的后半的意趣又袭来了,伏在枕上用着铅笔只是火速的写,全身都有点作寒作冷,连牙关都在打战。"又说他写《地球,我

---

① 《歌德谈话录》,第64页。
② 《文赋》,《中国历代文论选》第一册,第174页。
③ 《文章论》,《中国历代文论选》第二册,第163页。
④ 《汤显祖集》,上海古籍出版社1978年版,第1127页。
⑤ 《芥舟学画编·山水·取势》,《中国画论类编》下卷,人民美术出版社1986年版,第908页。
⑥ 《歌德自传——诗与真》下册,中国社会科学出版社1992年版,第605—606页。
⑦ 《歌德自传——诗与真》下册,第623—624页。

的母亲!》时,把"下驮"脱了,赤脚踱来踱去,后来索性趴在地上,与地母亲昵,去感触她的皮肤,受她的拥抱①。据说舒伯特名曲《听哪,云雀!》是他与朋友在饭店就餐时,突然起了乐兴,一时找不到谱纸,就在菜单的背面写成的。

因为灵感有突发性,所以艺术家需要及时捕捉灵感。苏东坡说:"作诗火急追亡逋,清景一失后难摹。"②就是此意。若不立刻捉住,即如兔起鹘落,稍纵即逝。所以有些作家在起居食寝之所,鸡栖豚棚之旁,都放着笔砚,准备随时捕捉灵感,如戏曲家汤显祖;而音乐家舒伯特则常常睡觉时不摘眼镜,以便灵感袭来时可以马上起来创作。据说贝多芬有一次在维也纳街头突然灵感来临,他来不及走回家去,就蹲在街心作曲,以致把一支送葬队伍挡住很久,丧家本来很生气,但一见是贝多芬,也就耐心地等他把曲作完。可见灵感是创作思维活动中很重要的东西,也是很难得的东西,因而许多作家对它都非常珍惜。

二、灵感是创作思维质的飞跃

究竟灵感是什么性质的东西呢?历史上对于灵感有种种解释,有时被说得非常神秘。最常见的有:

1. 神赐迷狂说

柏拉图即主张此说。他在《伊安篇》中说:诗人不是靠技艺,而是凭灵感写作的;灵感则是因神力凭附着而产生的一种迷狂状态。这种神赐之说,中国亦有。如鲍坚《武陵记》中说:"后汉马融勤学,梦见一林如锦绣。梦中摘此花食之;及寤,见天下文词,无所不知。时人号为绣囊。"王仁裕《开元天宝遗事》说:"李太白少时,梦所用之笔头上生花,后天才瞻逸,名闻天下。"还有江淹的故事也很有名:江淹梦中得郭璞之笔,于是文思大进,后来,这支笔又于梦中被郭璞拿回,所以江郎才尽,再也写不出文章了。

2. 下意识说

歌德就把文艺创作说成是纯粹无意识的活动。他多次宣称,"真正的创造力量在于无意识之中",并说自己写作时犹如梦游的人。当代英国美学家奥斯本在《灵感论》里,也认为灵感是无意识的产物。这种无意识或下意识说,其实非常普遍,梦境说就是它的一种表现。传说密尔顿的《失乐园》、柯勒律治的《忽必烈汗》、刘克庄的《沁园春》等,都是梦中做成。这种梦境非常微妙,可以做出整首长诗。如柯勒律治,在临睡前偶然在一部游记里读到这样的

---

① 《我的作诗的经过》,《沫若文集》第11卷,人民文学出版社1959年版,第143—144页。
② 《腊日游孤山访惠勒惠思二僧》,《苏轼选集》,上海古籍出版社1984年版,第43页。

记载:"忽必烈汗令在此地建一座宫殿,并且修一个堂皇的花园,于是一道围墙把十里肥沃的土地都围在里面。"读到这里,他就睡着了,睡梦中根据这段内容,写了一首长诗,梦醒之后记下来,就是《忽必烈汗》。下意识论的另一种表现是酒醉说。李白斗酒诗百篇是众所周知的故事。而王羲之的《兰亭集序》据说也是酒醉时所写,醒来之后,就再也写不出这样的好字了。

　　这些说法,有些只能作为故事传说来欣赏,有些虽然有一定的事实根据,但也被夸张得太玄乎了。而且,作家要等待神赐或听凭下意识来支配,那实在是靠不住的。黑格尔曾调侃道:诗人蒙特马利尔坐在地窖里,面对着六千瓶香槟酒,可就是产生不出诗的灵感来。"最大的天才尽管朝朝暮暮躺在青草地上,让微风吹来,眼望着天空,温柔的灵感也始终不光顾他。"①托尔斯泰十分确切地说:"天才的十分之一是灵感,十分之九是血汗。"②俄罗斯画家列宾也说:所谓灵感,不过是"顽强地劳动而获得的奖赏"③。我们并不否认灵感有下意识或潜意识的成分,许多艺术家和科学家的故事,都说明潜意识对创造性思维是能起推动作用的,梦境中也会出现奇迹,但这潜意识是建筑在平时有意识的训练的基础上,建筑在熟练技巧的基础上。如果李白平时不会做诗,他酒醉之后能写出佳作吗?如果王羲之平时字写得不好,他酒醉之后能写出《兰亭集序》吗?梦中想出佳作或佳句也会有的,但那是日有所见,夜有所梦,往往是平时苦思苦想,于梦中才能忽而得之。苏联诗人马雅可夫斯基在《我怎样做诗》中说,他有一次在睡梦中突然做出了精彩的诗句:

　　　　我将保护和疼爱
　　　　你的身体,
　　　　就像一个在战争中残废了的,
　　　　对任何人都不需要了的兵士爱护着
　　　　他唯一的一条腿。

他赶紧跳下床,黑暗中在香烟盒上写下了"唯一的腿"几个字,第二天看着这几个字想了很久,才把诗句记起来。但这绝不是睡神的帮助,而是他苦思的结果。他为了描绘一个孤独的男子对爱人的忠诚,已经苦思了两三天。他的诗思由意识进入了潜意识,所以诗句在睡梦中得之。

---

① 《美学》第1卷,第364页。
② 《外国名作家传》上册,中国社会科学出版社1979年版,第39页。
③ 《外国名作家传》上册,第66页。

那么,灵感到底是怎么回事呢?

灵感不是创作的出发点,而是作家思维活动中的质的飞跃。不应该从超自然的力量中去寻找灵感,而要从现实因素中去获得。灵感不是神赐的,也不是下意识所得,而是作家有了深厚的生活基础,并作了紧张思考的结果。只是在前面的积累过程中还处于渐变阶段,没有达到质的飞跃,后来忽然碰到什么东西,触动了一下,于是思路豁然贯通,这就产生了灵感。我国当代作家王汶石曾经描述过这个过程:"作家在生活阅历中,积累了大大小小数也数不清的人和事,经验和积累了各种感情,产生和积累了丰富的生活思想(这最最重要的一点常被初学者忽视),它们像燃料似的保存在作家的记忆里和感情里,就像石油贮存在仓库里一样,直到某一天,往往由于某一个偶然的机遇……忽然得到了启发,它就像一支擦亮了的火柴投到油库里,一切需用的生活记忆都燃烧了起来,一切细节都忽然发亮,互不相关的事物,在一条红线上联系了起来,分散在各处的生活细节,向一个焦点上集中凝结;在联系和凝聚的过程中,有的上前来,有的退后去,有的又消失,有的又出现,而且互相调换位置,有的从开头跑到末尾,有的从末尾跑到中腰……"①

许多作家的创作经验,都证明了这一点。据托尔斯泰说,是一丛路旁受伤的牛蒡花,触发了他创作《哈泽·穆拉特》的灵感:

> 昨天,我走在翻耕过两次的休闲地上。放眼四望,除开黑油油的土地——看不见一根绿草。尘土飞扬,灰蒙蒙的大道旁却长着一丛鞑靼木(牛蒡),只见上面绽出三根枝芽:一根已经折断,一朵乌涂涂的小白花垂悬着;另一根也受到损伤,污秽不堪,颜色发黑,脏乎乎的茎秆还没有断;第三根挺立着,侧向一边,虽也让尘土染成黑色,看起来却那么鲜活,枝芽里泛溢出红光——这时候,我回忆起哈泽·穆拉特来。于是产生了写作愿望。把生命坚持到最后一息,虽然整个田野里就剩下它孤单单的一个,但它还是坚持住了生命。②

当然,这种联想并不是偶然的,在这之前,托尔斯泰在高加索生活过,了解过哈泽·穆拉特的事迹,这是创作的基础,只不过还没有构思成一篇作品,现在,那虽受摧残而依然挺立的牛蒡花形象触发了灵感,使他联想到哈泽·穆拉

---

① 《答〈文学知识〉编辑部问》,《创作经验漫谈》,人民文学出版社1979年版,第342页。
② 见康·洛穆诺夫著《托尔斯泰传》第333—334页所引托尔斯泰在1896年7月19日的日记。天津人民出版社1981年版。

特的英雄事迹,一下子明朗起来了。又如屠格涅夫的小说《阿霞》,也是在灵感触发中构思成的:有一次,作者躺在小船上,经过一个火砾场,旁边有座两层小楼,一个老太婆从下层屋的窗子里朝外张望,上层楼的窗子里探出来一个标致的姑娘的头颅。这个通常的景象却给屠格涅夫以很大的触动,他说:"这时我忽然被某种特别的情绪控制住了。我开始思索,我想着,这个姑娘是谁,她是怎样一个人,她为什么在这个小屋里,她跟老太婆是什么关系——就这样,我在小船里就立刻构思好了短篇小说的整个情节。"①当然,这也是以平时的生活积累作基础的,否则,单是见到这一景象也触发不起灵感。正如契诃夫所说:"平时注意观察人,观察生活……那么后来在甚么地方散步,例如在雅尔达岸边,脑子里的发条就会忽然卡的一响,一篇小说就此准备好了。"②这种长期探求与灵感突发的关系,不但见于文艺创作,而且做别的学问也无不如此。王国维说:"古今之成大事业、大学问者,必经过三种之境界:'昨夜西风凋碧树,独上高楼,望尽天涯路。'此第一境也。'衣带渐宽终不悔,为伊消得人憔悴'。此第二境也。'众里寻他千百度,回头蓦见,那人正在,灯火阑珊处'。此第三境也。"③可见灵感是厚积薄发,决不是神灵所赐。所以黑格尔说:"如果我们进一步追问艺术的灵感究竟是什么,我们可以说,它不是别的,就是完全沉浸在主题里,不到把它表现为完满的艺术形象时决不肯罢休的那种情况。"④

当然,灵感需要触发剂。一般说来,新鲜事物容易触发灵感。所以旅行对于作家艺术家是有益的。陆游说:"诗思寻常有,偏于客路新。"⑤果戈理也说:"内容常常是在道路上展开,来到我底脑里;全部的题材,我几乎是在道路上完成的。"⑥作家旅途所见,容易刺激感官,产生遐想,引起对比,从新的观点观照原来的生活积累,一下子就照亮了。

灵感也可以由其他的艺术美或自然美、生活美触发。张彦远《画论》中说:"开元中,将军裴旻善舞剑,道子观旻舞剑,见出没神怪。既毕,挥毫益进。时又有公孙大娘,亦善舞剑器,张旭见之,因为草书,杜甫歌行述其事,是知书画之艺,皆须意气而成,非懦夫所能作也。"张旭自己也说过:"吾见公主担夫

---

① 奥斯特洛夫斯卡娅:《回忆屠格涅夫》,《古典文艺理论译丛》第3辑,人民文学出版社1962年版,第194—195页。
② 《契诃夫论文学》,人民文学出版社1959年版,第404页。
③ 《人间词话》,《蕙风词话·人间词话》,人民文学出版社1960年版,第203页。
④ 《美学》第1卷,第365页。
⑤ 《夜读巩仲至闽中诗有怀其人》。
⑥ 见万垒赛耶夫:《果戈理是怎样写作的》,文化生活出版社1937年版,第41页。

争路而得笔法之意;后见公孙氏舞剑器而得其神。"另一位草书大家怀素则说:"夜闻嘉陵江水声,草书益佳。"可见艺术美是由自然美、生活美而来,而且艺术之道是相通的,见别的艺术到了出神入化的地步,就容易得到感悟。裴旻舞剑是"走马如飞,左旋右转,挥剑入云,高数十丈,若电光下射",所以吴道子"援毫图壁,飒然风起,为天下之壮观"。如果裴旻剑术平庸,那是激发不起吴道子的灵感的。当然被启发者亦需有相当艺术功力,并心思集注,这才能得到感应,正如吕本中所说:"张长史见公孙大娘舞剑,顿悟笔法。如张者,长意此事,未尝少忘胸中,故能遇事有得,遂造神妙,使他人观舞剑,有何干涉。"

第三编

作品论

第一章 文学作品的构成

创作过程的结束,就产生了文艺作品。文艺作品一旦形成,便有自己独立的生命。它属于意识形态性的东西,但本身又是客观存在,无论是书本、舞台演出,或者是雕塑、绘画,都是观念的物化。我们不赞成割断作品与作家的联系,因为作家毕竟是作品的母体,作品里融注着作家的思想感情;但作品既然是一种物化了的实在,它当然应该成为独立的研究对象。作品论的任务就是研究文学作品的构成、体裁,等等。

第一节 文学作品的内容因素

文学作品和其他任何事物一样,都是由内容和形式两方面的因素组成。世界上没有无内容的形式,也没有无形式的内容。不同的内容和形式,构成了不同的事物。

文学作品的内容包括题材、主题、感情、人物诸因素。人物和感情,前面已经论及,这里着重谈题材和主题思想。

一、题　　材

艺术作品要反映现实生活,而现实生活却是无限广阔的,无论是多么大规模的作品都无法囊括全部。巴尔扎克的《人间喜剧》,气象万千,想从各个角度去反映整个时代,但也不可能将王政复辟时期的一切都写尽,只是选择了一些场景,如"巴黎生活场景""外省生活场景""军事生活场景"来进行透视;托尔斯泰的《战争与和平》,气势磅礴,对1812年俄法战争前后的俄国社会作了长卷式的描写,但也无法巨细悉收,而只能选取几个世家大族为核心,以个别反映一般。这些经过作家选择,直接成为作品写作材料的生活现象,就是题材。

作为艺术作品内容要素的题材,是建筑作品的具体材料,而不是指选材的范围,是建造房屋的木材,而不是指哪一片原始森林。报刊上通常所谈的农业题材、工业题材、军事题材,等等,只是题材这个概念的广义的运用,并非严格意义上的题材。因为这里所指，其实只是作品所写的生活范围，而不是直接构成作品内容的具体生活材料。而且，题材也不同于素材。素材是未经加工的原始材料，题材则是在素材的基础上加工而成的作品的内容。作家总是先积累素材，而当进入艺术构思的过程之后，才把它加工成作品的题材。

题材在作品中具有重要意义，它是一切命意、造型、情趣、技巧的依托物，没有题材，其他一切当然无从谈起了，题材选择得不恰当，则无论是思想还是技巧都不可能获得充分的表现。所以鲁迅告诫作家道："选材要严，开掘要深，不可将一点琐屑的没有意思的事故，便填成一篇，以创作丰富自乐。"①

那么，作家应该选取什么样的题材来写作呢？

就整个文学领域来说，题材应该多样化，不能划这样那样的框框。因为生活领域是宽广的，文学作品应该从各个方面加以反映。既可写重大的社会斗争，也可写日常的生活细事；既可写外部的客观世界，也可写内部的心灵世界。但从作家个人而言，则只能写自己熟悉的题材。因为只有经过深入研究和体察的材料，才能驾驭驯化，运用自如。有些题材尽管很重要，但如果不熟悉，硬要去写，必然写不好。过去，革命的理论家们总是号召作家要写重大题材，而作家们在革命热情的驱使下，也热衷于写重大题材，但往往写得干巴巴没有血肉，原因即在于不熟悉之故。当然，也并非凡是自己熟悉的生活都值得写，还要看有没有意义。没有意义的题材，是写不出好作品的。这方面的辩证关系，鲁迅在《关于小说题材的通信》里说得很清楚。鲁迅这封信，是回答当时的青年作家艾芜与沙汀的询问的。沙汀喜欢描写小资产阶级青年的弱点，加以讽刺，艾芜则熟悉时代大潮流冲击圈外的下层人物，善于描写他们在生活重压下强烈求生的欲望和朦胧的反抗冲击，但在当时的"革命文学"热潮中，他们对自己所写的小说有无社会价值产生了怀疑。鲁迅回答道："我的意思是：现在能写什么，就写什么，不必趋时，自然更不必硬造一个突变式的革命英雄，自称'革命文学'；但也不可苟安于这一点，没有改革，以致沉没了自己——也就是消灭了对于时代的助力和贡献。"

各种题材之间的意义和容量是不同的。所谓"选材要严"，就是选取具有一定社会意义，能够体现一定社会思想或表现一定生活情趣的题材。

但选材要严，也并非专选重大的社会事件来做作品的题材。题材的大小，并不与事件和场面的大小等同，主要是对题材所包含的社会容量的大小而言。有些作品，写的是重大社会事件，看起来是大题材，但实际上是空架子，除了记

---

① 《二心集·关于小说题材的通信》。

述这一事件本身之外,并没有反映出更多的社会内容;有些作品,写的是日常生活事件,看似小题材,但却反映了较大的社会问题;还有些作品,触及大事件,但并不从正面去写,而是从某一侧面去反映,或专写它在日常生活中的某种反响,而意义却很深远。如鲁迅的作品,就从不正面去写大事件,《阿Q正传》写到辛亥革命,但没有正面去写起义和战斗,而只写这个革命在县城和乡村(未庄)引起的反响;《药》也没有正面写革命者在狱中的英勇斗争,而写茶馆里的群众对革命者牺牲的反应;《风波》写的则是张勋复辟事件给江南水乡的农民带来的影响,而不去描写更为惊心动魄的复辟事件本身。鲁迅的取材角度,与他的写作意图有关——他的目的不在于表现某些历史大事件本身,而在于通过这些事件,写出农民的麻木状态,他们思想上的不觉悟;也与作品的风格有关——他的作品,从不追求大场面和表面上的轰轰烈烈,而是从平淡中见深刻。

题材是具有历史性的。在一个时期内很有意义的题材,在另一个时期内却会失去原有的魅力。后来的人即使继续写这类题材,也需要变换角度,另具眼光。例如,对于神话传说中的人物,过去是以虔诚的态度去描写的,现在则每每用人类学的观点加以剖析。又如所谓军事题材,虽然具有长远意义,但在各个历史时期,写法也不一样。如果说在战争年代和战后一段时期,人们曾经热衷于战斗故事,那么,现在的读者就不能满足于此了。有些作品试图通过军事题材来写新的社会矛盾,写人性美、人情美,并从美的毁灭来揭露侵略战争的罪恶性,这就使军事题材有所突破。对于其他题材的选取和处理也是这样,要时时更新,赋予新的时代意义。

二、主　题

题材固然是作品内容的重要因素,但题材并不能决定一切。因为题材只是经过选择的写作材料,至于通过这些材料要说明什么问题,表达什么思想,关键还在于立意。古人所说的"文以立意为主""意在笔先""工于命意""立主脑",等等,强调的就是这一点。王夫之说:"意犹帅也",它是统率全篇的主旨,一切情节结构、辞采章句,都由它调遣。"无帅之兵,谓之乌合",纵使有好的题材、好的辞章,也如一盘散沙,合不拢来。所以立意是作文最要紧的事。

所谓立意,也就是确立主题。主题是作者通过题材所表达出来的主要思想。一部作品所表达的思想可以是多方面的,但有一个贯穿的中心思想,这就是主题。作品总有命意,也必有主题。只是主题的表现形式并不一样,有些比较明确,一眼就可看出;有些则比较隐晦,需费一番工夫来捉摸;有些作品似乎没有主题,也说不清表达的是什么思想,可谓"无主题变奏曲",留给读者一团迷雾——但是,它总还表现出一种情绪、意味,所以实际上并非没有主题思想,只不过表现得比较朦胧,有时这种思想、意绪连作者自己也比较模糊罢了。这种主题不明确的作品,不但现代有,而且古代也有。王夫之在强调立意时说:"李、杜所以称大家者,无意之诗十不得一二也。"①可见就是善于立意的大家李白、杜甫,也有少数主题不明确的作品,何况那些"小家数"呢!

主题的不明确性,大抵出于作家思想的模糊性——他有一种朦胧的意绪要表现,但对这种意绪却又缺乏明确的、深入的认识。而在艺术作品中,明确的主题却又不能明确地说出,否则,便犯了直露的毛病。形象、比兴、隐喻等,成为表达主题的必要手段。然而这样一来,又将主题隐蔽起来,有时很难捉摸。这就产生了"诗无达诂"的说法。中国诗人,自屈原以来多用香草美人来比喻圣君贤臣,以表达自己的政治情怀,但诗人多情,难免还要直接去歌颂香草美人,于是有些诗篇到底主旨何在,就颇费猜测了。李商隐几首《无题》诗,研究者争论不休,也就为此。"相见时难别亦难,东风无力百花残。春蚕到死丝方尽,蜡炬成灰泪始干。晓镜但愁云鬓改,夜吟应觉月光寒。蓬山此去无多路,青鸟殷勤为探看。""来是空言去绝踪,月斜楼上五更钟。梦为远别啼难唤,书被催成墨未浓。蜡照半笼金翡翠,麝熏微度绣芙蓉。刘郎已恨蓬山远,更隔蓬山一万重!"这两首诗表面的意思都并不难懂,是写与所爱女子的离别与思念,在无可奈何的绝望中寄托着希望,现实中不能达到的企求在梦境中实现。问题是,这到底是爱情诗还是政治诗?表达的是爱情的追求还是对政治的追求?这就难以确定了。

主题要新,作品才能吸引人。韩愈云"惟陈言之务去"②,就是要求作家不要去重复别人的意思,作品不落前人之窠臼。所谓"去陈言",当然不只是字句,首先要去熟意、熟境,所以应把主题命意的创新放在第一位。过去有所谓"永恒的主题"的说法,其实,主题的永恒性是不值得提倡的。如果老是重复旧主题,还有什么创新可言呢?高尔基说得好:"有一些所谓'永恒的'主题,如死亡、爱情,以及其他建筑在个人主义基础上的社会所产生的主题,如嫉妒、复仇和吝啬等等。然而在古代,就有人说过:'万物是在变化着的','月光下没有永恒的东西',如同在阳光下一样……在无阶级的社会主义所产生的条

---

① 《薑斋诗话》,《薑斋诗话笺注》,第44页。
② 《答李翊书》,《中国历代文论选》第二册,第115页。

件下，文学的'永恒的'主题，一部分正在衰亡、消逝，另一部分正在改变它们原来的意义。"①其实，无论在哪一种社会形态下，"永恒"的东西总是不永恒的。尽管历代文学中，不乏死亡与恋爱等内容，但命意却并不相同。中世纪的骑士小说写骑士们为自己的情人而战斗和牺牲，具有悲壮的意义，而《堂·吉诃德》中写这位愁容骑士的类似行径，就显得滑稽可笑；易卜生的《玩偶之家》，写娜拉与她丈夫爱情破裂，离家出走，歌颂了个性的觉醒，而鲁迅的《伤逝》，写子君为追求自由婚姻，离家出走，与涓生结合而又破裂，终于又回到父亲家中，在父亲烈日般的严威和路人赛过冰霜的冷眼中死亡，从而指出了单纯追求个性解放的不足。正因为这些作品有着完全新颖的主题，反映了对问题的新认识，所以才具有划时代的意义，不是那些重复旧主题的作品所可比拟的。刘勰说："文律运周，日新其业。变则其久，通则不乏。"②这种通变的要求，首先就要在作品的主题中表现出来。

主题不但要新，而且要深；只有深刻，才能震撼读者的心灵。而作品主题的深度，则取决于作家的思想深度；作家对生活要有深刻的认识，才能开掘深刻的主题。过去常有抢题材和主题撞车的事发生，这都是因为作家对生活缺乏独特的感受和独到的见解，囿于流行观念之故。如果有自己的真知灼见，就不必去抢题材，也不会发生主题撞车的现象。即使写同样的题材，持不同见解的作家也会开掘出不同的主题。文学史上有多少描写农民疾苦的作品，可是有哪一篇能像《阿Q正传》这样对农民的精神创伤揭露得那么深刻呢？主题是作者感受最深的东西，是他直接从生活经验中获得、别人所无法代替的。正如高尔基所说："主题是从作者的经验中产生，由生活暗示给他的一种思想，可是它蓄积在他的印象里还未形成，当它要求用形象来体现时，它会在作者心中唤起一种欲望——赋予它一种形式。"③有些作品的主题，是作者经过长期探索所获得的。如《阿Q正传》的主题，就并非一朝一夕所能形成。《阿Q正传》写于1921年底至1922年初，但在1903年间，鲁迅就有感于现实生活中的种种现象，而提出改造国民劣根性的问题了，后来他不断地研究这个问题，又在许多杂文和小说里对这个主题进行开掘。正是在这样的基础上，《阿Q正传》对国民性问题才能揭露得那么深刻。当然，我们不能要求作家对每篇作品都酝酿那么久，但对主题的深入开掘，却是必不可少的。

---

① 《和青年作家谈话》，《论文学》，第334—335页。
② 《文心雕龙·通变》，范文澜《文心雕龙注》下册，人民文学出版社1961年版，第521页。
③ 《和青年作家谈话》，《论文学》，第334页。

第二节　文学作品的形式因素

文学作品的形式因素，主要是指情节、结构和语言。文学语言问题，下面另列专章论述，这里着重谈情节和结构。

一、情　　节

人物的思想、性格是通过具体事件表现出来的；而这些事件之间又必须有连贯性，不是毫不相干的杂凑。这些具有连贯性的事件，就形成作品的情节。高尔基把情节称作文学的第三要素（第一要素是语言，第二要素是主题），他认为情节是"人物之间的联系、矛盾、同情、反感和一般的相互关系——某种性格、典型的成长和构成的历史"①。当然，这是就叙事作品和戏剧作品而言，抒情作品不写人物，也没有贯穿事件，一般就不具情节性。

文学作品的情节选择很重要，它不仅关系到故事的展开，而且直接影响性格的表现。没有适当的情节，作家所获得的材料就无法贯穿起来，人物性格也表现不出来。所以作家往往为寻找适当的情节而苦恼。果戈理写信给普希金说："劳驾给个情节吧，随便什么可笑的或者不可笑的，只要是纯粹俄罗斯的笑话就行。"果戈理接着说："只要给我一个情节，马上就可以写出五幕的喜剧。"②可见他的生活素材已积累得相当丰富，只欠一个恰当的情节把它贯穿起来。据说，《钦差大臣》的情节就是普希金提供给果戈理的。普希金告诉果戈理两个事件：一个叫巴维尔·斯维尼纳的人在比萨拉比亚冒充彼得堡的大官，后来做得太过分了，他竟然接受犯人的请愿，这才碰到了国家惩罚机器的钉子上；另外一个人在诺伏高罗得省的乌斯玫日纳城冒充部里的官员，骗走了许多市民的钱。果戈理将这两件事合并、改造，作为情节线索，将他平日对俄罗斯官场观察到的丑态贯穿起来，写成一部有名的多幕喜剧。

情节既要表现性格成长的历史，而本身又要有连贯性，这之间的关系应该如何处理呢？有些作品只讲究情节本身的连贯、紧张、吸引人，却不管能否表现人物的性格，甚至为了情节的需要而扭曲了性格。这种作品，当然不能算好作品。老舍说得好："一定要根据人物的需要来安排事件，事随着人走；不要叫事件控制着人物。"③沈从文在写作课上常说的一句话是："要贴到人物来

---

① 《和青年作家谈话》，《论文学》，第335页。
② 引自多宾：《论情节的典型化与提炼》，第14页。
③ 《人物·语言及其他》，《老舍论创作》，上海文艺出版社1982年版，第275页。

写。"他的学生汪曾祺解释道:"很多同学不懂他的这句话是什么意思。我以为这是小说学的精髓。据我的理解,沈先生这句极其简略的话包含着这样几层意思:小说里,人物是主要的,主导的;其余部分都是派生的,次要的。环境描写、作者的主观抒情、议论,都只能附着于人物,不能和人物游离,作者要和人物同呼吸,共哀乐。作者的心要随时贴着人物。什么时候作者的心'贴'不住人物,笔下就会浮、泛、飘、滑、花里胡哨,故弄玄虚,失去了诚意。"①

根据人物的需要来安排事件,并非不要情节的连贯性,而是要将事件的发展与性格的发展紧密地结合起来。《水浒传》中描写林冲的几回中,事件的发展和人物性格的发展就结合得很好。在这里,事件的发展是一环紧扣一环的:还愿五岳庵,误入白虎堂,刺配沧州道,大闹野猪林,棒打洪教头,风雪山神庙,火烧草料场,雪夜上梁山。而在情节的发展中,人物的性格也逐步展开:林冲从忍辱苟安、中人圈套、希求生还,到无路可退,终于被逼上梁山,走上反抗之路。当然,由于作品结构方法的不同,情节的安排也不一样。有些作品以一个人物为中心,或者像《水浒传》那样,虽然写很多人物,但基本上是依次介绍主要人物,即在若干回目内以写一个人物为主,"事随着人走"的原则比较易于掌握。而另一些作品,则是许多人物交叉出现,他们的性格同时展开,这样,事与人的关系就比较难处理一些。在这里,事不是为某一个人而选择,却是为表现众人而设计。《三国演义》写赤壁之战,错综复杂,气象万千,表面看来,是事件本身的发展:诸葛亮舌战群儒,智激周瑜,周瑜挂帅,蒋干盗书,曹操中计斩蔡瑁、张允,黄盖行苦肉计,诸葛亮草船借箭,庞统巧献连环计,诸葛亮借东风,周瑜火攻曹营,关云长义释华容道。但这些情节的选择和设计都为着把周瑜、诸葛亮、曹操、关羽等人的性格反映出来,只不过情节的发展不是以某一个人为轴心,而是为许多性格的展现提供条件。在这里,事与人也是和谐地结合在一起的。

情节的构成,大体可包括四个部分:开端,发展,高潮,结局。开端是矛盾的发生,如林冲故事中高衙内在五岳庵调戏林娘子,而林冲赶来制止;发展是矛盾进一步展开,如高衙内设计害林冲的种种情节;高潮是矛盾发展到了顶点,如火烧草料场,逼得林冲没有退路;结局是矛盾的解决,如林冲上山落草。但在作品中,情节并不一定按这四个部分顺序发展。有些作品用倒叙手法,先把结局端出,然后再回过去补叙事情的发生发展过程。如鲁迅《祝福》,先叙祥林嫂之死,然后再写她一生的悲惨遭遇,这就是倒叙。推理小说,破案影视,

---

① 《沈从文先生在西南联大》,《人间草木》,江苏文艺出版社2005年版,第199页。

总是先出现谋杀现场或窃后现场,再去寻找犯事者,探究其犯罪原因,其实也是属于倒叙手法。还有一种时空交叉手法,则将整个情节次序完全打乱,以人物的思绪为线索,将发生在不同时间、不同空间的场面,加以穿插,组接在一起。这种时空交叉的组接情节方法,与意识流手法有关。意识流作家信奉柏格森的"心理时间"说,他们认为过去一般人都是用空间的概念来认识时间,把时间看作一种不可逆的顺序发展,而"心理时间"则是各个时刻的相互渗透,它可以随着心理意识的流动,而将过去、现在、未来相互交织在一起。譬如,美国作家福克纳的小说《喧哗与骚动》第一章,写白痴班吉的混乱意识,在现在和过去之间跳跃流动,虽然叙述一天之事,实际上牵涉到几十年的活动。

由于作品艺术风格的差异,情节的特点也大不相同。有些作品强化情节,靠紧张、离奇、曲折、复杂的故事吸引人,大凡武侠小说、惊险故事,都属于这一类,有些言情小说也讲究情节性。另一些作品则淡化情节,作者们竭力想从生活的散文中提炼出生活的诗意来,如契诃夫和鲁迅的小说都有这种倾向。所以他们的小说诗意很浓,而在表现方法上却有散文化的倾向。契诃夫的《草原》、鲁迅的《故乡》和《社戏》都是如此。有人说,鲁迅小说集中有些篇幅是散文,其实那是散文化的小说。自从意识流小说出现以后,进一步打破了传统的情节观念,作品是以主人公潜意识的流动而展开的,没有贯穿动作,没有情节线索。如英国作家沃尔夫的小说《墙上的斑点》,写主人公"我"看见墙上的一个斑点而引起的种种联想。她开始以为这个斑点是一只钉子留下的痕迹,于是联想到那是为了挂一幅小肖像画,并联想到原来挂的画像;后来又觉得它不像钉子留下的痕迹,它太大,太圆了,但又不想站起来瞧瞧它,因为即使瞧了,也是十之八九说不出它到底是什么,于是联想到生命是多么神秘,思想是多么不准确,"要是拿什么来和生活相比的话,就只能比做一个人以一小时五十英里的速度被射出地下铁道,从地道口出来的时候头发上一根发针也不剩,光着身子被射到上帝脚下"!接着又想到来世等;但又觉得墙上的斑点不是一个小孔,它很可能是什么暗黑色的圆形物体,譬如说,一片夏天残留下来的玫瑰花瓣造成的,由此却想起了莎士比亚、社论、内阁大臣等乱七八糟的东西;而这个斑点,在某种光线下面竟像是凸出在墙上的,也不完全是圆形,使人觉得像一个起伏的小小的古冢,于是又联想到坟墓、草地下埋的白骨、古物收藏家、牧师等;而最后,别人告诉她,墙壁上爬了只蜗牛,"哦,墙上的斑点,那是一只蜗牛"。有人根据这类作品,否定情节的作用,认为小说也可以不要情节。但正如王蒙所说,意识流手法是用联想重新排列组合材料,"看起来凌乱,其实有内在的统一性"①。这种统一性也是一种情节线索,只不过超出了常规,成为变异品种,它不是统一在性格发展和事件的连贯性上,而是统一在意识的流动上。

二、结　构

结构是整个作品的组织构架,具有布置全局的作用,因而显得相当重要。李渔在《闲情偶寄》中说:"至于'结构'二字,则在引商刻羽之先,拈韵抽毫之始,如造物之赋形,当其精血初凝,胞胎未就,先为制定全形,使点血而具五官百骸之势。"他还以建筑作比方,说:"工师之建宅亦然,基址初平,间架未立,先筹何处建厅,何处开户,栋需何木,梁用何材,必俟成局了然,始可挥斤运斧。"所以作家在落笔之前,必须将全体的结构先安排好,绝不能写一段想一段,那样全篇就不能成为一个有机整体,即使某些片断写得很好,也不成气候。

正因为结构艺术是驾驭全局的,所以要安排好很不容易。狄德罗说:"一般说来,对话安排得好的剧本比布局好的剧本多些。仿佛是能安排情节的天才比能找出真切的台词的天才要少些。"②李渔也说:"尝读时髦所撰,惜其惨澹经营,用心良苦,而不得被管弦、副优孟者,非审音协律之难,而结构全部规模之未善也。"③可见结构之难。

结构与情节有密切联系。情节是由事件和场面组成,需要妥为安排,方能结构成篇,所以人们常将情节结构连称。但作品的结构又不等于情节安排。首先,抒情作品可以没有情节,但不能没有结构,即使是小品、短诗,仍然要有布局,否则就不成艺术;其次,叙事作品中情节和结构所包含的内容不尽相同,除情节因素外,结构还要安排非情节因素,如序幕、旁白、插曲、议论等,结构比情节所关涉的范围要广泛得多。

结构没有一定的格局,一般是随着所表现的内容不同而变化。有些作品以一个人物为中心,情节随着此人的活动而开展,结构就取单线条形式,如《堂·吉诃德》《鲁宾逊漂流记》等;有些作品是许多人物同时展开活动,情节交叉,内容复杂,就用网式结构,如《红楼梦》《战争与和平》等;《水浒传》写各路英雄被逼上梁山,这些人物各有各的遭遇,开始时大抵关联甚少,最后才聚义一堂,为适应这种内容的需要,作品采取了百川归海式的结构;《儒林外史》

---

① 《关于"意识流"的通信》,《西方现代派文学问题论争集》(下),人民文学出版社1984年版,第299页。
② 《论戏剧艺术》,《文艺理论译丛》1958年第1期,第157页。
③ 《闲情偶寄》,《中国古典戏曲论著集成》第7卷,中国戏剧出版社1959年版,第10页。

以讽刺科举制度下的士子为己任,作者只想写出各种儒者的心态,不需把他们汇集在一起表现壮举,所以采取的是集锦帖子式结构,正如鲁迅所说:"全书无主干,仅驱使各种人物,行列而来,事与其来俱起,亦与其去俱讫,虽云长篇,颇同短制;但如集诸碎锦,合为帖子。"①正因为结构取决于内容,所以随着内容的变化,结构方式也就变化无穷。例如,随着文艺作品心理描写的加强,意识流手法的广泛运用,又出现了所谓心理结构型,以人物感情和潜意识的流动进行结构。我们大可不必拘泥于传统的结构方式,而应该多加创造,出奇制胜。结构艺术的新颖,正体现了艺术构思的新颖。

艺术构思的任务是通过对形象材料的结构,最有效地表达作品的主题思想,所以结构是为主题服务的。离开了表现主题的需要,就谈不上妙思佳构。鲁迅的《药》是短篇小说的杰作,它之所以能以极短的篇幅表现出极深的主题,就借助于结构艺术。作品以两条情节线索和四个场面组成。两条线索是:一条明线——华老栓这条线,一条暗线——夏瑜这条线,它们以"人血馒头"为纽结,交叉联结在一起。四个场面是:一、华老栓为了给儿子小栓治病,在秋天的后半夜带着多年积蓄的洋钱,到古轩亭口去买人血馒头;二、华老栓带了人血馒头回家,督促小栓吃下;三、在华老栓的茶馆里,茶客们议论纷纷,因人血馒头的由来,才从刽子手康大叔的嘴中带出了革命者夏瑜的表现;四、在西关外的坟地里,华大妈和夏大妈相会了,她们都是去扫儿子的墓的,在夏瑜的坟上,她们发现了花圈。这种结构方式是从外国小说里借鉴来的,一时引起议论纷纷。有些人欣赏它的新颖、别致,有些人则指责它是失败之作,说关于华老栓这座峰峦的描写"累积得太高了""阻碍了读者的视线",妨碍读者去了解"关于革命党人的叙述的重要性"。对于结构艺术的错误评价,正是由于对主题的错误理解而来。其实,《药》的主旨本不在于表现革命党人的英勇精神,而要写出革命者为群众而牺牲却得不到群众所理解的悲哀。正因为如此,作品才以华老栓为明线,而将夏瑜作为暗线,目的就是要将读者的视线吸引到华老栓这条线上,使读者看到群众的麻木落后状态,这种落后又并非一般意义上的落后,而是对革命的严重的冷漠状态。对于表现这样的主题来说,目前所取的正是最佳结构形态。或者说,《药》的结构,正是为表现它特定的主题而设计的。

结构除服从表现主题的需要之外,还有它自己审美上的要求。书法艺术讲究结体美,绘画艺术在布局上要求疏密相间,所谓"密处不透风,疏处可走

---

① 《中国小说史略》。

马"等,都是在形式上给人以美感。文学作品的结构,也要给人以完整、和谐的感觉,既要剪裁得当,布局相宜,而且要前后照应,连缀得天衣无缝,方称上乘之作。古人作文,讲究明暗互衬、虚实相间、断处若续、脉络贯通,都是说的结构技巧。清人方东树说:"譬名手作画,无不交代蹊径道路明白者。然既要清楚交代,又不许挨顺平铺直叙,骎蹇冗絮缓弱。汉魏人大抵皆草蛇灰线,神化不测,不令人见。苟寻绎而通之,无不血脉贯注生气,天成如铸,不容分毫移动。"①这是要求结构既跌宕多姿,变化莫测,又前后照应,完整统一。严整的结构当然不能随便移动,有些表面上看来是信笔所至的松散结构,也是血脉贯注,生气天成,没有多余的部分。

第三节　内容与形式的完美结合

一、内容与形式的关系

文学作品既有内容的因素,又有形式的因素,那么两者的关系如何呢?对于这个问题,我们的古人早就进行过探讨。王充说:"有根株于下,有荣叶于上;有实核于内,有皮壳于外。文墨辞说,士之荣叶、皮壳也。实诚在胸臆,文墨著竹帛,外内表里,自相副称,意奋而笔纵,故文见而实露也。"②刘勰说:"夫铅黛所以饰容,而盼倩生于淑姿;文采所以饰言,而辩丽本于情性。故情者,文之经,辞者,理之纬;经正而后纬成,理定而后辞畅,此立文之本源也。"③他们都看到,内容是根本,形式是外表,文辞是由情理派生的,却表现和装饰着内容。

既然内容是根本,它当然起着决定形式的作用。前面所说的结构要为主题服务,情节安排要根据表现性格的需要决定,就都是这个意思。一定的内容总是要求有相应的形式来表现它,新的形式是随着新内容的出现而出现的。当文学还着重反映人物的外部活动的时候,当然还用不着心理描写,后来,逐渐注意刻画人物的心灵世界,于是心理描写手法也就相应地发展起来。至于意识流手法,是当潜意识的内容进入文学领域之后才正式出现的,因为一般的心理描写已无法适应跳跃无序、自由流动的潜意识的表现需要了,必须有新的形式来表现它。

但艺术形式绝不是消极的因素,它在作品中还是起着相当大的作用。首

---

① 《昭昧詹言》,人民文学出版社 1961 年版,第 27 页。
② 《论衡》,上海人民出版社 1974 年版,第 213 页。
③ 《文心雕龙·情采》,范文澜《文心雕龙注》下册,第 538 页。

先,形式的完美与否,直接影响着内容的表达,离开了适当的形式,内容也不复是原来的内容了。刘勰说:"夫水性虚而沦漪结,木体实而花萼振,文附质也。虎豹无文,则鞟同犬羊,犀兕有皮,而色资丹漆,质待文也。"①可见文虽然依附于质,而质也有待于文来修饰,两者缺一不可,如孔子所说:"文质彬彬,然后君子。"②其次,艺术表现不仅是"辞达而已矣",而且还有形式美的要求。房屋,所以避风雨者,但同时还要讲究造型;衣服,所以御寒冷者,但却多有装饰性的东西;绘画讲线条和构图;音乐讲对位与和声,等等,都是属于形式美。文学作品同样讲形式美,如语言上的对偶、协韵,结构上的虚实、松紧,等等,都是为了在艺术上产生更强烈的美感。形式本身并不一定与内容直接相联系,但由于造成美感,遂能有利于内容的发扬。最后,艺术形式的发展,反过来又能促进整个文学的发展。譬如,我国南北朝时期,是形式主义大泛滥的时代,曾经引起许多重视文学内容的人的不满,刘勰就批评说:"俪采百字之偶,争价一句之奇,情必极貌以写物,辞必穷力而追新,此近世之所竞也。"③那时,文学的社会内容削弱了,对玄理的兴趣也逐渐消退,一面寄情于山水,一面竞相争比艺术形式上的新奇、美丽。的确,从一段时期看,过分讲究艺术形式是会伤害文学内容的,但从历史发展上看,形式的追求又会促进整个文学艺术事业的发展。南北朝文学的形式主义虽然造成一段时期文学内容的衰落,但却为唐代文学的繁荣奠定了艺术形式上的基础。所以辩证地看,艺术形式又起着积极的作用。

正因为内容因素和形式因素都很重要,所以忽视任何一个方面都会削弱作品的力量。鲁迅在1935年2月4日复李桦信中说:"来信说技巧修养是最大的问题,这是不错的,现在的许多青年艺术家,往往忽略了这一点。所以他的作品,表现不出所要表现的内容来。正如作文的人,因为不能修辞,于是也就不能达意。但是,如果内容的充实,不与技巧并进,是很容易陷入徒然玩弄技巧的深坑里去的。"优秀的作品,应该是充实的内容和上乘的技巧的完美结合。

二、意 境 之 美

艺术作品在内容与形式统一的基础上,还要讲究意境之美。意境是我国古典文论中对于艺术作品的最高规范。王国维说:"元剧最佳之处,不在其思

---

① 《文心雕龙·情采》,范文澜《文心雕龙注》下册,第537页。
② 《论语·雍也》,《四书章句集注》,第89页。
③ 《文心雕龙·明诗》,范文澜《文心雕龙注》上册,第67页。

想结构,而在其文章。其文章之妙,亦一言以蔽之曰:有意境而已矣。……明以后其思想结构,尽有胜于前人者,唯意境则为元人所独擅。"①可见思想结构之佳者,还不一定有意境,意境是更高的艺术层次。在王国维看来,文学之工与不工,亦视其意境之有无与深浅而定。

那么,什么叫意境呢?意是情意,境是景象,情景交融,心物合一,谓之意境。用意境来规范艺术作品,这是符合文艺的本质特点的。既然文艺是再现与表现的统一,那么,作品的化境便应该是情景交融、心物合一。单是状物写景,摹写现实,作品缺少灵魂,没有生气,所以必须有主观的情和意,而且情要真情,意要创意,这样才能真切动人,才会有自家面目。意境这个概念之所以出现在中国古典文论里,而不见于西方古典文论,就是因为中国古典文学一向强调主观抒情,而西方古典文学则强调模仿现实的缘故。所以,情意是意境主导的东西。但艺术表现要含蓄,思想感情不能直露,需要借景抒情,把情和意都蕴藏在景象中。如陶渊明《归田园居》有云:"暧暧远人村,依依墟里烟;狗吠深巷中,鸡鸣桑树巅";"时复墟曲中,披草共来往;相见无杂言,但道桑麻长";"种豆南山下,草盛豆苗稀。晨兴理荒秽,带月荷锄归。"这里全是叙事写景,但隐逸的情趣却盎然可见。又如马致远的《天净沙》:"枯藤老树昏鸦,小桥流水人家,古道西风瘦马。夕阳西下,断肠人在天涯。"是许多景物的蒙太奇式的组合,但却把游子的愁思表现得淋漓尽致。这些作品都是情景交融的有意境之作。如果情归情,景归景,各不相关,就不能形成意境了。正如王夫之所说:"夫景以情合,情以景生,初不相离,唯意所适。截分两橛,则情不足兴,而景非其景。"②

既然意境是情景交融,那么在艺术表现上必然要求以形写神,形神兼备。中国画不强调形似,中国诗也不去详细描摹现实,主要是要求传神达意,以形写神。特别是文人画,这种倾向表现得更突出,在笔法上尚简,在情趣上尚雅,并在此基础上发展出写意画。写意画只以寥寥数笔勾勒出基本形象,而神态毕肖,意味无穷。八大山人的山水画,齐白石的草木鱼虫画,都是达到这种境界的。同样的意思,在诗文上则要求"言有尽而意无穷""含不尽之意于言外",以及"象外之象,景外之景",等等。这就是要求作品以有限的言词和形象表现出无限的生活意蕴,给读者以驰骋想象的余地。

这样,艺术作品境界的大小就不在于艺术形象取景之大小,而在于"象外

---

① 《元剧之文章》,《中国历代文论选》第四册,第390页。
② 《薑斋诗话》,《薑斋诗话笺注》,第76页。

之象,景外之景"的大小,因为景象无非是托意之物,如果所寄托之意不开阔,那么形象也就不宽,境界也就不大了。庄子早就说过:"得鱼忘筌","得兔忘蹄",可见筌、蹄本身并不重要,无非是捕获鱼兔的工具;当然,若是没有它们也不行,鱼兔又何能获得呢?

要追求意境之美,在技巧上就讲究返璞归真。罗丹说过:"真正的艺术是忽视艺术的";巴金也说过:"艺术的最高境界是无技巧",这都是很深刻的见解。不是不要技巧,而是炉火纯青,大巧若拙;是"无法之法,乃为至法"。王国维说:"大家之作,其言情也必沁人心脾,其写景也必豁人耳目。其辞脱口而出,无矫揉妆束之态。以其所见者真,所知者深也。"他认为,这就谓之"有意境"。①要达到这样的境界,靠雕章琢句,玩弄技巧是无济于事的,要技进乎道才行。庄子在《养生主》里讲过一个庖丁解牛的故事:"庖丁为文惠君解牛,手之所触,肩之所倚,足之所履,膝之所踦,砉然响然,奏刀騞然,莫不中音。合于桑林之舞,乃中经首之会。文惠君曰:'嘻,善哉!技盖至此乎?'庖丁释刀对曰:'臣之所好者道也,进乎技矣……'"据这位庖丁说,别人的刀有一月换一把的,有一年换一把的,而他的刀用了十九年,还像新发于硎。因为"彼节者有间,而刀刃者无厚,以无厚入有间,恢恢乎其于游刃必有余地矣"。庄子讲这故事,是用以喻养生,后来的文论家则常用以比喻艺术创作的化境。中国传统思想,以道为最高境界,操不同技术的人从不同的途径去追求道,艺术上的意境,也就是艺术家们对于道的追求。

意境一说,来自佛家语,后来渗入画论、诗话,于是有人以为只有景物画、抒情诗才能讲意境,而叙事作品就不能讲意境了。其实不然。古之意境说常见于画论、诗话,而不见于戏曲小说评论者,是因为戏曲,特别是小说,还未登大雅之堂的缘故。后来王国维就突破这一点,他在研究元曲时,大谈其意境之美。所以意境这个概念,同样可以用来规范小说。并不是说某一人物具有典型性就有意境之美,而是要求全篇作品能创造出一种意境来。其实,优秀的小说也都是有意境的,鲁迅的《孔乙己》、契诃夫的《凡卡》、都德的《最后一课》、海明威的《老人与海》,都是情景交融,意在言外,韵味无穷,各自创造了一种意境。我国当代小说,也有创造出意境之美的。杜鹏程的《工地之夜》和《夜走灵官峡》就是有意境的作品。《工地之夜》写汽车司机对他的领导——铁路工地总指挥的关心。总指挥深夜散会,摆脱各种纠缠,在返城的车子上静下心来,觉得肚子在闹革命时,司机就从座位旁边拿出各种充饥的东西;总指挥忘

---

① 《人间词话》,《蕙风词话·人间词话》,第219页。此意亦见于《元剧之文章》。

记了给一个工点拨钢材,忽然想起,说不定他们已停工待料,因而要掉头去这个工点时,司机说,他已用总指挥的名义要材料厂长拨去钢材了;当总指挥疲劳过度,在车上睡着时,司机宁可准备挨骂,也要把车子停在幽谷里,让长期睡眠不足的总指挥睡一下,明天还有成堆的工作等着他呢。《夜走灵官峡》写工地上的一个小孩成渝,在安在绝壁上的石洞中的家里看守妹妹宝成,他关心着天气,因为爸爸说明天还下雪,就要停工;他在洞口眺望远处,在探照灯光带的照射下,可以看到他爸爸在万丈绝壁上打炮眼,而他妈妈则在运输便道上指挥行人车马,身上积着雪,像一尊雪人;成渝则坚守自己的岗位——看守妹妹,等待妈妈下班后他才能下班。这两篇作品都富有诗情画意,通过简单的画面形象,让读者感受到更多的象外之旨:新的人际关系、新的人生观念,以及普通劳动者对于社会主义建设事业的责任心,等等。总之,在有限的画面中包含着无穷的意味。

　　文学创作不能不讲思想,也不能不讲技巧,但又不能停留于此,而要进一步创造出意境来,才能达到更高的境界。

第二章 文学语言

语言,在西方现代哲学中,已成为一个核心问题。某些哲学流派将它提升到本体论的地位,并通过日常语言的分析,来阐述其哲学理论。与此相应,美学界也出现了语言论美学,试图以此来否定认识论美学。这种理论趋向,不能不在文艺学领域中有所感应,如俄国形式主义和英美"新批评"派,就把语言看作是文学的本体,把文学看作是一种语言结构,语言的作用被推到了极致。但是,时过未久,人们又发现语言学模式难以合理地解释一切,这种理论本身也需要纠偏。

我们无意于从本体论的角度来研究文学语言问题,评论语言论美学和文论的得失也不是本书的任务。在文学作品里,文学语言毕竟是表情达意的手段,所以,我们还是从艺术表现的角度来论述文学语言问题。

正因为文学是语言的艺术,要用语言来塑造形象、表达感情,所以作家无不对语言特别重视,高尔基把语言称为"文学的第一要素"。

文学语言是在全民语言的基础上提炼加工而成的,它有两种解释:广义的文学语言是指一切书面语言,它是全民语言加以规范化的结果,对于它的研究是语言学的任务;狭义的文学语言是指文学作品中所使用的语言,又称文艺语言,它是在一般书面语的基础上,为文学表现的特殊需要而形成的具有特色的语言,研究它才是文艺学的任务。

当然,文学作品的语言不可能脱离一般的书面语言,因而必须遵循一般书面语的共同规律,但由于文学本身的特点,文学作品的语言又有区别于一般书面语的地方。我们所要研究的,正是这既与一般相联系,又与一般相区别的文学语言的特殊性。

第一节 文学对于语言的要求

作为语言艺术的文学,对于文学语言有着特殊的要求。这可以从两方面来考察:从宏观方面看,文学思想的变革总要求文学语言作相应的变革;从微观方面看,为了更好地表情达意,作家都专心于语言的锤炼。

一、文学变革与语言变革

语言虽然是表情达意的工具,但它并非文学的简单载体。文学语言一旦形成一种特殊的形态,便与文学思想紧密地联系在一起,成为某种文学不可分割的组成部分。因此,要变革文学思想,就必须同时变革文学语言。有时,文学思想的变革还可以以文学语言的变革为先导。我国五四文学革命运动就是明显的例证。五四文学革命属于新文化运动的一个组成部分,当然是一种文学思想上的革命,但是,这场革命却是从文学语言的变革开始的,因而,反对文言文,提倡白话文,就成为这场革命的两大旗帜之一。在相当长的一段时期内,这场文学革命径直被称为白话文运动,也就可见文学语言的变革在这场文学革命中的重要作用了。胡适在《文学改良刍议》中提出:"文学改良,须从八事入手。八事者何?一曰,须言之有物。二曰,不模仿古人。三曰,须讲求文法。四曰,不作无病之呻吟。五曰,务去烂调套语。六曰,不用典。七曰,不讲对仗。八曰,不避俗字俗语。"①这八件事,大部分还是语言文字上的问题,如三、五、六、七、八诸事即是。鲁迅也极力提倡白话文,他不但以自己的创作实践了白话文学的主张,而且还在杂文里不断地抨击那些反对白话文者,后来在回忆散文里还说:"我总要上下四方寻求,得到一种最黑,最黑,最黑的咒文,先来诅咒一切反对白话,妨害白话者。即使人死了真有灵魂,因这最恶的心,应该堕入地狱,也将决不改悔,总要先来诅咒一切反对白话,妨害白话者。"②此外,陈独秀、钱玄同、刘半农等人也都为提倡白话文而奋力战斗。

为什么五四文学革命的健将们都这样重视文学语言问题呢?这是因为旧的文学语言与旧的思想已经合为一体,难分难解,严重地成为文学发展的阻力,如果不改革文学语言,也就不能改革文学思想。所以五四文学革命运动以文学语言的改革为先导,是必然的。当然,单是语言文字的改革,还是不够的,这一点,当时就有人提出来了,例如,《新青年》上《思想革命》一文中就说:"文学这事务本合文字与思想两者而成。表现思想的文字不良,固然足以阻碍文学的发达。若思想本质不良,徒有文字,也有什么用处呢?我们反对古文,大半原为他晦涩难解,养成国民笼统的心思,使得表现力与理解力都不发达。但别一方面,实又因为他内中的思想荒谬,于人有害的缘故。这宗儒道合成的不自然的思想,寄寓在古文中间,几千年来,根深蒂固,没有经过廓清,所以这荒

---

① 《中国新文学大系·建设理论集》,上海良友图书印刷公司 1935 年版,第 34 页。
② 《朝花夕拾·二十四孝图》。

谬的思想与晦涩的古文,几乎已融合为一,不能分离。"但"如白话通行,而荒谬思想不去,仍然未可乐观,因为他们用从前做过《圣谕广训直解》的办法,也可以用了支离的白话来讲古怪的纲常名教"。"所以我说,文学革命上,文字改革是第一步,思想改革是第二步,却比第一步更为重要。"①事实上,五四健将们在提倡语言文字的改革之后,大多数人接着就提倡思想革命,这是合乎逻辑发展的。

当然,并非每次文学变革都以语言变革为先导,但可以说每次文学变革总要求语言有一定的变革与其相适应。唐代韩愈、柳宗元所倡导的古文运动,"文起八代之衰,道济天下之溺",当然首先是文学思想的问题,但他们反对六朝华丽绮靡的文风,反对专讲对偶声律的骈文,而提倡单笔的古文,这里面就包含着文学语言的问题。20世纪30年代,我国左翼文坛提倡文学大众化,与此相适应,就出现了大众语运动。而西方象征主义兴起以后,在他们的作品里,象征性的文学语言就大大地增加了。如此等等。

二、语不惊人死不休

莫里哀喜剧里有一位人物问人家:散文是什么?人家告诉他,散文就是明白如话的文章。这位人物高兴地叫道:原来我已说了几十年的散文啊!这是讽刺文学,它的意思恰恰相反:说话并不等于散文。的确,社会上绝大多数人都能用语言来表达思想,但所说的话并非文学作品。文学对于语言的要求要高得多。正如高尔基所说:"语言是一切事实和思想的外衣。可是事实后面隐藏着它的社会意义,每种思想都包含着原因:为什么某种思想正是这样的,而不是那样的。艺术作品的目的是充分而鲜明地描写事实里面所隐藏的社会生活的重大意义,所以必须有明确的语言和精选的字眼。"②可是,准确地描摹事物就很不容易,更何况揭示出事实里面所隐藏的生活意义。沈括在《梦溪笔谈》里记载着这样一个故事:有穆修张景两人一同上朝,在东华门外等待天亮,正在那里谈论文章,"适见有奔马,践死一犬",于是二人各记其事以较工拙。穆修说:"马逸,有黄犬,遇蹄而毙。"张景说:"有犬,死奔马之下。"沈括则批评"二人之语皆拙涩"。鲁迅在《做文章》一文中曾引用过这段记事,并评论道:"两人的大作,不但拙涩,主旨先就不一,穆说的是马踏死了犬,张说的是犬给马踏死了,究竟是着重在马,还是在犬呢?较明白稳当的还是沈括的毫不

---

① 《中国新文学大系·建设理论集》,第200—201页。
② 《和青年作家谈话》,《论文学》,第332页。

经意的文章:'有奔马,践死一犬。'"可见用词造句实在并不容易。法国小说家莫泊桑说:"不论人们所要描写的东西是什么,只有一个词最能够表示它,只有一个动词能使它最生动,只有一个形容词使它性质最鲜明。因此就得去寻找,直到找到了这个词、这个动词和这个形容词,而决不要满足于'差不多',决不要利用蒙混的手法,即使是高明的蒙混手法,决不要借助于语言的戏法来回避困难。"①为了要寻找这个最恰当的词,古今中外的作家费尽了心血。杜甫说:"为人性僻耽佳句,语不惊人死不休。"皮日休说:"百炼成字,千炼成句。"鲁迅说:"写完后至少看两遍,竭力将可有可无的字,句,段删去,毫不可惜。"托尔斯泰说:"我不会保持写好了的东西而不作没完没了的修正和改写。"马雅可夫斯基说:"一个字安排得妥当,就需要几千吨语言的矿藏。"在我国文学史上,还留下许多推敲字句的文坛佳话。这"推敲"二字,本身就有出典。据说唐代诗人贾岛一日在驴上得句云:"鸟宿池边树,僧敲月下门。"这"敲"字,又想用"推"字,炼之未定,于驴上吟哦不已,还引手作推敲之势,不知不觉间撞上京兆尹韩愈的车骑,被左右捉到韩愈面前,问之,原来是这么回事,韩愈说,"敲字佳"。于是并辔而归,共论诗道,留连累日。又如,欧阳修是唐宋八大家之一,但他做文章是不厌修改的。他的名篇《醉翁亭记》,开头写滁州山景,原用了几十个字,后来改来改去,改得只剩下"环滁皆山也"五个字。因为这篇文章重点是写醉翁亭,不宜用太多的笔墨来写山景,所以一笔带过,点到即可。再如王安石的绝句:"京口瓜洲一水间,钟山只隔数重山。春风又绿江南岸,明月何时照我还?"其中"绿"字,曾用过"到""过""入""满"等十几个字,在草稿上一一圈去,最后才定为"绿"字。当然,"绿"字要比其他诸字生动得多了。《红楼梦》的作者曹雪芹自说"于悼红轩中披阅十载,增删五次",故题诗云:"满纸荒唐言,一把辛酸泪!都云作者痴,谁解其中味?"正文且不必说,单是回目,就改而又改,这可从各种版本的校比中见出。如第三回回目:

甲戌本:金陵城起复贾雨村 荣国府收养林黛玉
庚辰本:贾雨村夤缘复旧职 林黛玉抛父进京师
戚序本:托内兄如海酬训教 接外甥贾母惜孤女
程排本:托内兄如海荐西宾 接外甥贾母怜孤女

---

① 《小说》,《欧美古典作家论现实主义和浪漫主义》(二),第238页。

又如第八回回目：

> 甲戌本：薛宝钗小恙梨香院 贾宝玉大醉绛芸轩
> 庚辰本：比通灵金莺微露意 探宝钗黛玉半含酸
> 戚序本：拦酒兴李奶母讨厌 掷茶杯贾公子生嗔
> 程排本：贾宝玉奇缘识金锁 薛宝钗巧合认通灵①

显然，经过不断的修改之后，不但回目本身在文字上要优美生动得多，而且也能更加切合本回文章的内容。可见文学语言的运用，实在并非易事。贾岛说："两句三年得，一吟双泪流。"确是深知此中甘苦之言。

第二节 文学语言的特点

文学语言的特点，是与整个文学的艺术特点相适应的，它具有形象性、情感性和音乐性。

一、形象性

文学语言的形象性取决于文学的形象性。文学要活生生地描绘艺术形象，就必须有形象化的语言。形象化的语言是通过对事物的具体描绘，给人以实感，有别于抽象说理的科学性语言。比如，杜甫描绘盛唐时期贫富悬殊的现象道："朱门酒肉臭，路有冻死骨"，就很具体，有实感；有些作品描写贪得无厌的人是"吃着碗里望着锅里"，写没有血性的人是"三锥子扎不出血来"，也都是以具体的描绘来达到形象化的目的。

为了使文学语言具有形象性，作家们使用了许多修辞手段。常见的有如下几种：

比喻。朱熹说："比者，以彼物比此物也。"②沈德潜说："事难显陈，理难言罄，每托物连类以形之。"③这就是说，有些事理难于直接表达的，就用他物来比方、形容。取譬之物，总是比较形象的，不但可使难显之事和难言之理显陈出来，而且还表现得蕴藉，富有诗意。例如，忧愁是抽象的情思，但李后主《虞美人》云："问君能有几多愁？恰似一江春水向东流。"用东流不绝的江水来比

---

① 转引自陈诏：《〈红楼梦〉回目欣赏》，《文艺论丛》第19辑，上海文艺出版社1984年版。
② 《诗集传》，上海古籍出版社1980年版，第4页。
③ 《说诗晬语》，《原诗·一瓢诗话·说诗晬语》，第186页。

喻愁思,就很形象;贺方回《青玉案》云:"试问闲愁都几许?一川烟草,满城风絮,梅子黄时雨。"以三者比愁之多,意味更为深长。比喻的方法有多种。刘勰说:"夫比之为义,取类不常:或喻于声,或方于貌,或拟于心,或譬于事。"①这里就提出了四种:有比声音的,如宋玉《高唐赋》云:"纤条悲鸣,声似竽籁",将风吹细枝的声音比作竽孔发出的乐声;有比物貌的,如枚乘《菟园赋》云:"猋猋纷纷,若尘埃之间白云",将鸟之疾飞比之白云间的一点尘埃;有比心绪的,如王褒《洞箫赋》云:"优柔温润,如慈父之畜子也",把乐声比作父爱之情;还有比事理的,如贾谊《鹏鸟赋》云:"祸之与福,何异纠缠",将祸福的倚伏比作三股绳绞结在一起,喻其难解难分。当然,实际上比喻之法,远不止此四种。比如,博喻和曲喻也常见于诗文。钱锺书指出博喻的特点是:"一连串把五花八门的形象来表达一件事物的一个方面或一种状态。这种描写和衬托的方法仿佛是采用了旧小说里讲的'车轮战法',连一接二的搞得那件事物应接不暇,本相毕现,降伏在诗人的笔下。"②他举例说,如《庄子·天运》篇里连用"刍狗已陈""舟行陆、车行水""猿狙衣服""桔槔""柤梨橘柚""丑人学西施"六个比喻来说明不合时宜这一点;韩愈的《送石处士序》连用"河决下流""驷马驾轻车就熟路""烛照""数计""龟卜"五个比喻来表示议论和识见的明快;苏轼在《百步洪》里写水波之冲泻,"有如兔走鹰隼落,骏马下注千丈坡,断弦离柱箭脱手,飞电过隙珠翻荷",四句里七种形象,错综利落,都是使诗歌语言形象化的博喻手法。曲喻则比较的拐弯抹角,不像一般比喻的直截了当。钱锺书在《谈艺录》里举过一些例子,如李商隐《病中游曲江》曰:"相如未是真消渴,犹放沱江过锦城",就抓住一个渴字,说司马相如要是真得了消渴症,该把沱江的水都喝干了,现在沱江仍流过锦城,可见相如不是真消渴。又如李贺《秦王饮酒歌》云:"羲和敲日玻璃声,劫灰飞尽古今平",上句是将日之光明喻为琉璃,既是琉璃,敲之当然能发玻璃声了;下句,劫是时间中事,平乃空间中事,然劫既有灰,则时间亦如空间之可扫平矣。

起兴。朱熹说:"兴者,先言他物以引起所咏之词也。"③刘勰说:"观夫兴之托谕,婉而成章,称名也小,取类也大。"④我国古文论中,比兴联称。兴,其实也是一种比喻的手法,不过与一般的比喻不同,"比显而兴隐",它往往在诗文的开头先讲一种较小的事物,然后引起所咏的有较大意义的事物。兴具有

---

① 《文心雕龙·比兴》,范文澜《文心雕龙注》下册,第 602 页。
② 《宋诗选注》,人民文学出版社 1958 年版,第 72 页。
③ 《诗集传》,第 1 页。
④ 《文心雕龙·比兴》,范文澜《文心雕龙注》下册,第 601 页。

象征意义,虽不是明比,但不游离于形象之外。古人谈"兴",总是举《诗经》首篇《关雎》为例:"关关雎鸠,在河之洲。窈窕淑女,君子好逑",就是以雎鸠来起兴。据说雎鸠是一种贞鸟,有一定的配偶而不乱,注经家们认为君子是指周文王,淑女即是文王之妃太姒,说以雎鸠起兴,是象征后妃之德。现代人对这首诗有不同的解释,鲁迅的翻译是:"漂亮的好小姐呀,是少爷的好一对儿!"显然,他认为这是一首情诗。解释虽然不同,但兴的手法仍旧存在。可以说,这里是以雎鸠来象征爱情的专一。另外,《古诗为焦仲卿妻作》也是著名的用兴例子:"孔雀东南飞,五里一徘徊。十三能织素,十四学裁衣……"这里,头两句跟后两句虽然没有直接联系,但与全篇却是有联系的。长诗以"孔雀东南飞,五里一徘徊"起兴,就象征着焦仲卿与刘兰芝夫妇生离死别的悲剧命运。可以说,兴是象征性的文学语言,用象征的方法来加强形象性。

通感。其实这也是一种形容和比喻手法。不过和普通的形容、比喻不同,普通的形容、比喻是借助于同一感觉系统的词汇或形象,如白居易《琵琶行》中描写琵琶声云:"大弦嘈嘈如急雨,小弦切切如私语;嘈嘈切切错杂弹,大珠小珠落玉盘;间关莺语花底滑,幽咽泉流冰下难",是用雨声、私语声、珠落玉盘声、鸟声、泉声来比琵琶声,都是属于听觉系统;而通感则是"听声类形",是"感觉挪移",如宋祁《玉楼春》中"红杏枝头春意闹",就是用听觉形象来形容视觉形象,但这种形容方法更能达到形象化的效果,王国维曾评论此句道:"著一'闹'字,而境界全出。"[1]关于通感这种描写手法,钱锺书分析道:"在日常经验里,视觉、听觉、触觉、嗅觉、味觉往往可以彼此打通或交通,眼、耳、舌、鼻、身各个官能的领域可以不分界限。颜色似乎会有温度,声音似乎会有形象,冷暖似乎会有重量,气味似乎会有体质。诸如此类,在普通语言里经常出现。譬如我们说'光亮',也说'响亮',把形容光辉的'亮'字转移到声响上去,正像拉丁语以及近代西语常说'黑暗的嗓音'(vox fusca)、'皎白的嗓音'(voce bianca),就仿佛视觉和听觉在这一点上有'通财之谊'(sinnesgütergemeinschaft)。又譬如'热闹'和'冷静'那两个成语也表示'热'和'闹'、'冷'和'静'在感觉上有通同一气之处,结成配偶。"[2]正因为通感的手法来自普通的语言,所以在诗文里常常有自觉或不自觉的运用。如,晏几道《临江仙》:"风吹梅蕊闹,雨细杏花香";陆机《拟西北有高楼》:"芬气随风结,哀响馥若兰";庾信《八关斋夜赋四城门第一赋韵》:"已同白驹去,复类红花

---

[1] 《人间词话》,《蕙风词话·人间词话》,第193页。
[2] 《通感》,《钱锺书散文》,第255—256页。

热";韦应物《游开元精舍》:"绿阴生昼静,孤花表春余";等等。

夸张。为了突出事物的特点,一般的形容尚不足以表现,于是求助于夸张。夸张手法的运用,相当广泛,据《文心雕龙·夸饰》篇说,这是自古以来就有的。"是以言峻则嵩高极天,论狭则河不容舠,说多则子孙千亿,称少则民靡孑遗,襄陵举滔天之目,倒戈立漂杵之论,辞虽已甚,其义无害也。"在诗文里,夸张手法用得多了,读者并不把它当真,如李白《蜀道难》云:"蜀道之难,难于上青天",我们从中可以体会到蜀道的艰险,但并不真信它"难于上青天";王之涣《出塞》云:"羌笛何须怨杨柳,春风不度玉门关",并不是说玉门关外真的没有春天,而是极言其寒冷荒凉而已。运用夸张的文学语言,显然更具形象性,如说:"屋里东西太多,脚都插不下","天真热,简直在汗里洗澡","你真把孩子爱得不行,攒在手里怕捏碎了,含在嘴里怕化了",就比单说"多""热""爱"要形象得多。当然,夸张要入情,而不能过理,否则便变成诬了。正如刘勰所说:"然饰穷其要,则心声锋起,夸过其理,则名实两乖。若能酌诗书之旷旨,翦扬马之甚泰,使夸而有节,饰而不诬,亦可谓之懿也。"①

当然,文学语言形象化手法不尽于此,兹不赘述。

二、情 感 性

因为文学作品具有强烈的感情色彩,能够以情感人,所以文学语言也需具有情感性。文学语言表达情感的手段也是多种多样的。大体而言,可以分为两类:直率表情法和蕴藉表情法。

直率表情法。作者将他的感情诉诸直率明显的文学语言,奔突而出,坦露赤情,以强烈的气势冲击着读者的心田。如李白的《将进酒》:"君不见黄河之水天上来,奔流到海不复回!君不见高堂明镜悲白发,朝如青丝暮成雪!人生得意须尽欢,莫使金樽空对月。天生我材必有用,千金散尽还复来。烹羊宰牛且为乐,会须一饮三百杯。"其感情的强度,犹如他所写的从天上而来的黄河之水,奔腾呼啸,一泻千里,浩浩荡荡,气势磅礴。这种表情法,往往是作者强烈感情的自然流露,即使以含蓄见长的作家也在所不免。如杜甫的特点是沉郁,但在《闻官军收河南河北》里,他却喜形于色,表情直率奔放:"剑外忽传收蓟北,初闻涕泪满衣裳。却看妻子愁何在,漫卷诗书喜欲狂。白日放歌须纵酒,青春作伴好还乡。即从巴峡穿巫峡,便下襄阳向洛阳。"直率奔泻的表情法常常用排句来增加气势,"笔锋常带感情"的梁启超,就常用此法来宣泄感

---

① 《文心雕龙·夸饰》,范文澜《文心雕龙注》下册,第 609 页。

情。如在《少年中国说》里,他将古老中国与少年中国作对比道:"老年人如夕照,少年人如朝阳;老年人如瘠牛,少年人如乳虎;老年人如僧,少年人如侠;老年人如字典,少年人如戏文;老年人如鸦片烟,少年人如泼兰地酒;老年人如别行星之陨石,少年人如大洋海之珊瑚岛;老年人如埃及沙漠之金字塔,少年人如西伯利亚之铁路;老年人如秋后之柳,少年人如春前之草;老年人如死海之潴为泽,少年人如长江之初为源。"这里完全没有什么说理,全靠一组排比的句子所形成的气势打动人。诗情像火山一样爆发的郭沫若,也善用排句来喷发感情。诗集《女神》中就有许多这样的诗篇,如《天狗》《晨安》《立在地球边上放号》《我是个偶像崇拜者》等,都是全篇用排句组成,此外还有些诗篇则部分地用排句,如《凤凰涅槃》《太阳礼赞》等。这里举《我是个偶像崇拜者》为例:

> 我是个偶像崇拜者哟!
> 我崇拜太阳,崇拜山岳,崇拜海洋;
> 我崇拜水,崇拜火,崇拜火山,崇拜伟大的江河!
> 我崇拜生,崇拜死,崇拜光明,崇拜黑夜;
> 我崇拜苏彝士、巴拿马、万里长城、金字塔,
> 我崇拜创造的精神,崇拜力,崇拜血,崇拜心脏;
> 我崇拜炸弹,崇拜悲哀,崇拜破坏;
> 我崇拜偶像破坏者,崇拜我!
> 我又是个偶像破坏者哟!

这首诗全篇都是排句,而且是排句套排句,诗人的感情就在这一系列排句中表现出来。当然,直率表情法并不全靠排句取胜,有些层层叠进,有些九曲连环,于是,又使强烈的感情形成回荡之势,直率之中又带点曲折。

蕴藉表情法。不过,文学作品的情感毕竟要蕴藏在形象之中,而我国的诗人、作家又特别讲究含蓄,所以蕴藉表情法就更多为人所用。所谓蕴藉表情法,就是使感情含而不露。这并非作者的感情不强烈,有时过分强烈的感情,倒会化为极为平淡的词句。如鲁迅在《为了忘却的纪念》中记他在客栈中得知柔石等人被杀害时的心情道:

> 天气愈冷了,我不知道柔石在那里有被褥不?我们是有的。洋铁碗可曾收到了没有?……但忽然得到一个可靠的消息,说柔石和其他二十

三人,已于二月七日夜或八日晨,在龙华警备司令部被枪毙了,他的身上中了十弹。

原来如此!……

这里,在表面平静的叙述里,回荡着极其强烈的感情波澜。蕴藉表情法往往并不直接表露感情,而是借叙事或写景来抒情。如果说上面鲁迅这段话是借叙事来抒情的代表作,那么,曹操的《观沧海》就是借写景来抒情的好例子:"东临碣石,以观沧海。水何澹澹,山岛竦峙。树木丛生,百草丰茂。秋风萧瑟,洪波涌起。日月之行,若出其中,星汉灿烂,若出其里。"这里通篇是写景,并无什么触景生情的句子,但作者宽阔的胸襟,豪迈的气概,却包含其间,隐然可见。有时,作者在表达自己的感情时,在文字上要更加曲折一层,如杜甫的《月夜》:"今夜鄜州月,闺中只独看。遥怜小儿女,未解忆长安。香雾云鬟湿,清辉玉臂寒。何时倚虚幌,双照泪痕干。"安史之乱时,杜甫陷于长安,与家人隔离,产生思念之情。但他不说自己在思念妻子,却说妻子在思念他,又说儿女尚幼,还不懂得想念父亲,就更把妻子日夜思夫之情加深了一层。何时才能夫妇同时赏月来回忆此情此景呢?

诗人作家们通过各种手法曲曲折折地表现自己的感情,其中自然有艺术构思的问题,但因为都是通过文学语言来表达的,所以又都与文学语言相关。

三、音 乐 性

文学语言不但诉诸视觉,而且诉诸听觉,不但要看得顺眼,而且要读得上口,音调动人,这样,就要求它具有音乐性。

文学语言的音乐性是通过节奏和声律的组合来达到的。节奏是指舒疾相间,张弛适度,声律则要宫商得体,平仄协调,两者相配,即能产生抑扬顿挫的效果。

郭沫若说:"节奏之于诗是它的外形,也是它的生命,我们可以说没有诗是没有节奏的,没有节奏的便不是诗。"[①]的确,节奏和声律对于诗歌特别重要,但并不是说对其他文学样式就无所谓了。我国戏曲,是被之管弦的,所以特别讲究合韵协律,绳墨甚严,只要一字不合平仄,便感拗口难唱。即使是道白,也要协律,李渔说:"宾白之学,首务铿锵。一句聱耳,俾听者耳中生棘;数言清亮,使观者倦处生神。世人但以'音韵'二字,用之曲中,不知宾白之文,

---

① 《文艺论集·论节奏》,《沫若文集》第10卷,第225页。

更宜调声协律。"①可见戏曲语言对于音乐性要求之高。散文语言,虽不如韵文语言要求之严,但也讲究自然之节奏与声律。如范仲淹《岳阳楼记》云:"若夫霪雨霏霏,连月不开,阴风怒号,浊浪排空,日星隐耀,山岳潜形,商旅不行,樯倾楫摧,薄暮冥冥,虎啸猿啼。登斯楼也,则有去国怀乡,忧谗畏讥,满目萧然,感极而悲者矣。"读起来也是抑扬顿挫,朗朗上口。小说语言一般不及散文语言之精练,音乐性也较差,但艺术修养高的作家,即使写小说,也很注意语言的音乐性。据说法国作家福楼拜在写小说时,就花很多的时间去推敲音节,所以他的作品很富有音乐美。

文学语言的音乐性,并非文人学士主观生造,而是出于语言的本性。刘勰说:"夫音律所始,本于人声者也。声含宫商,肇自血气,先王因之,以制乐歌。故知器写人声,声非学器者也。故言语者,文章神明枢机,吐纳律吕,唇吻而已。"②这就是说,人的声音,本来就含宫商诸调,文学语言中的声律,不过是来自口语罢了。当然,文学语言自觉地加以协律,就比口语的音乐性强得多了。正如平上去入四声,本是口语中固有的,但经沈约加以概括,形成理论,文学家们再自觉地加以运用,就出现了律诗等音乐性特别强的作品。

其次,文学语言的音乐性还出于表现对象的要求。郭沫若说:"本来宇宙间的事物没有一样是没有节奏的:譬如寒往则暑来,暑往则寒来,寒暑相推,四时代序,这便是时令上的节奏;又譬如高而为山陵,低而为溪谷,陵谷相间,岭脉蜿蜒,这便是地壳上的节奏。宇宙内的东西没有一样是死的,就因为都有一种节奏(可以说就是生命)在里面流贯着的。做艺术家的人就要在一切死的东西里面看出生命来,一切平板的东西里面看出节奏出来,这是艺术家的顶要紧的职分,也是判别人能不能成为艺术家的标准。"③所以,描写现实生活的文字,也要随着描写对象的节奏而产生节奏感。试举《史记·刺客列传》中描写荆轲的两段文字为例:

> 荆轲既至燕,爱燕之狗屠及善击筑者高渐离。荆轲嗜酒,日与狗屠及高渐离饮于燕市。……
>
> 轲既取图,奏之。秦王发图,图穷而匕首见。因左手把秦王之袖,而右手挥匕首揕之。未至身,秦王惊,自引而起,袖绝。拔剑,剑长,操其室;

---

① 《闲情偶寄·声务铿锵》,《中国古典戏曲论著集成》第7卷,第52页。
② 《文心雕龙·声律》,范文澜《文心雕龙注》下册,第552页。
③ 《文艺论集·论节奏》,《沫若文集》第10卷,第225页。

时惶急,剑坚,故不可立拔……

前面一段叙述荆轲之生活,介绍其为人,句子较长,节奏舒徐,后面一段写荆轲刺秦王,生死关头,情势紧迫,句子很短,节奏急促,都是依所表现之生活内容为转移的。

最后,文学语言的音乐性,还同表现者的情绪相关。郭沫若说:"抒情诗是情绪的直写。情绪的进行自有它的一种波状的形式,或者先抑而后扬,或者先扬而后抑,或者抑扬相间,这发现出来便成了诗的节奏。"①不但抒情诗如此,抒情散文的节奏也是随着情绪的起落而产生变化的。我们读欧阳修的《秋声赋》、苏轼的《赤壁赋》等,感到它们舒疾得度,错落有致,文气生动,这都是与作者情绪的起伏相联系的。

此外,文学语言的音乐性,也与读者的审美要求有关。要是全篇都用高昂的调子、强烈的字句、紧迫的节奏,读者的感情就会太紧张;倘若全篇都用低沉的语言、缓慢的调子,那读起来又太沉闷了。《礼记》中说:"张而不弛,文武弗能也。弛而不张,文武弗为也。一张一弛,文武之道也。"所以节奏感也为艺术欣赏所必须,而语言的音乐美则能增加作品的感染力。

第三节 文学语言的提炼

毛泽东强调作家和宣传家要下苦功学习语言,并且指出了学习语言的三条途径:"第一,要向人民群众学习语言";"第二,要从外国语言中吸收我们所需要的成分";"第三,我们还要学习古人语言中有生命的东西"②。学习语言的过程也就是提炼语言的过程,因为无论是人民群众的口语或者是外国语言、古人语言,都不能照搬,而要经过一番提炼、改造、筛选的功夫。

一、将活人的唇舌作为源泉

正像文学以生活为源泉一样,文学语言是以人民群众的口语为源泉。要使文学语言保持活力,而且丰富多彩,作家必须向人民群众学习语言。小说家艾芜曾列举群众口语的特点说:"第一,是词头丰富",如书面语一个状词"很"字,对香呀、臭呀、黄呀、黑呀,都一例使用上去,而在群众口语中,则各有各的

---

① 《文艺论集·论节奏》,《沫若文集》第10卷,第225页。
② 《反对党八股》,《毛泽东选集》第3卷,第838页。

状语,很少以"很"来兼职的,如香得很叫"喷香",臭得很叫"滂臭",黄得很叫"焦黄",黑得很叫"区黑",红得很叫"绯红",白得很叫"雪白",很硬叫"梆硬",很远叫"老远",很酸叫"溜酸",很甜叫"蜜甜",很嫩叫"水嫩",很快叫"风快"等;"第二,谚语极多",谚语是前人经验的结晶,保存在民众的语言里,如"见蛇不打三分罪""给蛇咬了,看见草索都在害怕""早黄雨,夜黄晴""乌云接日半夜雨"等;"第三,是富于形象性,亦可说会打比譬",如形容一个小钱都不放松的人说,"他么,算盘打得紧呀!"对小孩子过周岁说"长尾巴",在"自身难保"前面加上"泥菩萨过江",在"大家喊打"前面加上"耗子过街",都显得更加形象①。高尔基也说:"一般来说,谚语和俚语把劳动人民的全部生活经验与社会历史经验出色地固定下来了;因此一个作家必须知道这种材料。""在谚语中,换句话说——在用格言进行的思维中,我学会了很多的东西。"②正因为如此,历来许多作家都努力向人民学习语言。白居易写好诗后先读给老妪听;普希金对"莫斯科做圣饼的妇女"的语言评价很高,他还曾向自己的奶妈阿里娜·罗吉奥诺芙娜学习语言;鲁迅则说:"以文字论,就不必更在旧书里讨生活,却将活人的唇舌作为源泉,使文章更加接近语言,更加有生气。"③

虽然文学语言来源于人民口语,但人民口语却不能原封不动地进入文学作品。高尔基将语言分作"未经加工"的语言和"由大师们加工的语言",认为后者才是真正的文学语言。"虽然它是从劳动大众的口语中汲取来的,但它和它的本源已大不相同,因为用它来描述的时候,已抛弃了口语中那一切偶然的、暂时的、变化不定的、发音不正的、由于种种原因与基本'精神'——全民族语言结构——不合的东西。"④

那么,人民口语中有哪些东西需加以改造呢?

首先,口语比较散漫,常夹杂一些不必要的词汇,在表述上也不是很严密,有时还会有语法上的错误;文学语言则要加以规范化,并且要求简洁、凝练。鲁迅举例说:"讲话的时候,可以夹许多'这个这个''那个那个'之类,其实并无意义,到写作时,为了时间,纸张的经济,意思的分明,就要分别删去的,所以文章一定应该比口语简洁,然而明了,有些不同,并非文章的坏处。"⑤

---

① 见《文学手册·民众口头语言的特点》,文化供应社1950年版。
② 《我怎样学习写作》,《论文学》,第191页。
③ 《坟·写在〈坟〉后面》。
④ 《和青年作家谈话》,《论文学》,第332—333页。
⑤ 《且介亭杂文·答曹聚仁先生信》。

其次,口语并不完全纯洁,有些人出口就是骂话,文学语言不能完全照录,应该加以删削,否则等于传播骂话,更加破坏语言美。我国革命文学初兴之时,有些作品描写工人农民的对话,总要写进许多骂话去,其实毫无必要,而且丑化了工农。鲁迅认为,如果将大众的不良语言习惯带入文章,以博得有些人的欢心,那就要成为"大众的新帮闲",于大众并无好处。

最后,口语并不统一,我国多方言区,不但语音不同,而且用词造句也颇有差别,文学语言要择优录用,有所取舍。方言里面有很多生动的词语,可以丰富文学语言,如上海方言里将干瘪可憎的游民叫瘪三,就很生动,毛泽东在《反对党八股》里,选用了这个词语,增加了作品的形象性:"我们很多人没有学好语言,所以我们在写文章做演说时没有几句生动活泼切实有力的话,只有死板板的几条筋,像瘪三一样,瘦得难看,不像一个健康的人。"方言里还有些特殊的语调,运用到文学语言里,会增加作品的地方色彩。但方言里有许多偏僻的词语和难懂的语调,如果滥用到作品中,虽然本地人倍感亲切,但是广大外地读者却读不懂,那是不足取的。这里摘录晚清小说《海上花列传》中的一段为例:"王阿二一见小村,便撺上去嚷道,'耐好啊!骗我,阿是?耐说转去两三个月哕,直到仔故歇坎坎来。……'小村忙陪笑央告道:'耐勿动气,我搭耐说。'便凑着王阿二耳朵边,轻轻的说话。说不到四句,王阿二忽跳起来,沉下脸道:'耐倒乖杀哚。耐想拿件湿布衫拨来别人着仔,耐末脱体哉,阿是?'小村发急道:'勿是呀,耐也等我说完仔了哩。'……"这里叙述语用普通话,大家都能懂,对话则纯用苏白,除苏州一带人以外,外地人是很难懂的。这样的滥用方言,是行不通的。

总之,文学语言要以人民大众的口语为源泉,但要加工提炼,当然,又不能加工到脱离口语的地步。鲁迅在一篇叫《做文章》的文章里说得好:"太做不行,但不做,却又不行。用一段大树和四枝小树做一只凳,在现在,未免太毛糙,总得刨光它一下才好。但如全体雕花,中间挖空,却又坐不来,也不成其为凳子了。高尔基说:大众语是毛胚,加了工的是文学。我想,这该是很中肯的指示了。"当然,这"做"与"不做"的关系,在分寸上是较难掌握的。《蕙风词话》里说:"词太做,嫌琢。太不做,嫌率。欲求恰如分际,此中消息,正复难言。"

二、吸收外国语中有用的成分

语言既然是人们用来互相交际、交流思想的工具,那么,各国间展开文化交流之后,语言上也必然相互产生影响。随着外来器物、外来思想的进入,也必然会有外来语的渗入。汉魏以后,随着佛教的传入,汉语里就出现了许多佛教语汇:菩萨、正果、缘分、戒律、涅槃、皈依、四大皆空、不二法门、阿鼻地狱、极乐净土,等等。五四以后,西方文化大量涌入,各种新名词就更多,从器物名称到学术名词,日见其多。作家应该大胆地吸取外国语中有用的成分,来丰富自己的文学语言。不但新的词汇无法避免,必须吸收,就是在语法上,也要吸收外语语法的精密之处,来弥补我们的不足。五四以来,我们文学语言的表达方式有较大的变化,就是外来语法影响的结果。鲁迅说:"欧化文法的侵入中国白话中的大原因,并非因为好奇,乃是为了必要。"①所以在翻译上他主张直译,目的在于"不但在输入新的内容,也在输入新的表现法"②。当时有人主张"宁顺而勿信"的译法,受到鲁迅的批评,因为"勿信"就是误译或曲译,当然要不得,而过分强调顺也不好,那样会使外国语法归化汉语语法,失却本来面目,达不到输入新表现法的目的。

当然,吸取与全盘照搬不同,吸取是有选择地取我们所需要的成分,照搬则离开汉语原有的基础而全盘洋腔洋调,这是难以为中国读者所接受的。五四以后,产生过一些洋腔洋调的作品,终于被淘汰了。在词汇上也不能滥用外来语。列宁早就批评过:"我们在破坏俄罗斯语言。我们在滥用外国字,用得又不对。可以说缺陷、缺点或者漏洞的时候,为什么偏要说'代费克特'呢?"③这种滥用外来语的情况不但俄国有,我国五四以后也屡有发生。比如,革命文学运动兴起以后,什么布尔乔亚(资产阶级)、普罗列塔利亚(无产阶级)、奥伏赫变(扬弃)、普罗文学(无产文学)等音译名词,充斥作品间,而且还要生造一些除了自己之外,谁也不懂的形容词之类,弄得佶屈聱牙,不能卒读,严重地脱离群众,反而缩小了革命文学的影响。语言虽然是不断发展的,但有较大的稳定性,不可能在短时期之内变动太大,如果新名词狂轰滥炸,就会造成语言上的脱节现象,无法起到交流作用。

三、择用古语中有生命的东西

古代文学语言是根据古代口语提炼而成的,既然现代口语是从古代口语发展而来,而现代文学语言又是以现代口语为源泉,那么,古代文学语言与现代文学语言也就有了渊源关系,古代文学语言中必然有些有生命的东西可供现代文学语言驱使。鲁迅是反对文言复兴最力的语文改革派,但也说:"没有

---

① 《花边文学·玩笑只当它玩笑(上)》。
② 《二心集·关于翻译的通信》。
③ 《论纯洁俄罗斯语言》,《列宁论文学与艺术》(二),第580页。

相宜的白话,宁可引古语,希望总有人会懂。"①鲁迅自己的作品,引用古语还是比较多的,不但用其语汇,有时还用其文气,如《阿Q正传》的第一段云:

> 我要给阿Q做正传,已经不止一两年了。但一面要做,一面又往回想,这足见我不是一个"立言"的人,因为从来不朽之笔,须传不朽之人,于是人以文传,文以人传——究竟谁靠谁传,渐渐的不甚了然起来,而终于归结到传阿Q,仿佛思想里有鬼似的。

这里,整个文气都由古语活化而来,但用得自然,很有意味。

我国古代做律诗、骈文,讲究对偶,要求严格,散文虽不讲究此道,但亦常有对句,小说语言即使不对,但在章回的标题上也要对一下,如《红楼梦》第十九回回目:"情切切良宵花解语,意绵绵静日玉生香";第二十三回回目:"西厢记妙词通戏语,牡丹亭艳曲惊芳心";第九十七回回目:"林黛玉焚稿断痴情,薛宝钗出阁成大礼。"对偶是由于汉语乃单音字,又多双音词的特点造成的,现代文学作品中也有继承此道的。鲁迅的散文里就常用对偶句,如《记念刘和珍君》云:"惨象,已使我目不忍视了;流言,尤使我耳不忍闻。我还有什么话可说呢?""时间永是流驶,街市依旧太平,有限的几个生命,在中国是不算什么的,至多,不过供无恶意的闲人以饭后的谈资,或者给有恶意的闲人作'流言'的种子。"又如《准风月谈·后记》云:"文坛上的事件还多得很:献检查之秘计,施离析之奇策,起谣诼兮中权,藏真实兮心曲,立降幡于往年,温故交于今日。"这种对偶句子的运用,有利于感情的抒发,增加了讽刺的力量。

此外,还有古代汉语中的修辞手法,也有许多独到之处,很值得我们学习吸取。

---

① 《南腔北调集·我怎么做起小说来》。

第三章　文学作品的体裁

文学作品总是通过一定的体裁而表现出来的。文体的多样是由于表现不同内容的需要而创设衍生的,不同的文体一旦出现,又会影响作品的风格笔调,因此它一向多为文论家所重视。古希腊亚里士多德的《诗学》就论述到文学的几种类型,我国《毛诗序》论诗有六义,其中风、雅、颂就是指文体而言,后代的许多重要文论,如曹丕的《典论·论文》、陆机的《文赋》、挚虞的《文章流别论》,都论及文体,而我国第一部系统的文艺学专著《文心雕龙》,则有将近半本是文体论。

对于文体的分类法,各家颇不相同。亚里士多德是三分法,他根据文学模仿现实的不同方式,将文体分为三类:"既可以像荷马那样,时而用叙述手法,时而叫人物出场,〔或化身为人物〕,也可以始终不变,用自己的口吻来叙述,还可以使模仿者用动作来模仿。"①这就是叙事类、抒情类和戏剧类的区分。亚里士多德的分类法在欧洲影响很大,贺拉斯、布瓦罗,直至别林斯基,都用的是三分法。我国文论家对文体的分类较细,《文心雕龙》以二十篇论述了三十五种文体:骚、诗、乐府、赋、颂、赞、祝、盟、铭、箴、诔、碑、哀、吊、杂文、谐、隐、史、传、诸子、论、说、诏、策、檄、移、封禅、章、表、奏、启、议、对、书、记;还有些人将文体分得更细。不过近世大都采取四分法,即将文体分为诗歌、散文、小说和戏剧文学四类,而且还出现了分文体的文学史:诗歌史、散文史、小说史、戏剧史。四分法比较符合我国传统分类法,它的着重点不在形象塑造的不同方式,而在体式、格局上的不同。本书也采取四分法,再在四大类下分些细目。

文体既取决于内容,则必然随着表现生活的需要而增加,也随着时代的变迁而有所淘汰。有些过去没有的文体出现了,有些过去用得较多的文体消失了,有些古老的文体因为现实的需要而绽开新蕾,当然也有些文体经久不衰,但实际上内中仍有不少变化。既然文体是历史地发展的,那么我们就应该回顾一下文体发展的历史,这不是发思古之幽情,而是为了对文体有一个历史的概念,且能从发展的观点来看待现今流行的文体,不致把它看成凝固的东西,

---

① 《诗学》,《诗学·诗艺》,第9页。

也便于更好地把握它的特点。

第一节 诗 歌

一、诗体之流变

诗歌在各个民族、各个国家都是源远流长的文体。它和神话一起开辟草昧,创建文学,但并不像神话那样很快就衰落了,而是历经多少年代都绵延不绝,直至现代仍很兴旺发达。但是细加考较,就不难发现,诗体本身却又变化多端,历代不同。就我国而论,最早的诗歌是四言诗,无论是相传产生于帝尧之世的《击壤歌》或周代的诗歌总集《诗经》,基本上都是四言一句,当然,《诗经》里的体式要比《击壤歌》之类复杂得多了。《击壤歌》很简单:"日出而作,日入而息。凿井而饮,耕田而食。帝力于我何有哉!"相传是老人一边击壤一边歌唱,近乎后世所谓顺口溜。《诗经》就复杂得多了,在文体上,又可分为风、雅、颂,就手法而言,则有赋、比、兴,而且还分章表现,使感情和情节层层递进。且以《王风·黍离》为例:

  彼黍离离,
  彼稷之苗,
  行迈靡靡,
  中心摇摇。
  知我者谓我心忧,
  不知我者谓我何求。
  悠悠苍天!
  此何人哉?

  彼黍离离,
  彼稷之穗。
  行迈靡靡,
  中心如醉。
  知我者谓我心忧,
  不知我者谓我何求。
  悠悠苍天!
  此何人哉?

> 彼黍离离，
>
> 彼稷之实，
>
> 行迈靡靡，
>
> 中心如噎。
>
> 知我者谓我心忧，
>
> 不知我者谓我何求。
>
> 悠悠苍天！
>
> 此何人哉？

据《毛诗序》解释，这是周人东迁后大夫行役到故都，见宗庙宫室夷为平地，遍种黍稷，他触景伤情，悲悯彷徨，所以一唱三叹，写成此诗。每章后面四句，类似副歌，反复咏唱，感情回荡不绝。不过从这首诗也可以看出，四言诗句式过于简单，不足以表现复杂的感情。从后面的副歌看，实际上已突破了四言的限制。从四言诗向五、七言诗过渡时期的诗体代表，是楚辞和汉初的杂言乐府。楚辞最早也是四言诗，如屈原的《橘颂》："后皇嘉树，橘徕服兮。受命不迁，生南国兮。深固难徙，更壹志兮。绿叶素荣，纷其可喜兮。"但如果将两句合并，去掉语气词兮字，则又有点像七言诗了，所以实际上已经在变。到《离骚》，句式就完全不同了："帝高阳之苗裔兮，朕皇考曰伯庸。摄提贞于孟陬兮，惟庚寅吾以降。"词句错落，多所变化。楚辞是一种独特的文体，它色彩瑰丽，形式自由，长于抒情，且对后代影响很大。汉代的辞赋，就直接继承了它的特点。汉赋有两种：小赋以抒情为主，大赋则善于铺叙，所以《文心雕龙》说："赋者，铺也，铺采摛文，体物写志也。"汉赋有专写京城和宫殿的，如班固的《两都赋》、张衡的《二京赋》、王延寿的《鲁灵光殿赋》；有专写苑囿和狩猎的，如司马相如的《上林赋》、扬雄的《羽猎赋》；有写远征的，如班彪的《北征赋》、班昭的《东征赋》；还有写抱负和家世的，如班固的《幽通赋》、张衡的《思玄赋》。这种文体，枝叶繁多，文辞华丽，非博学多才者不易驾驭，而且正如刘勰所说，如无雅义的内容与之相配，"遂使繁华损枝，膏腴害骨；无贵风轨，莫益劝戒"，这就没有意思了。所以赋体在汉代以后，也就逐渐衰落了。

五言诗的正式形成是在汉代，这从古诗十九首中可以看出。第一首完整的七言诗，一般都认为是三国时代曹丕的《燕歌行》，但也有人认为是东汉张衡的《思玄赋》末的系诗。总之，在汉魏以后，诗歌就逐渐以五、七言为主，当然也还有四言诗，如曹操的《短歌行》、嵇康的《赠秀才入军》、陶潜的《劝农诗》等，但已不是占主导地位。诗歌当然有一定的韵律，不过这时尚未十分讲究,用韵还比较自由,认真地讲究起来是在南北朝,因为那时候作家们追求形式美,而且音韵学有很大发展,为新诗体的出现提供了客观条件。新诗体是指在唐代完成的律诗和绝句,叫近体诗,在格律上要求很严。律诗分五言、七言两体,八句四韵,中间两联对仗,一、二、四、六、八句押韵,绝句为四句,平仄和押韵也都有定规。这里且举初唐沈佺期的七律《古意》为例,它对仗工整,平仄协调:

卢家少妇郁金堂,
海燕双栖玳瑁梁。
九月寒砧催木叶,
十年征戍忆辽阳。
白狼河北音书断,
丹凤城南秋夜长。
谁为含愁独不见,
更教明月照流黄。

中间两联文字下面的记号,○为平声,●为仄声,平仄处理:一三五字有时可不论,如"十""征""白""河""丹""秋",二、四、六字则相对分明;且讲对偶:"九月"对"十年",首字是数字,次字是计时量词;"催"对"忆",都是动词,"木叶"对"辽阳",都是名词,一为物名,一为地名;"白狼"对"丹凤",首字是颜色名,次字是动物名,一为兽,一为禽,用在此处又都是作为河名或地名;"河北"对"城南";"音书断"对"秋夜长",对得很工整。一、二、四、六、八句的末字:堂、梁、阳、长、黄,都是阳韵。此外还有变体,第一句不押韵;又有十句以上的排律等。

文体虽然只是一种形式,没有什么使用的限制,但是一种文体使用得久了,也就难以翻新。正如王国维所说:"盖文体通行既久,染指遂多,自成习套,豪杰之士,亦难于其中自出新意,故遁而作他体,以自解脱。一切文体所以始盛终衰者,皆由于此。"①鲁迅也说:"我以为一切好诗,到唐已被做完,此后倘非能翻出如来掌心之'齐天太圣',大可不必动手。"②虽然此后做近体诗和古体诗者仍绵延不绝,但对新诗体的呼唤已提到日程上来了。这就是词体兴

---

① 《人间词话》,《蕙风词话·人间词话》,第218页。
② 1934年12月20日致杨霁云信。

起的原因。词始于李白,《菩萨蛮》被称为后代倚声填词之祖。但真正发达起来,是在宋代,世称宋词。词又叫长短句,句式不像律诗那样整齐,但字数却是有规定的,而且"被诸管弦",所以格律上的要求更加严格。它有一定的调子,根据这调子来填词,而且每首词都标出调名。如"调寄满庭芳"之类。词又叫诗余,开始往往用来写闲情,后来才慢慢开拓了词境,而且在音律方面也打破了过严的束缚,有所革新。

诗、词这两种体裁,后世虽一直沿用,但到元代,又有曲的兴旺。作为诗体的曲,并非指舞台上演出的戏曲,而是一种散曲。曲比词自由些,它虽有一定的套数、宫调,但字数的要求没有那么严格,可以衬字,也可以增句。

彻底打破了诗歌格律的,是五四以后的自由诗。那是从西洋学来的一种诗体,字数、句式都没有规定,只押大致相似的韵,甚至不押韵。但是西洋也有格律诗,有些人就搬来他们的商籁体,写十四行诗。而闻一多又提倡建立新的格律诗,而且自己写诗来实验,如《死水》。抗战时期,民歌体走上诗坛,如《王贵与李香香》,就是用陕北信天游的调子写的。这时有一种现象值得注意,即叙事诗和政治诗的兴起,而抒情诗倒削弱了。本来我国古代抒情诗较发达,而叙事诗却不兴旺,不像欧洲那样,在古希腊就有《伊利亚特》和《奥德赛》这样的伟大史诗,何以到20世纪40年代以后情况恰恰相反呢?这与文艺思想有关。欧洲古代文学强调"再现",而不强调"表现",我国古代文学强调"表现",而不强调"再现",强调表现则多抒情诗,强调再现则多叙事诗,40年代以后"表现"论屡遭批判,而对"再现"论加以肯定,所以也就多叙事而少抒情了。

艺术的成就不但取决于内容,而且也取决于形式。我国古代诗歌艺术的伟大成就,与诗体的优越是分不开的。五四以后的新诗,因为一直没有找到较好的诗体格式,所以迄今成就不大,远不及其他艺术门类,这是需要引起重视的。

二、诗歌的特点

1. 形象的高度概括性

诗歌是最凝练的文学样式。有人把文喻之为饭,而把诗喻之为酒。酒和饭虽然都是米所造,但米之精华在酒饭之中凝聚的程度是不同的。诗和文的形象同样反映生活,但诗歌形象具有更高的概括性。诗歌因为只能用极少的字句来抒情写景,所以它只能选择最有象征性的景象,加以勾勒,表现出一种意境,通向广阔的人生。如元稹的五绝《行宫》:

> 寥落古行宫,
> 宫花寂寞红。
> 白头宫女在,
> 闲坐说玄宗。

短短四句话,二十个字,写的是古行宫一角之景象,却概括地写出了人世沧桑的变化,表现出无限伤感之情。即使是篇幅较长的叙事诗,也不能作详细的铺叙,而总是以最有特征性的形象来概括全盘。如白居易的《长恨歌》,在写到对唐明皇杨贵妃的爱情生活和对整个李唐王朝都起转折作用的安禄山之乱时,只用了两句诗:"渔阳鼙鼓动地来,惊破霓裳羽衣曲。"对李、杨的离京出逃的纷乱景象,也只用了两句:"九重城阙烟尘生,千乘万骑西南行。"然而这短短的几句诗,就把沉湎于歌舞宴乐的唐明皇的昏聩麻木,仓皇出逃的狼狈景象都表现出来了。这是诗歌形象的优越性。

2. 描写的跳跃性

诗人的情绪特别容易激动,想象力也异常丰富。刘勰说:"诗人感物,联类不穷";毛泽东说:"浮想联翩,夜不能寐。"因而他们不能按照客观事物原来的逻辑次序来描写,在诗句上也不讲究起承转合,而是追踪情绪的波动曲线,随着联翩的浮想,进行跳跃式的描写。以李商隐的《锦瑟》为例:

> 锦瑟无端五十弦,
> 一弦一柱思华年。
> 庄生晓梦迷蝴蝶,
> 望帝春心托杜鹃。
> 沧海月明珠有泪,
> 蓝田日暖玉生烟。
> 此情可待成追忆,
> 只是当时已惘然!

首联由锦瑟的五十弦联想到自己逝去的年华;颔联突然跳出来两个典故:庄子梦蝶和望帝变鹃,当然与前面仍有联系,意在抒发一种人生虚幻,抱负成烟的感慨;颈联又是两个典故:鲛人泣珠与良玉生烟,当然也是比喻,这种水泡烟影也象征着往事的幻灭;尾联再跳回来直抒胸臆,说此种情感在当时就已不胜惘然,不必等待到现在追忆时才产生。全诗的意思是连贯的,但诗句的跳跃性很

大,中间省掉一些连接的东西,这就叫作"语不接而意接"。正因为诗人的想象力丰富,诗句可以"语不接",所以诗歌有时可把不同时间、不同地域的事物组接在一个形象画面里。屈原《离骚》云:"朝饮木兰之坠露兮,夕餐秋菊之落英",就把不同季节的花草联写在一起了。有人用春兰秋菊不同时的道理来指责诗人,那是忽视了诗歌描写特点的缘故。

3. 语言具有节调

格律诗的语言要入律,自不必说,词曲也有一定的声调,已如上述,即使是自由诗,语言也要有节调,才能流传。当然,这种节调不像格律诗那样严。鲁迅说:"剧本虽有放在书卓上的和演在舞台上的两种,但究以后一种为好;诗歌虽有眼看的和嘴唱的两种,也究以后一种为好;可惜中国的新诗大概是前一种。没有节调,没有韵,它唱不来;唱不来,就记不住,记不住,就不能在人们的脑子里将旧诗挤出,占了它的地位。"①这段话讲出了节调、韵脚在诗歌语言中的重要性。事实上,后来的新诗也逐渐地注意到这个问题了,于是诗味也就足些了。这里以贺敬之《三门峡——梳妆台》第一节为例:

> 望三门,三门开:
> "黄河之水天上来!"
> 神门险,鬼门窄,
> 人门以上百丈崖,
> 黄水劈门千声雷,
> 狂风万里走东海。

这首诗的节奏很强,上面这段六句都押韵,中间转韵,但很协调,读起来也有一定的调子,容易上口。可见无论是格律诗还是自由诗,节调和韵脚都是应该有的。

第二节 散 文

一、散文文体之流变

我国古代散文,开始时可分为记言和记事两种,《尚书》可谓记言之代表,《春秋》可谓记事之范例,记言逐渐衍变为论说文,诸子百家属于这一类,记事

---

① 1934年11月1日致窦隐夫信。

则发展为史传文,有《史记》《汉书》等。抒情散文则出现得迟一些,有时是夹杂在叙事之中。我国古代是文史哲不分家,散文则包含论说、叙事和抒情三种。

六朝时代,由于文学意识的觉醒,由于作家们对艺术形式的追求,散文创作转了向,朝着韵文的方向发展。文章用偶句,讲对仗,有韵律,所谓"五声相宜,八音协畅"。因为有汉赋作基础,又有律诗为羽翼,骈文的出现并不是偶然的。这种文体一直到唐代还很盛行。试举王勃《滕王阁序》的一段为例,就可以看出这种文体的特点。

> 南昌故郡,洪都新府;星分翼轸,地接衡庐。襟三江而带五湖,控蛮荆而引瓯越。物华天宝,龙光射牛斗之墟;人杰地灵,徐孺下陈蕃之榻。雄州雾列,俊采星驰。台隍枕夷夏之交,宾主尽东南之美。都督阎公之雅望,棨戟遥临;宇文新州之懿范,襜帷暂驻。十旬休假,胜友如云;千里逢迎,高朋满座。腾蛟起凤,孟学士之词宗;紫电青霜,王将军之武库。家君作宰,路出名区;童子何知,躬逢胜饯。……

这种文章,对偶工整,韵律讲究,读起来很有声调。但过分追求形式美,就会影响到内容的充实。唐代的古文运动,就是反对骈文,而要回到《左传》《史记》的单笔散文文体中去。当然,古文运动不仅仅是文体改革,而是有思想目的的,即要恢复儒学道统。但在这个古文运动的推动下,唐宋两代的确出现了许多好的散文,唐宋八大家的名文,一直为后世所传诵。他们的散文,并非都是《原道》《封建论》《六国论》《留侯论》等论说性文字,也有充满感情的祭文,如韩愈的《祭十二郎文》,有优美的游记,如柳宗元的"永州八记"、欧阳修的《醉翁亭记》等,还有传记文学,如苏轼的《方山子传》等。

明清时代,又兴起了一种八股文。这与科举制度有关。我国古代选拔人才,是用推举制,如举"贤良方正"之类,到唐代,行科举制,以诗赋取士,但诗赋并不实用,北宋王安石为相时改为以经义取士,元以后则以"四书"取士,逐渐衍出一种八股文。就内容说,是代圣贤立言,发挥"四书"要义;就文体而论,则形成固定的格局,每篇文章都要由破题、承题、起讲、入手、起股、中股、后股、束股八个部分组成,后四部分为正论,每一部分由两股比偶文字组成,一共八股,所以叫八股文。这种文体,很束缚思想,正如瞿秋白在《透底》一文中所说:"八股原是蠢笨的产物。一来是考官嫌麻烦——他们的头脑大半是阴沉木做的,——甚么代圣贤立言,甚么起承转合,文章气韵,都没有一定的标准,难以捉摸,因此,一股一股地定出来,算是合于功令的格式……二来,连应试的人也觉得又省力,又不费事了。"随着科举制度的取消,八股文当然也淘汰了。但是,不肯动脑子,缺乏创见,好作陈词滥调的习气却历久不衰,五四以后,又出现了洋八股、党八股。鲁迅说:"八股无论新旧,都在扫荡之列。"①毛泽东专门写了一篇《反对党八股》的文章,历数党八股的八条罪状,加以声讨。可见八股文流毒之深。但是,对于洋八股、党八股,反了半个多世纪,仍旧没有反掉,有时还有愈来愈重之势,写文章必有许多时行的套话,提缺点总须先摆伟大的成绩,语言无味,空话连篇。为什么会出现这种现象呢,这就很值得深思了。盖洋八股、党八股的出现,不仅仅是一个文风的问题,而且是与学风、党风和社会风气相联系。因为缺乏自由思想,没有独立精神,自己提不出问题,或者不敢提问题,而又非写文章不可,自然只有乞灵于八股腔调了。因此,若要认真地反对洋八股、党八股,就要做整顿文风以外的工作。

而在明代,又出现了抒发性灵之小品文。小品本是相对大品而言,这种小品在先秦子书和汉代史传里都可找到,唐末小品也曾放过光辉。不过明代抒发性灵的小品则与众不同,它在文章上可说是对科举制下的八股文和前后七子的拟古文的一种反拨,在思想上则是个性主义思想萌芽的反映。这些文人们有朦胧的个性解放的要求,当然不耐烦文体上那些清规戒律的束缚,而要求自由挥写。这种小品文以公安派和竟陵派为代表。清代虽然有些文人也受其影响,如金圣叹、李笠翁、袁子才等,但由于整个政治空气和学术空气的变化,又出现了古文复兴运动,有清一代,桐城派古文占统治地位。这派古文家提出义理、考证、辞章三个原则,将三者统一在古文中,并使他们的古文承接"六经"、《论语》《孟子》《史记》和唐宋八大家的文统。清代还有骈文流行,这些文人宗的是《昭明文选》。所以五四新文学运动兴起时,钱玄同等人就提出了打倒"桐城谬种,选学妖孽"的口号。

五四以后的白话散文,文路非常开阔。开始时因为要论战,所以还是议论文居多,后来为了证明白话同样能写"美文",所以新文学作家们又致力于抒情散文和叙事散文的写作,做出了很好的成绩。新文坛上相继出现了许多散文家:鲁迅、郁达夫、徐志摩、朱自清、俞平伯、何其芳……而且还从异域文苑里移植进来新的品种:散文诗。这种文章富于哲理、具有诗意,然而不分行,不押韵,不协律,以散文的形式表现出来。鲁迅的《野草》,是我国散文诗的代表作,给后来者的影响很大。

---

① 《伪自由书·透底》附录:给祝秀侠的回信。

由于文学观念的现代化,对于散文的范围也有了新的认识。一向作为我国散文正宗的议论文,被赶出了散文园地,因为它不是以情感人,却是以理取胜,而且也缺乏形象性,并不具备文学的艺术特征。而另一种带议论性的散文却发展起来了,这就是杂文。杂文是"古已有之"的东西,《文心雕龙》就有专篇论述杂文,而文人们也编有杂文集,如俞樾的《春在堂杂文》。古之杂文集,是不分文体,将各种文章都编在一起,所以很"杂"。五四以后的新杂文,就文体而论,也很杂,有随感,有絮语,有日记,有书信,有长论,有短札,形形色色,五花八门,但是它们有一个共同特色,就是既有议论,又有形象,且富感情,所以它与一般的议论文之单靠说理取胜者不同,应是属于文艺散文范围之内。当时有些人否认杂文的文学价值,鲁迅就说:"杂文这东西,我却恐怕要侵入高尚的文学楼台去的。"因为这些杂文"和现在切帖,而且生动,泼剌,有益,而且也能移人情。能移人情,对不起得很,就不免要搅乱你们的文苑"[①]。杂文之所以在五四以后特别发达起来,这同形势有关。那时新旧势力的斗争很激烈,民族危机空前严重,迫使社会责任感强的作家拿起这匕首投枪般的武器。

也是因为现实斗争的需要,报告文学这种文体也在我国蓬勃地发展起来了。正如茅盾所说:"每一时代产生了它的特征性的文学。'报告'是我们这匆忙而多变的时代所产生的特性的文学样式。读者大众急不可耐地要求知道生活在昨天所起的变化,作家迫切地要将社会上最新发生的现象(而这是差不多天天有的)解剖给读者大众看,刊物要有敏锐的时代感——这都是'报告'所由产生而且风靡的原因。"[②]报告文学起源于欧美,如美国记者约翰·里德反映俄国十月革命的《震撼世界的十日》,德国作家基希的《秘密的中国》等。我国的报告文学是在20世纪30年代发展起来的,比较出名的有夏衍的《包身工》和宋之的的《一九三六年春在太原》。经过抗日战争和解放战争,这种文体发展得很快,到现在,已成为重要的文学样式。报告文学是从新闻报告发展而来,所以具有新闻性,众所周知的旧闻就失去了"报告"的价值;它发展为文学,描写某人或某事,所以具有形象性;这种文体在描写的同时,作者有时又要直接发议论,所以又具有政论性。

由于报告文学具有纪实性,后来又称之为纪实文学。但纪实文学的范围并不限于新闻性很强的报告文学,还包括一些历史性的纪实作品如传记、回忆录之类。传记文学在我国并非新兴的文体,因为有着纪传体写作的史学传统,

---

[①] 《且介亭杂文二集·徐懋庸作〈打杂集〉序》。
[②] 《关于"报告文学"》,《中流》杂志第11期。

所以此类文体可谓源远流长。只是近世受到西方文化的影响,传记文学有了更大的发展。

传记文学既然属于纪实作品,那么,真实性便是它的生命。不但要有艺术的真实,而且须具历史的真实,离开了历史真实,那就不成其为纪实作品了。但是,许多传记文学,恰恰在这关键之点上,出现了偏差,即离开了历史的真实性,运用了许多虚构材料。这种情况,无论古今中外,无论自传他传,都普遍存在。中国古来就有"为贤者讳""为长者讳"的说法,所以为名人作传,常常是只说优点,不说缺点,而且又有许多现实的避讳,有些事不能如实说出,只能按着既定的调子来写,于是不但文章写得呆板,而且离开真实情况也很远。有些知情者写回忆文章,不是照实记录,为读者提供真实的情况,以便了解传主的真实面目,而是把事实修剪得符合主流意识,按主流意识来塑造传主形象。有些自传作者,为了美化自己,将自己塑造成某种光辉形象,也常常要改造事实。传记文学研究者伊万斯就曾举德·波伏娃的四部自传为例,说作者在自传里要把自己的形象塑造得符合她作为女权主义领袖的身份,就改动了许多事实,虚构了许多人物关系。这种改动和虚构,在要求真实的传记和回忆录里大概为数不少,所以常有"辨正"之类的文章和著作出现。钱锺书曾经讽刺那些传记和回忆录写作中的虚构者道:"我们在创作中,想象力常常贫薄可怜,而一到回忆时,不论是几天还是几十年前、是自己还是旁人的事,想象力忽然丰富得可惊可喜以至可怕。"①

在纪实文学里进行虚构,这的确是可怕的现象。应该回到真实的写作中去。

二、散文的特点

既然散文的品类如此之多,而且彼此间区别很大,各有自己的特点,那么,要概括出各类散文的综合性的特点,是比较困难的。不过,与诗歌、小说、戏剧相比较,散文还是有自己的特点。

1. 取材的广泛性

文学作品的取材都应该广泛,但多少仍然要受体裁的限制,比如,没有戏剧冲突的题材,就难以入戏,而缺乏情节性的题材也多为小说家所不取。散文的取材却不受此类限制,当年林语堂鼓吹小品文优越性的时候,声称宇宙之大、苍蝇之微,都可入题,就散文取材的广泛性说,是不无道理的。当然,如果

---

① 《写在人生边上·重印本序》,《钱锺书散文》,第4页。

忘记了人间的疾苦和斗争就不对了。鲁迅正是在这一点上对他提出了批评,但这并非要限制散文的选题。散文选材的广泛性是与它品类的多样性相联系的:天文地理可入知识小品,风土人情可入风土记,新闻人物可写报告文学,怀念亲友可写回忆录,剖析时事宜用杂文,抒发情思则用抒情散文……当然,也与表现方法有关:有情节、无情节、有冲突、无冲突、宏观世界、微观世界、外部世界、内部世界都可描写。这就牵涉到它的另一个特点——

2. 抒写的随意性

古代某些时候,曾经给散文的写法作过一些具体规定,后来都被推翻了,因为那不切合散文的特点。散文这种文体的好处,就在于海阔天空,可以自由抒写。正如鲁迅所说:"散文的体裁,其实是大可以随便的,有破绽也不妨。"①闲适派说写散文好比冬日坐在临江的屋子里,一边烤着火炉,一边与朋友闲谈,这是一种写法;杨朔说他写散文,总是拿着当诗一样写,这又是一种写法;朱自清的《背影》,通过一件小事,生发开去,写出了人生普遍的父子之情;秦牧的《土地》却把许多关于土地的传说串在一起,成为一串"冰糖葫芦"。有些散文,结构严密,秩序井然;有些散文则随意而谈,行乎所当行,止乎所当止。总之,散文并无一定的格局,也无一定的笔法。鲁迅的散文,就是自由驰骋的产物。比如《朝花夕拾》里的第一篇文章《狗·猫·鼠》,前半段是对近事的议论,后半段是对童年的回忆,用仇猫的动机作为线索,贯穿一气。又如收在杂文集《坟》里的《说胡须》一文,从游长安回来讲不出观感写到自己的胡须,从而又回忆起在长安看到古人画像上的胡子式样,于是悟到上翘的胡须其实是国粹,而"拖下的胡子倒是蒙古式,是蒙古人带来的,然而我们的聪明的名士却当作国粹了",接着又回忆起自己刚从日本回国时,因为留着上翘的胡子而被认作日本人的事,然后又回到现实中来,记他在会馆里把胡须的两边尖端剪平,使得国粹家失却立论依据,从此天下太平。作者笔端毫无拘束,而全篇反国粹主义的命意却了然分明。

第三节 小　　说

一、小说文体之流变

小说起源于神话,后来渐及人事,流传演变,甚为复杂。但就文体而论,我国古典小说大致可分为两个系统:一是笔记传奇系统;一是说书话本系统。

---

① 《三闲集·怎么写》。

现在所能见到的汉魏六朝小说，无论志怪志人，大都是笔记体。志怪者可举干宝《搜神记》中的一则为例：

> 初，钩弋夫人有罪，以谴死。既殡，尸不臭，而香闻十余里。因葬云陵。上哀悼之，又疑其非常人，乃发冢开视。棺空无尸，惟双履存。一云：昭帝即位，改葬之，棺空无尸，独丝履存焉。

志人者可以《世说新语》为代表，其中一则云：

> 嵇中散临刑东市，神气不变，索琴弹之，奏《广陵散》。曲终曰："袁孝尼尝请学此散，吾靳固未与，《广陵散》于今绝矣！"太学生三千人上书请以为师，不许，文王亦寻悔焉。

无论其内容有何不同，就文体看，格局极其简单，并无一个完整的故事。作者并非有意写小说，而是把这些都当作社会逸闻加以记述而已。

开始有意作小说，是在唐代。那时所作，已成一个完整的故事，有人物、有情节。如沈既济的《枕中记》，写一位卢生在邯郸道上遇见吕翁，因为卢生自叹失意，吕翁就给他一个枕头，卢生睡去，梦见娶大族清河崔氏为妻，登进士第，官至尚书兼御史大夫，后贬端州，又升至中书令，封燕国公，终至老死，于是梦醒，而店中黄粱米饭还没有煮熟云云。因为正宗文人们还看不起小说，所以贬之为"传奇体"。这种小说一般用单笔，但个别的也有用骈体，如张文成所作的《游仙窟》和清代陈球所作的《燕山外史》，不过后者已是长篇了。

笔记体和传奇体小说，流衍后世，一直不衰。到了清代，又出了两部名作，使古老的文体放出新的光辉。这就是蒲松龄的《聊斋志异》和纪晓岚的《阅微草堂笔记》。《聊斋》是传奇体，描写曲折有致，叙次井然，而《阅微》则是笔记体，尚质黜华，只是简要叙事。从小说的观点看，当然《聊斋》的艺术价值更高，但我国近世，则是笔记体的作品更多。不过各种笔记内容庞杂，不完全是小说类，大多记载社会情事，每每与野史并列。

话本兴起于宋代，是说书人的底本，所以与说书艺术有关。这是由城市经济繁荣，市民娱乐需要所决定的。但从文体的流变看，则是由变文发展而来。变文是从印度传来的文体，边唱边讲，唱用韵文，讲用散文。开始是僧人用来宣讲佛教故事，后来流入民间，成为瓦子里的说书艺术，说书内容虽可分为讲经、讲史、小说等多种，但形式则都是说唱混合。话本有短篇，有长篇，这就是明清短篇小说和长篇小说的雏形。说书为了吸引听众,所以很注意情节性,长篇因要分若干次讲,所以每回结束时都要卖关子,造成悬念,使得听众下次会再来。这些特点,后来在章回小说中,都保留了下来。每回还插一些"有诗为证",也是唱的部分的遗迹。鲁迅说:"总之,宋人之'说话'的影响是非常之大,后来的小说,十分之九是本于话本的。如一、后之小说如《今古奇观》等片段的叙述,即仿宋之'小说'。二、后之章回小说如《三国志演义》等长篇的叙述,皆本于'讲史'。"①

　　五四以后的小说,也可以分两类:一类属旧文学,包括许多新编的武侠小说和言情小说,用的仍是章回体;另一类是新文学,则大抵移植外国的小说形式。新的短篇小说可以鲁迅的作品为例,它不再像古代小说那样从头至尾讲述一个人的故事,而是截取生活的横断面,展开描写,《药》《风波》《孔乙己》《离婚》等篇都是如此。也有选取几个片断串联而成,如《祝福》。《阿Q正传》则已属中篇,作品描写了阿Q的一生,已不是横断面了,而是纵剖面,并且还吸取了说书艺术的特点,用叙述的线索将许多形象画面贯穿起来。在我国新文学中,短篇小说是发达得较早的,鲁迅曾探究其原因道:"在现在的环境中,人们忙于生活,无暇来看长篇,自然也是短篇小说的繁生的很大原因之一。只顷刻间,而仍可借一斑略知全豹,以一目尽传精神,用数顷刻,遂知种种作风,种种作者,种种所写的人和物和事状,所得也颇不少的。而便捷,易成,取巧……这些原因还在外。"②

　　但20世纪30年代以后,我国新型的长篇小说也发达起来了。长篇写的不是一斑或一目,而是通过众多人物的错综复杂的关系,反映一个时代的风貌。新型的长篇小说不再有话本的痕迹,也不用章回体,不讲究情节的紧张曲折,而更着意于人物性格的刻画,追求反映社会生活的深度和广度。中篇小说在我国新文学中起步并不迟,但繁荣起来则是20世纪70年代末期以来之事。这是一种介乎长篇小说和短篇小说之间的体裁,人物比短篇众多、情节比短篇复杂,反映的生活面也比短篇开阔,但都不及长篇。不过它比长篇反映得快,比长篇易于驾驭。这也许是新时期改革开放之初,中篇小说特别发达的原因。还有些人写系列中篇小说,三部曲、四部曲等,来代替长篇。

　　新的小说发展到20世纪80年代,又起了变化。大致有两种趋向:一派是寻根派,不但在内容上寻根,而且在文体上又向笔记小说靠拢;另一派则醉心

---

① 《中国小说的历史的变迁》。
② 《三闲集·〈近代世界短篇小说集〉小引》。

于西方现代派的技巧,否认性格、情节在小说艺术中的重要性,甚至背景也要搞成不确定因素,这当然也会影响到文体的变化。

但另一方面,通俗小说却异乎寻常地发展起来。这些小说不是淡化情节,更不是否定情节的作用,而是强化情节,有些还专以情节取胜。诸如新武侠小说、推理小说、法制小说、科幻小说、言情小说,等等,都属于这一类。而且,内地的出版社还大量地翻印了香港、台湾的新武侠小说、新言情小说。这类小说,一方面从异域吸取养料,如推理小说;有些则继承了古代小说的传统,如新武侠小说;有些则是两方面的综合。其实,在五四以后,这类小说一直没有断过,张恨水、冯玉奇的言情小说,还珠楼主、平江不肖生的武侠小说就是代表。通俗小说近年来发展的势头很猛,大有冲击纯文学之势。

二、小说的特点

上述小说,彼此差异很大,我们只能从最普遍的形态里来提取特点,而又就这些特点,来看各类小说的差异。小说的特点应是各类小说所共同的,但又不是凝固不变的,而是动态地发展的。

1. 塑造人物形象方法的多样性

小说创作是从讲故事开始的,讲故事必然要涉及人物,虽然早期小说大抵还缺乏完整的人物形象,但随着小说艺术的渐趋成熟,人物形象的塑造也就成为小说创作中的中心问题。当然,塑造人物形象并非小说艺术所独有,许多叙事作品,如史诗、传记、人物特写,以及戏剧作品,也都塑造人物形象,但是,在描写方法上,都不如小说多样化。史诗由于高度的概括性,不可能进行细致的描写,传记和特写要求如实反映而排斥虚构,戏剧则只能通过动作和台词来刻画,只有小说,可以动用各种手法。

首先,可以通过叙述语言,对人物进行介绍,使读者知道这个人物的概况和行状。如赵树理的《小二黑结婚》一开头介绍二诸葛和三仙姑道:

> 刘家峧有两个神仙,邻近各村无人不晓:一个是前庄上的二诸葛,一个是后庄上的三仙姑。二诸葛原来叫刘修德,当年作过生意,抬脚动手都要论一论阴阳八卦,看一看黄道黑道。三仙姑是后庄于福的老婆,每月初一十五都要顶着红布摇摇摆摆装扮天神。
>
> 二诸葛忌讳"不宜栽种",三仙姑忌讳"米烂了"。这里边有两个小故事……

其次,可以从行动上描写人物。如《红梦楼》中写王熙凤接见刘姥姥的情态:

> 那凤姐家常带着紫貂昭君套,围着那攒珠勒子,穿着桃红洒花袄,石青刻丝灰鼠披风,大红洋绉银鼠皮裙,粉光脂艳,端端正正坐在那里,手内拿着小铜火箸儿,拨手炉内的灰。平儿站在炕沿边,捧着小小的一个填漆茶盘,盘内一个小盖钟儿。凤姐也不接茶,也不抬头,只管拨那灰,慢慢的道:"怎么还不请进来?"一面说一面抬身要茶时,只见周瑞家的已带了两个人立在面前了,这才忙欲起身,犹未起身,满面春风的问好,又嗔着周瑞家的:"怎么不早说!"刘姥姥已在地下拜了几拜,问姑奶奶安。凤姐忙说:"周姐姐,搀着不拜罢。我年轻,不大认得,可也不知是什么辈数儿,不敢称呼。"周瑞家的忙回道:"这就是我才回的那个姥姥了。"凤姐点头。

这一段文字以描写人物的行动为主。通过行动,把凤姐那副既端架子又虚伪应付的当家少奶奶的神态惟妙惟肖地写出来了。

最后,通过对话来描写人物。鲁迅说:"高尔基很惊服巴尔扎克小说里写对话的巧妙,以为并不描写人物的模样,却能使读者看了对话,便好像目睹了说话的那些人……中国还没有那样好手段的小说家,但《水浒》和《红楼梦》的有些地方,是能使读者由说话看出人来的。"①仍举《红楼梦》中对王熙凤的描写为例,尤二姐被王熙凤害死一周年的前两天,王熙凤对贾琏说:

> "我想着后日是尤二姐的周年,我们好了一场,虽不能别的,到底给他上个坟烧张纸,也是姊妹一场。……"一语倒把贾琏说没了话,低头打算了半晌,方道:"难为你想的周全,我竟忘了。"

短短的两句对话,把王熙凤作为胜利者尖刻的嘲弄和不怀好意的挑逗的情态,把作为失败者贾琏的冷淡、怨恨而又不能发作的心理,都表现出来了。

另外,还可以通过心理描写来表现人物。譬如,鲁迅《高老夫子》中描写高老夫子在课堂上讲不出书来时的心境道:

> "嘻嘻!"似乎有谁在那里窃笑了。

---

① 《花边文学·看书琐记》。

高老夫子脸上登时一热,忙看书本,和他的话并不错,上面印着的的确是:"东晋之偏安"。书脑的对面,也还是半屋子蓬蓬松松的头发,不见有别的动静。他猜想这是自己的疑心,其实谁也没有笑;于是又定一定神,看住书本,慢慢地讲下去。当初,是自己的耳朵也听到自己的嘴说些什么的,可是逐渐胡涂起来,竟至于不再知道说什么,待到发挥"石勒之雄图"的时候,便只听得吃吃地窃笑的声音了。

他不禁向讲台下一看,情形和原先已经很不同:半屋子都是眼睛,还有许多小巧的等边三角形,三角形中都生着两个鼻孔,这些连成一气,宛然是流动而深邃的海,闪烁地汪洋地正冲着他的眼光。但当他瞥见时,却又骤然一闪,变了半屋子蓬蓬松松的头发了。

他也连忙收回眼光,再不敢离开教科书,不得已时,就抬起眼来看看屋顶。屋顶是白而转黄的洋灰,中央还起了一道正圆形的棱线;可是这圆圈又生动了,忽然扩大,忽然收小,使他的眼睛有些昏花。他豫料倘将眼光下移,就不免又要遇见可怕的眼睛和鼻孔联合的海,只好再回到书本上,这时已经是"淝水之战",苻坚快要骇得"草木皆兵"了。

他总疑心有许多人暗暗地发笑,但还是熬着讲,明明已经讲了大半天,而铃声还没有响,看手表是不行的,怕学生要小觑;可是讲了一会,又到"拓跋氏之勃兴"了,接着就是"六国兴亡表",他本以为今天未必讲到,没有豫备的。

他自己觉得讲义忽而中止了。

这一段,完全是心理描写。只不过不是直接写出内心是如何如何想法,而是通过眼中所见景物的变形、跳动,而写出主人公的空虚、恐惧而又硬撑的心情。在艺术上,这是上乘的心理描写。

总之,小说艺术描写人物的手法是多种多样的,交叉使用,即显得丰富多彩。

小说创作虽然都是以人物为核心,但塑造人物的方法有一个历史发展过程。一般地说,大抵从简单的介绍到详细的描述,从着重外部动作的描写到着重内部心理刻画。但是,方法毕竟是方法,只要对塑造人物形象有用,各种方法都具有生命力。事实上,现代小说并不因为注重心理描写而抛弃其他的描写手法。

2. 描写现实视角的多变性

戏剧是现身说法,它是拆掉第四堵墙让观众从这一视角观察生活的;散文着重抒发内心感受,我之所见所感是特定视角;而小说则不受视点限制,它好比中国画,是散点透视,又好比是孙悟空,既可以站在云端俯视下界,又可以钻到铁扇公主肚皮里细察内脏,还可以一个筋斗翻到十万八千里之外,去看那里的情况。视角的多变性,给艺术描写带来了极大的灵活性。这连可以随意组接镜头的电影电视也做不到,因为影视艺术毕竟不能将镜头探入到人物的心里去拍摄。

由于不了解小说艺术的这一特点,人们每每提出疑问。清人纪晓岚攻击蒲松龄的《聊斋志异》,就指责道,两人密语,决不肯泄,又不为第三人所闻,作者何从知之?他自己的小说《阅微草堂笔记》,竭力大写事状,而避去心思和密语,但实际上又不能完全办到,有点自相矛盾。1927年,郁达夫写过一篇文章,叫《日记文学》,他说:"文学家的作品,多少总带有自传的色彩的,而这一种自叙传,若以第三人称来写出,则时常有不自觉的误成第一人称的地方";"并且缕缕直叙这第三人称的主人公的心理状态的时候,读者若仔细一想,何以这一个人的心理状态,会被作者晓得得这样精细?那么一种幻灭之感,使文学的真实性消失的感觉,就要暴露出来,却是文学上的一个绝大的危险。"①郁达夫认为足以救这一种危险的是日记体裁。鲁迅不同意他的看法,他认为体裁不重要,"只要知道作品大抵是作者借别人以叙自己,或以自己推测别人的东西,便不至于感到幻灭,即使有时不合事实,然而还是真实"。"一般的幻灭的悲哀,我以为不在假,而在以假为真。"②

郁达夫当时提出这个问题,并不是纪晓岚观点的重复,大概是受了西方文艺思想的影响。近代欧美有些小说家就反对作家的全知全能观点,他们说小说家不是上帝,他不可能对世间之事全知道,所以作家不要站在故事之外,以作者的身份露面,而要让故事和人物如实地展现在读者面前。其实,如果承认作家可以想象,小说本是虚构,那么,单视角也好,多视角也好,全知全能也好,不全知全能也好,都只是假定性的前提,要紧的是开掘得是否深。还是鲁迅说得好,与其防破绽,不如忘破绽。

第四节 戏 剧 文 学

一、戏剧文学文体之流变

戏剧是一门综合艺术,最终需靠舞台演出而成立。我们这里所要论述的

---

① 《郁达夫文集》第5卷,花城出版社1982年版,第261页。
② 《三闲集·怎么写》。

是这门综合艺术的文学因素——戏剧文学,即舞台演出的剧本。

戏剧的起源很早,大约在远古时代,就有载歌载舞的表演。但剧本的出现却要迟得多,它不但需要文字的形式,而且需要有相当高的写作技巧。不过,欧洲在古希腊时代就有很成熟的剧本,如埃斯库罗斯的悲剧《俄瑞斯忒斯》、索福克勒斯的悲剧《俄狄浦斯王》、欧里庇得斯的悲剧《美狄亚》和阿里斯托芬的喜剧《蛙》等。而在我国,由于戏剧一直未与歌舞分家,所以戏剧文学的出现要晚得多。从现有资料看,比较成熟的剧本到宋代才有,元、明、清三代,戏剧文学有了辉煌的发展。元杂剧和明清传奇不但在唱腔上两样,就是剧本也有些不同:元杂剧通常的结构是四折戏加楔子,每折的唱词必须一韵到底;而明清传奇则结构自由,篇幅较长,一般在二三十出,也有长至五六十出的,而且不限韵。但中国的戏剧虽然品种繁多,基本形式却是相同的,即由唱、念、做、打组成,因而剧本也总是由唱词和宾白两部分组成,唱词用韵文,宾白用散文。中国的戏剧因为注重唱,所以叫作戏曲。

话剧这种形式是晚清从外国传入的。开始一个阶段,叫文明戏,又叫幕表戏,列一张提纲式的幕表,写明剧情大意,然后由演员即兴发挥,所以并不重视剧本的创作。五四以后,新文学家们反对旧戏,同时进行新的话剧剧本的创作,从独幕剧到多幕剧,都出现了新的气象。话剧剧本除了一般不用唱词之外,在结构上与戏曲剧本还有一个很不同的地方:戏曲表演善用虚拟动作,一挥马鞭便算行走百里,转几圈就算换了个地方,所以剧本的结构可以不受时空的限制;而话剧表演较实,基本上是一幕一个场景,而场景又不能太多,所以时空的限制较大,有些往事只能通过对话表现出来,这样,结构就要很紧凑。譬如曹禺的话剧《雷雨》,写了周朴园家三十年间事:从周朴园三十年前做大少爷时勾引使女梅侍萍,又为了要娶有钱有门第的小姐而把侍萍和新生的第二个儿子赶出家门,到三十年后因为新的家庭纠葛——周朴园再娶的妻子繁漪与他的大儿子周萍发生暧昧关系,但后来周萍又爱上使女四凤,周萍的弟弟周冲也在追求四凤,而四凤恰恰又是侍萍嫁给鲁贵后所生的女儿,于是侍萍又被繁漪叫到周公馆,这时侍萍与周朴园生的第二个儿子鲁大海代表罢工的矿工正在这里要与资本家周朴园谈判,最终,一件件事情都拆穿,以悲剧收场。但这三十年间错综复杂的事情,在剧本中却是安排在从上午到半夜后这不到一昼夜的时间之内,场景基本上放在周公馆的客厅里,只有一场是在鲁贵家,许多事情的前因后果,都靠对话来揭示。当然,这并不是话剧唯一的结构形式,有的剧本时间的跨度较长,如老舍的《茶馆》,写了从晚清到民国五十年间事,全剧分三幕,虽然三幕的场景都放在王利发开的裕泰茶馆里(只是布景有很大变化),但时间却相距甚远:第一幕是1898年戊戌变法失败后的初秋;第二幕是十余年后北洋军阀割据时期;第三幕放在抗战胜利后国民党统治时期。尽管如此,但仍受舞台条件的限制,幕与幕之间相隔十几年或几十年间所发生的事,还得用对话来交代。

20世纪二三十年代,我国电影事业逐渐发达起来,随之出现了电影剧本。到得六七十年代,随着电视机的普及,又应运而生出电视剧剧本,统名之曰影视文学。影视文学是戏剧文学的发展,但又不同于戏剧文学,由于蒙太奇结构的特点,它自然打破了戏剧的分幕规定,打破了严格的时空限制,它是由许多镜头画面组接而成。在影视剧本上,除了对话以外,还要写景,即把画面的景象写出,而且一般影视节奏较戏剧为快,动作性强,所以对话就不能像戏剧那么多。影视文学虽与戏剧文学有联系,但实际上是另一种品种了。我国电影文学受戏剧文学影响太大,以致妨碍了电影特殊性能的发挥,有人提出影剧"离婚",即针对此缺点而言。

二、戏剧文学的特点

戏剧文学不是一种专供阅读的作品,剧本水平的高低取决于舞台效果,所以,舞台演出的特殊要求,制约着戏剧文学的特点。

1. 语言富有高度的表现力

左拉曾经比较小说和戏剧的不同点说:"小说可以坐在火炉旁,断断续续分几次阅读,大段大段的描写也只好硬着头皮看下去。对于自然主义戏剧家,他首先应该意识到,在他面前的,不是单个的读者,而是成群的观众,表现手法要求简洁,明快。""小说分析人情世态时不厌其长,细节描写惟恐不周,可以做到巨细无遗;戏剧固然也可以作分析,但得通过动作和语言,并且以简约为贵。""小说家把人物进行活动、事件所由发生的环境,逐时逐刻记载下来,务求全面,是为了放眼社会的整体,把握现实的全貌。但环境描写是无须乎搬上舞台的,因为已呈现于舞台之上了。布景难道不是贯穿始终的描写吗?而且比小说里的描写,要确切得多,逼真得多。"[①]这就是说,戏剧创作由于舞台演出的特点,不能,也无须进行描写,戏剧是靠动作和语言来反映生活的,而动作只靠演员来表演,剧本只需写下对话,所以语言对于戏剧文学就显得特别重要,因为所有的内容都靠人物的对话展开。

---

① 《自然主义与戏剧舞台》,《外国现代剧作家论剧作》,中国社会科学出版社1982年版,第12—13页。

戏剧语言首先需要富于个性，即要能表现出角色的性格特征。请看老舍《茶馆》第一幕开场时的几句对话：

松二爷　好像又有事儿？
常四爷　反正打不起来！要真打的话，早到城外头去啦；到茶馆来干吗？
　　　　〔二德子，一位打手，恰好进来，听见了常四爷的话。〕
二德子　（凑过去）你这是对谁甩闲话呢？
常四爷　（不肯示弱）你问我哪？花钱喝茶，难道还教谁管着吗？
松二爷　（打量了二德子一番）我说这位爷，您是营里当差的吧？来，坐下喝一碗，我们也都是场外人。
二德子　你管我当差不当差呢！
常四爷　要抖威风，跟洋人干去，洋人厉害！英法联军烧了圆明园，尊家吃着官饷，可没见您去冲锋打仗！
二德子　甭说打洋人不打，我先管教管教你！（要动手）
　　　　〔别的茶客依旧进行他们自己的事。王利发急忙跑过来。〕
王利发　哥儿们，都是街面上的朋友，有话好说。德爷，您后边坐！
　　　　〔二德子不听王利发的话，一下子把一个盖碗搂下桌去，摔碎，翻手要抓常四爷的脖领。〕
常四爷　（闪过）你要怎么着？
二德子　怎么着？我碰不了洋人，还碰不了你吗？
马五爷　（并未立起）二德子，你威风啊！
二德子　（四下扫视，看到马五爷）喝，马五爷，您在这儿哪？我可眼拙，没看见您！（过去请安）
马五爷　有什么事好好地说，干吗动不动地就讲打？
二德子　嗻！您说的对！我到后头坐坐去。李三，这儿的茶钱我候啦！（往后面走去）
常四爷　（凑过去，要对马五爷发牢骚）这位爷，您圣明，您给评评理！
马五爷　（立起来）我还有事，再见！（走出去）
常四爷　（对王利发）邪！这倒是个怪人！
王利发　您不知道这是马五爷？怪不得您也得罪了他！
常四爷　我也得罪了他？我今天出门没挑好日子！
王利发　（低声地）刚才您说洋人怎样，他就是吃洋饭的。信洋教，说洋话，有事情可以一直地找宛平县的县太爷去，要不怎么连官面上都不惹他呢?

常四爷　(往原处走)哼,我就不佩服吃洋饭的!

这段对话,不但把人物之间的关系交代清楚,而且把人物的性格也都显现出来了。对世事很为不平、抱有爱国心的常四爷,恬不知耻地自己承认怕洋人,却在国人面前抖威风的二德子,以及并不是主持正义,只不过要显示威风这才教训二德子的马五爷,几句话一说,性格就使人一目了然。

其次,戏剧语言要具有动作性。亚里士多德在《诗学》中说,戏剧的模仿对象是"在动作中的人",这些动作中的人必然通过矛盾冲突来展示自己的性格,因此,他们富有个性的语言同时也具有动作性。例如,曹禺《日出》中潘月亭和李石清的对话就很富有动作性。李石清是大丰银行的小职员,挖空心思向上爬,他抓住银行经理潘月亭抵押了房地产做投机生意的把柄,进行要挟,得到了襄理的位置。他自以为可以跟经理平起平坐了,就开口"月亭",闭口"我"呀"你"呀的;而潘月亭是根本看不起他,开始时因为把柄落在人家手里,小不忍则乱大谋,所以只好让步,而一到脚跟站稳,就拉下脸来把李石清挖苦一顿,骂他是"不学无术的三等货",并将他辞退——

潘月亭　那好极了。你的汽车在门口等着你。(刻薄地)坐汽车回家是很快的,回家之后,你无妨在家里多多练习自己的聪明,有机会你还可以常常开开人家的抽屉,譬如说看看人家的房产是不是已经抵押出去了,调查调查人家的存款究竟有多少。……不过我可以顺便声明一下,省得你替我再度操心,我那抽屉里的文件现在都存在保险库去了。

但李石清还没有离开银行,情况又有了变化。由于金八在背后操纵股票市场,逼得潘月亭破产,于是李石清又回过头来挖苦潘月亭:

李石清　穷光蛋,对了。不过你先看看你自己吧!我的潘经理。我没有债,我没有成千成万的债。我没有人逼着我要钱,我没有眼看着钱到了手,又叫人家抢走了。潘经理,你可怜可怜你自己吧。你还不及一个穷光蛋呢,我叫一个流氓耍了,我只是穷,你叫一个更大的流氓耍了,他要你的命。(尖酸地)哦,你是不跟一个自作聪明的坏蛋讲信用的。可是人家跟你讲信用?你不讲信用,人家比你还不讲信用,你以为你聪明,人家比你还要聪明。你骂了我,你挖苦我! 你侮辱我,哦,你还瞧不起我! (大声)现在我快活极了! 我高兴极了! 明天早上我要亲眼看着你的行里要挤兑,我亲眼看着你付不出款来,看着那些十块八块的穷户头,骂你,咒你,他们要宰了你,吃了你,你害了他们! 你害了他们! 他们要剥你的皮,要挖你的心! 你现在只有死,只有死你才对得起他们! 只有死,你才逃得了!

正当李石清发泄、挖苦得高兴的时候,突然来了个电话,是李太太从医院里打来的,说他的小儿子断了气了。

这部分写得真富有戏剧性! 而这些戏剧动作,都是通过戏剧语言表现出来的。正如黑格尔所说:"能把个人的性格,思想和目的最清楚地表现出来的是动作,人的最深刻方面只有通过动作才见诸现实,而动作,由于起源于心灵,也只有在心灵性的表现即语言中,才获得最大限度的清晰和明确。"①

2. 冲突具有尖锐性

叙事作品一般都有矛盾冲突,但戏剧冲突则更加集中、更加尖锐。冲突是戏剧的基础。黑格尔说:"因为冲突一般都需要解决,作为两对立面斗争的结果,所以充满冲突的情境特别适宜于用作剧艺的对象,剧艺本是可以把美的最完满、最深刻的发展表现出来的。"②

戏剧冲突的出现是由生活矛盾决定的。生活中充满各种各样的矛盾、冲突,这是社会发展的动力,反映现实的作品,就是要把这些矛盾冲突反映出来,才能揭示生活的本质。苏联在第二次世界大战后一段时期,流行过一种"无冲突论"戏剧,就是掩盖社会矛盾,美化社会生活的作品。这种作品不但不能反映生活真实,而且破坏了戏剧艺术的基础,理所当然地要受到批判。

为什么戏剧冲突又要比其他样式作品中的冲突更为集中和尖锐呢? 这仍与其舞台演出的特点相联系。小说可以让读者慢慢看情节的进展,只要描写得有趣,读者也不会厌烦,而戏剧演出面对大量观众,而且又有时间限制,冲突就不能不集中。幕启之后,必须很快进入剧情,也就是展示冲突,然后逐步推向高潮,走向结局。

---

① 《美学》第1卷,第278页。
② 《美学》第1卷,第260页。

戏剧冲突既然是生活矛盾的反映,就必须建筑在生活的基础上。冲突不集中,无法演戏,但过分集中,太像戏了,也有做作之感。所以有些剧作家又将戏剧冲突冲淡一些,使之生活化。这不是不要戏剧冲突,而是在冲突的组织方法上的变化。在这类戏剧中,冲突仍然是基础。

第四章 艺术风格论

　　艺术作品要有独特的风格,这是作家创作个性的体现。

　　风格论是文艺学中的重要课题,早已引起古代作家和理论家们的重视,各种佳论,层出不穷。倒是"革命文学"运动开展以来,这方面的研究有些疏忽,这是因为大家比较注重作家世界观的改造,要求思想的统一,而对于创作个性的发扬,则缺乏应有的重视。既不重视创作个性,自然就忽视风格论的研究了。

　　其实,革命领袖们在强调文学的革命性的同时,还是注重作家的创作个性的。马克思曾经批评普鲁士的专制主义对于文风的强制干涉,说在这种强制作者依照法律规定写作的横暴要求下,"哪一个正直的人不为这种要求脸红而不想尽力把自己的脑袋藏到罗马式长袍里去呢"? 马克思谴责道:"你们赞美大自然悦人心目的千变万化和无穷无尽的丰富宝藏,你们并不要求玫瑰花和紫罗兰散发出同样的芳香,但你们为什么却要求世界上最丰富的东西——精神只能有一种存在形式呢? 我是一个幽默家,可是法律却命令我用严肃的笔调。我是一个激情的人,可是法律却指定我用谦逊的风格。没有色彩就是这种自由唯一许可的色彩。每一滴露水在太阳的照耀下都闪耀着无穷无尽的色彩。但是精神的太阳,无论它照耀着多少个体,无论它照耀着什么事物,却只准产生一种色彩,就是官方的色彩!"① 列宁也曾说过:"无可争论,文学事业最不能作机械划一,强求一律,少数服从多数。无可争论,在这个事业中,绝对必须保证有个人创造性和个人爱好的广阔天地,有思想和幻想、形式和内容的广阔天地。"② 毛泽东则提出了"百花齐放,百家争鸣"的文化方针,并且说:"艺术上不同的形式和风格可以自由发展,科学上不同的学派可以自由争论。利用行政力量,强制推行一种风格,一种学派,禁止另一种风格,另一种学派,我们认为会有害于艺术和科学的发展。"③

---

①《评普鲁士最近的书报检查令》,《马克思恩格斯全集》第1卷,人民出版社1956年版,第7页。
②《党的组织和党的出版物》,《列宁选集》第1卷,人民出版社1995年版,第648页。
③《关于正确处理人民内部矛盾问题》,《毛泽东文集》第7卷,人民出版社1999年版,第204页。

但是,要发展艺术风格,实现"双百"方针,必须有创作自由和学术民主才行,离开了这个前提,则无法实现了。我们之所以在"双百"方针提出之后,却难以贯彻,反而在相当长的一段时期内,形成了一花独放的局面,就是因为强调"舆论一律"的缘故。"舆论一律"与"双百"方针是互相对立的范畴,无法调和。

不重视创作个性的发扬,忽视艺术风格的多样化,是不可能造成文艺繁荣的局面的。而文学创作中缺乏个性,也影响到文学理论中风格论的研究。有人批评我国现代有关风格论的论文,大都使人有浅尝辄止之感,就是由于这种现实原因造成的。为了发展我国的文艺事业,我们应该注意艺术个性的发挥,应该加强风格学的研究。

第一节 风格的重要意义

一、什么是风格

马克思曾引用过法国作家布封的名言:"风格即人。"他自己又说:"真理是普遍的,它不属于我一个人,而为大家所有;真理占有我,而不是我占有真理。我只有构成我的精神个体性的形式。"[①]这就是说,精神个体的形式是独特的,风格就是表现这种独特个性的东西。

风格的内涵如何?作家精神个体的独特性通过哪些方面表现出来?理论家们有不同的看法。大致可以分为两种:

一种是着眼于文学语言,从修辞学的角度研究风格论,如句法的构造,用辞的偏向,隐喻和借喻的修饰技巧,等等,各个作家都有所不同,从中可以作出区别。

另一种是将作品的思想内容和艺术形式综合起来看。如别林斯基说:风格是"在思想和形式密切融汇中按下自己的个性和精神独特性的印记"。威克纳格说:"风格并不仅仅是机械的技法,与风格艺术有关的语言形式大多必须被内容和意义所决定。风格并非安装在思想实质上面的没有生命的面具,它是面貌的生动表现,活的姿态的表现,它是由含蓄着无穷意蕴的内在灵魂产生出来的。或者,换言之,它只是实体的外服,一件覆体之衣;可是衣服的褶襞却是起因于衣服所披盖的肢体的姿态;灵魂,再说一遍,只有灵魂才赋予肢体

[①]《评普鲁士最近的书报检查令》,《马克思恩格斯全集》第1卷,第7页。

以这样的或那样的动作或姿势。"①

我们认为，后一种看法比较全面。因为风格不仅仅表现在语言上，而且还表现在题材的选择和处理、主题的开掘、人物的塑造、情节结构的安排等各个方面。如：

题材的一贯性。作家只写他所经历过和感受过的生活，把他独特的生活经验带进文学领域，所以选材有自己的特点，如鲁迅善于写农民的疾苦和知识分子的生活道路；郭沫若则喜欢描写自己的生活和历史的题材。当然，有些作家广泛涉猎各行各业，如阿瑟·黑利，他的《大饭店》《汽车城》《超载》《钱商》《林肯机场风雪夜》《最后诊断》等长篇小说，分别写了旅馆业、汽车制造业、发电业、银行、民航机场、医院等各个社会面，但是他在选材上仍有自己的特色，即专门关注各行各业中新与旧、革新与保守的矛盾和斗争，或者说，他是要写出新旧社会矛盾在各行各业中的表现。

主题的独特性。这与作家所关注的问题有关。作家总是从独特的角度去观察生活、评价生活，如鲁迅善于暴露国民性的弱点，赵树理则多写农民的觉醒和斗争。

独特的人物画廊。这与题材相关，例如契诃夫笔下的小人物群体——小官吏、车夫、家庭教师、下层知识分子、小学徒等；高尔基作品中的工人、流浪汉、酒鬼、妓女，以及他们的对立面——老板。

此外，情节结构和描写手法也不同。鲁迅作品平淡、简洁、隽永，如写意画；茅盾作品浓郁、绵密，如油画，在表现手法上大不相同。通俗小说很讲究情节的紧张、曲折、离奇，目的为了吸引人，增强娱乐性；而鲁迅作品则竭力写得平实，使人不致看看热闹，有如隔岸观火，而要让读者把自己摆进去，开出一条反省之路。

当然，在语言上各人的特色更明显。如鲁迅沉郁，老舍幽默。即使同是幽默，各人的表现也不同，钱锺书的幽默富有书卷气，赵树理的幽默富有乡土气，而老舍的幽默则富于京味市井气。

总之，艺术风格是通过各个方面表现出来的。但是，它又不是各方面特点的简单的相加，而是一个统一的表现。风格是诚于中而形于外的东西，它植根于作家的创作个性，是艺术作品内容与形式统一的表现。所以我国古代文论常用两个字去总括某种风格。如《文心雕龙·体性》篇把风格归纳为八体，"若总其归涂，则数穷八体：一曰典雅，二曰远奥，三曰精约，四曰显附，五曰繁

---

① 《诗学·修辞学·风格论》，歌德等著《文学风格论》，上海译文出版社1982年版，第15—16页。

缛,六曰壮丽,七曰新奇,八曰轻靡"。司空图的《二十四诗品》把风格归为二十四种:雄浑、冲淡、纤秾、沉着、高古、典雅、洗炼、劲健、绮丽、自然、含蓄、豪放、精神、缜密、疏野、清奇、委曲、实境、悲慨、形容、超诣、飘逸、旷达、流动。且不论这种概括是否全面,但他们把风格看作一种统一的格调,则无疑是正确的。

二、风格是作品成熟的标志

在创作的开始阶段,往往有依傍,有模仿,这并不奇怪。但一味模仿,总不能写出成熟的作品。世界上文艺作品千千万万,一个作家一定要有自己的独创性,亦即有别于其他作家作品的独特的风格,这才有存在的价值。所以说,独特的风格,是作品成熟的标志,是作家对于艺术事业的特殊贡献。

对于风格的重要性,作家们自有不同的看法。雨果说:"未来仅仅属于拥有风格的人。"高尔基似乎不大重视风格,他说:"天才的作家差不多都是拙劣的风格学家,并不出色的建筑师,但却是这样一种人,他们笔下的人物都是像雕塑出来的一样,令人肉体上都可以感觉得出。作家中间只有少数人能够以雕塑品的惊人的说服力创造出语言艺术杰作,例如福楼拜。"但福楼拜本人却说:"一部写得好的作品从来不会使人感到厌倦,风格就是生命。这是思想本身的血液。"①

当然,风格不是保证创作成功的全部要素。作家要写出好作品,需要在内容和形式上做多方面的努力,但要表现独特性,则必须讲究风格。风格不是可有可无的附加物,而是创作个性的表现,而创作个性,也就是作家的存在价值,正如石涛所说:"我之为我,自有我在。"②屠格涅夫也说过:"在文学天才身上……不过,我以为,也在一切天才身上,重要的是我敢称之为自己的声音的一种东西。是的,重要的是自己的声音。重要的是生动的、特殊的自己个人所有的音调,这些音调在其他每一个人的喉咙里是发不出来的……为了这样说话并取得恰恰正是这样的音调,必须恰恰具有这种特殊构造的喉咙。……一个有生命力的、富有独创精神的才能卓越之士,他所具有的主要的、显著的特征也就在这里。"③

三、风格的多样化

在文学艺术领域内,不能强调整齐划一,而要提倡风格多样化。这是由各

---

① 转引自赫拉普钦科:《作家的创作个性和文学发展》,上海译文出版社1982年版,第181页。
② 《苦瓜和尚画语录》,《历代论画名著汇编》,第366页。
③ 转引自赫拉普钦科:《作家的创作个性和文学发展》,第70页。着重号原有。

方面的因素决定的。

首先,声色之来,发于情性,作家有不同的创作个性,必然要产生不同的艺术风格。正如屠隆所说:"士之寥廓者语远,端亮者语庄,宽舒者语和,褊急者语峭,浮华者语绮,清枯者语幽,疏朗者语畅,沉着者语深,谲荡者语荒,阴鸷者语险。"①各人的风格特点是由创作个性之不同而自然形成的,不能强求一律。

其次,艺术风格的多样化,也是社会生活多样化的反映。社会生活错综复杂、丰富多彩,要求反映生活的文学艺术也具有丰富的色彩,这才能与被反映的客观生活相适应。生活中有轰轰烈烈的场面,艺术上有雄浑豪放的笔触;生活中有莺歌燕舞的情景,艺术上需明快欢畅的色彩;生活中有叱咤风云的人物,艺术上宜激昂高扬的格调;生活中有可鄙可笑的角色,艺术上则有讽刺幽默手法。总之,对于不同之反映对象,绝不能用一种笔墨。

再则,读者、观众审美趣味的多样化,也要求艺术风格丰富多彩。有的喜欢高山大河,有的喜欢小桥流水,有的喜欢激昂慷慨,有的喜欢行云流水,要广大群众欣赏一种风格是办不到的。而且,就是同一个人,也要求有不同风格的作品来调剂口味。最好的景致,如果天天看,也会觉得乏味,正如鲁迅所说:"现在可又有些怕上天堂了。四时皆春,一年到头请你看桃花,你想够多么乏味?即使那桃花有车轮般大,也只能在初上去的时候,暂时吃惊,决不会每天做一首'桃之夭夭'的。"②

正因为如此,所以政治上的专制主义和艺术上的大一统局面,都是妨碍艺术发展的。而在艺术上树立样板,就是借助于政治力量,强制推行一种风格的愚蠢做法,这只能将文艺的百花扼杀。

艺术风格之不能得到发展,不仅受害于政治上的专制主义,也受害于文坛上的霸权主义。苏东坡曾批评王安石道:"文字之衰,未有如今日者也!其源实出于王氏。王氏之文,未必不善也,而患在于好使人同己。""地之美者,同于生物,不同于所生;惟荒瘠斥卤之地,弥望皆黄茅白苇,此则王氏之同也。"③苏东坡与王安石是政敌,批评起来可能不无偏激之处,但他认为"好使人同己"是文坛大患,这却是的确的。王夫之在《薑斋诗话》中也说:"诗文立门庭使人学己,人一学即似者,自诩为'大家'为'才子',亦艺苑教师而已。高廷礼、李献吉、何大复、李于麟、王元美、钟伯敬、谭友夏,所尚异科,其归一也。才立一门庭,则但有其局格,更无性情,更无兴会,更无思致;自缚缚人,谁为之

---

① 《白榆集》,明万历龚尧惠刻本。
② 《华盖集续编·厦门通信(二)》。
③ 《答张文潜书》,《中国历代文论选》第二册,第310页。

解者？昭代风雅，自不属此数公。"

所以，历史上通达之士，就不愿建立门户。龚自珍在《己亥杂诗》中说："河汾房杜有人疑，名位千秋处士卑。一事平生无龂龂，但开风气不为师。"并自注云："予生平不蓄门弟子。"萨特在《七十自画像》里回答别人所问"你从来不愿意有弟子，为什么？"时，说道："因为照我的看法，弟子是这样一种人，他捡起另一个人的思想却不给这个思想增添任何新的、重要的东西，不以他个人的工作去丰富、发展这个思想，使它得到延续并且向前进。"

文学流派是创作倾向相同或相似的人们自然形成的，学术流派则是学术观点相同或相似的人们自然形成的，如果是人为的组合，生硬的继承，反而会妨碍创作个性和学术个性的发展，而且，流派一旦形成，也必然是瓦解的开始，不应该，也不可能长期凝固在一个硬壳里。现在有些文艺团体和学术机构，为了显示本单位的突出成绩，常常利用行政手段，强制确立一个艺术或学术带头人，把许多才俊之士都纳入他的门下，人为地制造出某个流派，甚至拉帮结派，排斥异己，这其实是压制独创性的做法，极其有害。有出息的作家、艺术家和理论家们，不应该陷落在某大师的门墙里，局限在某流派的樊篱中，而要"转益多师是汝师"，逐渐形成自己的风格，做出自己的贡献。我国当代戏剧家黄佐临，年轻时代在英国留学时，曾把自己富有"萧"味的剧作寄给戏剧大师萧伯纳，萧伯纳给他回信道："一个'易卜生派'，仅是个门徒，不是大师；一个'萧伯纳派'，仅是个门徒，不是大师；易卜生不是'易卜生派'，他是易卜生；我不是'萧派'，我是萧伯纳；如果'黄'想有所成就，他千万不要去当门徒；他必须依赖自我生命，独创'黄派'。"①这是至理名言，它不仅促使黄佐临走上独创性的道路，而且对所有作家、艺术家和理论家都是一种有益的启示。

作家不但要形成独特的风格，使自己的作品有统一的格调，而且还要富于变化，千姿百态、绚丽多彩，避免单调清一色的缺点。胡应麟说："杜诗正而能变，变而能化，化而不失本调，不失本调而兼得众调，故绝不可及。"②茅盾说："统一的独特的风格只是鲁迅作品的一面。在另一方面，鲁迅作品的艺术意境却又是多种多样的。举例而言：金刚怒目的《狂人日记》不同于谈言微中的《端午节》，含泪微笑的《在酒楼上》亦有别于沉痛控诉的《祝福》。《风波》借大时代中农村日常生活的片段，指出了教育农民问题之极端重要，在幽默的笔墨后面跳跃着作者的深思忧虑和热烈期待。《涓生的手记》则如万丈深渊，表

---

① 见黄蜀芹：《我的爸爸——黄佐临》，《佐临研究》，中国戏剧出版社1990年版，第426—427页。
② 《诗薮》，上海古籍出版社1979年版，第73页。

面澄静、寂寞,百无聊赖,但透过此表面,则龙蛇变幻,跃然可见……"①杜甫、鲁迅两位大师的艺术天地都无限广阔,这正是作家所应该追求的境界。

有了独特的风格,虽说是创作成熟的标志,但如果作茧自缚,将自己封闭在里面,则又是创作衰落的开始。既要形成自己的风格,又要突破自己的风格,这才能不断地前进。当代作家高晓声说得好:"作家大抵都追求自己的作品有独特风格;然而,若真有了风格就算到了顶,则寿未尽而才尽矣。苏南有句谚语,说东坝的坝脚比虎丘山的宝塔还高。这话教得人聪明,晓得要往高处筑,宝塔结顶不算难,难在要把塔顶当作基础,再往高处建'东坝'哟!"②

第二节 风格形成的客观因素

艺术风格的形成,有主观和客观两方面的因素。就客观因素而言,主要表现在下面几个方面。

一、时代特色

刘勰说:"时运交移,质文代变,古今情理,如可言乎!"讲的就是文风受着时代影响这样一条普遍规律。文学植根于时代的社会生活,生活环境、社会风尚的变化,不可能不影响到文风的变化。这就叫作"文变染乎世情,兴废系乎时序",并不是以作家个人意志为转移的。

时代对于文风的影响,首先取决于社会生活环境的基本方面。《文心雕龙》在论及建安文学时说:"观其时文,雅好慷慨,良由世积乱离,风衰俗怨,并志深而笔长,故梗概而多气也。"这就是说,建安文风的慷慨悲凉、梗概多气,是由"世积乱离,风衰俗怨"的社会生活环境而造成的。的确,汉末天下大乱,战事频仍,死者甚多。"出门无所见,白骨蔽平原。路有饥妇人,抱子弃草间";"白骨露于野,千里无鸡鸣。生民百遗一,念之断人肠"……这样的社会景象,怎么能不悲凉呢?就连曹操这个南征北战、想要统一天下的英雄,也有人生无常的感觉,笔下常带悲凉之调:"对酒当歌,人生几何?譬如朝露,去日苦多。慨当以慷,忧思难忘。何以解忧?惟有杜康。"这并非英雄气短,而是环境使然。

其次,一个时代的文化思想也能对文风产生巨大的影响。《文心雕龙》在

---

① 《联系实际,学习鲁迅》,《茅盾评论文集》(上),第414页。
② 《高晓声小说选·序》,人民文学出版社1983年版。

论及晋代及南朝文学时说:"自中朝贵玄,江左称盛,因谈余气,流成文体。是以世极迍邅,而辞意夷泰,诗必柱下之旨归,赋乃漆园之义疏。"为什么这段时期世道仍极艰难,而文章倒反而平和了起来呢?因为文化思想起了变化的缘故。这时乱得久了,文人们也看惯了,而又无力左右局面,只能在精神上求得解脱,于是玄学思想泛滥,老庄著作行时,流衍成文体,也就"辞意夷泰"了。

当然,作家并不是完全消极地接受时代的影响,有些作家力图去改造时代,但这种改造行动既然是针对时代的,当然仍具有时代的特色。只不过这种特色不是时代的流行病,而是对症下药,反了一调。鲁迅在《魏晋风度及文章与药及酒之关系》中分析曹操的清峻、通脱风格之成因时说:"董卓之后,曹操专权,在他的统治之下,第一个特色便是尚刑名。他的立法是很严的,因为当大乱之后,大家都想做皇帝,大家都想叛乱,故曹操不能不如此。……因此之故,影响到文章方面,成了清峻的风格——就是文章要简约严明的意思。""此外还有一个特点,就是尚通脱。他为什么要尚通脱呢?自然也与当时的风气有莫大的关系。因为在党锢之祸以前,凡党中人都自命清流,不过讲'清'讲得太过,便成固执,所以在汉末,清流的举动有时便非常可笑了。……所以深知此弊的曹操要起来反对这种习气,力倡通脱。通脱即随便之意。此种提倡影响到文坛,便产生多量想说甚么便说甚么的文章。更因思想通脱之后,废除固执,遂能充分容纳异端和外来的思想,故孔教以外的思想源源引入。"可见曹操所提倡的清峻、通脱,是针对着时代的弊病而发的,有着纠正和改造时代文风的作用。但是,能改造文章的人毕竟不多,因为这需要眼力、魄力和影响力,一般人只能受着时代的影响,跟着时代的潮流走。

二、民 族 特 色

每个民族都有自己特殊的语言、习俗、文化传统和审美心理,这些东西必然要影响到文学创作上来,就形成了文学的民族风格。

民族风格首先表现在文学语言上。在特殊的情况下,运用民族语言写作本身就是民族风格的表现。如一般人用拉丁语写作的时候,但丁用他本民族的意大利语写作;俄国文坛上以法语或教会斯拉夫语写作为时髦的时候,普希金提炼了俄罗斯文学语言,这就使他们的作品具有民族性。但在一般情况下,单是用本民族的语言写作,还不足以体现民族特色,因为他同样可以写得洋腔洋调,有如翻译文字,所以还必须用本民族的语言习惯表现出民族性格的特点。正如伏尔泰所说:"从写作的风格来认出一个意大利人、一个法国人、一个英国人或一个西班牙人,就像从他面孔的轮廓,他的发音和他的行动举止来认出他的国籍一样容易。意大利语的柔和和甜蜜在不知不觉中渗入到意大利作家的资质中去。在我看来,词藻的华丽、隐喻的运用、风格的庄严,通常标志着西班牙作家的特点。对于英国人来说,他们更加讲究作品的力量,活力和雄浑,他们爱讽喻和明喻甚于一切。法国人则具有明彻、严密和幽雅的风格。"①在音乐语言和绘画语言的运用上,也同样存在着民族特色问题。当然,音阶、线条和色彩是各民族所共同的,但在运用上却大不相同。中国的民乐与德国的交响乐,在格调上就完全两样,我们的国画与法国的油画在笔法上也截然不同。

其次,民族风格还体现在文学作品所反映出来的民族文化心理特点上。而这种民族文化心理的表现,又是多方面的。社会风俗是它的表现形态之一,所以艺术作品中的风俗画面很能反映出民族生活特点。无论是张择端的《清明上河图》,还是顾闳中的《韩熙载夜宴图》,无论是鲁迅《孔乙己》中对江南小镇风情的描写,还是沈从文《边城》中所写的湘西赛龙舟的场面,无疑都体现了我们民族的生活特点。但我们又不能把民族文化心理表现局限在民族的风俗习惯上,有些不直接反映社会生活的山水诗、风景画等,也同样反映民族文化心理,这是审美意识在起作用。各民族由于文化传统的不同,造成审美意识的差异,这就是为什么中国的风景画在意境上不同于法国巴比松画派的风景画,中国的山水诗又不同于英国湖畔诗派的山水诗的缘故。它们之间的差异,主要不是在山水风景的不同上,而是审美意识中反映出来的文化心理的差异。中国知识分子所受到的佛家的出世、道家的旷达的思想影响,是英法的作家、艺术家所没有的,所以他们的山水诗风景画里都没有我国诗画中那种飘逸、旷达的情趣。而民族文化心理最集中的表现,是在人物的性格上。所以艺术家还要塑造出能够反映民族思想,民族心理的人物来。果戈理笔下的塔拉斯·布尔巴这个人物,就反映了哥萨克人勇敢而粗暴、骄傲而顽强的性格,而歌德笔下的浮士德,则反映了德意志民族不懈的追求精神。即使在相同或相似的规定情景之下,各民族人物的行为方式也是不一样的,譬如,同是反对封建的婚姻束缚,追求所爱,我国《西厢记》中的崔莺莺,就要闹出听琴、拒柬、约会、拒斥等种种玩意儿,最后才投入张生的怀抱,终不及英国莎士比亚的《罗密欧与朱丽叶》中的人物勇敢、爽快。这就同因长期受儒学统治而形成的民族文化心理有关。当然,民族文化心理的表现是多方面的,某一人物性格往往只能表现其一个方面。如阿Q性格,表现了我国国民性的弱点方面,而同是鲁迅

---

① 《论史诗》,《西方文论选》上卷,第323页。

笔下的大禹、墨子形象，则表现了我国国民性的优点方面——他们埋头苦干，拼命硬干，为民请命，是中国人的脊梁。

再则，民族风格还体现在艺术的表现方法上。这也是民族文化心理和审美情趣的一种表现，所以，在同一民族的不同艺术领域内，就会出现相同的表现方法。例如，白描手法，原是绘画中术语，中国画中常用，但在中国戏曲和小说中亦可见此法。鲁迅说："我力避行文的唠叨，只要觉得够将意思传给别人了，就宁可什么陪衬拖带也没有。中国旧戏上，没有背景，新年卖给孩子看的花纸上，只有主要的几个人……我深信对于我的目的，这方法是适宜的，所以我不去描写风月，对话也决不说到一大篇。"[①]这就说出了我国绘画、戏曲和小说在表现方法上有共同特色。又如，皴染法是我国国画特有的手法，但也渗透到小说中来了。脂砚斋评论《红楼梦》第二回道："此回亦非正文，本旨只在冷子兴一人，即俗语所谓冷中出热，无中生有也。其演说荣府一篇者，盖因族大人多，若从作者笔下一一叙出，尽一二回不能得明，则成何文字。故借用冷子兴一人略出其大半，使阅者心中已有一荣府隐隐在心，然后用黛玉宝钗等两三次皴染，则耀然于心中眼中矣，此即画家三染法也。"此外，在结构等方面，也有一定的民族特色。当然，这些毕竟是艺术表现方法问题。在表现方法上，民族的差异性并不是绝对的，有些手法则是相通的。而且，在表现方法上更不能固步自封，而应该学习他人所长，为我所用，以求得更好的发展。

三、地方特色

在同一民族内部的不同地区，也会形成不同特色，这是地方特色。我国自古以来，南北两大地区的文学艺术，在风格上就有明显的差异。早在东周列国时代，以反映我国北方地区民风为主的《诗经》，和代表南方楚地风采的《楚辞》，就截然异趣。前者重于现实生活的描绘，文风平实；后者耽于幻想世界的驰骋，色彩瑰丽。在散文领域中，北方诸子长于说理，理性精神较强，独有楚产之《庄子》，颇多寓言，海阔天空，富于浪漫精神。南北朝以后，两地文风之差别益发明显。《北史·文苑传》中说："江左宫商发越，贵于清绮，河朔词义贞刚，重乎气质。气质则理胜其词，清绮则文过其意。理深者便于时用，文华者宜于咏歌。此其南北词人得失之大较也。"《蕙风词话》说："自六朝已还，文章有南北派之分，乃至书法亦然。姑以词论……宋词深致能入骨，如清真、梦窗是。金词清劲能树骨，如萧闲、遁庵是。南人得江山之秀，北人以

---

① 《南腔北调集·我怎么做起小说来》。

冰霜为清。南或失之绮靡,近于雕文刻镂之技。北或失之荒率,无解深裘大马之讥。"这种南北地区的风格差异,还涉及其他艺术领域,如绘画,也有南派北派之分。

造成艺术风格的地方特色的原因是什么呢?首先是由于水土不同,民俗差异,以致人们性情也不同。刘师培在《南北文学不同论》中说:"大抵北方之地,土厚水深,民生其间,多尚实际。南方之地,水势浩洋,民生其际,多尚虚无。民崇实际,故所著之文,不外记事、析理二端。民尚虚无,故所作之文,或为言志、抒情之体。"这其实也还是环境对于精神的影响,并非先天生成。所以具有某地地方色彩的作家,倒不一定是本籍人士,只是在该地居住久了,就感染了当地的色彩。正如鲁迅所说:"籍贯之都鄙,固不能定本人之功罪,居处的文陋,却也影响于作家的神情,孟子曰:'居移气,养移体',此之谓也。"①

其次,除自然条件之外,地方特色的形成还与政治经济条件有关。这种条件,对于作家精神的影响就更大了。鲁迅剖析"京派"与"海派"时说:"北京是明清的帝都,上海乃各国之租界,帝都多官,租界多商,所以文人之在京者近官,没海者近商,近官者在使官得名,近商者在使商获利,而自己也赖以糊口。要而言之,不过'京派'是官的帮闲,'海派'则是商的帮忙而已。"②

作家艺术家之受地方环境的影响而具有地方特色,是自然的,但任何特点都包含着优点和缺点两面,因此,有出息的作家艺术家不应该局限于此,更不宜以某一地方流派相标榜,而要进行突破,这才能有更大的发展。鲁迅在《北人与南人》中说:"据我所见,北人的优点是厚重,南人的优点是机灵。但厚重之弊也愚,机灵之弊也狡。"所以大家都应该改正缺点,相师优点。他提倡北人南相,南人北相,说:"北人南相者,是厚重而又机灵,南人北相者,不消说是机灵而又能厚重。"这才是一条发展的道路。

四、社群特色

在人类社会里,由于人们处于不同的社会地位,过着不同的经济生活,有着不同的文化教养,因而也就产生不同的审美趣味,形成不同的艺术风格。大体而言,有生产者和消费者,消费者的艺术就与生产者的艺术异趣。一般说来,民间生产者的艺术具有刚健、清新的风格,但比较粗糙,不及文人的细致;而民间的歌、诗、词、曲,一到消费者的士大夫文人的手里,便变得"古奥"起来,弄得愈来愈难懂,愈来愈没有生气了。鲁迅曾论及梅兰芳的表演艺术说:

---

①② 《花边文学·"京派"与"海派"》。

"梅兰芳不是生,是旦,不是皇家的供奉,是俗人的宠儿,这就使士大夫敢于下手了。士大夫是常要夺取民间的东西的,将竹枝词改成文言,将'小家碧玉'作为姨太太,但一沾着他们的手,这东西也就跟着他们灭亡。他们将他从俗众中提出,罩上玻璃罩,做起紫檀架子来。教他用多数人听不懂的话,缓缓的《天女散花》,扭扭的《黛玉葬花》……雅是雅了,但多数人看不懂。""他未经士大夫帮忙时候所做的戏,自然是俗的,甚至于猥下,肮脏,但是泼刺,有生气。待到化为'天女',高贵了,然而从此死板板,矜持得可怜。"①当然,并不是说民间的东西都是好的,它有粗俗的一面,也不是说士大夫的东西都不好,它还有细致的一面,但两者在风格上毕竟是有显著差别的。

五、随 体 成 势

此外,文章体裁也对风格提出不同要求。作家虽有自己的风格,但在写作不同体裁的文章时,却还要适应这种体裁的要求,这叫"随体成势"。

我们古人是早就注意到了这一点,所以文论家们多有论述。如:曹丕在《典论·论文》中说:"奏议宜雅,书论宜理,铭诔尚实,诗赋欲丽。"论述虽然较简单,但已将不同文体的不同要求提出来了。陆机的《文赋》则进一步从每种文体的不同性质来说明每种文体所应具有的风格特点,而且对文体的分类也比较细致些:"诗缘情而绮靡,赋体物而浏亮,碑披文以相质,诔缠绵而凄怆,铭博约而温润,箴顿挫而清壮,颂优游以彬蔚,论精微而朗畅,奏平彻以闲雅,说炜晔而谲诳。"刘勰在《文心雕龙·定势》篇里,除了继续发挥上面的道理以外,还将文章的局势和体裁联系起来,说:"夫情致异区,文变殊术,莫不因情立体,即体成势也。"他认为,文章局势的形成,关键在于体裁,"如机发矢直,涧曲湍回,自然之趣也。圆者规体,其势也自转;方者矩形,其势也自安,文章体势,如斯而已。"他是把体裁比作溪涧,规矩之形,认为作家的情趣是通过它们表现出来的。

体裁对于风格的形成和表现,的确有制约作用。因体裁的不同,文章的局势也不一样。但体裁是有一定的,而文章的变化却无穷的。"夫设文之体有常,变文之数无方"②,所以作家也不能完全受体裁的限制,而要在体裁所要求的规矩之内,发挥自己艺术才能的个性特点,创制新声,变化无穷。

---

① 《花边文学·略论梅兰芳及其他(上)》。
② 《文心雕龙·通变》,范文澜《文心雕龙注》下册,第519页。

第三节 风格形成的主观因素

除上述客观因素外,风格的形成还有主观因素,而且,客观因素也是通过主观因素起作用的。

作家有自己的创作个性,这是使得他能够区别于同时代、同民族、同地区、同社群的其他作家,而表现出自己独特风格的原因。库柏指出:"个人风格(即风格的主观因素)是当我们从作家身上剥去所有那些不属于他本人的东西,所有那些为他和别人所共有的东西之后所获得的剩余或内核。"[①]

一、创作个性形成的原因

对于风格形成的主观因素,我国古代文论家们谈得很多。他们一般是从作家个人的气质上着眼,而且认为气质是先天形成的。王充在《论衡》里说:"人禀气于天,气成而形立";"禀气有厚泊,故性有善恶。"这就是说,人的形体和性情,都是由气生成的,而这个性,则禀之于天,也就是说,一切皆由天生。王充的理论对后代有很大的影响,但这种关于气的说法,却不是始于王充,而是由来已久。就哲学上说,孟子早就说过:"我善养吾浩然之气。"医学上,《内经·生气通天论》说:"黄帝曰:夫自古通天者,生之本,本于阴阳。天地之间,六合之内,其气九州九窍五藏十二节,皆通乎天气。"可见这是中国古代人的共同见解。但正式把气的概念引入文学领域的,是曹丕。他在《典论·论文》中说:"文以气为主,气之清浊有体,不可力强而致。"但这里把创作个性完全看作先天的,认为文是因气而成,勉强不来的。他还没有把问题引向深入。

刘勰则论述得比较全面。他在《文心雕龙·体性》篇中说:"夫情动而言形,理发而文见,盖沿隐以至显,因内而符外者也。然才有庸俊,气有刚柔,学有浅深,习有雅郑,并情性所铄,陶染所凝,是以笔区云谲,文苑波诡者矣。故辞理庸俊,莫能翻其才;风趣刚柔,宁或改其气;事义浅深,未闻乖其学;体式雅郑,鲜有反其习;各师成心,其异如面。"这里,把创作个性的成因从才、气、学、习四个方面来考察。才是才能,气是气质,这是先天的禀赋;学是学养,习是习染,属于后天的教养。先天的禀赋和后天的教养结合起来,就形成一个人的才性,即创作个性,这创作个性体现在作品中,就成为艺术风格。所以艺术风格是翻不出创作个性的特点的,"贾生俊发,故文洁而体清;长卿傲诞,故理侈而

[①] 转引自王元化:《文学风格论·跋》,《文学风格论》,第82页。

辞溢"。因此,我们要分析风格形成的主观因素,就要去研究创作个性的特点。

二、创作个性的发展与艺术风格的变化

作家、艺术家的创作个性既然不全由先天决定,而同时有后天的学养与习染的关系,那么,随着后天环境的转换、思想的变迁,创作个性必然有所发展,随之,艺术风格也必然有所变化。

鲁迅青年时代的作品与后来的作品在风格上就很不一样。如写于1903年的《斯巴达之魂》,不但题材富于异国情趣,而且情调高昂,色彩瑰丽,很富于浪漫气息。这一方面是受了当时风气的感染:"当时的风气,要激昂慷慨,顿挫抑扬,才能被称为好文章"①;另一方面也与他的思想认识有关:他想大声疾呼,来唤起国人的觉醒。后来,他经历得多了,知道"中国太难改变了,即使搬动一张桌子,改装一个火炉,几乎也要血;而且即使有了血,也未必一定能搬动";并且认为:"群众——尤其是中国的——永远是戏剧的看客。牺牲上场,如果显得慷慨,他们就看了悲壮剧;如果显得觳觫,他们就看了滑稽剧。"所以他认为:"对于这样的群众没有法,只好使他们无戏可看倒是疗救,正无需乎震骇一时的牺牲,不如深沉的韧性的战斗。"②随着思想、性情的改变,鲁迅作品的艺术风格也有了很大的变化,由浪漫主义的慷慨悲歌,变为现实主义的深沉的解剖。鲁迅后期虽然仍有火一般的爱国热情,但已热得发冷,成为不见火焰的白热。

曹植作品的风格,前后期变化也很大。曹植少小聪明,才华出众,深得父亲曹操的喜欢,因而他生活得自由、舒适,而且政治上很有抱负,对前途充满憧憬,反映在作品中,风格热烈、明快。"愿得展功勤,输力于明君;怀此王佐才,慷慨独不群。"真是有些少年得志的味道。但到曹丕当权之后,情况就不同了。曹植成为曹丕的眼中钉,处处受到打击、迫害,"本是同根生,相煎何太急?"因为他终日处于苦闷、忧愁之中,不复有早年的欢乐,写出来的诗歌也变为哀伤、悲愤的格调:"惊风飘白日,光景驰西流,盛时不再来,百年忽我遒。生存华屋处,零落归山丘。先民谁不死,知命复何忧?""秋风发微凉,寒蝉鸣我侧。原野何萧条,白日忽西匿。归鸟赴乔林,翩翩厉羽翼。孤兽走索群,衔草不遑食。感物伤我怀,抚心长太息。"

---

① 《集外集·序》。
② 《坟·娜拉走后怎样》。

艺术风格的变化,不仅同作家、艺术家思想、情性的变化有关,而且也是他们不断进行艺术探索的结果。西班牙画家毕加索是一个风格多变的画家,他一生经历了许多时期:蓝色时期、玫瑰红时期、立体主义时期、古典主义时期,等等,这虽然与他生活环境的变化有关,但也是他在艺术上不断地追求和创新的结果。伟大的艺术家都是伟大的求索者。

三、风格与人格

既然艺术风格取决于创作个性,那么,要使自己的作品有好的风格,就必须陶冶性情,锻炼人格。艺术家们历来都很注意伟大人格的培养。郎加纳斯说:"崇高就是'伟大心灵的回声'。"① 罗丹说:"在做艺术家之前,先要做一个人!"② 鲁迅有句名言:"从喷泉里出来的都是水,从血管里出来的都是血。"③ 当时有些人缺乏革命的思想意识,但却自称革命文学家,写的是"革命文学",鲁迅就告诫道:"我以为根本问题是在作者可是一个'革命人'"④,"革命人做出东西来,才是革命文学。"⑤ 傅雷则认为,要做一个好的表演艺术家,也必须心灵纯洁,"不是纯洁到明镜一般,怎能体会到前人的心灵?怎能打动听众的心灵"? 所以他要求身为钢琴演奏家的儿子,做"一个德艺俱备,人格卓越的艺术家"⑥!

当然也有相反的例子,那就是文人无行,弄虚作假。例如,西晋的诗人潘岳,写过一篇《闲居赋》,格调高雅,把自己描绘成一个淡于利禄,忘怀功名的人,而实际上他却趋炎附势,对当权的贾谧,望尘而拜,人格十分卑下。但矫情总是不能持久的,伪装也迟早要拆穿,这样的作品最后不但不能感动人,反而成为千古笑柄。后人元好问就有诗讥道:"心画心声总失真,文章宁复见为人。高情千古《闲居赋》,争信安仁拜路尘。"⑦

如何进行人格修养?我国古代儒家是主张内省式的道德修养,所谓"吾日三省吾心",宋元理学家进一步讲心性之学,但却培养出一批表里不一的虚伪人物,李贽所批评的,吴敬梓所讽刺的,就是这种人。也有些人主张作家、艺术家和其他知识分子都要去接受社会上另一部分人的思想教育,说只有如此

---

① 《论崇高》,《西方文论选》上卷,第125页。
② 《罗丹艺术论》,第4页。
③④ 《而已集·革命文学》。
⑤ 《而已集·革命时代的文学》。
⑥ 《傅雷家书》,生活·读书·新知三联书店1981年版,第19页。
⑦ 《论诗三十首》之六,《中国历代文论选》第二册,第449页。

才能提高思想道德修养。但是这种理论却忽略了重要的一点,即教育者本人是怎样受教育的? 马克思的哲学是实践的哲学,马克思认为,人只能在改造世界的实践中来改造自己。他说:"有一种唯物主义学说,认为人是环境和教育的产物,因而认为改变了的人是另一种环境和改变了的教育的产物——这种学说忘记了:环境正是由人来改变的,而教育者本人一定是受教育的。因此,这种学说必然会把社会分成两部分,其中一部分凌驾于社会之上……环境的改变和人的活动的一致,只能被看作是并合理地理解为**变革的实践**。"①

实践的哲学观点是正确的。只有通过革命实践,才能提高人格修养;只有在改造客观世界的同时,才能改造自己的主观世界。

---

① 《关于费尔巴哈的提纲》,《马克思恩格斯选集》第 1 卷,第 59 页。

第四编

鉴赏论

第一章 文学鉴赏的意义和特点

作家写出作品,作品获得出版之后,就进入了阅读和鉴赏的过程。文学作品必须通过阅读和鉴赏来实现自己的价值,来完成自己的使命,没有阅读和鉴赏的创作就没有任何社会价值,也就不成其为创作。所以阅读论或鉴赏论在文艺学中占有重要的地位。

鉴赏论可谓源远流长,在我国古代文论中有很多鉴赏心得,论者并且从鉴赏的角度出发,对创作提出要求,具有真知灼见。而在我国现代文论中,则鉴赏论较为薄弱,即使在美学研究中,对于美感也不及对美的本体来得重视,这大概与对文学的性质作用和对审美的主客体关系理解得过于偏狭有关——我们过去是过于重视文学的社会属性,而忽视其审美属性,过于强调客体对主体的作用,而对主体的积极能动作用则研究得不够。在西方文论中,由于长期以来,模仿论占据统治地位,所以一向看重的是文学本体。但对于读者主体也并非毫不顾及。亚里士多德在《诗学》中论述悲剧定义时,已把读者反映("恐惧与怜悯")考虑在内,后来的作家、理论家有些也注意到了读者的作用,如法国作家法朗士就很重视这个问题,他在《乐图之花》里说:"书是什么?主要的只是一连串小的印成的记号而已,它是要读者自己添补形成色彩和情感,才好使那些记号相应地活跃起来,一本书是否呆板乏味,或是生气盎然,情感是否热如火,冷如冰,还要靠读者自己的体验。或者换句话说,书中的每一个字都是魔灵的手指,它只拨动我们脑纤维的琴弦和灵魂的音板,而激发出来的声音却与我们的心灵相关。"但这些见解还没有形成完整的阅读理论或鉴赏理论。直到现代阐述学、现象学、结构主义等理论的出现,才激发了阅读论或鉴赏论的发展,并产生了一种新的理论体系——接受美学。接受美学或接受理论,是20世纪60年代后期联邦德国康士坦茨大学一批文艺学教授创立的,代表人物是姚斯和伊瑟尔。姚斯认为,一部作品即使已印成书,在读者没有阅读之前,也只是半成品。伊瑟尔有一本代表作,就叫作《阅读行为》,是专门研究阅读问题的。接受美学虽然也有其局限性,但它完善了鉴赏论,把读者在文学活动中的作用提到了应有的地位,则无疑是重大的贡献。

在整个文学活动中,鉴赏是相当重要的一环。读者并非简单的接受者,而是艺术创作的积极参与者,不研究鉴赏活动,就无法全面地理解文学创作。而要研究鉴赏论,首先需要了解鉴赏的意义及特点。

第一节 文学鉴赏的意义

一、创作通过鉴赏来实现其价值

文学作品是作家心灵的倾诉。作家在生活中有所感触,想诉之于众,于是发为诗词,写成文章。创作是有社会性的,但是,文学作品的诞生并不能马上产生社会作用,文学的社会作用,只有通过鉴赏才能发挥出来。

刘勰说:"夫缀文者情动而辞发,观文者披文以入情。"①前者说的是创作过程,后者说的是鉴赏过程。整个文学活动,就是由创作和鉴赏两个部分组成,而文学作品则是两者的联结点。作者在作品里提供一种启示,发出一种召唤,而读者则通过作品,受到作者思想情绪的感染,产生相应的情感,并转化为一种精神力量。

创作和鉴赏是相互依存、相互促进的。它们的关系,就像生产和消费的关系一样。马克思说:"生产直接是消费,消费直接是生产。每一方直接是它的对方。可是同时在两者之间存在着一种中介运动。生产中介着消费,它创造出消费的材料,没有生产,消费就没有对象。但是消费也中介着生产,因为正是消费替产品创造了主体,产品对这个主体才是产品。产品在消费中才得到最后完成。"②的确,生产和消费相互中介着,缺掉一方,另一方就失却作用,无法存在下去。没有生产,不创造出产品,消费没有对象,还有何消费可言?但如果生产脱离了消费,产品堆积在仓库里、滞留在商店中,这个生产还能继续下去吗?所以生产者必然要考虑消费者的需要,要研究消费市场。堆积在仓库里的产品是并未发挥自己产品性能的材料,只有进入消费领域,产品才能成为产品。"因为产品只是在消费中才成为现实的产品,例如,一件衣服由于穿的行为才现实地成为衣服;一间房屋无人居住,事实上就不成其为现实的房屋;因此,产品不同于单纯的自然对象,它在消费中才证实自己是产品,才**成为产品。**"③文学创作属于精神生产,它与物质生产并不完全一样,但就生产与消费的关系而言,却又有相同之处。艺术鉴赏,就是精神产品的消费。作家不创作出作品,读者没有鉴赏对象,当然无从鉴赏;但是,一首诗歌、一部小说如果

---

① 《文心雕龙·知音》,范文澜《文心雕龙注》下册,第715页。
②③ 《政治经济学批判·导言》,《马克思恩格斯选集》第2卷,第9页。

不经过阅读,一幅图画如果不经过观赏,一部交响乐如果无人聆听,它们就不成其为审美对象。近年来有些新锐青年,将阅读称作消费,亦即文化消费之意,如说"我这个月消费了两本书"之类,虽说这是消费时代的时髦用语,听起来有些不那么顺耳,但从生产与消费的理论来看,倒是不无道理的。

这样看来,不但创作要通过鉴赏来发挥其社会功能、实现其社会价值,而且鉴赏还是创作的必要补充。这就是说,不经过鉴赏阶段,已写成的作品,也还不能算是最后完成其艺术创造的过程。因为作品只是提供了一种材料,唯有通过读者、观众的鉴赏,它的内在意义才能发挥出来。因此,萨特说:"创造只能在阅读中得到完成","艺术家必须委托另一个人来完成他开始做的事情","因此任何文学作品都是一项召唤。写作,这是为了召唤读者以便把我借助语言着手进行的揭示转化为客观存在"。他甚至认为,如果没有读者的这种配合,"那么剩下的只是白纸上一堆软弱无力的符号"①。这种见解,在西方理论家中已相当普遍。杜夫海纳也谈过:当博物馆的最后一位观众走出之后,大门一关,里面的画虽然仍然存在,但由于没有被感知,"我们只能说:那时它再也不作为审美对象而存在,只作为东西而存在"②。西方有些文论家把印成书的作品称作"第一文本",认为它只是艺术制品,但不是审美对象;而把经过阅读后、与读者直接发生关系的作品称作"第二文本",认为这才是审美对象。或者把与读者发生关系之前的自在状态的作品称为"文本",而将经过阅读,与读者构成对象关系,融进了读者审美经验,突破了孤立状态的文本,称为"作品"。这种理论强调了接受者在文学活动过程中的积极作用。接受者是审美的主体,有了审美主体,审美对象才能存在并且发挥作用。所以,我们说作品只有在鉴赏(接受)过程中才能得到最后完成。正如接受美学创始人姚斯所说:"在这个作者、作品和大众的三角形之中,大众并不是被动的部分,并不仅仅作为一种反应,相反,它自身就是历史的一个能动的构成。一部文学作品的历史生命如果没有接受者的积极参与是不可思议的。因为只有通过读者的传递过程,作品才进入一种连续性变化的经验视野。"③

二、鉴赏对于创作的影响

过去的文艺学家总是从作家作品的角度来研究文学发展的历史,比如,文艺社会学派比较重视对作家传记的研究,形式主义和新批评派则重在作品本

---

① 《为什么写作?》,《萨特文集》第3卷,中国检察出版社1995年版,第292、291页。
② 《美学与哲学》,中国社会科学出版社1985年版,第55页。
③ 《走向接受美学》,《接受美学与接受理论》,辽宁人民出版社1987年版,第24页。

身,但接受美学家提出了非议,认为这些研究方法都已过时,新的方法应该从读者接受的角度来研究文学史,也就是接受文学史。当然,单从接受的角度来研究文学艺术发展的历史,也会产生另一种片面性,但把文学艺术的接受和影响作为一个维面来考察,以弥补作家作品论之不足,那是十分必要的。对于文学艺术的发展历史,着重应该考察的是审美意识的发展史。时代的审美意识,大体表现在两个方面:一方面体现在创作思想中,作品是它的结晶;另一方面体现在接受观点和趣味中,批评是它的理论形态。不过,理论批评并不能完全概括接受者的审美观点和趣味,后者的内涵要丰富得多。创作和接受是互相影响的,不但作品能影响读者的审美观点和审美情趣,而且,读者的观点和情趣也会影响作家的审美意识。鲁迅说:"文艺是国民精神所发的火光,同时也是引导国民精神的前途的灯火。这是互为因果的,正如麻油从芝麻榨出,但以浸芝麻,就使它更油。"①这就道出了两者之间的相互影响的关系。他认为当时中国之所以多有"瞒和骗"的文艺,就与中国人不敢正视现实的"瞒和骗"的思想有关,而那些粉饰现实的"瞒和骗"的文艺,则更使国民陷入"瞒和骗"的沼泽之中。

　　接受者对于创作者的影响,有时是有形的,有时是无形的。有些作家很关心自己作品的社会影响,非常注意读者的欣赏趣味,他们虽有不同的出发点,或者出于审美教育的需要,因而竭力写得为群众所喜闻乐见,或者为了作品的畅销卖座,尽量适应读者观众的口味,但都是自觉地接受接受者的影响。有些作家则很不在乎自己作品能否畅销,并不关心接受者能否接受,他们以抒发自己的感情,表达自己的美学情趣为快。表面上看来,这一类作家是不受接受者欣赏趣味的影响的,其实不然,他们往往仍旧跳不出时代的审美意识范围。群众的审美情趣是复杂多样的,他们可以摆脱这一部分人的影响,但难免要接受另一部分人的影响。即使是开创新路的探索者、试图超越时代的先锋派,他们超越的起点仍旧是现实的,他们的超越意识本身也仍是时代所赋予的。否则,超越失去了弹跳点,也就无从超越了。

　　由于读者对于创作有着无可避免的影响,所以创作家对于接受者的欣赏情趣应该正视,而不是回避。所谓正视,当然并非简单的迎合,而是既要适应它,又要提高它。

　　适应,就是要顾及接受者的审美趣味。文学创作是一种社会活动,无论创作者的目的如何,文学作品总是要面对读者、观众的。想借文学来宣传某种思

---

① 《坟·论睁了眼看》。

想的人,当然要考虑宣传对象的接受能力、兴趣爱好,否则,无的放矢,对牛弹琴,乱弹一通,起不到应有的作用;就是抒发内心感情的作者,也要寻求知音,希望别人能理解自己,获得感情上的交流。这样,就都有一个适应接受者审美趣味的问题。如果新文学创作者根本不顾及接受者的审美趣味,那么接受者也根本不接受你的作品,还是旧文学占领市场。我国新文学发展过程中,是有过这样的教训的。

当然,单是适应群众的审美趣味也不行,还必须对它加以提高。

首先,群众的审美趣味并非都是健康的,它还有低级、庸俗的一面,如果一味适应、迎合,作家就会成为群众的帮闲,更助长其不健康的情绪,于文学的发展没有好处。

其次,群众的欣赏习惯一旦形成,便会产生一个封闭的圆圈,如果不加突破,就永远循环不已,没有长进。作家需要引进新的机制,用新的创作思想和表现手法来打破这种循环,将群众的欣赏水平提高一步,同时也就将文学水平提高一步。

适应和提高是辩证的统一。没有适应,脱离原有的鉴赏水平,提高就没有基础,群众对新的东西无法接受,也就无从提高。没有提高,一味适应,文学不能发展,群众也不能满足,终于连适应都谈不上。所以文学创作既要适应群众的艺术趣味,又要提高群众的艺术趣味,文学也就在既适应又提高的过程中得到发展。

第二节　文学鉴赏的特点

一、鉴赏与共鸣

鉴赏是一种共鸣感应现象。共鸣本是物理学上的名词,原指两个频率相同的物体,只要其中一个振动了,另一个便因感应自然会振动起来。实验室里常用两个音叉的感应来证明共鸣原理,古书上说"铜山崩而洛钟应",也是一种共鸣感应。鉴赏则是审美心理上的共鸣。作家通过艺术作品来拨动接受者的心弦,使之产生情感上的感应。如果艺术作品不能打动接受者,它就不能引起共鸣,而接受者如不产生共鸣,就无从接受艺术作品。所以说,共鸣是鉴赏的必要基础。当然,正如物理上的共鸣需要有一定的条件一样,心理上的共鸣也要有一定的条件,这就是心灵上的相同频率。并不是所有艺术品都能够打动所有的读者,也不是所有读者都能够欣赏所有的艺术品。他们之间要有对应性。郭沫若在《女神》的序诗里写道:"你去,去寻那与我的振动数相同的人;你去,去寻那与我的燃烧点相等的人。"诗人是深知共鸣者的感应条件的。

那么,心灵上的相同频率是何所指呢?

这是指作者和读者之间要有相同的思想感情,这样才能引起共鸣。《红楼梦》第二十三回写林黛玉在梨香院墙角外听到里面女孩子演习《牡丹亭》戏文,听其唱道:"原来是姹紫嫣红开遍,似这般,都付与断井颓垣……"黛玉觉得十分感慨缠绵,又听到"良辰美景奈何天,赏心乐事谁家院……"这两句,不觉点头自叹,再听到"只为你如花美眷,似水流年……"两句,不觉心动神摇,又听到"你在幽闺自怜……"等句,越发如醉如痴,站立不住,便一蹲身坐在一块山子石上,细嚼"如花美眷,似水流年"八个字的滋味。忽又想起前日见古人诗中,有"水流花谢两无情"之句,再词中又有"流水落花春去也,天上人间"之句;又兼方才所见《西厢记》中"花落水流红,闲愁万种"之句,都一时想起来,凑聚在一处。仔细忖度,不觉心痛神驰,眼中落泪。这就是艺术上的共鸣现象。为什么《牡丹亭》《西厢记》上的戏文和崔涂、李煜的诗词能深深地打动林黛玉的心,却不能引起薛宝钗的共鸣?——虽然薛宝钗也读过不少这类书籍。这就是因为她们的身世有别,思想感情不同之故。林黛玉一向多愁善感,她追求爱情、追求生活中的美,但却处处不如意,美好的青春如落花流水般逝去,她听到这种词曲,怎能不心痛神驰,产生共鸣呢?而薛宝钗安分随时,机遇甚好,这就缺乏共鸣的基础,再加上封建正统思想较重,所以虽读过这类书,却持批判态度,反而认为女孩子是不该读这些书的。大凡能够打动读者的作品,总是说出了读者想说而未说的话语,抒发了他们胸中郁积的情愫。落后于接受者的思想,或太超越了接受者的思想,都不能引起共鸣。为什么清官戏和侠客小说在我国那么受欢迎呢?这是因为人民群众深感世事之不平、豪强之跋扈,而自己又缺乏自主的精神和斗争的力量,因而希望有清官来为民做主,有侠客来为民除霸。所以高唱"做官不为民做主,不如回家卖红薯"的清官舞台形象,和七侠五义之类的英雄豪杰,深深为观众所喜爱。在这种观众和读者面前,宣扬邪恶的作品当然不得人心,而宣传人民自己当家做主思想,鼓吹人的自我解放的作品,也未必能引起共鸣,因为他们的思想觉悟还没有到达这一地步。有些体现新思想的作品在群众中不能引起反响,就是这个道理。鲁迅在《热风·随感录五十九"圣武"》中感叹道:"新主义宣传者是放火人么,也须别人有精神的燃料,才会着火;是弹琴人么,别人的心上也须有弦索,才会出声;是发声器么,别人也必须是发声器,才会共鸣。中国人都有些不很像,所以不会相干。"正如有什么样的群众必然有什么样的政府一样,同样,有什么样的读者、观众,也就流行什么样的作品,这是为艺术接受的规律所制约的。所以,在庸俗习气弥漫之处,具有高雅情操的作者,包含新进意识的作品,难以遇到知音,是并不奇怪的。古人早就慨叹道:"知音其难哉!音实难知,知实难逢;逢其知音,千载其一乎!"①当然,这里所说的知音难,还包括"贱同而思古""知多偏好"等审美心理因素,并非完全是感情上的共鸣问题了。

二、鉴赏是再创造的过程

在鉴赏的过程中,读者并非消极的接受者,而是积极地参与艺术形象的再创造,是艺术创作的合作者。

艺术形象是现实生活的反映,但艺术形象不可能也没有必要详细、全面地描述生活现象,作家艺术家只不过抓住对象的本质性的特征,加以勾勒,提供某些信息,给接受者以再创造的基础。文学形象是借语言来表达的间接形象,当然需要读者根据语言信息予以再创造,就是绘画、戏剧、电影等视觉形象,观众所能直接看到的也只是外形特点,至于内在的东西,如性格、意境,等等,也仍然需要观众根据画面上所提供的信息进行再创造。所以,形象的完整性与丰富性,不在于描写的细致周密与否,而在于能否诱发读者、观众去进行再创造。文学作品里的人物形象,有时完全不写外形,只用几句对话,就能表现出人物特征,即是借助于再创造的功夫。要用对话表现人物,不在于将人物的对话记录得详细,倒是要删除不必要之点,只摘出各人的有特色的谈话,才能显示性格。如果将人物的对话全盘记录下来,倒反而掩盖了特色。正如写意画虽只寥寥几笔,但由于抓住了事物的特征,其表现效果往往在工笔画之上。所以作家艺术家的创造,妙在诱发,读者观众则在接受诱发的基础上进行再创造。正如圣伯夫所说:"最伟大的诗人并不是创作得最多的诗人,而是启发得最多的诗人。"

既然鉴赏是一个再创造的过程,那么鉴赏者应该有相应的生活基础和思想基础,这样,在接受诱发之后,才能调动生活记忆和情绪记忆去丰富和发展艺术形象。譬如读《欧也妮·葛朗台》,我们就会根据有关吝啬鬼的生活记忆去理解老葛朗台形象,读《水浒传》,我们就会调动有关莽撞汉的见识去丰富李逵的形象。没有相应的生活经验,是无法鉴赏艺术的。正如鲁迅所说:"北极的遏斯吉摩人和菲洲腹地的黑人,我以为是不会懂得'林黛玉型'的;健全而合理的好社会中人,也将不能懂得,他们大约要比我们的听讲始皇焚书,黄

---

① 刘勰:《文心雕龙·知音》,范文澜《文心雕龙注》下册,第713页。

巢杀人更其隔膜。"①《儒林外史》的艺术水平是很高的,应该说是在《三国演义》《水浒传》之上,但为什么反而不及《三国演义》和《水浒传》之流行呢?其中一个很重要的原因就是生活基础的问题。《儒林外史》写的是科举制度下的士子形象,虽然讽刺得很深刻,但自从废科举、兴学校,洋学生漫天塞地以来,知识分子的生活起了很大变化,他们的心态也有所不同,与周进、范进、匡超人、牛布衣们有些隔膜,所以对于《儒林外史》的伟大之处就不大能理解。而中国的社会虽然几经变迁,而"三国"气和"水浒"气却并未根除,所以《三国演义》和《水浒传》倒反而能流行。

当然,由于时代的变迁、民族的区别,等等,读者与作者的生活经验和思想意识必然有距离,因此,读者再创造出来的艺术形象与作者原有的艺术形象也必然会有差异。现代读者心目中的林黛玉形象,不可能与作者曹雪芹意念中的林黛玉形象完全一致,因为现代读者没有经历过封建贵族的生活,没有见识过大家闺秀,他们只能根据自己生活中所接触过的娇弱多愁的姑娘去加以推想,这就必然与作者所想的有距离。而且每个读者心目中的林黛玉也不会一样,这只要看看各种《红楼梦》图咏中林黛玉的图像很不相同,就可以了然,这是各个画家心目中的林黛玉。西方文论家说:"有一千个读者,就有一千个哈姆雷特。"指的就是这种情况。

有时,由于人们所处的立场不同,思路各异,他们在同一著作或同一诗句中,也会读出不同的意思来。例如,达尔文的《物种起源》谈生存竞争,原是指自然界的一种客观现象,但社会达尔文主义者却把它演绎成弱肉强食的社会规律,为侵略者张目;而严复在中国面临列强瓜分的危急存亡之际,将达尔文主义者赫胥黎的《进化论与伦理学及其他》译为《天演论》,却又用弱肉强食之语来警策国人,以图自强。他们的理论来源一致,而内涵却大不相同。如果说,这是对同一学说的不同解读,还是属于理论范围的问题,那么,在文学作品的译介上,不同的阐释就更为普遍。由于译者对原作理解的歧异,"西化"还是"归化"的译法的不同,归化的程度不一,译作的侧重点和语意也会不一样。

对于诗句的解释,也大有不同。例如,鲁迅的诗句"横眉冷对千夫指,俯首甘为孺子牛",上句的"千夫指",是说千夫所指,即受到众人指责之意,鲁迅是横眉冷对,决不妥协,坚决走自己的路。他后来在《死》中说:"我的怨敌可谓多矣,倘有新式的人问起我来,怎么回答呢?我想了一想,决定的是:让他们怨恨去,我也一个都不宽恕。"即是此意。下句的"孺子牛",即为孺子做牛马

---

① 《花边文学·看书琐记》。

之意,典出《左传·哀公六年》,其中记齐景公对幼子荼非常溺爱,尝口衔绳子装作牛,让荼牵着骑在背上,荼跌下来,绳子把景公的牙齿也扯掉了。鲁迅在1931年4月15日致李秉中信中说:"长吉诗云:已生须已养,荷担出门去。只得加倍服劳,为孺子牛耳,尚何言哉。"可作本诗句的注解。但在流传过程中,由于理解不同,其内涵亦渐有扩大。许寿裳在回忆文章中认为,"俯首甘为孺子牛"这句诗,应参阅"救救孩子"和"自己背着因袭的重担,肩住了黑暗的闸门,放他们到宽阔光明的地方去"等话来理解,也就是说,"孺子"不仅是指自己的儿子海婴,而且包括所有的孩子;而鲁迅自己的行为,就像这句诗一样,体现出为民族、为后代的自我牺牲精神。这已将原意扩大了。而毛泽东《在延安文艺座谈会上的讲话》中则有另外的解释,他说:"鲁迅的两句诗,'横眉冷对千夫指,俯首甘为孺子牛',应该成为我们的座右铭。'千夫'在这里就是说敌人,对于无论什么凶恶的敌人我们决不屈服。'孺子'在这里就是无产阶级和人民大众。一切共产党员,一切革命家,一切革命的文艺工作者,都应该学习鲁迅的榜样,做无产阶级和人民大众的'牛',鞠躬尽瘁,死而后已。"这是强调从政治的角度来理解。

总之,读者在阅读时,总要融进自己的生活阅历、审美经验和思想意识,但读者的再创造不是凭空而来,而是有所依据,这个依据便是作品形象所提供的信息。读者根据作品形象所再创造出来的艺术形象,当然不会与作品形象相差得太远,因为其基本特点是已经被确定了的。正如鲁迅所说:"作者用对话表现人物的时候,恐怕在他自己的心目中,是存在着这人物的模样的,于是传给读者,使读者的心目中也形成了这人物的模样。但读者所推见的人物,却并不一定和作者所设想的相同,巴尔扎克的小胡须的清瘦老人,到了高尔基的头里,也许变了粗蛮壮大的络腮胡子。不过那性格,言动,一定有些类似,大致不差,恰如将法文翻成了俄文一样。要不然,文学这东西便没有普遍性了。"①解读如果离原作太远,那就是误读,而不是正常的接受了;翻译如果离开原作的本意,那就是曲译或错译,不是正确的翻译了。

第三节 鉴赏主体的养成

一、对象创造了主体

上面,我们说明了鉴赏主体的能动作用,鉴赏活动对于艺术创作的积极意

---

① 《花边文学·看书琐记》。

义,但这只是问题的一个方面,问题的另一个方面是,鉴赏主体本身却又是鉴赏对象所创造的。马克思说:"艺术对象创造出懂得艺术和具有审美能力的大众——任何其他产品也都是这样。因此,生产不仅为主体生产对象,而且也为对象生产主体。"①

为什么说艺术对象创造出懂得艺术的鉴赏主体呢?

首先,对象与主体本来就是相对而言的,没有主体,对象失却了意义,没有对象,主体也就不成其为主体。就艺术活动的过程看,总是先生产出艺术对象,然后再进入鉴赏过程,所以说鉴赏主体是由艺术对象创造出来的。当然,接受者可能先于艺术对象而存在,但在进入鉴赏过程之前,他还不是鉴赏主体,鉴赏主体是在艺术鉴赏的过程中形成的。

其次,主体的接受力不是先天生成的,而是后天培养的,养成主体接受力的重要因素,便在于艺术鉴赏自身。只有在艺术鉴赏的过程中,才能培养出主体的接受力。歌德说:"鉴赏力不是靠观赏中等作品而是要靠观赏最好作品才能培养成的。"②鲁迅说:"用秕谷来养青年,是决不会壮大的,将来的成就,且要更渺小,那模样,可看尼采所描写的'末人'。"③他们说的都是艺术对象对于培养主体接受力的重要性,而这接受力又反过来影响艺术对象的创造。

从对象创造主体这个角度看,创作或翻译出好的艺术作品是十分重要的事,这是用什么食料来喂养读者,也就是要创造出什么样的鉴赏主体的问题。在商品经济中,艺术生产和艺术消费正如物质生产和物质消费一样,必然要受价值规律的支配,出版和演出都要取决于读者和观众。但文学作品毕竟不是一般的商品,它肩负着提高民族文化素养、培养良好国民精神的使命,因此又不能完全听任价值规律的支配。社会必须保证高级文艺的存在和发展,以便培养出具有高级审美能力的接受主体。

二、鉴赏主体养成的主观条件

对象是创造鉴赏主体的客观条件,但鉴赏主体的养成,还有它自身的条件。就艺术接受的范围来说,主体的审美感觉力是很重要的,超出主体感觉力的艺术对象,对主体来说就毫无意义了。当然,主体感觉力可以在鉴赏过程中提高,但如果一开始就没有这种感觉力,那么艺术对象也就不成其为对象,正如马克思所说:"忧心忡忡的穷人甚至对最美丽的景色都没有什么**感觉**;贩卖

---

① 《政治经济学批判·导言》,《马克思恩格斯选集》第2卷,第10页。
② 《歌德谈话录》,第32页。
③ 《准风月谈·由聋而哑》。

矿物的商人只看到矿物的商业价值，而看不到矿物的美和特性"①，这样，主体根本就不能进入艺术鉴赏的过程，当然更谈不上审美感觉力的提高了。

为什么忧心忡忡的穷人对于美丽的景色没有感觉，贩卖矿物的商人看不到矿物的美呢？这是因为穷人为生活所迫，商人为实利所囿，他们都失去了审美的感觉力。而中世纪教会统治下的人们，由于专心一意地膜拜神灵，自我的精神受到压抑，他们的审美感觉力也萎缩了，直至文艺复兴时期，人的精神获得解放，审美的感觉力才得到发扬。可见要获得审美的感觉力，必须超脱实利的观点，必须摆脱精神上的压抑。当然，我们不能说艺术鉴赏毫无功利可言，因为美和善是相联系的，善的判断也就是功利的判断。人们在欣赏社会性强的作品时，很容易与功利主义联系在一起，就是在欣赏草木鱼虫画时，也总是受其积极情绪的鼓舞。但是，美和善毕竟是两种判断，处处从功利主义出发，就很难欣赏美。有些人抱着实用主义的观点，那么对善也是一种歪曲。过去有一段时期，有人反对画牡丹，主张画南瓜花；反对画风景，提倡画积肥；老鼠因为是四害之一，也不能入画。以此种观点来鉴赏艺术，哪里还有什么审美感觉力呢？艺术是人对现实的审美观照，美是人的本质力量的对象化，要欣赏美，必须让人的精神从种种束缚下解放出来，恢复人的本质力量。

此外，审美感觉力的培养，与文化修养和审美经验的积累有关。人的精神的解放不是复归到原始状态去，无知的人不可能具有高度的审美感觉力。老子因为主张返璞归真，所以提出"绝圣弃知""绝学无忧"的观点，但如果我们真以为"为学日益，为道日损"，而回到恍兮惚兮的状态去，那也是无法进行审美鉴赏的。审美的感觉力其实也需要相当的学识作基础。至少，不识字的人就无法欣赏以语言文字来塑造形象、表现感情的文学作品；而对于音乐和绘画的感受力，也与文化修养有关。在一般文化修养的基础上，审美经验的积累，又直接关系到审美力的提高。"凡操千曲而后晓声，观千剑而后识器；故圆照之象，务先博观"②，说的就是审美经验积累的重要性。审美经验的积累，分两方面进行：一方面是个体的积累，鉴赏者在鉴赏过许多艺术作品之后，他的审美能力在无形中会得到提高；另一方面是集体的积累，那是人类在发展的途程中，积累了审美经验，形成了历史的积淀，有些成为集体无意识遗留下来，有些则记录在诗话、词话、乐论、画论等文字中，给后人提供审美指导。这两方面的经验积累，对审美力的提高，都起着决定性的作用。这也就是"学"的意义。

---

① 《1844年经济学哲学手稿》，第83页。
② 刘勰：《文心雕龙·知音》，范文澜《文心雕龙注》下册，第714页。

第二章 审美力分析

鉴赏主体的能动性,使得审美力在阅读过程中起着重要的作用。要研究艺术鉴赏原理,还必须进一步对审美力进行分析。

艺术鉴赏是一种审美心理活动,因此,对审美力的分析应该着重分析其心理机制。但审美心理学还处于幼稚阶段,有许多审美心理现象还不能作出确切的说明。有些问题在我国曾被划作禁区,如审美直觉、移情作用、美感的共同性等,稍一涉及,即要"触雷"。而由于问题本身的复杂性,禁区开放之后,也不是马上能够说得清楚的。在研究这些问题的时候,需要持辩证观点,进行多方面的考察,力求避免片面性。

第一节 审美心理机制

一、审美感知

审美活动的最初阶段是审美感知。感是感觉,知是知觉。感觉比较简单,是主体的感官对外界事物个别特征的反映,如对色彩的反映,或对形体的反映;知觉则较为复杂,是主体对事物各种特征的综合感受、整体把握。人体有眼、耳、鼻、舌、身等感觉器官,可以感受外界物体的形状、色彩、声音、气味、温度等特征,就个别性能而论,人体的某些感觉器官虽然不及某种动物,如人的眼睛不及鹰眼看得远,人的鼻子不及狗鼻灵敏,但人有发达的大脑可以对各种感觉到的东西作出综合判断,因此,人对外界的感知能力比任何动物都强。而这种对现实的感知,也就是对现实的占有。正如马克思所说:"人以一种全面的方式,也就是说,作为一个完整的人,占有自己的全面的本质。""这些器官同对象的关系,是**人的现实的实现**,是人的能动和人的**受动**,因为按人的方式来理解的受动,是人的一种自我享受。"[①]在审美活动中,审美对象作用于审美主体,刺激了主体的感官,审美主体接受刺激,产生了审美感知。这种感知与一般的感受外物不同,它是对艺术对象的拥有和享受,是一种

---

① 《1844年经济学哲学手稿》,第80—81页。

审美把握。

审美感知是一种直觉活动。我们读一首诗,为其意境所打动,我们看一幅画,为其形象所感染,我们听一首乐曲,为其旋律所陶醉,往往都是刹那间之事,可以说是一见钟情,没有进入深层思考,也说不出为什么喜欢这一审美对象,只是直觉地感到它美,获得审美愉悦。这就是审美的直觉性。否认审美直觉性是违反事实的,但夸大直觉性的作用,把它与理智性对立起来,认为直觉是离开理智作用而独立自在的,那也走向另一个极端,同样不符合事实。因为在直觉性的背后,仍旧有理智性存在。

为什么审美主体能够直觉地感知对象,而产生审美愉悦呢?这与主体的审美心理结构有关。格式塔心理学有"异质同构"之说,这种理论认为审美主体与审美对象在"力的图式"上达到一致,因而同构的心理才能对物理对象产生感应。我们且不论这种异质同构是否完全由于"力的图式"的作用,至少在主体与客体之间必须有相同相通的东西,才能产生审美感应,那是必然的。而审美心理结构的产生,显然不是生物本能,而是社会历史因素所形成的,因为它在不同的社会历史条件下,会有不同的变化,这可见审美直觉是以理性作基础的。

此外,审美活动也不会停留在感知阶段,接着还有理解和认识,这就更受理性的支配了。

二、审美想象

想象在创作过程中起着很重要的作用,在鉴赏过程中同样起很重要的作用。没有想象,审美感知不能化为完整的形象。杜甫《可叹》诗云:"天上浮云似白衣,斯须改变如苍狗",就是由审美的想象力所致。如不加想象,浮云只是浮云而已,何以会变成白衣苍狗呢?黄山景观中的猴子观海、仙人晒靴,只不过在悬崖峭壁上有那么一块石头,远看有点像猴形或靴形,经过观赏者的想象,就幻化为蹲在悬崖上观看云海的猴子和晒在峭壁上的仙人之靴了。但如果无人指点,不朝这方面想象,初上黄山的人甚至看不出这是猴子或靴子。因为它本来与猴形或靴形还有一定距离。在欣赏自然美的时候,不但想象必不可少,而且对想象力的诱导也很重要,一些景物的命名,就是对观赏者的想象力起诱导作用。桂林七星岩和芦笛岩,里面钟乳石的形状千奇百怪,经灯光的渲染、导游的介绍,我们看到这是花果山水帘洞,那是天上舞台,这是报晓的金鸡,那是怒吼的狮子……但如果不加想象,那就什么也不像,只不过是一些石头而已。

审美想象不但在观赏自然美时是必要的,而且在欣赏艺术美时也不可或缺。艺术作品的形象虽然有相当的明确性,但由于表现上的特点,毕竟与生活现象有距离。过去,我国民间戏台上有副对联云:"三五步行遍天下,六七人百万雄兵",说的就是我国戏曲表演艺术上的特点。一位书生上京赶考,在舞台上走两圈就到了;某某大将统兵出征,几个兵卒台前台后上下几次,就代表十万雄师;真马不上台,演员挥几下马鞭,算是骑马;没有门户的布景,做一下开门的动作,观众就知道那是门;《拾玉镯》中孙玉姣的赶鸡动作,使人感到有许多只鸡在跑;《水漫金山》中白素贞的舞蹈姿态,幻出满台之水……这些,无疑都是靠调动观众的想象力,使象征性的表演变成完整的艺术形象。音乐借助于声音来唤起听众的想象力,它虽然不能直接显示出高山流水的形象,但可以通过激昂或舒徐的旋律,使听者想到巍巍乎高山,洋洋乎流水。绘画可以在尺幅之内表现大千世界,靠的也是想象力。几条波纹,代表水流,再画一只小舟,就把观者带到江河湖海中去。是"孤舟蓑笠翁,独钓寒江雪",还是"人生在世不称意,明朝散发弄扁舟",任由观者想象。没有审美想象是无法欣赏艺术的。譬如雕塑,往往选取高潮前的一刹那来造型,如古希腊的雕塑《掷铁饼者》,就选取了运动员将铁饼掷出之前的姿态。观者必须运用想象力将这一动作的前前后后都联系起来,才能欣赏这运动员的形象。至于欣赏文学作品,则更需要想象。文学作品靠语言文字来塑造形象,而语言文字只是一种符号,读者是通过这种符号形式,再想象出形象来。艺术鉴赏中的审美想象以审美感知为基础,所以它总不脱离眼前的艺术对象,丰富的想象力是环绕着艺术对象而展开的。

三、移情作用

审美观照是一种感情活动。当审美主体全身心地沉浸在审美对象中时,就油然而生一种感情,而且还要把这种感情外射到对象中去,这就叫作移情作用。

移情作用在欣赏自然美时表现得特别明显。自然物本来是没有感情的东西,在科学家眼里,它是冷冰冰的自在之物,但是一进入审美领域,它就变成富有感情的活物了。并非自然物产生了情感,这情感是由审美主体投射过来的。辛弃疾《贺新郎》词云:"我见青山多妩媚,料青山、见我应如是。"又《沁园春》词云:"青山意气峥嵘,似为我归来妩媚生。"这里面就有移情作用。青山是静物,既没有意气,也没有感觉,它不会因诗人的归来而生妩媚之态,更不会感到诗人妩媚;是诗人将自己的峥嵘意气和妩媚之感外射到青山身上去,而且还逆料青山也觉得诗人妩媚。这都是审美主体的感情作用。郑板桥题画诗云:"衙斋卧听萧萧竹,疑是民间疾苦声。些小吾曹州县吏,一枝一叶总关情。"竹声与民间疾苦声毫不相干,显然是这位七品县官将自己对人民的感情移到竹子上,所以他画的竹充满了人的精神。不但诗人画家笔下的自然景物总是充满感情的,而且一般自然美观赏者也总是将自己的感情寄托在对象物上,所谓"寄情于山水",即此之谓。

移情作用同样表现在艺术美的鉴赏中。艺术作品本来就蕴含着艺术家的感情,这种感情打动了鉴赏者,激发起他们相应的感情,而鉴赏者的感情又反射到作品中去。如果说,在观赏自然美时,移情作用能够达到物我同一的境界,那么在鉴赏艺术美时,移情作用能使鉴赏者进入角色、进入规定情境。我国有句谚语说:"不必为古人担忧。"这是规劝那些书痴戏呆的。眼前的文艺作品虽然写的是古人古事,但读者、观众动了感情,有时会觉得自己就是那个他所喜爱或同情的人物,或者为某角色的命运忧心忡忡,甚至跨越时空的界限,进入剧情,干预起剧中人的行事来。据说英国某地演出《哈姆雷特》,当演到最后决斗的一幕时,有位老太太大声提醒哈姆雷特:"当心呀,那把剑是上过毒药的!"我国某地演出《秦香莲》,当演到包公发现秦香莲所告的不义夫婿就是当今驸马陈世美,觉得此案难办,就从自己俸禄中拿出二百两纹银送给秦香莲,劝她带着一对儿女回家度日时,台下一位老太太愤愤然大叫道:"香莲,走,咱不要他这臭钱!"更有甚者,观众看到不平处,竟跳上舞台去,打伤以至打死演坏人的演员,这在中外戏剧史上都有,这些观众,真是到了物我两忘的地步了。

四、审美认识

审美观照虽然是直觉的,但直觉性的背后需有理智性作基础;审美经验虽然是情感性的,但美感感情仍要理智来控制。这样,就必然出现另一种审美心理要素,即审美认识。审美认识有着重要的作用。

首先,审美认识可以弥补直觉性的不足,将审美观照提到一个更高的层次。审美离不开直觉,但单凭直觉也不能很好地审美。因为艺术创作总是在一定文化背景上进行的,这里需要理解和认识。如果我们对耶稣基督的经历毫不了解,那么对达·芬奇的名画《最后的晚餐》就看不懂;如果我们对安史之乱的史实无所知晓,那就不能充分领会白居易《长恨歌》的悲剧意义;如果我们不熟悉典故,则对于那些充满典故的中国古典诗词就无从索解,譬如,要懂得杜甫咏诸葛亮的诗句:"伯仲之间见伊吕,指挥若定失萧曹",至少要知道伊尹、吕尚、萧何、曹参是谁，此外还要知道诸葛亮的抱负和功绩才行。而对于那种具有象征意义的艺术形象，则更需要有背景知识才能欣赏，譬如，要欣赏毕加索的名画《格尔尼卡》，我们总需知道这是画家对纳粹空军炸毁西班牙格尔尼卡城的强烈抗议，才能明白地下躺着的握断剑的男人，和牛首下怀抱死婴的妇人代表什么，至于牛和马的形象的象征意义、顶上的电灯和手拿的油灯是什么意思，还需另加探讨。总之，无论是题材、典故或表现形式，都需要理解和认识，这不但不妨碍鉴赏，而且是更好地进行鉴赏的必要条件。

其次，审美认识可以防止感情的失控。感情是审美过程中必不可少的心理因素，这在上文已经述及，但是，如果感情激动到忘乎所以的地步，却也难以审美。譬如，你看到月色映在清澈的江水中，觉得很美，于是在江边流连忘返，陶醉在美景之中，这是审美的态度；但是，如果你欣赏得忘情，竟然跳进江水中去揽月，那就要丧生了，当然也无从审美。又如，你看戏时，看到表演坏人恃强凌弱的情节，心中愤怒不已，这也是审美的态度；但是如果像上文所说，进一步跳上台去，痛打扮饰坏蛋的演员，或者在台下大喊大叫，干预剧情，那也就破坏了审美活动。因此，在审美时又必须保持一点心理距离。西方美学家有所谓"距离说"，它所包含的内涵比较广泛，主要是说审美者要超脱实用的观念，与实际人生保持一定的距离，才能欣赏艺术、欣赏美景；同时也可以理解为审美主体与审美对象间要保持一定的距离，在忘情欣赏时保持一点理智。德国戏剧家布莱希特提出"间离效果"的理论，要求演员在进入角色时保留一点自我意识，这是很有道理的。这就是说，演员既要体验角色的感情，又要对角色有所认识，用理智去控制自己的感情。否则，一任角色的感情泛滥，演到悲哀处，就痛哭不休，这还成什么艺术？与艺术表现一样，艺术鉴赏同样需要有理智的控制，这不但不会妨碍欣赏，而且能够提高其审美效果。

再则，审美认识还可以帮助观赏者对于"言外之意""象外之旨"的体会。艺术讲究蕴藉，它把意旨隐藏在形象里面，而这种"意"和"旨"，不是单靠直观便能获得的，还需要借助于思考和认识。如杜牧《江南春绝句》云："千里莺啼绿映红，水村山郭酒旗风。南朝四百八十寺，多少楼台烟雨中。"这里写的是江南春景，但却批评了南朝政权，认为它们的覆亡，与佞佛广建佛寺有关，而目的还是讽喻现实，因为唐代帝王也是迷信佛教，寺宇奢丽。这首诗还比较浅直，易于索解，有些形象很是复杂，就需要深入地思考了。如阿 Q 这个人物形象到底意旨何在，就不是一下子看得清楚的。于是文艺鉴赏就走向了理论批评。

第二节 美感的差异性与共同性

一、美感的差异性

由于思想意识、个人气质和文化背景的区别，形成了审美心理结构的不同，有些人认为这种事物是美的，有些人认为那种事物是美的，有些人喜爱这类艺术，有些人喜爱那类艺术，这就造成了美感的差异性。

民族的差异性。不同民族的人对美的看法有所不同。这在人体美和服饰美的问题上表现得很明显。譬如中国人以皮肤白皙为美，说是"一白遮百丑"，电影《牧马人》中女主角李秀芝结婚时，有位老大娘摸摸秀芝的脸，说真像二遍粉，那是称赞她的脸皮又白又细腻；但有些白种人却喜欢晒日光浴，认为将皮肤晒成红黑色，那才是美。报纸、电视上常看到减肥瘦身广告，那是认为清瘦是美；但非洲撒哈拉大沙漠有一部落，却以肥胖为美，人们竞相研究致胖之道，选食富有脂肪的食物，进行能使身躯发胖的运动，如滚沙之类。在服饰上，各民族都有自己的民族服装，当然都自以为是很美的，但在别一民族的人看来，却未必以为美。有些人到少数民族地区游览时，喜欢租一套该民族的服装，穿着拍一张照，那是猎奇心理，而且有"到此一游"的意思，如要他们长期正式穿戴，就未必愿意。有些原始民族的人喜欢戴很重的首饰，而且还在嘴唇上戳一个洞，插着骨头、象牙、羽毛之类，以为是美，而在开化的民族看来，这就不美了。在艺术鉴赏上，各民族的审美观点也不同。文艺的民族形式，就是在各民族不同的审美意识基础上形成的。这里，不一定表现在美丑观感的尖锐对立上，而表现在欣赏趣味的差异性上，譬如，习惯于欣赏定点透视法的西洋画的欧洲人，就对散点透视的中国画看不习惯；喜欢戏曲中程式化表演和优美唱腔的中国观众，对西洋歌剧就不大欣赏；《春江花月夜》和莫扎特《小夜曲》的情趣不同，也反映了美感的民族差异。

时代的差异性。即使在同一民族，美感也不是一成不变的，随着时代思潮的变化，审美趣味也会起很大的变化。就人体美而言，各个时代的审美标准也不一样，所谓"燕瘦环肥"，就说明了这个问题。为什么汉武帝要选清瘦的赵飞燕做妃子，而唐明皇则钟爱丰肥的杨玉环？这与他们的审美观有关，而这种审美观又是受着时代风尚所制约的。这可以从造型艺术中得到印证。我们参观洛阳龙门石窟，就会发现北魏洞窟的造像，形相清瘦修长，而唐代洞窟的菩萨，则丰满圆润。当然，北魏不等于西汉，但至少可以说明，在对人体美的看法上，各时代是有所不同的。《中国古代服饰史》中所载历代服饰的变迁，也说明时代审美观的变化。其中有些是属于民族差异,如元代骑服与宋人衣服的差异,清代旗装与明人服装的不同;但大部分属于时代的差异。这些变化也有礼仪上的原因和生活习惯的不同之故,如峨冠博带、宽袍大袖就不适宜现代紧张的劳动生活,但审美观的变化还是主要原因。古代的服装在舞台上还可以称美,如果穿着走到日常生活中来,就使人感到怪异了。对于文艺作品的鉴赏趣味,受时代的影响也很大。我国在20世纪50年代,进行曲和楼梯式诗曾风行一时,到得80年代,青年人却喜欢朦胧诗和刺激性较强的现代歌曲。这是时代思潮,无法阻止的。车尔尼雪夫斯基说得好:"每一代的美都是而且也应该是为那一代而存在:它毫不破坏和谐,毫不违反那一代的美的要求;当美与那一代一同消逝的时候,再下一代就将会有它自己的美、新的美,谁也不会有所抱怨的。……今天能有多少美的享受,今天就给多少,明天是新的一天,有新的要求,只有新的美才能满足它们。"①

阶级的差异性。在阶级社会里,由于各阶级的经济地位不同,社会利益的差别,文化教养的异殊,生活要求的不同,必然会反映到审美观点上来。车尔尼雪夫斯基和鲁迅都说到过农民喜欢腰臂圆壮、脸色红润的健康妇女,而并不欣赏杏脸柳腰、弱不禁风的上流社会的美人,这就是不同阶级对于人体美的美感差异。对于文艺作品中的人物形象,人们的美感差异也很大。《红楼梦》出世以后,林黛玉和薛宝钗哪一个更招人喜爱,就是长期争论的题目,据清人笔记记载,有两个老朋友争论这个问题,各不相让,激动得几挥老拳。这显然由于他们社会思想的不同,而导致审美观点的对立。至于面对同一部艺术作品而产生对立的评价,那是司空见惯的现象。且不说古代对《水浒传》《红楼梦》《西厢记》《牡丹亭》的不同审美评价,反映出不同的阶级倾向,就是五四以后对于爱情诗、裸体画的争论,又何尝不是反封建的新文化思想与封建思想斗争的一个侧面?我们承认美感的阶级差异,但不能把这种差异扩大化,认为不同阶级出身者的美感差异都是阶级差异,其实有一些是属于不同文化层次而引起的心理差异。例如,中国农民喜欢大红大绿色彩鲜艳的年画,内容多是胖娃娃、大鲜鱼之类,象征人丁兴旺、年年有余;而士大夫则多喜爱淡雅的花草、幽远的山水,借以怡情冶性。如果把后者定为地主阶级的审美情趣,则何以解释这类绘画在社会主义社会里还广泛地受人喜爱?

个人的差异性。人们的审美趣味,除了受到民族生活、时代精神和阶级观点的制约之外,还有个人之间的差异性。这是因各个人的经历、教养和个性特

---

① 《艺术与现实的审美关系》,第125页。

点不同而产生的。例如,对于服饰,各人的爱好就不一样,有人喜欢富丽,有人喜欢素雅;房内的摆设,各家也不相同,有的空灵,有的丰满;对于艺术,欣赏趣味就更不一样了,有的爱看喜剧,有的爱看悲剧,有些人爱明快的艺术,有的人爱幽婉的作品……而且,同一个人,在不同的心情下,审美情趣也会变化。譬如,人在兴奋时喜听欢快的音乐,在悲伤时要听深沉缓慢的曲调;在精力充沛时要看有深度的作品,而在疲劳时则取情节紧张的作品来调剂一下精神。

总之,在人们的审美活动中,美感的差异性是很大的。

二、美感的共同性

美感虽然有各种差异性,但是也还有共同性的一面。正如我国古代哲人孟子所说:"口之于味也,有同嗜焉;耳之于声也,有同听焉;目之于色也,有同美焉。至于心,独无所同然乎?心之所同然者何也?谓理也,义也。"[①]如果各民族、各阶级的人毫无相通之处,那么人类就无法共同生活了。如果各个时代的人们毫无承袭之点,那么历史就无法连接了。世界上任何事物都是由对立面的统一组成,美感也不例外,既有对立、差别的一面,也有同一的一面,否则,艺术就无普遍性和长远性可言了。

自然美并非纯粹的客观存在,而是人的本质力量的对象化。人的本质力量有相同性,要征服自然的愿望也是一样的,因此,对于自然美的审美感受也就有共同点。黄山的风景,桂林的山水,自从发现以来,受到各个民族、各个时代、各个阶级的人们的欣赏。这不但因为作为自然风光的山水、木石、烟霞、洞穴等无时代性和阶级性可言,而且它所体现出来的雄伟、清奇、幽深、朦胧等意境也反映了许多人共同的心态和情趣。所以人们在欣赏自然美时,就表现了较多的美感共同性。

对形式美也有较多的共同感。正三角形给人以稳定感,倒三角形给人以不稳定感,直线给人以伸展感,曲线给人以柔和感,红色给人以热烈感,绿色给人以凉爽感,快节奏给人以急迫感,慢节奏给人以舒徐感……由这些基本形式所组成的图案、器物、色彩、旋律,以及抽象性的建筑艺术,体现出比例、和谐、多样、统一等形式美的规律,它所给人的审美感受是共同的。还有些技巧性很高,而思想性不明显的艺术,如杂技、马戏以及牙雕、玉刻等,也能赢得各色人等的喜爱。

即使是社会性、思想性较强的文艺作品,也不是不能超越时代、超越阶级,

---

① 《孟子·告子上》,《四书章句集注》,中华书局1982年版,第330页。

给人以共同的美的感受。唐代诗人杜甫在安史之乱时写的《春望》:"国破山河在,城春草木深。感时花溅泪,恨别鸟惊心。烽火连三月,家书抵万金。白头搔更短,浑欲不胜簪";宋代诗人陆游在女真族占据了北中国时写的《示儿》诗:"死去元知万事空,但悲不见九州同,王师北定中原日,家祭无忘告乃翁",都是特定时代情绪的反映,但是后人每当离乱时日就会吟咏它。到了20世纪三四十年代,当日本侵略军入侵了大半个中国时,各阶级的爱国人士仍然吟咏这些诗句以寄情怀。

其实,不但这类有特殊内容的作品能在后代产生影响,而且,几乎所有优秀的艺术作品都能给后人以美的享受。马克思说:"困难不在于理解希腊艺术和史诗同一定社会发展形式结合在一起。困难的是,它们何以仍然能够给我们以艺术享受,而且就某方面说还是一种规范和高不可及的范本。"对于这种现象,马克思的解释是:"一个成人不能再变成儿童,否则就变得稚气了。但是,儿童的天真不使成人感到愉快吗?他自己不该努力在一个更高的阶梯上把儿童的真实再现出来吗?在每一个时代,它固有的性格不是以具纯真性又活跃在儿童的天性中吗?为什么历史上的人类童年时代,在它发展得最完美的地方,不该作为永不复返的阶段而显示出永久的魅力呢?"①这里说的是人类童年时代的艺术。后来各个时期的艺术,也同样体现了人类性格发展的特定阶段,而这种体现了人的本质力量的作品,总是能给后人以艺术享受的。

在我国文艺界,由于相当长的时期内对文艺的阶级性问题理解得过于狭窄和绝对,因而对美感的共同性持否定态度,这就无法解释文艺的永久性和普遍共鸣现象。理论如果不能解释实际,就表明了自己的谬误。上世纪七十年代末提出了"共同美"问题的讨论是必然的。但是,对共同美或美感的共同性的理解也不能绝对化,它是相对的、有条件的。

首先,美感的共同性仍有一定的范围,它需有相应的思想感情为基础,并不是无限制的。譬如,不同时代、不同阶级的人共同欣赏《春望》《示儿》,他们都有抗击异族侵略、反对暴乱,希求安定统一的思想基础;而侵略者、暴乱者,就不欣赏这两首诗,他们喜欢这种动乱,动乱给他们带来了利益。在这里,前后两种人就没有共同的美感。

其次,美感的共同性里仍有差异性。由于艺术接受的再创造的特点,每个人在审美活动中总是以自己的生活经验为基础,并融进了自己的感情。所以,即使面对同一部作品,都产生了共鸣,而各人的审美感受仍旧不一样。许多人

---

① 《政治经济学批判·导言》,《马克思恩格斯选集》第2卷,第29页。

都喜爱李后主的词,除了欣赏它的艺术性之外,大概还由于"人生愁恨何能免",所以对这些写离愁别恨的作品能产生共鸣。但是各人的愁恨却是大不相同的,有些是亡国之恨,有些是丧失亲人之恨,有人因失恋而发愁,有人因事业陷入困境而发愁,当然,也有人是吃饱了饭没有事干闲得发愁。总之,他们虽然吟咏着同样的诗词,而所寄之情是各不相同的。这就是同中之异。

美感的共同性是相对的,差异性是绝对的。我们应承认美感的共同性,但要发展其差异性。过去的理论错误不但在于否认美感的共同性,而且还在于抹杀美感的个性差异。所以在生活领域和审美领域里就出现一律化的现象:大家穿一种式样的衣服,理一种式样的头发,唱同样的歌曲,看同样的戏剧……久而久之,审美的触角迟钝了,美的创造力也萎缩了,审美世界变成一片灰白。只有将审美个性解放出来,发展美感的个性差异,才能使审美世界丰富多彩。

第三章 文学批评的性质、作用和标准

阅读、鉴赏与批评是紧密相连的文艺活动。乔治·布雷在他的专著《批评意识》中,将"阅读行为"界定为"一切真正的批评思维的归宿",可见其关系的密切。

阅读和鉴赏必然引申为批评,批评则是深层的阅读和鉴赏。

人们在进行阅读和鉴赏时,必然有所褒贬,难免要说长道短,这就产生了批评。文学批评就是对作家作品进行评价,对文学现象发表意见,它并不是什么高深莫测的东西,几乎每一个读者在阅读文学作品,接触文学现象的同时,就进行着批评。当然,这只是初级形态的批评。而当文学批评一旦形成一门独立的学问时,它就有种种讲究,而且相互之间还要进行一番批评,这就是批评界的论争,或者说是批评的批评。

第一节 文学批评的性质和作用

一、文学批评的性质

关于文学批评的性质,历来有不同的看法,其中不无偏颇之见。有两种见解,是比较突出的。

一种,是把文学批评看作是批评家的自我表现,只凭主观感受,否认有什么客观依据。例如,法朗士就说:"优秀的批评家就是这样一个人,他把自己的灵魂在许多杰出作品中的探险活动,加以叙述";又说:"先生们,关于莎士比亚,关于拉辛,我所讲的就是我自己。"[①]他强调的是批评家的自我,批评对象则只是批评家发挥自我的凭借物。这种批评充分发挥了批评家的主体意识,因而也很富有个人特色。但由于主观性太强,很难对作品作出客观的评价。就文学批评本身而言,显然是片面的。

另一种,则把文学批评当作阶级斗争的工具,这种批评对文学作品本身也并不怎么重视,只不过借此来鼓吹某种思想,或抨击某种倾向。这种批评在我

---

① 《西方文论选》下卷,第267页。

国曾经流行一时,产生了非常恶劣的后果。本来,文学作品总包含着某种思想观点,文学批评借此来进行社会批评自无不可,但如果离开了客观标准,仅把文学批评作为某种工具看待,就难免把它变成喇叭或棍子,不是将作者吹上九天之上,就是把他们打入十八层地狱。这种工具,令人望而生畏,当然也就失去了文学批评的本色。

文学批评既不是批评家自我表现的手段,也不是阶级斗争的工具,它是一门具有客观规律的文艺科学。俄国诗人普希金说得好:"批评是一门科学。批评是揭示文艺作品的美和缺点的科学。它是建立在彻底理解艺术家或作家在其作品中所遵循的规则、深入研究典范作品和积极观察当代的突出现象的基础上的。"[1] 我们承认文学批评是一门科学,当然并不是要抹杀它的审美特点,而是要强调它本身的规律性,以及它独立存在的意义。

文学批评既然是一门科学,它就具有客观性。批评家不能单凭自己主观印象和个人好恶来进行批评,而要对批评对象做出客观的、实事求是的分析。正如鲁迅所说:"批评必须坏处说坏,好处说好,才于作者有益。"[2] 不仅于作者有益,而且也于读者有益,于整个文学事业有益。但是,恰恰在这个最简单的问题上,却是最不容易做到。

并不是说批评文章不能有个人的感情色彩,而是说作品好坏是有客观标准的,并不以批评家的主观意志为转移。如果批评家的主观印象和个人感情与客观标准相符合,这就是正确的批评,反之,就是错误的批评。实事求是,应该是文学批评的基本原则。

同时,文学批评作为一门科学,应该有它的独立性,而不能作为其他事物的附庸,既不能从属于政治或宗教,也不能附着于钱袋和人情关系。科学,是研究特定对象的内在规律的,因此,它应该根据客观规律办事,而不能以某种外在力量为转移。正如生物学、物理学不能根据政治需要来改变自己的定律一样,文艺学——包括文学批评,也不能将自己的观点修改得适合于某种政治需要。至于为了商业利益而进行的炒作和为了人情关系的胡乱捧场,那都属于广告文字,而并非真正的文学批评。文学批评只对客观真理负责,而不依附于某种社会力量。炒作批评和捧场批评的泛滥,就意味着文学批评的灭亡。

作为一门科学,文学批评不是可有可无的东西。尽管世间多有幼稚的批评,错误的批评,乃至恶意的批评,这些都亟须纠正——可用批评的批评来纠

---

[1] 《普希金论文学》,漓江出版社1983年版,第150页。
[2] 《南腔北调集·我怎么做起小说来》。

正,但却不可以没有文学批评。没有批评,文学事业就不能发展,不能前进。

那么,文学批评有什么作用呢?

二、文学批评的作用

文学批评大致有两方面的作用。

一种作用是总结创作经验,帮助作家提高创作水平。

反对文学批评最起劲的,大概是创作家。他们装出一副蔑视状,似乎对批评文章不屑一顾。其实,作家大抵很关心自己作品的社会反响的,如果反响冷淡,作家感到寂寞;如果反响不佳,作家感到颓丧;如果反响热烈,作家感到兴奋。这种社会反响就是文学批评,只是并不完全形诸文字而已。可见蔑视批评是假的。以前的作家很在乎领导的意见,领导的意见也是一种文学批评,只不过是关乎实际利益的权力批评;现在的作家则热衷于评奖活动,这也与实际利益有关,评奖当然也是一种文学批评,不评出高下优劣,如何能够发奖?至于靠走后门、拉关系来得奖,那是评奖活动的堕落,已无正确评价可言了。实际上,作家们所讨厌的只是对于自己作品缺点的批评,至于溢美之词,倒是乐于接受的。而恰恰这种不切实际的赞美,倒是毁了这些作家。正如钱锺书所说:"作品遭人毁骂,我们常能置之不理,说人家误解了我们或根本不了解我们;作品有人赞美,我们无不欣然引为知音。但是赞美很可能跟毁骂一样的盲目,而且往往对作家心理上的影响更坏。因为赞美是无形中的贿赂,没有白受的道理;我们要保持这种不该受的赞美,要常博得这些人的虽不中肯而颇中听的赞美,便不知不觉中迁就迎合,逐渐损失了思想和创作的自主权。有自尊心的人应当对不虞之誉跟求全之毁同样的不屑理会——不过人的虚荣心(vanity)总胜于他的骄傲(pride)。"①这话说得极其实在,有许多作家不是就在权力的规范和评奖的诱导下,丧失了思想和创作的自主权吗?

总之,批评与创作的关系是十分密切的。错误的批评会破坏创作情绪,或引导作家走上错误的创作道路,而正确的批评则会提高创作水平。古罗马著名理论家贺拉斯作过一个生动的比喻,他把创作比作"刀子",把批评比作"磨刀石",说磨刀石虽然"自己切不动什么",但却"能使钢刀锋利"②。

伟大的作家是不怕听取别人的批评意见的。巴尔扎克说:"作家没有决

---

① 《杂言》,《钱锺书散文》,第547页。
② 《诗学·诗艺》,第153页。

心遭受批评家的火力就不该动笔写作,正如出门的人不应该期望永远不会刮风落雨一样。"①曹雪芹在《红楼梦》还未写完时,就让亲友传阅,他"披阅十载,增删五次",就吸取了包括脂砚斋在内的评论者的意见,有些情节,如秦可卿淫丧天香楼,就作了很大的删改,提高了作品的艺术力量。

而权威的批评,在批评某一个作家时,不但直接影响这一个作家,而且间接影响了其他作家。如别林斯基对果戈理的评论,不但帮助果戈理坚持现实主义道路,而且影响了许多作家,使果戈理所开创的道路后继有人。

总结经验,当然包括正反两方面的经验在内。所以鲁迅将批评家的职务定为灌溉佳花和剪除恶草两种。

一部好作品的声誉,当然是靠自身内在价值决定的,但如果没有文学批评及时肯定,有时也会埋没在杂草之中。契诃夫深有感触地说:"由于完全缺乏批评家,许许多多的生命和艺术作品也在我们眼前消灭了";"只因为我们这个时代没有好批评家,许多有益于文明的东西和许多优美的艺术作品,就埋没了。"②特别是一些佳花的苗,由于幼小,如果没有进步批评家的灌溉、扶持,便会被旧的社会势力所扼杀。譬如五四时期,有些文学青年通过写爱情小说和诗歌,表现出对于自由的追求,因而遭到卫道士们的呵责,这时,鲁迅等新文化战士就挺身而出,为青年作家辩护。虽然他们所扶持的作品还不是什么佳作,但青年作家沿着鲁迅等人所肯定的反封建的方向前进,终于使新文学蔚为大观。

在文艺园地里,有佳花,也必然有恶草。如果不剪除恶草,佳花也不能很好地生长。所以,剪除恶草也是文学批评必不可少的工作。不能将剪除恶草的工作都看作打棍子,首先要看所剪之草是否恶,如果的确是恶的,那就非剪不可。如别林斯基对斯拉夫派的批判,鲁迅对复古派的斗争,都是为发展进步文艺开辟道路,势在必行。有时,在同一个作家身上,在开过佳花之后,也会长出恶草。这样,批评家在他身上就得同时进行两种工作:既灌溉佳花,又剪除恶草。如果戈理在写出《死魂灵》等反对农奴制的好作品时,就得到别林斯基的热情的肯定,后来他在《致友人书信选》里表现出肯定农奴制的错误倾向,别林斯基就毫不留情地在公开信中加以谴责。批评家应该成为作家的诤友,才能帮助作家前进。

文学批评的另一种作用是帮助读者鉴赏文学作品,充分发挥文学作品的

---

① 《人间喜剧·前言》,《西方文论选》下卷,第172页。
② 《契诃夫论文学》,人民文学出版社1959年版,第128、441页。

审美作用和教育作用。

文学批评对于读者的引导作用,表现在三个方面:

首先,是帮助选择作品。阅读文学作品,是人类文化教养的重要部分。但是,古往今来,文学作品浩如烟海,当然不可能全读,那么该从何入手呢?正如庄子所说:"吾生也有涯,知也无涯,以有涯随无涯,殆已。"①于是,文学批评就要担当帮助读者选择作品的责任。读者往往先从批评文章,或者从口头批评中得悉哪些作品值得读,这才去阅读。如果文学批评介绍不得当,读者读过作品后,会大呼上当;如果介绍得恰如其分,读者会省却许多东翻西找之劳,感到获益匪浅。

其次,是引导审美鉴赏。如果把一部文学作品比作一处名胜古迹,那么批评家就是导游。尽管每个游览者都可以凭审美直觉来欣赏名胜古迹,但往往容易囫囵吞枣,疏忽掉许多美点。巴尔扎克认为:"艺术作品就是用最小的面积惊人地集中了最大量的思想,它类似总结。"所以多数人是不可能一下子看透一部作品的,"结果只能隔靴搔痒地观赏"②。这样,文学批评的分析、引导,更是必不可少的了。

再则,对有害的作品起防范作用。为了全面培养一个人的思维能力,马克思主义者历来主张要同时接受正反两个方面的教育。对于文学作品的阅读也是这样,除了好作品之外,也要让读者接触有害的作品。那么怎样防止它害人呢?这就要文学批评的帮助了。鲁迅说:"我是主张青年也可以看看'帝国主义者'的作品的,这就是古语的所谓'知己知彼'。青年为了要看虎狼,赤手空拳的跑到深山里去固然是呆子,但因为虎狼可怕,连用铁栅围起来了的动物园里也不敢去,却也不能不说是一位可笑的愚人。有害的文学的铁栅是什么呢?批评家就是。"③

第二节 文学批评的标准

一、批评一定有标准

东汉时代的哲学家和文化批评家王充,写过一部书叫《论衡》,要"铨轻重之言,立真伪之平",他当然有个衡量的标准,这个标准"可以一言以蔽之,曰:疾虚妄"。魏晋南北朝时期的士大夫,好品评人物,常作月旦评,他们心中也

---

① 《庄子·养生主》,《庄子集释》第 1 册,中华书局 1987 年版,第 115 页。
② 《论艺术家》,《古典文艺理论译丛》第 10 辑,第 101 页。
③ 《准风月谈·关于翻译(上)》。

有一个做人的标准,虽不明说,但在品评过程中必然有所流露。如《世说新语·雅量》篇记载:"祖士少好财,阮遥集好屐,并恒自经营,同是一累,而未判其得失,人有诣祖,见料视财物,客至,屏当未尽,余两小簏,箸背后,倾身障之,意未能平。或有诣阮,见自吹火蜡屐,因叹曰:'未知一生当箸几量屐?'神色闲畅。于是胜负始分。"他们不是以爱好分优劣,而是以有无雅量定高下。可见衡量别人,自己必然有个衡器量具,这就是标准。文学批评自然也不能例外。

但有些人认为,文学批评不应该有标准,有了标准就有框框,拿框框去套就会束缚创作的发展。这种看法似是而非,因为有标准是一回事,拿框框去乱套又是一回事,两者不能混同。还是鲁迅说得好:"我们曾经在文艺批评史上见过没有一定圈子的批评家吗?都有的,或者是美的圈,或者是真实的圈,或者是前进的圈。没有一定圈子的批评家,那才是怪汉子呢。办杂志可以号称没有一定的圈子,而其实这正是圈子,是便于遮眼的变戏法的手巾。……我们不能责备他有圈子,我们只能批评他这圈子对不对。"①

在我们的文学批评实践中,存在着两个问题;这当然是极端的例子。在这之前,错误的批评标准早就存在了,也扼杀了许多好作品。

一是标准不对,二是圈子太窄。而这两者,却是常常联系在一起的。即以我之所好和政治需要来定是非标准。而且过分要求整齐划一,而不能容许多样化。譬如,在提倡革命文学时,就要求一律写革命题材;在提倡国防文学时,又要求一律写国防题材,结果完全以题材来定作品之优劣。这当然过于狭窄,在实际上也行不通。又如,我们常常以现实主义的标准来衡量作品,而把"反现实主义"作为一条罪状,套在不合己意的作家身上,甚至弄得连当时全国文联主席郭沫若也不敢承认自己是浪漫主义者,直到毛泽东提倡革命现实主义与革命浪漫主义相结合的创作方法时,他才重新打出浪漫主义的旗帜。而这时,批评家又将历史上和现实中所有好作品都说成是现实主义和浪漫主义相结合的成果,好像非此即不足以称好。有些人对于西方现代派的抽象艺术采取不承认态度,以资产阶级颓废艺术之名,一笔抹杀;而信奉西方现代派艺术的人呢,又反过来把现实主义艺术说得一文不值。这些,都是批评标准有错,也是圈子太窄的缘故。而现实的冲击,则迫使批评家不能不修正自己的标准,放大批评圈子,否则,只有自身被遗弃。

---

① 《花边文学·批评家的批评家》。

二、批评标准的选择

文学批评该有什么样的标准,这也有不同的看法。在我国曾经比较流行的是政治标准第一,艺术标准第二的提法。这种提法,本来还是考虑到政治和艺术两个方面的,但在实践的过程中,却变成了政治标准唯一,也就是仅仅从政治上去衡量文学作品,这当然是片面的。它不但忽视了作品艺术上的成就,而且也排除了政治以外的思想意义,其结果使文学批评的标准愈来愈狭。后来,人们看到这一弊病,就改为思想标准和艺术标准相结合,这比以前宽泛得多了。因为政治标准仅仅抓住政治思想这一条,而思想标准则囊括各种思想——除政治思想外,还有社会思想、伦理思想、哲学思想、宗教思想等。不能把政治思想和其他思想完全等同起来。不但不能等同,有时,其间还存在着矛盾。例如,歌德和黑格尔,在政治上都和法国革命保持距离,甚至持反对态度。恩格斯曾批评歌德道:"在拿破仑清扫德国这个庞大的奥吉亚斯的牛圈的时候,竟能郑重其事地替德意志的一个微不足道的小宫廷做些毫无意义的事情和寻找小小的乐趣。"[①]但是,歌德的文学和黑格尔的哲学,却在意识形态的领域内反映了法国革命、讴歌了革命思想。这里,既有政治思想与哲学思想、文学思想的矛盾,也反映了政治思想本身的复杂性。此外,政治思想和社会思想也不尽相同。例如,我国现代作家沈从文,在政治上与革命阵营有距离,但是,他的小说创作却大量地暴露了上流社会之丑恶,并表露出对下层"抹布阶级"的同情,这是值得肯定的。过去我们以政治标准涵盖一切,对沈从文这样的作家持全盘否定的态度,这当然是不公正的。且不说沈从文还是个文体家,单在反映湘西地区民情风俗上,他也是独一无二的。至于政治思想与伦理思想的不一致,那在作家中更是常见的了。

也有人将文艺批评的标准定为美学标准和历史标准,根据在于恩格斯的观点。恩格斯在《诗歌和散文中的德国社会主义》中说过:"我们决不是从道德的、党派的观点来责备歌德,而只是从美学和历史的观点来责备他";同时,恩格斯又在 1859 年 5 月 18 日致拉萨尔论《济金根》的信中说:"我是从美学观点和历史观点,以非常高的、即最高的标准来衡量您的作品的。"但是,从美学观点和历史观点出发来批评,与其说是批评标准,毋宁说是批评方法。就批评标准而言,倒不如将思想标准与艺术标准扩大为真、善、美三条标准。我们将真、善、美作为文艺批评的标准的根据是,这三条标准正好与文艺作品的三

---

① 《诗歌和散文中的德国社会主义》,《马克思恩格斯全集》第 4 卷,第 257 页。

个构成部分——生活、思想、艺术相一致。恩格斯在上述致拉萨尔的信中写道:"而您不无根据地认为德国戏剧具有较大的思想深度和意识到的历史内容,同莎士比亚剧作的情节的生动性和丰富性的完美的融合,大概只有在将来才能达到,而且也许根本不是由德国人来达到的。无论如何,我认为这种融合正是戏剧的未来。"可见他也正是从这三方面的融合来衡量文艺作品的。

三、真、善、美的标准

真 真是指作品的真实性,指作品是否真实地反映了生活内容。这是衡量一部作品价值的最基本的方面。许多作家都明确地意识到这一点。如巴尔扎克说:"获得全世界闻名的不朽的成功的秘密在于真实。"[①]高尔基说:"文学是以其真实而才伟大的一种事业,所以关于文学必须得讲真实。"[②]如果所写的内容是虚假的,当然就一切都无从谈起了。正如王若虚在《滹南诗话》中所说:"真伪未知,而先论高下,亦自欺而已。"左拉也说过:"当我读一本小说的时候,如果我觉得作者缺乏真实感,我便否定这作品。"[③]但真实性并不是指表面的真实,也不是指外形的真实,而是指是否真实地反映了现实的社会关系。恩格斯在前述致拉萨尔信中说:"主要人物是一定的阶级和倾向的代表,因而也是他们时代的一定思想的代表,他们的动机不是从琐碎的个人欲望中,而正是从他们所处的历史潮流中得来的。"艺术作品当然只能攫取历史潮流中的一朵浪花,但要反映出历史潮流的流向,也就是要能从一滴水里见世界。这样的作品才能深刻。所以真实性又是与深刻性联系在一起的。马克思称赞巴尔扎克,说他是以对现实关系的理解深刻著称;而巴尔扎克的作品的深刻性,正是建立在真实性的基础之上。

真实性,对于文学创作来说,既是一个基本要求,也是一个很高的要求,并不是所有作家都能做到的。它不但关涉到思想的深刻性,而且取决于作家的人生态度和创作态度。鲁迅曾批评我国古代作家不敢直面人生,不敢正视社会矛盾,从而产生了许多瞒和骗的文艺;而新中国成立以后的历次文艺批判运动中,又不断地批判"写真实"口号,也是引导作家回避和掩饰矛盾、产生缺乏真实性作品的原因。所以,将"真"列为文学批评标准之一,是引导文学创作直面人生、正视现实的重要问题。

有些人虽然也用真实性的标准来衡量作品,但他们所要求的真实性是要

[①] 《外国文学参考资料》(19世纪—20世纪初部分),高等教育出版社,第557页。
[②] 《致大·亚·阿慈曼》,高尔基《文学书简》上卷,人民文学出版社,第242页。
[③] 《论小说》,《古典文艺理论译丛》第12辑,第122—123页。

作品所描写的材料与生活事实相符,否则就指责为失真。须知文学作品不同于新闻报道,它不需要与生活事实完全一致,只要符合生活逻辑即可。这一点,我们在"创作论"第二章中已经讨论过。

有些人用日常常识的眼光来理解真实性,认为与常识相暌离的形象都是不真实的。例如有些画家画奔马,不是四只蹄,而是无数只蹄,这是不合常识的。但是,马在高速奔跑时,留在人们视网膜上不正是无数只马蹄的形象吗?所以从视觉形象看,又是真实的;又如毕加索画的人像,往往像是两副面孔叠在一起,这也不合常识,但从不同视点看同一个人,这种形象又是真实的。文学上的描写也是如此,如鲁迅笔下高老夫子在课堂里看到的"小巧的等边三角形"等,也是特定心态下的视角真实。这些描写,都不能说是违背真实的标准。恩格斯说得好:"常识在日常应用的范围内虽然是极可尊敬的东西,但它一跨入广阔的研究领域,就会碰到极为惊人的变故。"①我们应该超脱日常生活常识的眼光,而从研究的观点出发,才能真正掌握真的标准。

善 善是指作品的思想水平和道德观念,看这部作品是引人向恶还是引人向善。

批评家们从来就很注意于善恶的评价。亚里士多德《诗学》中,在论及悲剧的作用时,提出了"净化"感情的功能,康德从他前期著作《对美感和崇高感的观察》到后期著作《判断力批判》,始终把审美判断和道德判断联系在一起——而他还被称为形式主义美学的先行者。可见善与美之间关系的密切。

一部作品的善恶观念,不能单看作者的声明,更要看它的社会效果。如果单是从声明看,则一些色情文学也打着教化的旗帜,而许多血淋淋的凶杀描写,也号称法制文学。作家是没有自称旨在扬恶的,但实际上有许多作品确实是引人作恶。

善恶的标准有阶级性,也有时代性,并不是凝固不变的。如颂扬农民起义的《水浒传》,被压迫阶级认为是善的,而封建统治阶级则认为是恶的;歌颂自由爱情的《红楼梦》,封建卫道士认为是恶的,而具有民主思想的人则认为是善的。这是阶级评价的不同。另外,不同的时代对善恶的标准也有不同的看法。恩格斯在《家庭、私有制和国家的起源》一书中曾分析过婚姻制度的发展,认为"群婚制是与蒙昧时代相适应的,对偶婚制是与野蛮时代相适应的,以通奸和卖淫为补充的一夫一妻制是与文明时代相适应的"。这些婚姻制在它们产生的时代,都被认为是合理的,因而也是符合道德规范的,当然也是善

---

① 《社会主义从空想到科学的发展》,《马克思恩格斯选集》第3卷,第734—735页。

的。但时代一变迁,原来的婚姻制就被认为不合理、不道德了。这就是道德标准的时代性。我们既不能拿现代的道德标准来衡量过去的事情和作品,也不能拿过去的标准来衡量现代的行为和作品。有些人因古代作品中人物的行为不符合现今的道德规范而加以一笔抹杀,那是缺乏历史观点的评价,不足为训。

当然,关于善的判断,我们不能停留在简单的善恶正误的辨别上,还要进一步对于作品的思想深度作出评价。善恶之辨固然表明了作品的倾向性,而开掘的深度则体现着作品的思想价值。单是用正误标准去衡量,难免要导致创作走向平庸,只有鼓励探索,才能在作品中不断迸发出思想的火花。批评标准不应该是束缚思想的绳索,而应该成为一种激励机制。

但由于文艺作品的思想教育作用是潜移默化的,因此我们不能要求每部作品都有明显的思想性,对于有些作品,如山水诗、风景画、知识小品等,只要是积极向上的,都应该肯定,只要是有益无害的,都应允许存在,不能苛求。

美 艺术鉴赏是审美活动,鉴赏对象的美丑当然要成为文学批评的重要标准。这里所说的美丑,不是指内容上的,而是指形式上的。有些作品写的是心灵崇高的人物,但由于表现技巧欠佳,不能使人产生美感;有些作品写的是坏人、丑角,但刻画得惟妙惟肖,对人物性格开掘得深刻,却能给人以美的享受。文学批评中美的标准是衡量作品艺术水平高低的尺度。艺术技巧在创作中占有重要地位,一部作品尽管内容真实、思想正确,但如果艺术水平不高,那也不能算是优秀之作,所以用美的尺度来衡量,决不是可有可无的。

那么,在艺术上要达到哪些条件才能算是美的呢? 艺术上是没有什么绝对标准的,但大致可以从以下几个方面去衡量。

1. 形象的生动性。艺术以形象反映生活,但并非每一部作品都能将形象写得生动。同是写人物,有些人物写得栩栩如生,富有特色,读者一见之后,经久难忘;而另一些人物则缺乏生气,活不起来,甚至面目不清,模模糊糊,不能给读者留下深刻的印象。或者同样画山水花卉,艺术水平也不一样,有些画得有灵气,有些画得很死板,其艺术效果是大不相同的。形象是否生动,直接关系到作品艺术性的高低。

2. 性格的典型性。在叙事作品里,还进一步要求人物性格具有典型性。典型性的程度愈高,则概括面愈广,开掘得愈深,而且也愈富有个性特征。对于抒情作品,当然不能要求塑造典型性格,但作品有无意境,也就显示出艺术性的高低。

3. 情感的真切性。文艺作品以情感人,情感表现得是否真切,直接关系到艺术的魅力。有些作品,感情虚假,矫揉造作,使人看了很别扭,当然谈不到感动;只有那些感情真挚,而又表现得自然的作品,才能引起共鸣。这里,除了感情本身的真实性以外,还有艺术表现的问题。李后主词之所以写得好,就在于其间感情表现得真切。

4. 形式的独创性。艺术美总是通过一定的形式表现出来的,艺术形式切忌重复,贵乎新颖独创。有些作品内容是新的,而形式却是旧的,这叫旧瓶装新酒,虽然还可应付,但毕竟不是上乘之作。好的作品必须根据表现新内容的需要,创造出新的形式来。无论是语言、结构或表现手法,都应该有新的创造。形式的独创性是艺术性的重要方面。在文学史上,一种艺术形式从幼稚发展到成熟,虽然渐趋完美,但被用得烂熟之后,就发展不下去了,必须更换一种形式,王国维在《宋元戏曲考·自序》中说:"凡一代有一代之文学,楚之骚,汉之赋,六代之骈语,唐之诗,宋之词,元之曲,皆所谓一代之文学,而后世莫能继焉者也。"就是这个道理。

对于文学作品,我们要求真、善、美的统一,当然,在事实上,三者达到高度完美的统一是不容易的,往往是某一个因素突出一些,而别的因素差一些,在文学批评中要根据具体情况进行具体分析。我们过去过分强调了思想性,对艺术性有所忽略,近年来又有过分强调艺术性,而忽略思想性的现象,这都带有片面性,真正优秀的文学作品,总是能深刻地反映生活真实,具有强大的思想力量,同时又有高度的艺术性。

第四章 文学批评的方法

在明确了文学批评的性质、作用和标准之后，还有一个方法问题有待探讨。方法是与观点相联系的。不同的文学观往往有不同的批评方法；当然，方法也有相对的独立性，同一种文学观也可以采取不同的批评方法。批评方法又是历史地发展的，开始比较简单，后来渐趋精密。而且，批评方法的发展变化，与哲学、科学的发展和社会思潮的变化相关联。例如，精神分析批评方法的产生就在弗洛伊德心理学出现以后；而结构主义批评方法则与语言学的发展紧密相连；新批评派的风行与衰落，又与战后的社会思潮相关。我们要历史地、客观地看待各种批评方法，同时要科学地建立自己的批评方法。

第一节 文学批评流派述评

无论在我国或者在西方，文学批评都有两千多年的历史，可谓源远流长。我国的文学批评起源于孔子，他不但以兴、观、群、怨之说界定了文学的作用，而且还对具体的诗歌作品和音乐作品作出评价。庄子从道出发，对艺术原理多所阐发，影响后代艺术精神至巨。不过，这时文学理论批评还附属在哲学和伦理学中，直至魏晋时代，文学批评才有独立的地位，曹丕的《典论·论文》、陆机的《文赋》可算代表。南朝的文学批评达到成熟阶段，许多批评方法都开始运用，如历史的批评、比较的批评、考证的批评、审美的批评等，而且出现了两部伟大的理论批评专著：刘勰的《文心雕龙》和钟嵘的《诗品》。唐宋以后，文学批评充分展开，文论、诗话、词话层出不穷。到了明清两代，随着近代意识的萌芽、发展，文学批评显得特别活跃，派别众多，各各标榜自己的主张，如公安派之性灵说，桐城派之义法说，王渔洋之神韵说，翁方纲之肌理说，等等。不过，这些派别与其说是批评方法的区别，毋宁说是因文学见解的不同而引起的批评标准的差异。批评方法上的重大变化，是在五四新文化运动之后，不过此时大抵是引进西方的文学理论和批评方法，追本溯源，还得了解西方文论的发展情况。

西方的文学批评在早期就有较系统的理论。古希腊的柏拉图和亚里士多德是杰出的代表。这两家对后世都有巨大的影响,特别是亚里士多德的《诗学》,成为后世文学批评的准则。中世纪的文学批评也有所发展,不过整个意识形态都笼罩在宗教神学之下,不免蒙上阴影。反对神学的文学批评是从文艺复兴时代开始的,但文学批评取得重大的成就则是在18、19世纪。当时最有影响的是社会历史学派,它开始在法国结出硕果,但却在俄国发挥出巨大威力。别林斯基、车尔尼雪夫斯基和杜勃罗留波夫三大批评家的出现,使文学批评成为社会改革的重要推动力。马克思主义的文学批评是在社会历史学派的基础上发展起来的,而俄国的马克思主义文学批评与别林斯基、车尔尼雪夫斯基和杜勃罗留波夫的渊源关系,就更加明显。不过文学批评的真正繁盛时代则是在20世纪,不仅有了新的自觉意识,而且出现了批评理论的多元化现象,各种批评流派此起彼伏,各种批评方法相生相克,什么形式主义、结构主义、解构主义、新批评派、心理批评、原型批评、现象学批评、阐释学批评、接受理论,等等,不一而足。文学批评成为多姿多彩、充满生气的一门学科。

中西文学批评有许多差别,但某些批评方法却又很相似。这是由于某种共同的社会需要所决定,同时也由于在一定历史条件下,人类思维模式也有某些共同性所致。

我们选择一些在近代文学批评史上有影响的批评流派和批评模式,作简略的介绍。

一、社会历史批评

从社会学的角度进行文学批评,其历史是比较悠久了。但作为一种批评流派,却是18世纪以后的事。美国批评家埃德蒙·威尔逊把这派的起源推逆到意大利人维柯。维柯提出"特定时代、特定方式"说,他在研究《荷马史诗》时,揭示了作者所生活的社会环境。但社会历史批评真正繁荣起来,是在19世纪,法国评论家斯泰尔夫人、圣·佩韦等都用这方法作出了重要的成绩。斯泰尔夫人的代表作《论文学》的全名就叫作《从文学与社会制度的关系论文学》,她在该书序言中表明自己的任务是:"考察宗教、风俗和法律对文学的影响,反过来,也考察后者对前者的影响。"书中将西欧文学分为南方文学和北方文学,说是"南方的诗人不断地把清新的空气、丛密的树林、清澈的溪流这样一些形象和人的情操混合起来。甚至在追忆心之欢乐的时候,他们也总要把使他们免于受烈日照射的仁慈的阴影牵连进去"。而"北方各民族对欢乐的关怀不及对痛苦的关怀大,他们的想象却因而更加丰富。大自然的景象在他们身上起着强烈的作用。大自然的这个作用,跟它在天气方面所表现的一样,总是阴暗而多云"。由于自然环境和气候条件的不同,也带来文艺创作的差异:"南方诗歌和北方诗歌不同,它远不能和沉思相谐和,远不能激起思考所能感受的东西;耽于安逸的诗歌把一切有一定次序的思想差不多全部排斥在外了。"①圣·佩韦将当时法国流行的实证论哲学方法引进文学批评领域,他更注重于考察文学的自然史。他认为:"不去考察人,便很难评价作品,就像考察树,要考察果实。关于一位作家,必须涉及一些问题,它们好像跟研究他的作品毫不相干。例如对宗教的看法如何?对妇女的事情怎样处理?在金钱问题上又是怎样?他是富有还是贫穷?他有什么样的生活规则?日常工作是什么?总之,他的主要缺点和弱点是什么?每一答案,都和评价一本书或它的作者分不开。"②因此,圣·佩韦的批评较重视作家的传记材料,偏重于"史实",而疏忽"史实"中所包含的客观规律。

这一流派中影响更大的代表人物则是泰纳,他把作品比作化石,认为它起的是历史文献的作用。因为这贝壳化石下面曾是一个活动物,这文献后面也曾是一个活人。若非为重现那活动物,你何必研究贝壳呢?你研究文献也同样只是为认识那活的人。泰纳归纳和发展了这一派的批评理论,提出了文艺的三要素说,他认为文艺创作及其发展过程,取决于种族、环境、时代三个要素,并且根据这种理论,写出了《英国文学史》和《艺术哲学》,在批评史上产生了很大的影响。不过这个三要素说,着重在于解释文学发展的动力,我们留待发展论中再加以评述。

经过这些批评家的丰富、发展,历史方法形成一套完整的体系。他们研究文学作品,目的是通过它来研究生活,所以对历史背景和作者生平传记特别重视。

就艺术是现实生活的反映这一观点看,通过作品来研究社会原也合情合理,社会历史学派在批评界流行很久是必然的。但文学作品毕竟不等于历史文献。它还具有审美的目的性,批评家应该同样注意艺术表现问题。社会历史批评注重于作家和作品的社会分析,而忽略其审美价值,不能不说是一种欠缺。

二、形式主义批评

针对着社会历史批评对于作品审美价值的忽略,20世纪初期,批评界开

---

① 《西方文论选》下卷,第126—127页。
② 《新星期一漫谈》,转引自《西方文论选》下卷,第195页。

始出现一种新的倾向,一反19世纪注重作品所反映的社会生活和有关作者传记材料的传统批评模式,转而突出作品本身的意义,而且还把注意力集中在艺术形式的研究。这可以说是文学批评上的一种反拨现象。这种新的批评流派最早出现在俄国,是谓"俄国形式主义"。

俄国形式主义发端于1914年维克多·什克洛夫斯基评未来派诗歌的文章《词语之复活》。1915年出现了以罗曼·雅各布森为首的"莫斯科语言学小组",这里集结了一些年轻的语言学家,试图扩大语言学的范围,将诗歌语言包罗其中。1916年在圣彼得堡又成立了以维克多·什克洛夫斯基为首的"诗歌语言理论研究会",集结在这里的是一批文学家,他们普遍对现存的文学研究模式感到不满,而且共同对俄国未来派诗歌感兴趣。这两个小组在十月革命前后的若干年内展开了有影响的活动,形成了形式主义批评流派。

俄国形式主义者反对把文学作品当作历史文献,因此也反对以哲学、社会学、历史学和心理学等方法来研究文学,而试图创立一种独立的专门研究文学材料的"文学科学",所以他们特别强调研究作品的"文学性"。雅各布森说:"文学研究的对象不是笼统的文学,而是文学性,也就是使一部作品成其为文学作品的东西。"① 为了强调文学研究的特殊性,形式主义者既反对把文学看做现实世界的模仿,认为现实对于文学构成只起从属的作用,只在其始端作为既定物之一而进入作品;也不把文学看做作家个性和世界观的表现,因而反对去研究作家的生平传记。这样,他们就可以割断文学作品与现实和作家的联系,而把它当做一个独立的研究对象。他们还反对"艺术是形象思维"的理论——这种理论由于别林斯基等人的宣传,在俄国相当流行,因为形象思维论虽然强调艺术思维不等于科学思维,但它毕竟承认艺术是一种感知和认识,最终会把艺术研究导向哲学和心理学。

俄国形式主义者还提出"陌生化"的观点,这与他们强调文学阅读不是自动感知而是审美感知有关。所谓"陌生化",就是避免用熟悉的形象和熟悉的语言来表现,而强调新鲜的感受,新鲜的形式。什克洛夫斯基在他的纲领性文章《作为技巧的艺术》中说:"艺术的目的是要人感觉到事物,而不是仅仅知道事物。艺术的技巧就是使对象陌生,使形式变得困难,增加感觉的难度和时间长度,因为感觉过程本身就是审美目的,必须设法延长。艺术是体验对象的艺术构成的一种方式,而对象本身并不重要。"这种陌生化的理论可以施之于各

---

① 《最近的俄罗斯诗歌》,转引自张隆溪《二十世纪西方文论述评》,生活·读书·新知三联书店1986年版,第74页。

个艺术领域,例如,步行是熟悉的行动,而舞蹈则是陌生化的步行姿态,给人以新鲜之感;小说中以人的眼光观察事物是熟悉的,而托尔斯泰的《量布人》以马的眼光看人类社会,就是陌生化的。不过形式主义者特别感兴趣的是诗歌,而对语言问题尤其重视。他们认为诗歌不能用日常实用的语言,而要使之陌生化,变得"歪斜""弯扭""细薄""弯曲"。他们认为诗歌是"对普通语言的有组织的违反"。这种"违反",表现在三个方面:

1. 声音结构要违反普通话语,而使发音"停滞"或"受阻";

2. 句法、韵律要违反普通语言的规律,而形成一种特殊的词语;

3. 语音也要脱离普通话语,而具有新的意义。未来派诗歌的语音和表现形式稀奇古怪,正符合形式主义的陌生化原则,所以他们特别欣赏。

"文学性"强调对作品艺术本身的研究,"陌生化"要求艺术上的创新,都不是没有道理的;而且,他们声称,形式方法并不排斥思想或艺术内容,而是将"内容"视为形式的一个方面,这对内容形式二分法也是一个突破。但是,形式主义者把作品与现实生活和作家思想割裂开来,认为文学既不是再现外在的现实,也不是表现作者内在的感情,而仅仅是一种语言的构造,而且强调语言的陌生化强调到违反语言规律的地步,这就走向了谬误。特别是这种形式主义理论与俄国革命文学理论相距太远,所以在20年代就受到批判。从1922年托洛茨基在他的专著《文学与革命》里辟有专章批判雅各布森和什克洛夫斯基等人起,形式主义运动一直不断遭到批判。在这之前,雅各布森就出走了,到1930年,什克洛夫斯基发表文章表示放弃形式主义,这个批评流派就算停止活动了。

但在捷克,由于"莫斯科语言学小组"的领导人雅各布森的到来,却使俄国形式主义与布拉格学派结合起来了。不过他们不是打的形式主义的旗帜,而是标榜结构主义;他们从结构主义者索绪尔的著作《普通语言学教程》中找到了许多理论资源,将俄国形式主义发展成一种新的理论。20世纪五六十年代,俄国形式主义文集在法国出版,引起很大反响,形成了法国的结构主义。结构主义原是一种语言学理论,但很快就发展到人类学、哲学、社会学、文化学、历史学、地理学、文学批评等各个领域,在一段时期内,成为法国学术界的主流意识。

结构主义既然起源于语言学,它在进行文学批评时,不但注重文学语言的研究,而且还把语言学的模式套到文学问题上去。例如,索绪尔语言学的重要理论是将语言和言语分开:具体使用的词句叫言语(parol),整个符号系统叫语言(language),结构主义的文学批评就将个别作品看作是类似言语的东西,

而将普遍文学规律看作为"语言"。正如语言学家主要并不研究个别言语而研究整个语言系统一样，诗学研究的是文学的基本原理，而不是个别作品，托罗多夫在《诗学》中说："个别作品只是一种工具，作家用它描述文学的性质"，"每部作品只能看作是一种更加宽泛的抽象结构的具体体现，而这种体现又只是许多种可能的体现中的一种。就此而言，这门学科研究的不是实存的文学，而是可能的文学。"所以他们在分析诗歌语言时，不去考察字句的细节，不去研究"诗眼"，而只从普遍性出发，顶多只是用具体例子来说明普遍规律。他们在分析小说时，也往往把具体情节化为抽象公式。如托多洛夫的《〈十日谈〉的语法》，就像分析语法一样分析作品的结构。他把人物当作专有名词，把行为当作动词，而用语法模式去分解叙事文学。

结构主义的分析过于机械，所以就有解构主义对它的否定。据说，解构主义的兴起，是由于1968年5月反政府的学生运动的失败，使得法国知识界对于任何制度性、系统性的概念产生反感，而倾向于自由放任，所以结构的概念也失却了魅力。一位著名的法国结构主义者罗兰·巴特，在1970年发表的重要著作《S/Z》里对结构主义批判道："据说某些佛教徒凭着苦修，终于能在一粒蚕豆里见出一个国家。这止是早期的作品分析家想做的事：在单一的结构里……见出全世界的作品来。他们以为，我们应从每个故事里抽出它的模型，然后从这些模型得出一个宏大的叙述结构，我们(为了验证)再把这个结构应用于任何故事：这真是令人殚精竭虑的任务……而且最终会叫人生厌，因为作品会因此显不出任何差别。"

三、新批评派理论

新批评派出现在第二次世界大战之前，开始于英国，代表人物是瑞恰兹和艾略特；20世纪四五十年代在美国大加发展，代表人物是兰森、温萨特、布鲁克斯等。瑞恰兹写过一本《文学批评原理》，被认为是新批评派的奠基之作。不过，瑞恰兹的理论，他自己后来有所发展，别人对之也有所更改，他们在具体意见上颇有分歧之处，但总的倾向仍是一致的，所以才能成为一派之理论。

新批评派的突出特点，就是强调作品本体的作用，把作品本文作为批评的出发点和归宿。在作者——作品——读者这三个文学活动的环节中，它割去了作者和读者前后两个环节，而把作品这个中间环节作为独立自在的实体。新批评派提出两个"迷误"的理论，作为它割断联系环节的根据。一是"意图迷误"，这是说作者的创作意旨和作品所实现出来的艺术世界是并不一致的，二者应该区分开来。文学作品一旦成为独立的存在,它就与作家的意图无关。文学批评的对象,应是作品本身,而大可不必去理会作家的创作意图如何;二是"感受迷误",指的是读者阅读作品时,艺术感受会产生迷误,他所感受到的,不一定正是作品所要表现的思想感情,因此,对于读者的感受如何,也可以不必去管它。

应该说,"意图迷误"和"感受迷误"的说法都有一定的道理。作家的创作意图与作品中所表现出来的思想,是会有一定距离的,这就是世界观与创作方法矛盾问题的由来;而读者的感受与作品的思想,也不一定完全一致,这是后来接受美学所揭示出来的普遍现象。但是,作品毕竟不可能完全脱离作家的创作意图;读者的感受也总是在作品所提供的信息中发展。新批评派是把这两种"迷误"说得绝对化了。但经过如此这般分割之后,作品本文的价值就凸显出来了,这是他们的目的。

针对着作品本文,新批评的方法是:细读文本,详加分析。由于新批评家把社会历史、作家传记之类都看作外在的因素,所以在分析本文时,就不大注意作品的思想内容,却很重视其艺术形式,对于音韵、格律、文体和修辞手法——如联想、反讽、明喻、暗喻,等等,都分析得十分细致。燕卜荪写过一本《朦胧的七种类型》,轰动一时,书中通过对二百多篇作品的细密的分析,来探讨词或语法结构在文学作品中运用的多义性。这种分析方法,在我国古代文学批评史上也出现过,如宋代张炎的《词源》就专从音律上论词。《词源》上卷专论乐律,下卷分别论音谱、拍眼、制曲、句法、字面、虚字、清空、意趣、用事、咏物、书序、赋情、离情、令曲等,都是从语言形式上着眼。语言形式上的讲究,当然对创作有促进作用,但仅着眼于此,毕竟狭了一点。中国古典文论中这方面的要求,大抵见于诗论词论曲论,有时也兼及骈文,而对散文、小说,就难以如此分析了。英美新批评派也喜欢分析诗歌,特别是抒情诗和玄学诗,而对于别的不宜于修辞分析的体裁就不屑一顾。因为这种分析法是他们的所长,但同时也就显示出了他们的所短。

新批评派在盛极一时之后,终于在20世纪50年代末期开始趋向衰落,因为这种批评方法毕竟局限性太大。首先在文学活动的三个环节中,它舍弃了两个;其次,就是对作品本文的分析,也局限于语言形式,特别是修辞手法,不能顾及全盘。但新批评派对我们仍有重大的启示,即说明作品本体分析,特别是语言形式分析的重要。因为我们的许多批评文章,往往停留在社会批评和内容分析上。

四、接受美学批评

形式主义批评和新批评强调文学作品的独立性,专门研究"本文",虽然对社会历史批评是一个突破,因而风行一时,但它割断艺术世界与现实世界的联系,孤立地研究作品本文,毕竟是片面的,时间一长,就暴露出它的不合理性。特别是20世纪60年代以后国际上的政治风云变幻,也不允许文学批评继续"非政治化"地孤立研究,而置文学的社会功能于不顾。系统科学的发展,宏观研究、跨学科研究的趋势,也促使文学批评非打破封闭体系不可。于是,人们重新又把文学作品放到现实生活中,注意它与各方面的关系。不过批评家已经不满足于只去说明作家如何创作和作品如何表现,同时还注意读者如何阅读和接受。在这背景上,60年代以后就发展起了接受美学,或曰接受理论。

接受美学认为,文学作品是为阅读而创作的,它的社会意义和美学价值只有在阅读过程中才能实现。在这之前,文学作品还不能说已经完成,它只不过是一叠印着铅字的纸张而已。接受美学认为,艺术创作是一个"动力过程",第一阶段从作者到作品,是创作过程;第二阶段,从作品到读者,是接受过程。只有将这两者合在一起:作者——作品——读者,才是完整的美学过程。

在这个"动力过程"中,读者不是被动地接受,而是具有主动性。这种主动性表现在两个方面:一是在阅读过程中,读者作为审美主体,他是参与创造的;二是读者不但接受作品中所表现的作家的情感,而且反过来要影响作家的创作,读者也创造作家。读者是促进文学发展的决定因素之一。

文学作品的命运,固然决定于作品本身,一部写得好的作品拥有广大读者,获得好评,一部写得不好的作品就无人问津。但这只是问题的一面,事实上,作品流传的情况还取决于读者的欣赏趣味和接受程度。有时,一部作品开始时并不是很受欢迎,若干年后,社会思潮改变了,读者的情况改变了,它会突然流行起来,如司汤达和卡夫卡的作品都是如此;与之相反,有些流行作品,时过境迁,却又受到冷落。这种情况,在中国文学史上也并不少见,如对陆机与陶潜评价的变化就很能说明问题。陆机与陶潜同是晋代杰出的作家——一个是西晋,一个是东晋,但在文学史上的遭遇却大不相同。在唐代以前,人们对陆机的作品评价一直很高,认为他标志着魏晋南北朝文学的最高成就。但自宋代以至明清时代,陆机的评价骤然下降,有些文人还对他大加谴责。而陶潜的遭遇则与之恰恰相反。从南朝至唐代,文人对他的作品评价一直不是很高,只是处于中档,如钟嵘的《诗品》,就把它列为中品,但到了宋代,却声誉日隆,在魏晋南北朝作家中荣登首位,凌驾于曹植、陆机、谢灵运诸家之上。这种评价上的巨大变化,主要是由于时代的审美观念发生了巨大变化。盖因魏晋文坛,骈体文学占主导地位,各体诗文也都崇尚华辞丽藻,所以对擅长骈体,文笔繁芜的陆机特别推崇;而唐代中期出现的古文运动,到了宋代取得决定性的胜利,各体诗文也都出现了清朗平易的风格,于是朴素平淡而内含艺术美的陶诗,就大受青睐。①

接受美学虽然是由德国的康士坦茨学派提出的,但创始者姚斯和伊瑟尔的理论来源则与现象学哲学家英伽登和解释学哲学家伽达默尔关于文学作品的存在方式的学说有关。英伽登认为,文学作品一经产生,就进入了自己的生命史,并不是静止不变的,伽达默尔则进一步提出,文学作品的历史性存在就取决于读者的理解,因此,读者理解是文学作品存在的关键。

接受美学着重研究读者的接受过程,是有价值的,至少弥补了过去文学批评忽略了的不足的一面。当然,这也只是文学过程的一个方面,如果以偏概全,那也是不行的。

五、精神分析批评

精神分析学本是心理学的一个流派。它是奥地利精神病医生弗洛伊德所创造,用疏泄的办法来治病。后来,弗洛伊德和他的学生把这种心理学理论用于文学批评,产生了相当的影响,在西方形成了一个批评流派。

这一派文学批评的特点是拿精神分析法来分析作品,强调泛性欲主义和潜意识理论,而这两条,正是弗洛伊德学说的两大支柱。

泛性欲主义在文学批评上的运用,突出地表现在到处套用俄狄浦斯情结上。所谓俄狄浦斯情结,是借用希腊悲剧《俄狄浦斯王》中俄狄浦斯杀父娶母的故事,来说明人都有恋母情结。精神分析派就用这个理论来解释文艺作品。例如,弗洛伊德在《列奥纳多·达·芬奇的童年回忆》里,认为达·芬奇之所以喜欢描画温柔的圣母像,这是画家俄狄浦斯情结的升华,因为画家在童年时是很爱他的母亲的。对歌德自传《诗与真》里面的一段童年回忆也作了类似的分析。他认为,《俄狄浦斯王》之所以能打动我们,全在于俄狄浦斯杀父娶母的情节"让我们看到自己童年时代愿望的实现"。而莎士比亚笔下的哈姆雷特,为什么对杀了他父亲,篡夺了王位,而且娶了他母亲的叔父一直犹豫不

---

① 参见王运熙:《陆机、陶潜的评价的历史的变迁》,《东方丛刊》2008年第2期,广西师范大学出版社出版。

肯下手呢？那是因为他自己就有恋母杀父的情结，叔父只不过是实现了他的愿望而已。他在叔父身上看到了自己，所以不能下手杀他。

此外，他们还到处寻找潜意识的象征。比如，弗洛伊德的学生玛丽·波拿巴，就把爱伦·坡作品中的形象都解释为潜意识的象征。以她对《黑猫》的分析为例。她认为，对于小说的叙述者——作者来说，他对母亲坏的一面的恨，与他对那只咬了他而被他断肢并杀死的黑猫之间，有一个移位过程；而第二只猫又使他把它当作母亲好的一面，这只猫"有一块大白斑——几乎遍布整个胸部"，玛丽认为，这是代表母亲洁白的乳汁云云。

精神分析派批评的局限性是比较明显的：首先，他们抽去了人与人之间的社会关系，把一切都归结为性欲的原始本能，有很多牵强附会之处；其次，他们仅仅对作品进行心理学分析，而不能进行审美分析，也是一种片面性。

六、原 型 批 评

由于泛性欲主义本身的局限性，它运用得愈广泛，就愈暴露出它的弱点。弗洛伊德的学生阿德勒和荣格看到了这一点，提出了修正观点，但不为弗洛伊德所接受。他们终于分裂出去，成立了新学派。

荣格的一派叫分析心理学。荣格承认无意识的存在，但却改造了弗洛伊德的无意识理论。首先，他把无意识看作一个广泛的概念，认为它包含所有一切不是有意识的精神内容或过程，并不如弗洛伊德所说，无意识都是性欲的和罪恶的。其次，他把无意识分为两个层次：表层的"个人无意识"和深层的"集体无意识"，并且着重研究"集体无意识"。"集体无意识"是荣格学说中具有代表性的理论。这种集体无意识不是存在于个别人身上，而是普遍地存在于每一个人身上；不是来源于个体经验，而是由群体积累而成。集体无意识是一种种族心理积淀，是由初民开始，世代相传的心理遗产。为了证明"集体无意识"的存在，荣格又提出一种"原型"论。所谓"原型"，就是"原始意象"，它是在历史过程中反复出现，在创造性幻想得到自由表现的地方才会见到的形象，据荣格说，它基本上是神话形象。这种"原始意象"是我们祖先无数典型经验在心理上留下的痕迹。

荣格的"集体无意识"说和"原型"论，对文学批评也产生了很大影响，形成了一个独立的派别，叫原型批评，又称神话批评。

荣格自己就运用上述理论来解释过文学创作，认为作家是在集体无意识的支配下，不自觉地在作品中体现了某些原型；而读者则由这些原型而触动了积淀在内心深处的集体无意识，这时会突然感到酣畅淋漓，欣喜若狂，仿佛全人类的声音都在心中共鸣。荣格和弗洛伊德都重视创作过程中无意识或潜意识的作用,但弗洛伊德强调的是个人的变态心理,荣格则强调作家心中积淀的集体无意识,着眼点是不一样的。荣格反对以作家私生活中的不足或冲突来解释艺术,而从集体无意识出发,把视线扩大到人类的原始意识。这样,他又从心理学走向了人类学。英国人类学家詹姆士·弗雷泽的著作《金枝》,对于原始神话和古代仪式的研究作出了创造性的贡献,这对发展原型批评推动很大。在荣格和弗雷泽的理论基础上,加拿大批评家诺思罗普·弗莱写了《批评的剖析》一书,对原型批评的基本理论进行了系统的阐述,使这一流派从心理学和人类学领域正式走向文学批评园地。

原型批评因为要从神话中寻找原型,于是超越了微观的细部的研究,而从宏观上考察意识的潜流,扩大了批评家的视野。但由于原型批评家们过分注意于考古,又使文学批评变成神话批评,他们把反映现实生活的艺术形象都和古代的原型联系起来,往往有牵强附会之嫌。而且,它与精神分析批评一样,忽略了美学评价,这对以审美为特征的文学活动来说,总是一个重大的缺陷。

第二节　马克思主义的批评方法

上面我们介绍了许多文学批评的流派和模式,它们都是一定历史条件的产物,各有自己的优点,也都有局限性,因而它们都有产生的合理性,也有衰落的必然性。我们应该尽量吸取它们的优点,扬弃其缺点,形成一个比较合理的批评方法。

我们的批评方法,就是恩格斯所说的用美学的观点和历史的观点来批评。

一、历史的观点

所谓历史观点的批评,就是用历史唯物主义的观点来看待文艺作品。列宁说:"在分析任何一个社会问题时,马克思主义理论的绝对要求,就是要把问题提到**一定的**历史范围之内;此外,如果谈到某一国家(例如,谈到这个国家的民族纲领),那就要估计到在同一历史时代这个国家不同于其他各国的具体特点。"[①]

这里包含两方面的内容:

首先,要求把作家作品放在一定的历史范围内来考察。作为社会意识形

[①] 《论民族自决权》,《列宁选集》第2卷,第512页。

态的文学艺术,本来就是一定历史条件的产物,而且总与一定的时代思潮相联系,脱离开历史背景,那是无法正确地加以理解的。列宁本人在评论列夫·托尔斯泰时,就是紧扣他所处的时代的特点加以分析。列宁指出,托尔斯泰的主要活动,是在1861年到1905年之间的这个历史时期进行的。在这个时期,俄国的经济生活和政治生活中充满着农奴制度的痕迹和它的直接残余,同时,这个时期正好是资本主义从下面蓬勃生长和从上面培植的时期。托尔斯泰在自己的作品里对俄国的国家制度、教会制度、社会制度和经济制度都作了激烈的批判,他的批判虽然并不是新的,"他不曾说过一句那些早已在他以前站在劳动者方面的人在欧洲和俄国文学中所没有说过的话",但是他的批判还是有特点的:"托尔斯泰的批判的特点和历史意义在于,他用天才艺术家所特有的力量,表现了这一时期的俄国——即乡村和农民的俄国——最广大人民群众的观点的急遽转变。"①托尔斯泰是用宗法制的天真的农民的观点进行批判的,他的批判真正表现了千百万农民观点的转变,反映了他们的情绪,他们的天真,他们对政治的漠视,他们的神秘主义,他们逃避现实世界的愿望,他们的不抗恶,以及对资本主义和金钱权势的无力咒骂,等等。所以列宁得出的结论是:"托尔斯泰的思想是我国农民起义的弱点和缺陷的一面镜子,是宗法式农村的软弱和'善于经营的农夫'迟钝胆小的反映。"②

我国古代,有"知人论世"的方法,也是要求将书、人、世联系起来考察。如孟子所说:"颂其诗,读其书,不知其人,可乎?是以论其世也。是尚友也。"③鲁迅继承了我国古代"知人论世"的优秀传统,并接受了"史底惟物论"观点,在我国现代文学批评中坚持了历史观点和全面观点。他说:"世间有所谓'就事论事'的办法,现在就诗论诗,或者也可以说是无碍的罢。不过我总以为倘要论文,最好是顾及全篇,并且顾及作者的全人,以及他所处的社会状态,这才较为确凿。要不然,是很容易近乎说梦的。"④因为坚持历史观点和全面观点,所以鲁迅反对"摘句",也反对以"选本"来概括作家或研究文学。鲁迅认为"摘句"往往是衣裳上撕下来的一块绣花,经摘取者的吹嘘和附会,说得超然物外,读者没有见过全体,便被他弄得迷离恍惚。但也有取下破损处,以偏概全,否定全盘。特别是到了晚近,更有断章取义,摘下个别句子,来锻炼

---

① 《列·尼·托尔斯泰和现代工人运动》,《列宁论文学与艺术》(一),人民文学出版社1960年版,第299页。
② 《列甫·托尔斯泰是俄国革命的镜子》,《列宁选集》第2卷,第372页。
③ 《孟子·万章下》,《四书章句集注》,第324页。
④ 《且介亭杂文二集·"题未定"草(七)》。

人罪的。这是"摘句"式批评的恶性发展。至于出选本,那有两种情况,一种是供一般人阅读的,那自无不可,另一种是研究用书,那就不够了。鲁迅说:"自然,如果随便玩玩,那是什么选本都可以的,《文选》好,《古文观止》也可以。不过倘要研究文学或某一作家,所谓'知人论世',那么,足以应用的选本就很难得。"①选得不好,就会抹杀作者真相。鲁迅举陶渊明为例,认为他被选家录取了《归去来兮辞》和《桃花源记》,被论客赞赏着"采菊东篱下,悠然见南山",在后人的心目中是个飘飘然的人物。但那是不全面的。在他的集子里,还有很摩登的《闲情赋》:"愿在丝而为履,附素足以周旋,悲行止之有节,空委弃于床前";而且还有金刚怒目式的《读山海经》:"精卫衔微木,将以填沧海,刑天舞干戚,猛志固常在。"鲁迅说:"这'猛志固常在'和'悠然见南山'的是一个人,倘有取舍,即非全人,再加抑扬,更离真实。"②鲁迅自己在《魏晋风度及文章与药及酒之关系》中评论陶潜及其他魏晋文人时,就紧紧扣住时代环境,社会思潮,并且全面地看人,因而这篇文章就写得非常深刻,成为文学批评的典范之作。

其次,历史观点还要求批评家在评论作家作品时,把批评对象与别的同时代作家作品进行比较。与前人做比较,是看后来者比前人发展了些什么;与同时代做比较,就可看出,在同一时代条件下,他与别人不同的特色。如果说前者是纵坐标,后者则是横坐标,纵横一交叉,就可以得出坐标值,也就是该作家作品的历史地位。例如,鲁迅之所以被称为中国文化革命的主将,文化新军的旗手,这是由于,一方面鲁迅的作品无论在思想上或艺术上都与前人不同,开创了一个新的局面;另一方面,与同时代作家比起来,他的作品的思想深度和艺术水平都超过其他人,这样,鲁迅就可以当之无愧地被称为主将、旗手。也有别的人自称为文化旗手,但她既无作品,思想又逆历史潮流而动,其实只不过是历史闹剧中的小丑而已。有比较才能鉴别,比较就是相互之间的衡器,彼此间衡量出真价值来。所以比较的方法也是马克思主义文学批评常用的方法。马克思主义批评和欧洲的社会历史批评都注意时代历史条件,但社会历史批评比较注重种族、气候与地理环境等"自然史"方面的因素,而马克思主义的历史观则更注重经济政治等"社会史"因素,但与庸俗社会学之片面的经济决定论不同,它把文化思想等状况亦考虑在内。因为正是这种综合的社会环境,影响着文学的发展。

为了进行准确的历史评价,马克思主义批评家必须具有开阔的视野和丰

---

①② 《且介亭杂文二集·"题未定"草(六)》。

富的社会历史知识,否则是无法作出有效的判断的。

二、美学的观点

既然,把问题提到一定的历史范围内来考察,是马克思主义分析任何社会问题的绝对要求,那么,这种历史观点就并非马克思主义文学批评的独有方法。历史观点可以区别于其他派别的文学批评,但不能区别于马克思主义的其他方面的社会批评。鉴于文学艺术的审美特点,恩格斯又提出了"美学观点",作为马克思主义文学批评的另一翼,与"历史观点"相辅相成。而这个"美学观点",正是19世纪欧洲社会历史批评学派所忽视,因而也为别人所诟病的。

马克思、恩格斯在评论艺术作品时,从来就很注意从美学的观点看问题。比如,马克思在致拉萨尔的信中谈及对方的剧作《弗兰茨·冯·济金根》时,就是从美学观点出发的:"首先,我应当称赞结构和情节,在这方面,它比任何现代德国剧本都高明。其次,如果完全撇开对这个剧本的纯批判的态度,在我读第一遍的时候,它强烈地感动了我,所以,对于比我更容易激动的读者来说,它将在更大的程度上引起这种效果。"①可见马克思在阅读作品时,对其艺术表现力和审美感受力,是非常注意的。接着,他在谈到该剧的缺点时,也是首先从美学观点着眼,指出其韵律安排上的不够艺术、作品的主题不适宜于表现其悲剧性冲突,以及性格描写上的不足,等等,其中有些思想性的批评意见,亦是从美学的角度谈出来的。恩格斯对《济金根》《旧和新》和《城市姑娘》等作品的批评意见,也始终不脱离"美学观点",正是在评论这些作品时,恩格斯提出了悲剧因素、性格描绘、典型塑造、现实主义及倾向性与真实性的关系等诸多美学问题。

马克思和恩格斯的文学批评给我们以启示:文学批评不能脱离美学观点,否则,它就无以区别于一般的社会批评;而美学问题不仅仅局限于某些表现技巧和艺术形式,它直接关系到作品的思想深度。但是,我们也不能把美学的批评仅仅停留在马克思、恩格斯等几位领袖人物所提出来的美学问题上,因为他们毕竟不是专业美学家和文学批评家,不可能关涉美学的各个领域;而且,美学本身也是发展的,随着时代的推移,随着科学文化的发展,在审美领域里会不断提出许多新问题,需要我们去探讨,去研究。所以,"美学观点"本身就是一个动态的观念,它应贯穿着历史发展的观点。

---

① 《马克思致斐·拉萨尔》(1859年4月19日),《马克思恩格斯选集》第4卷,第553页。

我们说要用历史发展的眼光去看待美学问题,不但是指审美观念和范畴是不断丰富和发展的,而且还在于审美价值判断也会随着历史的发展而产生变化。这种变化,呈现着不同的形态:

一种情况是,在特定的历史情况下,某种艺术表现形式因具有历史的针对性,也能博得读者的喜爱,但这种历史因素一旦消失,作品的审美价值就大大地降低了。例如,五四以后刘半农的杂文,针对旧文学的专讲起承转合、抑扬顿挫,过分讲究章法,文章拘泥,用典很多,脱离群众等缺点,就以手写口,信笔所至,有如闲谈,毫无拘束。刘半农自己在他的杂文集序文里说:"我做文章只是努力把我口里所要说的话译成了文字,什么'结论','章法','抑,扬,顿,挫','起,承,转,合'等话头,我都置之不问,然后亦许反能得其自然。"他追求文体的解放原是好事,但走过了头,完全不讲章法结构,文章就显得松散;听凭感情的流泻,毫无节制,就缺乏含蓄;俗字俗语用过了头,便显得粗俗。这些缺点,在一定历史条件下都是合理的、必然的。但一旦离开了当时的历史环境去看半农杂文,就会感到艺术性较欠缺,而一般的读者,大抵仅仅用审美眼光进行艺术鉴赏的,于是半农的杂文就落选了。

还有一种情况是,有些艺术作品,古今都有审美价值,但时间会把作品涂上另一种色彩,使它的审美价值起了变化。鲁迅在他的杂文《"题未定"草(七)》里曾记叙过一个北京土财主买周鼎的故事:这位土财主有一次忽然"雅"了起来,买了一只土花斑驳,古色古香的周鼎,但过不几天,他竟叫铜匠把它的土花和铜绿擦得一干二净,摆在客厅里,引起雅士们大笑。但鲁迅从中却得到了一种启示,觉得这才看见了近于真相的周鼎。因为鼎在周朝,恰如碗之在现代,是一种食具,断无整年不洗之理,所以鼎在当时,一定是干干净净,金光灿烂的,用美学的术语说,就是它并不"静穆",倒有些"热烈"。它之变得"静穆",是历史的变迁使然。用这个眼光去衡量古美术,就处处会看到它审美价值的变化:"例如希腊雕刻罢,我总以为它现在之见得'只剩一味淳朴'者,原因之一,是在曾埋土中,或久经风雨,失去了锋棱和光泽的缘故,雕造的当时,一定是崭新,雪白,而且发闪的,所以我们现在所见的希腊之美,其实并不准是当时希腊人之所谓美,我们应悬想它是一件新东西。"

鉴于上述情况,我们在从事文学批评时,不应将"美学观念"与"历史观点"分离开来,而应该结合在一起。

第五编

发展论

第一章 艺术的起源

本编探讨文学艺术的发生与发展。艺术发生学是首先需要研究的问题。

关于艺术的发生即起源问题,从古希腊开始,就不断有人进行研究,而且形成许多派别,说法大不相同。理论家们对于艺术起源问题的兴趣,不仅出于他们研究问题有探本溯源的癖好,而且因为对艺术起源问题的见解,直接关系到对于文艺本质的理解,他们研究艺术发生学,目的还在于论证自己的文艺本质论。譬如,认为艺术起源于模仿者,同时主张文艺的本质是模仿,而艺术起源的游戏说,则往往与表现论的本质观相联系,等等。所以,艺术起源问题也就成为文艺学长期讨论的热点了。

本章先对几种流行的艺术起源论进行介绍评述,然后再阐述我们的看法。

第一节 艺术起源论述评

艺术起源论的派别繁多,而且层出不穷,我们不可能一一加以介绍,只能择其要者进行述评。

一、模 仿 说

此说起源最早,代表人物是古希腊的德谟克利特和亚里士多德。德谟克利特认为,人的许多本领,如织布、缝补和造房子都是向动物学会的,甚至歌唱,也是模仿鸟类的声音。因此,他的理论是:"我们是模仿禽兽,作禽兽的小学生的。"[①]亚里士多德则说:"一般说来,诗的起源仿佛有两个原因,都是出于人的天性。人从孩提的时候起就有模仿的本能(人和禽兽的分别之一,就在于人最善于模仿,他们最初的知识就是从模仿得来的),人对于模仿的作品总是感到快感。经验证明了这样一点:事物本身看上去尽管引起痛感,但惟妙惟肖的图像看上去却能引起我们的快感,例如尸首或最可鄙的动物形象。""模仿出于我们的天性,而音调感和节奏感(至于'韵文'则显然是节奏的段落)也

---

① 《著作残篇》,《西方文论选》上卷,第4—5页。

是出于我们的天性,起初那些天生最富于这种资质的人,使它一步步发展,后来就由临时口占而作出了诗歌。"①

亚里士多德在艺术发生学上的模仿说,是与文学本质论的模仿说紧密联系在一起的,所以对后代影响很大。但是,正像本质论的模仿说并不全面一样,发生学的模仿说也不能解释全盘。首先,在原始艺术里,虽然有一些是模仿现实形象的,如壁画上的牛羊形态和狩猎场面,以及陶器上的鱼形图纹等,但也有些则并不模仿什么,如劳动工具的美化和完全抽象的几何形图案。其次,有些艺术只是直接抒发内心的感情,既不模仿现实的形象,也不模仿动物的声音,如《毛诗序》所说:"情动于中而形于言,言之不足故嗟叹之,嗟叹之不足故永歌之,永歌之不足,不知手之舞之,足之蹈之也。"②

由于模仿说有这样一些难以解释的矛盾,再加上近代表现论的兴起,抽象艺术的盛行,许多人并不相信模仿是人类的天性,倒以为抽象的表现是艺术的特点,并且可以找出许多抽象化的原始艺术。而且,毕加索等现代派艺术大师还特意向原始艺术学习,将原始艺术的造型手法融入自己的抽象化的绘画和雕塑中,实际上就更加动摇了人们对模仿说的信仰。

但是,如果我们不是把模仿看作声音和图形的机械复制,而是作为创作冲动的一种心理机制,那么,艺术起源的模仿说也还是有一定道理的。这就是为什么到了20世纪,西方有些美学家重又提起模仿在艺术创造中的作用,甚至连主张"艺术是情感的表现"的符号论美学家苏珊·朗格,也把对自然形式的模仿看作原始艺术的动力。不过,她所谓的模仿,是指创作者在客观事物中发现了情感意义的方面,而进行重新创造的手法,并非单纯的复制。

二、游 戏 说

游戏说起源于康德,后被席勒和斯宾塞大加发挥,形成一套有影响的理论。

康德从艺术的非功利性出发,认为人们生活在现实世界中,受到物质与精神两方面的束缚,往往得不到自由,因此,人们总想利用剩余的精力创造一个自由的天地,这就是游戏。人的这种做游戏的本能,就是艺术创作的动机。

席勒说:"什么现象标志着野蛮人达到了人性呢?不论我们对历史追溯到多么遥远,在摆脱了动物状态奴役的一切民族中,这种现象都是一样的:即

---

① 《诗学》,《诗学·诗艺》,第11—12页。
② 《中国历代文论选》第一册,第63页。

对外观的喜悦,对装饰和游戏的爱好。"但是,他仍把人类的游戏本能与动物界的游戏本能等量齐观。他说:"当狮子不受饥饿所迫,无须和其他野兽搏斗时,它的剩余精力就为本身开辟了一个对象,它使雄壮的吼声响彻荒野,它的旺盛的精力就在这无目的的使用中得到了享受。昆虫享受生活的乐趣,在太阳光下飞来飞去。当然,在鸟儿的悦耳的鸣啭中我们是听不到欲望的呼声的。毫无疑义,在这种运动中是有自由的,但这不是摆脱了一般需要的自由,而只是摆脱了某种外在需求的自由。当缺乏是动物活动的推动力时,动物是在工作。当精力的充沛是它活动的推动力,盈余的生命力在刺激它活动时,动物就是在游戏。"①而人类比动物更有过剩的生命力可以用来表现为这种"自由的游戏冲动",从而获得快乐的享受。

斯宾塞进一步发挥了席勒的观点,他的新贡献是拿生理学来解释过剩精力的由来。他认为高等动物的营养物比低等动物的营养物丰富,他们无须费全副精力来保存生命,所以有过剩精力。这种过剩精力必须发泄,如果没有机会发泄于有用的实际活动,就发泄于无所为而为的模仿活动,如儿童没有机会去造屋,才做造屋的游戏。"我们称之为游戏的那些活动是由于这样的一种特征而和审美活动联系起来的,那就是它们都不以任何直接的方法来推动有利于生命的过程。"②

游戏说的影响也很大。它的非功利性主张说出了艺术的某种特性,所以为许多人所接受。不过,它也有一些难以克服的缺点,因而又受到人们的非难。

首先,游戏说是从生物学的观点来考察艺术的起源,而忽视了人的社会性,因而比较强调人类乃至动物的本能。但艺术创造并非生理需要,也不是本能的表露,而是一种审美需要。虽说达尔文认为动物也有美感,如雄昆虫比雌昆虫装饰得美,雄鸟努力展现其修饰之羽毛及美丽的颜色于雌鸟之前,哺乳动物的毛冠、毛丛、毛衣也是牡类更为发达,都是为了追求雌类,但这与人类的美感毕竟不同,因为人是自觉的行为,而动物则出于本能,是一种生理因素自发作用的结果。同样,席勒和斯宾塞所说的动物的游戏,也是一种本能,而非创造。正如马克思所说:"蜘蛛的操作,和织工的操作类似;在蜂房的建筑上,蜜蜂的本事还使许多以建筑师为业的人惭愧。但是,使最拙劣的建筑师和最巧妙的蜜蜂相比显得优越的,自始就是这个事实:建筑师在以蜂蜡构成蜂房以

---

① 《美育书简》,中国文联出版公司 1984 年版,第 133、140 页。着重号原有。
② 《心理学原理》,转引自朱狄《艺术的起源》,中国社会科学出版社 1982 年版,第 121 页。

前,已经在他的头脑中把它构成。劳动过程结束时得到的结果,已经在劳动过程开始时,存在于劳动者的观念中,所以已经观念地存在着。他不仅引起自然物的形式的变化,同时还在自然物中实现他的目的。他知道他的目的,把它当做规律来规定他的行动的式样和方法,使他的意志从属于这个目的。"①

其次,就游戏说本身来说,席勒和斯宾塞的精力过剩说也不能解释游戏的本源。谷鲁斯就不同意他们的看法。他指出:如果游戏完全是由于精力过剩,那么当过剩精力发泄无余时,游戏即应停止,但实际上并不然,喜欢游戏的人和动物,往往玩到精疲力竭时还不肯放手。而且,游戏也不是无目的的活动,他认为目的就是练习生活技能,如小猫玩纸团是练习捕鼠的本领,女孩抱木偶是练习将来做母亲。谷鲁斯在批评精力过剩说时,是颇有道理的,但当他提出练习说时,却又不能完满地解释游戏的本源,因为实际上小孩子热衷于游戏,往往并非练习生活本领,而完全是一种爱好。如小孩子做造房子游戏,未必是将来要做建筑师的。这就可见游戏说里面分歧甚大,而且各派都不能自圆其说。

三、巫 术 说

将艺术起源与巫术联系起来考察的学说,在西方也相当流行。托马·芒罗说:"在早期村落定居生活的阶段,巫术和宗教得到了发展并系统化了,我们现在称之为艺术的形式被作为一种巫术的工具用之于视觉或听觉的动物形象,人的形象以及自然现象(下雨或天晴)的再现,经常是用图画、偶像、假面和模仿性舞蹈来加以表现,这些都称之为交感巫术。祈求下雨就泼水,祈求打雷就击鼓,而符咒则经常被用之于雕刻和装饰,被认为能带来好运气和驱逐魔鬼。巫师有一整套的工具,包括假面、化装、棍棒和符咒、巫术油膏、响板等。而礼仪的活动,说、唱、舞蹈都被用来保证巫术的成功。"②从巫术的观点看,影子是人或动物身体的一部分,寄寓着灵魂,射影就是射形,所以刺射影子是有罪的,因此原始人在洞壁上画上牛羊,也就是要捉住或杀死牛羊的意思。而且,据考察者在石洞中发现,有些原始壁画位置很低,只有仰卧在地上才能看见,显然不是供观赏用,而是巫术的遗迹。

巫术说的优点是从社会学的角度来考察艺术起源,提出了一种新的解释。这种学说有它的合理性,因为巫术思想的确是原始社会的普遍信仰,它渗透到

---

① 《资本论》第1卷,人民出版社1963年版,第172页。着重号原有。
② 《艺术的发展及其他文化史理论》,转引自朱狄《艺术的起源》,第136页。

社会生活的各个方面,艺术也并不例外。弗雷泽在《金枝》里说,人类先是想通过巫术特有的形式去控制自然力,当这种方式无效后,人才想通过祈祷去求得神的恩赐,而当人们看到连膜拜也无法使神降恩时,人类才踏进科学的大门。他对巫术、宗教、科学相继产生过程的分析,是有道理的。所以在巫术时代,想通过画牛羊来猎获牛羊完全是可能的,这只要看看到了《红楼梦》时代,赵姨娘还请了巫婆造了人形来魇胜王熙凤和贾宝玉,便可以想见原始社会的情况了。这人形也就是艺术造型。

但是交感巫术与艺术的关系毕竟是局部的,没有材料能说明所有原始艺术都与巫术有关;目前的考古资料也未能证明巫术的发生一定先于艺术的出现。巫术观念是宗教意识的萌芽,是人类想通过某种自身行为去控制自然界的主观幻想的产物,有着明显的实用目的,并非是一种审美意识。而且有些学者认为,巫术说,特别是弗雷泽的解释,是贬低了原始人的智慧,因而是不可信的。后来的一些人类学家又逐渐抛弃了这种学说。

四、劳 动 说

持劳动说最有名的是普列汉诺夫,但在他之前,早就有人将艺术的起源与劳动联系起来了。普列汉诺夫本人就引用过毕歇尔的话。毕歇尔说:"在其发展的最初阶段上,劳动、音乐和诗歌是极其紧密地互相联系着的,然而这三位一体的基本的组成部分是劳动,其余的组成部分只具有从属的意义。"[1]他认为音乐节奏来源于劳动节奏,而最初的乐器也是由劳动工具演变而来的。普列汉诺夫对劳动起源说加以发展,他在《没有地址的信》里描绘过这样的情景:原始人在劳动的过程中,为了协同动作,减轻疲劳和互相交流思想感情,常常按照一定的拍子,并且在生产动作上伴以均匀的唱的声音和挂在身上的各种东西发出的有节奏的响声,这便是最早音乐节奏的来源。将这种有节奏的劳动呼声与含有一定意义的语言结合起来,就产生了最早的诗歌。在一些原始民族里,每种劳动都有自己的歌,歌的拍子总是十分精确地适应于这种劳动所特有的生产动作的节奏。例如,在非洲黑人那里,划桨人配合着桨的运动歌唱,挑夫一面走一面唱,主妇一面舂米一面唱。原始社会的舞蹈,则模仿着各种动物的动作和再现劳动生产的过程。如因纽特人,在捕捉海豹时,模仿着海豹的一切举动,昂着头,悄悄地向它们爬去,等到接近它们之后,才发起攻击。当狩猎者需要再现狩猎中捕获猎物的情景时,就重复模仿动物的形态,于是就

---

[1] 见普列汉诺夫:《没有地址的信》,《普列汉诺夫美学论文集》(Ⅰ),第340页。

创造了狩猎人的舞蹈。这自然带有一定游戏和娱乐的性质。但是，普列汉诺夫说："游戏是劳动的产儿，劳动在时间上必然是先于游戏的"，"而且决定着游戏的内容"①。原始民族的绘画、雕刻里，也表现与他们劳动生活直接有关的动物形象。狩猎民族的绘画，通常只画人和动物，如野牛、野马、野猪、鹿等，而不画植物，这与他们的狩猎生活有关。

劳动说将艺术的起源与人类的基本实践——生产劳动——联系起来，这是一个重要的进步。本来应该在更广阔的范围内研究艺术起源与劳动的关系，但后来却过多地纠缠在劳动与原始艺术的具体联系上，如诗歌节奏与劳动节奏的关系，绘画形象与劳动对象的关系，等等。这样就给反对者以可乘之机。因为人们承认这些具体联系虽然在一部分范围之内是成立的，但却并不能解释全盘。例如，有些人认为：并非所有原始诗歌都符合劳动节奏；而舞蹈也并不都是直接再现劳动过程，有一些只是在一天的劳累休息过来之后，要活动一下肢体，松弛一下神经的生理的需要。从一般常情看，我们不能不承认这种解释是合理的。正因为如此，所以有人批评劳动说只考虑到社会原因，而忽视了创造主体的生理和心理因素。

总之，以上各说，都有它合理的成分，也都能解释一部分事实，但在遇到另一些事实时，就显得支绌。这说明，它们都还没有抓住根本的问题。

那么，根本问题在哪里呢？

根本问题在于人的审美需要。

第二节　艺术起源与人类的审美需要

一、劳动创造了人，也创造了美感

从唯物史观出发来观察问题，我们认为，作为社会意识形态的文艺，不可能依靠本能产生，而是社会实践的结果。在人类社会里，生产劳动是人们最基本的社会实践，也是认识的最基本的来源。所以，将艺术起源与劳动实践联系起来考察，是正确的。当然，不能将原始艺术处处都与劳动生活直接挂钩，那是过于狭隘化了，但如果从宏观的角度进行考察，就不难发现，劳动实践为艺术的起源提供了先决的条件。

首先，劳动创造了世界，创造了人自身，也创造了从事艺术创作的生理条件。恩格斯在《劳动在从猿到人转变过程中的作用》中论述了我们祖先在从

---

①《没有地址的信》，《普列汉诺夫美学论文集》（Ⅰ），第377、376页。

猿到人的几十万年的过程中手的变化,它怎样从简单地适应劳动动作,到变得自由,能够不断地获得新技巧,并且一代代遗传下去,增加了灵活性。恩格斯说:"所以,手不仅是劳动的器官,**它还是劳动的产物**。只是由于劳动,由于总是要去适应新的动作,由于这样所引起的肌肉、韧带以及经过更长的时间引起的骨骼的特殊发育遗传下来,而且由于这些遗传下来的灵巧性不断以新的方式应用于新的越来越复杂的动作,人的手才达到这样高度的完善,以致像施魔法一样造就了拉斐尔的绘画、托瓦森的雕刻以及帕格尼尼的音乐。"①语言和思维也是劳动的产物。猿类虽然也有思维,但和人的思维是不同的,那是比较低级的思维,只有在手脚分工,直立行走之后,人的视野才开阔起来,并且由于劳动的需要,思维才逐渐发达起来。语言则是思维的直接现实,是人类交际的工具,它与思维相互促进而发展,随着交际的日趋复杂而丰富起来。恩格斯说:"语言是从劳动中并和劳动一起产生出来的。""首先是劳动,然后是语言和劳动一起,成了两个最主要的推动力,在它们的影响下,猿脑就逐渐地过渡到人脑;后者和前者虽然十分相似,但是要大得多和完善得多。随着脑的进一步的发育,同脑最密切的工具,即感觉器官,也同步发育起来。正如语言的逐渐发展必然伴随有听觉器官的相应的完善化一样,脑的发育也总是伴随着所有感觉器官的完善化。"②总之,语言、思维和日益精巧的手,这些艺术创作所必需的器官,都是劳动的产物。没有劳动,就没有人,没有创作的生理基础,当然也没有艺术可言了。

其次,在劳动过程中,人类产生了美感,有了审美的需要,这是艺术创造的心理基础。生理基础虽然是艺术创造的必要条件,但单纯的生理条件还不能产生艺术,必须有相应的心理基础才行。艺术创造的心理基础,即审美感知等,也是在劳动过程中产生的。劳动使人猿分家,从猿类的单纯适应外界自然条件,进到人类的改造自然条件,而在改造自然的过程中,人的主体创造力得到了实现,外化在劳动对象上,这就产生了创造的喜悦。这种创造的喜悦就是人对自己创造力的欣赏,也就是人类审美意识的萌芽。随着劳动的复杂化,人的各种感觉器官得到进一步发展,同时审美意识也随之而发展。劳动在开始阶段完全是实用的,后来在实用性的基础上又加上了审美性。人开始以美的规律来改造世界。马克思在比较人类生产和动物生产的区别时,就把这种审美的需要看作人类生产的重要标志:"动物只是按照它所属的那个种的尺度

---

① 《马克思恩格斯选集》第4卷,第375页。
② 《劳动在从猿到人转变过程中的作用》,《马克思恩格斯选集》第4卷,第376—378页。

和需要来建造,而人却懂得按照任何一个种的尺度来进行生产,并且懂得怎样处处都把内在的尺度运用到对象上去;因此,人也按照美的规律来建造。"①

这种审美要求表现在两个方面:劳动产品和劳动工具上。如果说,原始人开始经营巢穴是为了避风雨,开始制作衣裳是为了御寒的需要,那么,一旦他们着手修饰巢穴和注意衣裳的美观时,他们便有了审美意识。同样,工具原是劳动手段,只要锋利和适手就行,后来进行非实用性的改造,把它打造得好看一些,也是出于审美的要求。这种审美意识并非本能,而是在劳动过程中,在社群的心理交流过程中产生的。

总之,劳动乃是艺术产生的基础。劳动对于艺术起源的意义,不仅在于节奏感等具体的联系上,更重要的还在于劳动为艺术的发生提供了生理基础和心理基础,这是艺术起源的前提条件。

二、审美意识与艺术共生共长

艺术的起源有着复杂的原因,由各方面的条件所促成。模仿说、游戏说、巫术说和劳动说都只说出了某一方面的原因,并不能概括全盘。模仿说和游戏说的核心是本能论,但艺术作品显然并非本能的表现,而是有意识的创造;巫术说和劳动说是建筑在实用性的基础上的,但艺术又并非实用性的东西,它只供审美的需要。如果我们要寻找艺术起源的直接推动力,那就是人类的审美需要。

鲁迅在对野风画会的青年们谈到"什么是艺术"时,就强调审美的需要。他举例说,譬如一只碗,本来是白瓷的,但总要画上松竹梅岁寒三友图,画上菊花,写上"真君子"字样。就实用意义说,白碗本来就可以了,为什么还要画上画、写上字呢? 因为这样一来就美观,所以就叫作艺术②。这个关于什么是艺术的见解,可以启发我们对于艺术起源问题的思考。从出土文物看,旧石器时代早期的工具是粗糙的,到了旧石器时代晚期和新石器时代,就渐趋精巧。首先是工具的光洁化,其次出现了装饰性的东西,注意造型的美,而且讲究对称、有秩序的原则。劳动工具本身是实用性的东西,例如石斧,可用来伐木或狩猎。但作为工具,石斧只要具备两个条件即可:一是斧口锋利,便于砍伐,二是握手处光滑、不刺手,便于把握。至于全体是否光滑、是否有装饰性的处理,那是无关紧要的。全体磨光并进行装饰,显然是出于审美的要求,就像白瓷碗上

---

① 《1844年经济学哲学手稿》,第53—54页。
② 陈广:《记鲁迅先生的一次谈话》,《回忆鲁迅的美术活动》,人民美术出版社1979年版,第77页。

画松、竹、梅或菊花一样,这就是艺术。在旧石器时代晚期和新石器时代的出土文物中,我们还可以看到穿孔的贝壳、牙骨和钻孔的小石片、石珠、环形的石圭,等等,那显然是人体饰物,更无实用价值可言。就是持巫术说和劳动说者所列举的绘画或舞蹈,除了巫术因素和劳动需要之外,又何尝没有审美的要求呢?劳动生活为艺术创作提供了丰富的反映内容,图腾、巫术和原始宗教又为艺术表现提供了机会,但是,如何表现,却是根据审美的要求来进行的。即使是劳动节奏与诗歌的节奏有较密切的联系,但前者只能为后者提供一个基础,诗歌的节奏还需根据审美的要求进行加工。艺术,无论以何种形式来表现,也无论为何种目的而表现,它始终贯穿着审美意识。

人类的审美意识不是一成不变的,而是随着社会意识的发展而发展,也随着艺术创作的发展而发展。我们且不必去考证艺术品与审美意识出现的孰先孰后,这有如生物学家们讨论鸡先生蛋还是蛋先变鸡一样,很难有确切的答案,因为鸡和鸡蛋都是逐步从别的禽类演变而来,在进化的链子上本来就有许多中间状态的环节,无法确定哪一个就是新物种的开始。同样,我们也不必去寻找最初的艺术品和最初的审美意识,或探究其孰先孰后,它们原是从非艺术品和非审美的意识发展而来,而在还没有完全形成艺术品和审美意识时,两者就互相激发推进了。在整个艺术发展的途程中,艺术创作和审美意识始终是相互影响,共同发展的。因此,艺术的发生和发展,不能离开审美意识的发生和发展,而这一点,却正是被众多艺术起源论所疏忽的。

第二章　文学发展与社会发展

原始艺术的发生,为人类文艺活动提供了一个起点,但它毕竟是简单的、粗糙的,当社会进一步发展之后,它就不能满足人们日益提高的精神生活的需要。艺术必然要随着社会的发展而发展。

在文学历史的长河中,我们看到,文学的内容、形式和样式都不断发展,变化无穷。这些发展变化是如何进行的?它取决于何种因素?有无规律可循?这正是文艺学需要研究的。

第一节　文学发展取决于社会发展

一、几种文学发展观

关于文学发展变化的原因,理论家们有不同的回答。现择其要者,评介如下。

1. 个人决定论

这种理论把文学现象看作是偶然发生的事,把文学发展的历史看作是少数天才的随意创造。例如,胡适就曾声称,五四时期提倡白话文学是他们几个留美学生偶然想出来的,"'文学革命'的口号,就是那个夏天我们乱谈出来的"①,再加上陈独秀等人的宣传、鼓吹,就形成了运动。所以他说:"白话文的局面,若没有'胡适之陈独秀一班人',至少也得迟出现二三十年。"②这是过分夸大了个人主观意志的作用。我们并不否认个人在历史上的作用,但是,历史并不是个别伟大人物随心所欲的创造。伟大人物的确起了重大的历史作用,但这些人物的思想和行动却取决于社会历史原因,是由于时代潮流的推动,甚至连伟大人物的出现也是由社会需要所决定的。我们也并不否定偶然性的作用,有时偶然事件会影响全局,但是在偶然性的背后,毕竟是必然性起着支配作用,只不过必然性通过偶然性表现出来罢了。正如恩格斯所说:"恰巧某个

---

① 《逼上梁山》,《中国新文学大系·建设理论集》,第6页。
② 《中国新文学大系·建设理论集〈导言〉》,第17页。

伟大人物在一定时间出现于某一国家,这一情况完全是种偶然性。但是,如果我们把这个人除掉,那时就会需要有另外一个人来替代他,并且这个替代者是会出现的——也许是较好些或较差些,但经过一些时间总是会出现的。恰巧拿破仑这个科西嘉岛人做了那被战争弄得疲竭的法兰西共和国所需要的军事独裁者——这是个偶然性。但是,假如不曾有拿破仑这个人,那末他的角色是会由另一个人来充当的。这点可由如下一点来证明,即每当需要有这样一个人的时候,就会出现这样一个人:恺撒、奥古斯特、克伦威尔,等等,就是如此。"①我们不能否定胡适、陈独秀对于五四文学革命有发起之功,但是,当时之所以能形成一个轰轰烈烈的新文化运动,那是因为我国有了新的经济成分,形成了新的社会力量,形势已经不允许旧文化和旧文学再继续束缚人们的思想,非有一个彻底的文化革命不可了。在这种情况下,胡适发表《文学改良刍议》,陈独秀发表《文学革命论》之后,才能得到广泛的响应。这种文章如果早发几十年或者十几年,就会石沉大海,毫无反响。实际上,我国早就有人从事这方面的工作了,例如,晚清时期裘廷梁就发表过《论白话为维新之本》,鲁迅也从事过新的文艺运动,在民国初年,黄远庸也已提出过类似胡适的意见,但却无人响应,或应者不多,未能形成一种气候,使提倡者感到寂寞。为什么同是这个鲁迅,在五四时期参加新文化运动,就产生那么大的影响呢?这是由于时机不同。因为五四时期提倡文学革命,进行新文化运动的时机已经成熟了。事实上,文学革命之初,胡适、陈独秀也是颇为寂寞的,《新青年》杂志版面上虽然轰轰烈烈,但是销路不佳,几乎停刊。旧文学阵营采取不予理睬的态度,这样,才有钱玄同和刘半农扮演的双簧戏——由钱玄同化名王敬轩,将社会上反对文学革命的意见集中起来,写了一封长信大骂"新青年诸君子",而刘半农则以记者回信形式,逐条加以驳斥。但是,终因时代的潮流不可阻挡,文学革命还是取得了成功。可见个人的力量毕竟是有限的,个人决定论也是错误的。

2. 理念决定论

这种理论不承认社会发展对于艺术发展所起的决定作用,却把艺术发展的历史看作是某种"绝对精神"或"绝对理念"发展过程的表现。黑格尔的理论就是如此。黑格尔将艺术的历史分为象征艺术、古典艺术、浪漫艺术三个发展阶段,认为这三种艺术类型是从美的理念发展出来的,是"理想发展为各种

---

① 1894年1月致亨·施塔尔肯堡信,《马克思主义经典作家论历史科学》,人民出版社1963年版,第113—114页。

特殊类型的艺术美"。他说:"象征型艺术在摸索内在意义与外在形象的完满的统一,古典型艺术在把具有实体内容的个性表现为感性观照的对象之中,找到了这种统一,而浪漫型艺术在突出精神性之中又越出了这种统一。"①他是在内容与形式、精神与物质的关系中区分艺术类型的。黑格尔的《美学》具有历史感,他从历史发展中区分艺术类型,有着深刻的意义。而且,他所提出的美的理念发展决定艺术发展的观点,也有合理性。因为实际上审美意识的发展是对艺术发展起着推动作用,而这一点正是许多人所忽视了的。但是,理念论的根本立足点却是错误的,它颠倒了心物的关系,把精神说成是第一性的东西,这是头足倒立的理论。我们并不否认美的理念在艺术发展中的作用,但是它不是决定因素;而且,美的理念的产生和发展,本身就是由社会物质生活的发展所决定的。

3. 物质条件决定论

与上述两种观点相反的,是物质条件决定论。此种理论认为,文学发展的基本动力,既非几个大人物的灵机一动,也不是什么绝对精神的支配,而是社会物质条件的作用。但是,由什么样的物质条件起作用呢?各派的见解也并不一致。

有些偏重于自然物质条件,如前面提到过的泰纳的理论,所谓种族、环境、时代三要素说。他所谓的种族,"是指天生的和遗传的那些倾向";他所谓的环境,是指"种族生存于其中的环境",主要是自然环境,如地理、气候等;而时代因素,则主要是指文化影响,如高乃依时代的和伏尔泰时代的法国文学,埃斯库罗斯时代的和欧里庇得斯时代的希腊戏剧,达·芬奇时代的和伽多时代的意大利绘画。②较之前两种理论,泰纳的理论是脚踏在实地上的。而且,他所谈的三种力量,也的确对文学发展有影响,文学的民族性、时代性和地方色彩都与此有关。但是,这种理论过分看重自然因素,而对社会因素则重视不够。这样,就难以解释在地理、气候、人种等条件没有多大变化的情况下,文学却有很大的发展变化。而且,它根本没有触及社会发展的最根本的因素——经济因素。所以这也不是一种完善的理论。

另一派物质条件决定论者倒是很看重经济因素,但是他们将经济的作用推到了极端,把它看作是文学发展唯一的和直接的决定因素,甚至在探讨许多具体的文学问题时,也从经济因素上去寻找解释,这样,他们就成为文艺学中

---

① 《美学》第 2 卷,商务印书馆 1979 年版,第 6 页。着重号原有。
② 《英国文学史·序言》,《西方文论选》下卷,第 236—239 页。

的庸俗社会学。《苏联简明文学百科全书》中"文艺学中的庸俗社会学"条目云:"庸俗社会学的主要特征是:文学创作直接地、不经中介地依赖于经济关系和作家的阶级属性;企求用经济因素解释词语、比喻、韵律等的构造特点……"这种庸俗社会学的观点,20世纪五十年代初期在我国也曾流行过一阵子,只是表现形式略有不同,他们不是用经济因素来解释词语等的构造特点,而是从作家或作品人物的阶级出身和经济地位直接来论定文学倾向及其历史作用。这种简单化的理论,当然无法正确地解释文学现象。

事实上,经济基础虽然是文学发展的最终决定因素,但文学上的种种变化并不能与经济因素直接地联系起来,其间还有许多中介环节,所以,唯物史观一方面以一定时期的物质经济条件来说明一切历史事件和观念形态——包括文学艺术的变化,另一方面又积极探寻各种力量之间的相互影响和对经济基础的反作用。正如恩格斯所说:"政治、法律、哲学、宗教、文学、艺术等等的发展是以经济发展为基础的。但是,它们又都互相作用并对经济基础发生作用。并非只有经济状况才是**原因**,才是**积极的**,其余一切都不过是消极的结果。这是在**归根到底**总是得到实现的经济必然性的基础上的互相作用。"①这就是说,除经济基础外,所有的上层建筑也都在相互起作用。对于文学来说,这个中介作用是比较复杂的。而唯物史观,则为正确解释文学发展问题,提供了理论基础。

二、促进文学发展诸因素

由经济发展而引起的社会变化和思想变化中,对于文学发展影响较大的,主要有以下几个方面。

1. 由于<u>生产力的发展</u>而引起的人与自然关系的变化,会促使艺术产生变化;有些艺术种类是与社会发展的一定阶段相联系的。

例如,神话只能产生在人类尚无力征服自然的上古时代,那时,对于风雨雷电等自然现象缺乏认识,只能借助于幻想的力量来支配,而当生产力和科学的发展,使人类能在实际上掌握自然规律的时候,当然也就不需要这种幻想的控制力了。正如马克思所说:"成为希腊人的幻想的基础、从而成为希腊〔艺术〕的基础的那种对自然的观点和对社会关系的观点,能够同走锭精纺机、铁道、机车和电报并存吗? 在罗伯茨公司面前,武尔坎又在哪里? 在避雷针面前,丘比特又在哪里? 在动产信用公司面前,海尔梅斯又在哪里? 任何神话都

---

① 1894年1月25日致符·博尔吉乌斯信,《马克思恩格斯选集》第4卷,第732页。

是用想象和借助想象以征服自然力,支配自然力,把自然力加以形象化;因而,随着这些自然力实际上被支配,神话也就消失了。"①又如山水诗、风景画,在我国是一直到南北朝才兴盛起来,在外国,也发展得较迟。并非古人居住的地方缺乏山水,也不是古代的山水不及后代的美,而是尚未认识自然的古人还缺乏对自然美的欣赏能力,需要社会文明发展到一定的阶段,自然从人的威慑力量转化为人的审美对象,于是反映人对自然的审美关系的山水诗、风景画才能出现。

2. 由于经济的发展,引起社会结构的变化,从而促使文学产生新的变化。

例如,古代社会以农业经济为主,农民居住比较分散,而且受到生产季节性的影响,虽然也有农闲时的祀神和年节的文艺活动,但群众文艺毕竟受到限制,不可能十分发达。到了中古时代后期,城市经济逐渐发展起来,市民的文化娱乐要求高了,于是就出现了许多娱乐场所,对文学艺术发展起着推动作用。我国宋代瓦子发达,就与城市经济的发展有关。而瓦子里演出的说书、演唱,就发展成为通俗小说和戏剧。当然,小说、戏剧,自古就有,但是,如果没有近代城市经济的发展,这些艺术品种是不可能蓬勃发展起来的。而且,为了适应群众娱乐和阅读的需要,它们在艺术形式上也起了很大的变化。

3. 由于新的经济关系的出现,产生了新的社会力量,新的社会思想,同时也必然出现新的文学。

例如,欧洲文艺复兴时期,由于资本主义经济的发展,相应地在思想领域内要求打破封建意识的束缚,出现了人文主义思潮,这个思潮席卷整个文化思想领域。在人文主义思潮的推动之下,文艺上出现了许多划时代的作品,如但丁的《神曲》、薄伽丘的《十日谈》、塞万提斯的《堂·吉诃德》、莎士比亚的戏剧、达·芬奇的绘画、米开朗基罗的雕塑,等等。我国资本主义经济萌芽出现在明代中晚期,虽然由于这种经济力量比较薄弱,在文化思想上没有形成欧洲文艺复兴时期那样的声势,但对文艺仍起了推动作用。公安派的性灵散文、描写市民生活的长篇小说《金瓶梅》和短篇小说"三言""两拍"、汤显祖的主情派戏剧、徐文长的大写意绘画,都在一个时期内相继出现,并不是偶然的,这是市民意识、个性解放思想的反映。这些作品的出现,使我国文学艺术发生了一个很大的转折,即从古代文艺转向近代文艺。

4. 社会生产力的发展,提供了新的物质基础,也为文学的发展创造了条件。

---

① 《政治经济学批判·导言》,《马克思恩格斯选集》第 2 卷,第 28—29 页。

例如,古代书写不便,开始时文字是刻在牛骨、龟甲、竹片上,这当然写不了多少字,后来用漆写在竹片、木版上,也无法长篇大论,而且不能广泛传播。孔夫子读《易经》,"韦编三绝",就是因为用皮革带来穿竹片,翻来翻去把革带磨断了三次,可见其不便。直到纸张和印刷术的发明,才使长篇巨著有出现的可能,否则,各种篇幅较长的文学样式是决不可能发展起来的。而且,纸张和印刷术的出现,也为文化传播创造了新的物质条件,于是有可能打破贵族的文化垄断,也就推动了平民文化和平民文学的发展。此外,摄影技术的发展,促使电影的出现,电子工业的发展,又引导出电视艺术这个新品种。目前,电脑的普及,世界性的联网作业,不但使信息传递出现新局面,而且必然会创造出文学艺术的新品种,网络小说的出现,就表现出一种新动向。艺术虽然是精神产品,但倘若没有一定的物质媒介,那也是难以发展的。

5. 政治是经济的集中表现,政治斗争的需要必然要促使文学变革。

例如晚清的诗界革命,文体改革和小说革命,都是与改良主义相呼应的,其提倡者黄遵宪、梁启超,本身就是改良主义政治家。而五四新文学中的个性解放思潮,也是与当时反封建的思想革命和政治革命相联系的。当然,文学发展上的偏差和衰退,也每每与政治斗争相关。我国现当代文学中多次"左"的偏差而导致文学的衰退,都是与政治上"左"的思潮和"左"的路线相关。而欲纠正文学上的偏差,也必须从纠正政治上的偏差开始。这是无可回避的事实。

第二节 艺术生产与物质生产的不平衡现象

一、不平衡现象的表现

艺术发展虽然取决于物质发展,但艺术生产却与物质生产并不平衡。马克思说:"关于艺术,大家知道,它的一定的繁盛时期决不是同社会的一般发展成比例的,因而也决不是同仿佛是社会组织的骨骼的物质基础的一般发展成比例的。例如,拿希腊人或莎士比亚同现代人相比。就某些艺术形式,例如史诗来说,甚至谁都承认:当艺术生产一旦作为艺术生产出现,它们就再不能以那种在世界史上划时代的、古典的形式创造出来;因此,在艺术本身的领域内,某些有重大意义的艺术形式只有在艺术发展的不发达阶段上才是可能的。如果说在艺术本身的领域内部的不同艺术种类的关系中有这种情形,那么,在整个艺术领域同社会一般发展的关系上有这种情形,就不足为奇了。"①

---

① 《政治经济学批判·导言》,《马克思恩格斯选集》第2卷,第28页。

有两种意义上的不平衡:

一是艺术领域内部不同艺术种类间的不平衡。例如:神话、史诗,在人类文明的早期较为发达,后来倒不发达了;我国唐代,诗歌特别发达,而其他艺术种类如戏曲、小说则尚处于萌芽状态,还不那么发达。

二是整个艺术领域同社会一般发展关系上的不平衡。从纵的方面看,特定历史时期艺术特别发达,但并不是生产水平最高的时候,如古希腊时期、文艺复兴时期、启蒙运动时期;而在生产水平很高的时期,艺术上却并不特别发达,如现代资本主义时期。从横的方面看,有些国家比起同时期别的一些国家来,物质生产是相对落后的,但文学艺术却非常发达。如19世纪的德国,"国内的手工业、商业、工业和农业极端凋敝","一切都烂透了,动摇了,眼看就要坍塌了,简直没有一线好转的希望"。但正如恩格斯所说:"在德国文学方面却是伟大的。1750年左右,德国所有的伟大思想家——诗人歌德和席勒、哲学家康德和费希特都诞生了;过了不到二十年,最近的一个伟大的德国形而上学家黑格尔诞生了。"①19世纪的俄国也是如此,在欧洲,它那时还是一个比较落后的国家,经济落后、政治落后、军事落后,但是,却出现了文学的繁荣时期,相继出现了普希金、莱蒙托夫、果戈理、屠格涅夫、托尔斯泰、陀思妥耶夫斯基、契诃夫等一批具有世界影响的作家,真是群星灿烂。我国五四时期,虽然资本主义经济有了一定的发展,但是比起世界列强来,我们的经济还很落后,在文学上却也出现了一个繁荣时期。

二、出现不平衡现象的原因

艺术生产与物质生产的不平衡现象是客观存在的,问题是怎样去解释它。

根本的原因还在于:艺术生产虽然受物质生产所制约,但是,物质生产却并不直接决定艺术生产,艺术生产还受许多中介因素的制约。大凡社会变动时期,艺术生产就比较发达。如古希腊艺术的发达,是在农业经济逐渐转到工商业经济,工商业奴隶主与农业奴隶主激烈斗争时期;文艺复兴时期,正是欧洲资产阶级向封建贵族冲击的时候;19世纪的德国和俄国,都正是资本主义从下面发展起来,并积蓄了一定的力量,想挣脱封建的束缚的时候。就俄国而言,19世纪的社会运动此起彼伏,先是十二月党人的贵族革命,接着是平民知识分子的革命,1861年,沙皇宣布解放农奴,但宗法制的残余依然存在,资本主义为开辟自己的发展道路而进行着斗争……这些尖锐的斗争,使得社会思

---

① 《德国状况》,《马克思恩格斯全集》第2卷,第633—634页。

想空前活跃起来,这就促使了文学艺术的繁荣。文艺是不可能在死水一潭的地方昌盛的,即使那里的物质生产水平很高。因此,新旧斗争最激烈的时代和国家,文学艺术就最容易繁荣昌盛。

其次,艺术创作的传统也在起作用。因为艺术本身有一个积累的过程,它在一定时代的繁荣,与前代的积累有关系。如我国唐代诗歌的繁荣,与我国诗歌已有相当长的发展历史有关,特别是六朝诗歌在艺术形式上的发展,为唐代诗歌的繁荣提供了艺术上的准备。欧洲文艺复兴时期各类艺术品种的繁荣,与古希腊、罗马时代诗歌、戏剧、绘画、雕塑等门类的艺术积累有关,都不是凭空而来的。

第三章　文学思潮与创作方法

　　创作方法,是指导作家从事创作的基本原则。创作方法之间的差异,主要因处理艺术和现实之间的关系不同而来。现实主义是按照生活的实际样式来反映生活,浪漫主义则按照作家的理想和愿望来表现生活,等等。作家所根据的创作原则的不同,形象构成和情感表达的方法也不一样。如果我们把鲁迅和郭沫若的作品进行比较,就会发现明显的差别。鲁迅的作品偏重对客观生活进行如实的描写,而郭沫若的作品则偏重于对理想感情的热烈抒发。

　　既然创作方法是作家从事文学创作的指导原则,那么,不管自觉或不自觉,作家的创作总是与一定创作方法相联系的。高尔基认为,在古代的神话创作中,就已经产生了现实主义和浪漫主义的萌芽。他说:"神话是一种虚构。虚构就是从客观现实的总体中抽出它的基本意义并用形象体现出来——这样我们就有了现实主义。但是,如果在从客观现实中所抽出的意义上面再加上——依据假想的逻辑加以推测——所愿望的、可能的东西,并以此使形象更为丰满——那么我们就有了浪漫主义,这种浪漫主义是神话的基础。"[1]根据这种看法,现实主义和浪漫主义被认为是贯穿古今的两个基本创作方法。

　　但是,正式标榜某种创作方法,还是近代的事,其发源地在欧洲。大致的顺序是:古典主义、浪漫主义、现实主义、自然主义、现代主义。另外,苏联在20世纪30年代提出了社会主义现实主义,我国在50年代又提出了革命现实主义和革命浪漫主义相结合的创作方法。而且,这些创作方法的出现,都是与一定的文学思潮相联系,作为某种文学流派的标志而存在的。

　　既然这些创作方法都是在特定历史时期提出来的,那么,我们就不能脱离一定的历史背景,孤立地研究这些创作方法。有些创作方法寿命很短,随着历史条件的变化,消失在文艺的舞台上,有些创作方法持续时间很长,如现实主义和浪漫主义,它的创作原则一旦提出,不但影响后世很深,而且还能概括过去的许多作品。当然,即使这样的创作方法,也是随着时代的发展而演变的。如浪漫主义是一个总的概念,就强调理想性这一点说是相同的,但由于理想的

---

[1] 《苏联的文学》,《论文学》,第113页。

性质不同,内中有积极浪漫主义、消极浪漫主义和革命浪漫主义之分;现实主义也是一个总的概念,就强调写实性这一点说是相同的,但由于指导思想的不同,又有批判现实主义、革命现实主义、社会主义现实主义之分。所以说,世界上没有永恒的创作方法,一切都在不断变化之中。我们只有在动态中把握创作方法,才能切合实际情况。

第一节 从古典主义到浪漫主义

一、古典主义

古典主义产生于17世纪的法国,而流行于欧洲各国。17世纪时路易十四君主专制制度下的法国,是当时欧洲政治文化的中心。这个时候,在法国以及欧洲的一些先进国家里,资本主义已相当发达,资产阶级为了扩大贸易,急速地要求克服当时的封建割据局面,要求政权的集中。君主专制制度是适应这个历史要求而产生的,它跟封建割据状态作斗争,而且推行重商政策,对民族统一,对资本主义的发展,都起着积极的作用。古典主义,便是这种从封建社会向资本主义社会过渡时期的社会意识形态在文学艺术上的反映。

古典主义的认识论基础,乃是当时盛行的唯理论。唯理论要求把一切都放在理性的天平上来衡量,用理性来代替盲目的信仰,它在反对中世纪的宗教哲学,否定教会权威上,具有积极意义;但是,唯理论把理性看作是知识的源泉,否认感性认识在认识过程中的作用,这样又必然走到抽象化和绝对化的错误道路上去。

在唯理论的指导下,为适应君主专制主义的政治要求,古典主义形成了这样一些特色:

1. 崇尚理性

他们的权威理论家布瓦罗说:"首先须爱理性:愿你的一切文章永远只凭着理性获得价值和光芒。"[①]这是他们的信条。他们的创作是从理性出发的,虽然他们也提倡"师法自然""表现真实",但正如茅盾所说的:"他所要师法者,不是客观存在的自然,而是理性所滤过的净化了的自然。""他所谓文学应当表现的真实,也只是理性所认可的真实。"[②]而且这种理性,在他们看来,又是永久存在,万古不变的。这种理性,在当时提倡起来,是有反对封建的神秘

[①] 《诗的艺术》,《西方文论选》上卷,第290页。
[②] 《夜读偶记》,《茅盾评论文集》(下),人民文学出版社1978年版,第45页。

主义的作用,但过分强调的结果,就要排斥感情,而且脱离生活实际。

2. 重视类型

在性格刻画上他们重视普遍性,而忽略个性。古典主义作家笔下的人物,往往是某种美德或恶行的化身,而缺乏对人物感情深处的探索,缺乏活生生的个性。即使在莫里哀这样伟大作家的笔下,这种缺点也在所难免。吝啬鬼阿巴贡与伪君子答尔丢夫,虽然都写出了人物的类型特点,但却缺乏性格的丰富性。

3. 强调教化

古典主义十分注意文学的社会作用,以发展及完成社会的大组织为己任。这样,它就强调选择具有重大意义的题材,表现美好、崇高的思想。古典主义的诗歌,充满着对国家掌权者和历史上爱国英雄的丰功伟绩的歌颂;古典主义的悲剧,大都描写国家利益与个人利益的冲突,而结果总是前者得胜;古典主义喜剧,则往往是对于吝啬、伪善等恶品德的讽刺。

4. 追求高雅与标准化

古典主义崇尚理性的结果是,在艺术形式上,清规戒律就特别多。例如,在文体上就分为高下两种:悲剧、颂诗、英雄诗算是高级的体裁,主人公只限于帝王将相等上层人物;喜剧、讽刺文、寓言等是低级的体裁,主人公才能由普通人来充当。戏剧有严格的"三一律",即要求时间一致、地点一致、行动一致。所谓时间一致,是指剧情的发展在时间上不得超过一昼夜;所谓地点一致,是指故事发生地点不能转移,人物的行动总是在一个地方,至少不能越出一个场景;所谓行动一致,则要求情节连贯,不能插入与主线无关的情节。在语言上,则讲究典雅华丽,布瓦罗说:"不管你写的什么,要避免鄙俗卑污:最不典雅的文体也有其典雅的要求。"①如果万不得已要用一个"狗"字时,就得用一个高雅的表现方式,叫"忠诚可敬的帮手"。否则,是不允许的。据说,有一次在巴黎上演莎士比亚的《奥赛罗》,因为台词中用了"手帕"这个词,竟引起观众大闹,就因为这是俗字,不能入诗的。为维护这种艺术上的标准化、规范化的要求,甚至动用行政手段来干涉。路易十四的国务大臣兼枢密官黎塞留红衣主教,创立了法兰西学院,就起着法律机关的作用,迫使作家在创作上必须遵守古典主义的规则。高乃依的悲剧《熙德》,因为有不合古典主义规则的地方,就遭到法兰西学院的讨伐。

古典主义的代表作家有悲剧大师高乃依、拉辛,喜剧大师莫里哀等。古典

---

① 《诗的艺术》,《西方文论选》上卷,第292页。

主义因为反映了新兴的资产阶级的思想意识,具有反封建、反宗教的作用,因而有其历史进步性;但毕竟与君主政体相联系,所以又具有贵族性,脱离人民群众。到了18世纪法国大革命之前,古典主义分为两派:一派是贵族派,在思想上更加脱离人民,在艺术上更加僵化;另一派则走向资产阶级启蒙派,如伏尔泰,在历史上起着更加进步的作用。

二、浪 漫 主 义

浪漫主义是继古典主义而兴起的一种文学思潮,并与古典主义进行了激烈的斗争。其兴起是在18世纪末,至19世纪而大盛,风靡英、法、德等国。那时,英、法、德诸国相继完成了产业革命,工业资产阶级取代了封建贵族的统治地位,社会关系和思想观念都发生了很大的变化。资产阶级对未来充满了幻想,为自己开辟道路而大喊大叫,在精神上无限扩张,冲击着一切封建束缚;而贵族阶级则为失去的天堂而惆怅,他们缅怀过去,沉浸在另一种幻想里。浪漫主义正是这种新的社会关系和新的思想观念的产物。他们当然不能接受古典主义那些严格规则的束缚,思想上的自由发展、个性解放,必然要反映到艺术方法上来,而且古典主义的局限性也愈来愈明显了,所以在艺术上就要来一个大突破,正如巴尔扎克在《司汤达研究》中所说:"我们不相信十七、十八世纪文学的严格的方法可以描写现代社会。"但是,当一种创作方法已经形成,并产生了广泛影响之后,要突破它也不是件容易的事。据《雨果夫人回忆录》记载,当雨果的剧作《欧尔那尼》上演时,守旧的观众就很反对,浪漫派的青年们为支持《欧尔那尼》的上演,在巴黎法兰西剧院里大吵大闹,可见双方斗争之激烈。但终因浪漫主义符合历史潮流,所以仍然战胜了古典主义而占领了文坛。

朱光潜在《什么是古典主义?》一文中,曾比较古典主义与浪漫主义的差别说:"古典主义注重形式的和谐完整,浪漫主义注重情感的深刻丰富;古典主义注重纪律,浪漫主义注重自由;古典主义求静穆严肃,浪漫主义求感发兴起。拿一个比喻来说,古典主义是低眉的菩萨,浪漫主义是怒目的金刚。论流弊,古典主义易流于因袭,一失之冷,二失之陈腐;浪漫主义易流于恣肆,一失之粗疏,二失之芜杂。"①这段话也大致上说出了浪漫主义在哪些方面突破了古典主义的藩篱。

浪漫主义的代表作家有:法国的雨果、乔治·桑、夏多布里昂、拉马丁,英

---

① 《文学百题》,生活书店1935年版,第32—33页。

国的司各特、拜伦、雪莱、华兹华斯、柯勒律治,德国的歌德、席勒、史雷格尔兄弟、诺伐里斯等。

浪漫主义的特色是:

1. 理想性强

但是,由于作家的思想倾向不同,他们在作品中所表现出来的人生理想也不一样。有些作家要求突破封建束缚,追求个性解放,对未来充满着憧憬,正如席勒所说:"试图用美丽的理想去代替那不足的真实"①,或如雨果所做的那样,热烈地歌唱着"未来的世纪"。他们热烈地向往着未来,为美好的理想而斗争。这些浪漫主义者的理想主义往往表现在他们笔下的理想人物身上。如雨果《悲惨世界》中的冉·阿让,就体现着作者人道主义的人生理想;歌德笔下的浮士德,反映了作者所代表的那个阶级对于美好事物的不断追求,浮士德所说的"我愿意看见这样熙熙攘攘的人群,在自由的土地上住着自由的国民",就是他们理想的概括。他们的理想是自由、平等、博爱,所以他们厌恶束缚,反抗压迫,而追求自由解放。莱蒙托夫笔下的童僧,不能忍受高加索寺院里的囚禁生活,渴望自由,只身逃出寺院;雪莱《解放了的普罗米修斯》改变了古希腊悲剧中普罗米修斯与宙斯和解的结局,而是坚持不屈,反抗到底,最后依靠大自然的力量获得解放。另一些浪漫主义作家也具有不满于现实的理想性,不过他们不是向往未来,而是缅怀过去。他们惋惜贵族阶级的没落,怀恋的是中世纪的生活。例如,德国诺伐里斯的小说《亨利慈·封·奥夫特丁根》,就以中世纪为背景,充满基督教的神秘主义;英国柯勒律治和华兹华斯合著的《抒情歌谣集》,则赞扬贵族统治,美化了族长制的农村。

2. 感情炽烈

浪漫主义者由于追求理想、强调主观愿望,在作品中就难以进行冷静细密的描写,往往是通过主观抒情,而表现出火一般的热情。雨果的《巴黎圣母院》,表现了爱憎分明的强烈感情,小说赞美了吉普赛少女爱斯梅拉达和相貌奇丑的敲钟人加西莫多的美好心灵,揭露了副主教克洛德的丑恶的灵魂,色彩浓烈,充满感情。拜伦的《哈罗尔德游记》热情地歌颂了西班牙人民的反侵略战斗,歌颂了希腊人热爱自由、追求解放的精神,诗人的感情深深地打动了读者,长诗的发表,在欧洲引起了轰动。浪漫主义者都是主情派,他们在作品中直接抒发感情,也是对古典主义抑制个人感情做法的一个

---

① 1796 年 3 月 21 日致威廉·封·韩保尔特的信,转引自《席勒评传》,人民文学出版社 1955 年版,第 55 页。

冲击。

3. 赞美自然

浪漫主义作家喜欢描写大自然景色，抒发自己对大自然的感受。当然，描写的重点和抒发的情怀也并不一样。有些作家由于憎恶资产阶级对现实社会的统治，同时也憎恶现代工业和现代农业，他们要求返回到自然的怀抱中去，所以大唱农村牧歌。英国浪漫派诗人骚塞、柯勒律治和华兹华斯等被称为湖畔诗派，就因为他们住在风景优美的湖区，以描写自然风光而得名。在另一些浪漫派作家的笔下，则常出现雄伟的高山、辽阔的大海，当然也有恬静的田园风光，但他们从这些自然风景中，写出宽广的世界，开阔的胸怀，给人以积极向上的力量。

4. 手法夸张

浪漫主义者感情奔放，在艺术手法上当然不能遵循严格的规则，而往往是天马行空，有不可羁勒之势。由于理想性强，浪漫主义作品经常写些不寻常的人物和事件，醉心于奇人、奇事、奇境。比如，雨果《笑面人》的主人公具有传奇性的经历；歌德笔下的浮士德返老还童，非常人所可能。浪漫主义作品充满幻想色彩，具有异国情调，易于激动人心。

第二节 现实主义与自然主义

一、现实主义

还在浪漫主义与古典主义进行激烈斗争的年代里，现实主义思潮便开始萌动了。1823年和1825年，司汤达就出版了后来合成《拉辛与莎士比亚》一书的两本小册子，虽然打的是浪漫主义的旗号与古典主义论战，实际上阐述的是现实主义的原则。他反对因袭古人，主张表现现实生活，他认为优秀的创作有如一面照路的镜子，既映出美丽的蓝天，也照出路上的泥塘。到19世纪30年代以后，现实主义便兴旺发达起来，并逐渐成为占主导地位的文学思潮。

现实主义思潮是资本主义社会矛盾日益尖锐化的产物。资本主义社会比起封建社会来，具有进步性，因而资产阶级带着历史的合理性，大喊大叫地为自己开辟道路，博得人们的同情和赞美。但是，资本主义仍是一种剥削制度，特别是在原始积累阶段，为了积聚工业资金，为了使农民脱离土地的束缚而成为可以而且必须出卖劳动力的自由工人，它的掠夺是带有疯狂性的。所以马克思说，资本来到世上，每一个毛孔都带着血污！资产阶级的残酷剥削引起了人民的不满和反抗。这种反抗情绪鼓舞了作家，于是产生了一种揭露社会矛

盾,批判剥削制度的文学。高尔基把这种文学称作批判现实主义。

批判现实主义的代表作家,有法国的司汤达、巴尔扎克,英国的狄更斯,俄国的托尔斯泰、契诃夫,美国的马克·吐温、杰克·伦敦等。

批判现实主义的特点是:

1. 真实性

现实主义特别强调真实性,要求按照现实本来的样子来描写。它与着重抒发理想、按照作家所愿望的样子来描写的浪漫主义形成鲜明的对比。现实主义作家并不是没有社会理想——如果没有理想,他们就无法对现实社会进行批判,只不过他们的理想并不直接表露出来,而是隐藏在作品对现实关系的真实而具体的描写中,包含在作家的爱憎态度里。作家既然有爱憎态度,作品当然富有情感,只是现实主义不像浪漫主义那样往往直接进行主观抒情,它的感情色彩也是渗透在叙述和描写中。现实主义作品当然有夸张,但它强调细节的真实,所以又以描写的精确性著称。巴尔扎克声称做法国社会的书记,就是要把法国的社会生活状况真实地记录下来,而恩格斯从巴尔扎克的作品里不但看到了1816至1848年间法国社会的全部历史,而且在经济细节上也得到许多东西,这就可见现实主义作品反映现实的准确性。契诃夫认为现实主义作品应该"按生活的本来面目描写生活。它的任务是无条件的、直率的真实"①。高尔基说:"对于人和人的生活环境作真实的、不加粉饰的描写的,谓之现实主义。"②可见描写的真实性是现实主义的重要特点。

2. 典型性

同是强调真实性,要求如实地描写现实,现实主义与自然主义又有不同。自然主义的真实描写虽然细致、逼真,但是由于过分追求表面真实的结果,却陷入了烦琐性,甚至将生活的本质掩埋在琐细的真实描写中。现实主义并不以追求表面真实为目的,它的一切细节真实的描写都不是毫无目的的堆砌,而是为了反映现实生活的某些本质规律,说明现实生活的某种本质意义。为了达到这个目的,除了细节的真实描写之外,现实主义作品还要对生活进行典型概括。这样,它在描绘生活对象时,就要舍弃掉一些缺乏特征性的不必要的细节,而突出一些具有典型意义的事物。现实主义作品描写的具体性与表现现实关系的深刻性是结合在一起的。例如,契诃夫在《小公务员之死》里描写小公务员因打喷嚏将唾沫溅在一位官员的头上而反复道歉最终吓死之事,看来

---

① 《写给玛·符·基塞列娃》,《契诃夫论文学》,第35页。
② 《谈谈我怎样学习写作》,《论文学》,第163页。

有些琐碎,而实际上通过小公务员的变态心理而深刻地批判了俄国社会的等级制度。

对于典型性所包含的本质规律问题,常常有些误解和曲解。有些人为了掩盖社会的丑恶现象,就指责作品中所揭露的内容不能代表社会本质,因为在他看来,这个社会的本质是美好的、光明的,所以丑恶的、黑暗的东西即使是实有,也是非本质的,不应该写,如果写出来,就是非典型的;而另一些人为了肯定作品的批判性,于是又制造出一种非本质论,认为文学作品不一定要反映本质的东西,只要写出实有的事就可以了。其实,他们的出发点虽然不同,但却同样走入了一个误区,都没有看到,或者不肯承认,这种丑恶的东西,正是该社会某种社会关系的必然产物。只有本质的、必然的,才具有典型性,才能深刻地揭露现实。

3. 批判性

现实主义的揭露性和批判性特别强,超过了其他创作方法。这与作家的创作态度有关——他们本来就因对现实关系的不满而拿起笔的;也与创作方法的特点有关——由于强调如实地反映人生、深刻地揭示本质的结果,就易于将生活矛盾暴露出来。这样,批判性就成了现实主义的另一个特点。列宁曾称赞托尔斯泰道:"他在自己的晚期作品里,对现代一切国家制度、教会制度、社会制度和经济制度作了激烈的批判,而这些制度所赖以建立的基础,就是群众的被奴役和贫困,就是农民和一般小业主的破产,就是从上到下充满着整个现代生活的暴力和伪善。"[①]这种批判性,正是现实主义作品可珍贵的地方,是它产生社会作用的关键所在。由于作家思想观点的不同,他们批判的立场也不一样。巴尔扎克站在正统派的立场上进行批判,他的作品是对上流社会必然崩溃的一曲无尽的挽歌;托尔斯泰站在宗法制小农的立场上进行批判,他的作品反映了农民起义的弱点和缺陷;契诃夫站在平民知识分子进步的立场上进行批判,他朦胧地看到了新的社会力量,指出了旧制度不可避免地毁灭。正是由于立场、观点的限制,批判现实主义者对于社会弊病的揭露,对于旧制度的批判虽然是深刻的,但他们所开出的拯救社会的药方,却往往是可笑的。列宁曾淋漓尽致地分析过托尔斯泰的作品、学说中的矛盾:"一方面,是一个天才的艺术家,不仅创作了无与伦比的俄国生活的图画,而且创作了世界文学中第一流的作品;另一方面,是一个发狂地笃信基督的地主。一方面,他对社会上的撒谎和虚伪作了非常有力的、直率的、真诚的抗议;另一方面,是一个'托

[①] 《列·尼·托尔斯泰和现代工人运动》,《列宁论文学与艺术》第 1 卷,第 299 页。

尔斯泰主义者',即是一个颓唐的、歇斯底里的可怜虫,所谓俄国的知识分子,这种人当众捶着自己的胸膛说:'我卑鄙,我下流,可是我在进行道德上的自我修养,我再也不吃肉了,我现在只吃米粉团子'。一方面,无情地批判了资本主义的剥削,揭露了政府的暴虐以及法庭和国家管理机关的滑稽剧,暴露了财富的增加和文明的成就同工人群众的穷困、野蛮和痛苦的加剧之间极其深刻的矛盾;另一方面,狂信地鼓吹'不用暴力抵抗邪恶'。一方面,是最清醒的现实主义,撕下了一切假面具;另一方面,鼓吹世界上最卑鄙龌龊的东西之一,即宗教,力求让有道德信念的僧侣代替有官职的僧侣,这就是说,培养一种最精巧的因而是特别恶劣的僧侣主义。"①这种矛盾性,不同性质、不同程度地反映在其他批判现实主义作家身上,这是他们的历史局限性。

二、自 然 主 义

自然主义是19世纪60年代以后发展起来的文学流派。那时,以孔德为代表的实证主义哲学正吸引着法国和西欧其他国家的知识分子。实证主义的出现,与当时自然科学的发展有关。产业革命推动了自然科学的蓬勃发展,物理、化学、生物学等学科都出现了欣欣向荣的气象,有许多新的成就。但是,当时的自然科学还处于分体研究的阶段,有些学科,如生物学,还在着重整理材料、进行分类,尚未到达综合研究的地步。这种状况影响了哲学界,实证主义就特别看重事实和经验的表象,而否认自然界和社会的客观规律性。在实证主义哲学影响下的自然主义创作方法,也只要求作家对生活现象进行准确的描写,而不去反映生活的本质,不对生活进行思想评价。

自然主义的创导者和代表作家是法国的左拉,他不仅是小说家、戏剧家,而且还是理论家,他的论文《实验小说》《戏剧中的自然主义》等,把自然主义创作方法阐述得非常清楚。此外,还有福楼拜和龚古尔兄弟等,也是自然主义的代表作家。

自然主义创作方法的特点是:

1. 用生物学的观点写人

自然主义者也强调描写人物的性格,左拉说:"我创作小说的时候,第一的着力点是表示作品主人公的性格。"但是,自然主义作品的人物性格与现实主义作品的人物性格是不同的。自然主义者不是从社会关系中去观察人,而是从生物学或病理学的观点去看人。左拉很推崇伯纳德的《实验医学研究导

---

① 《列甫·托尔斯泰是俄国革命的镜子》,《列宁选集》第2卷,第370页。

论》,要"把实验方法应用于小说和戏剧",他说:"为了把我的意思说清楚并给它以科学真理的严密性,我就时常有必要以'小说家'一词去代替'医生'一词。"①这样,他们虽然也写下层人民,但是写的是食欲、色欲等动物性,而且特别强调遗传性的作用。左拉的代表作《卢贡·马卡尔家族》,就是以一系列的长篇小说,描写这个家族的成员在神经系统上的遗传作用。例如《小酒店》的主人公,原是下层的工人,由于自己的勤奋,成立了家庭,创立了小店,但由于遗传性的酗酒病发作,无法自拔,终于破产、堕落。这样,就以遗传学的观点掩盖了工人阶级贫困的社会原因。

2. 描写的繁琐性

自然主义者受实证哲学的影响,注重事实的表象,因此在表现方法上就是机械地、照相式地记录事实,醉心于对偶然现象的琐碎的描绘。左拉认为,文学创作既要排斥艺术概括,也要避免艺术想象,而要用实验的方法。这样,在自然主义的作品里,我们就常常会看到一些缺乏内在意义的烦琐描写。卢卡契在《叙述与描写》一文中对左拉《娜娜》中关于剧场和赛马场面的无意义描写的批评,就是一例;另外,如果读了左拉《小酒店》中用好几页的篇幅描写制烤鹅的全过程,我们也可以领略自然主义描写的繁琐性。

3. 鼓吹无思想性

自然主义者强调作家要像实验科学家那样纯客观地忠实地记录事实,排斥创作的主体性。左拉在《实验小说》中说:"一部实验小说……只是小说家在观众眼前所作出的一份实验报告而已。"②所以竭力反对要在艺术作品中实现艺术家个人的思想和情绪的说法。他声称,他不像巴尔扎克似的,要决定哪一种制度是人类生活的制度;他不要做政治家、哲学家、道德家,而只要做一个学者就满意了,他要表现现实——而结论是没有的。这样,自然主义作家就不能用崇高的美学理想去照亮现实,而专门去描写渺小、庸俗的东西,他们津津有味地描写工人们的愚蠢、酗酒、争吵和殴斗,但是却写不出隐藏在这些现象背后的社会原因,也不能鼓舞人们起来为消灭这些现象而斗争。

当然,就自然主义的优秀作品看,实际上与自然主义的理论原则并不完全相符,它们在某些方面超越了自然主义,而进入批判现实主义范畴了。如左拉的《萌芽》、福楼拜的《包法利夫人》等。实际上,被自然主义的框框束缚得很

---

① 《实验小说》,《西方文论选》下卷,第249页。
② 《西方文论选》下卷,第250—251页。

紧的,是那些二三流作家。

第三节 现代主义文学思潮

一、现代主义文学思潮的形成

物极必反。古典主义过分讲究文学的标准化,引出反对一切标准、追求自由放任的浪漫主义来反对它;自然主义把现实主义的真实性引向极端,醉心于表面、琐碎的逼真描写,接着就出现了根本不要形似,否认外表真实性的现代主义文学流派。

当然,现代主义文学思潮的出现还有更深刻的历史原因。十九世纪末的混乱景象,第一次世界大战带来的灾难和十月社会主义革命的冲击,在西方世界引起了惶恐。接着而来的第二次世界大战,造成了更大的破坏,使许多人产生了绝望情绪。特别是一向自视为欧洲政治文化中心,而且产生过拿破仑这样统帅的法国,一下子陷落在希特勒的铁蹄之下,使许多人在心理上失却了平衡。于是,失落感、荒诞感相应而生。在文化思想上,就流行起新康德主义的不可知论、叔本华的唯意志论、尼采的超人哲学、柏格森的直觉主义、弗洛伊德的潜意识论和海德格尔、萨特的存在主义等,这些都是宣扬非理性主义和自我主义的哲学、心理学派别,正投合了人们的迷惘心理。现代派文学思潮就是在这样的历史背景和思想基础上产生的。

现代主义不是某一种创作方法和文学流派,而是许多创作方法和文学流派的总称。早在19世纪中期,就有唯美主义与象征主义的兴起,这是现代主义的滥觞。从19世纪末到20世纪初,是现代主义第一次勃兴时期,除前期象征主义发展成后期象征主义外,还有表现主义、未来主义、超现实主义、达达主义、意识流小说派;第二次世界大战以后,是现代主义第二次勃兴时期,又出现了存在主义、新小说派、荒诞派戏剧、黑色幽默等流派。这里我们择要介绍几种。

二、象征主义

1886年9月15日,法国诗人儒勒·莫雷阿在《费加罗报》上发表了《象征主义宣言》,正式树起象征主义的旗帜。但实际上,象征主义作品的出现却早得多。法国诗人波德莱尔于1857年就出版了诗集《恶之花》,被公认为象征主义的代表作。他的十四行诗《应和》,提出了象征主义的重要原则:"应和"论。此论认为自然界的万物互为象征,而人的心灵与自然界之间也互为应和,诗就是这种应和的产物。接着,马拉美发表了诗论《乱弹集》《天鹅》,阿瑟·韩波出版诗集《醉舟》《地狱中的一季》《天合集》,保尔·魏尔伦出版诗集《无词的浪漫曲》《今与昔》及诗论《诗的艺术》《被诅咒的诗人》等,形成一种文学流派。20世纪20年代后期印象派的代表人物有:英国的威廉·叶芝、托·斯·艾略特,美国的艾兹拉·庞德,法国的保尔·瓦雷里,德国的莱纳·马丽亚·里尔克,等等。艾略特的长诗《荒原》甚为著名,成为20世纪英美诗歌的里程碑。

象征主义不但表现在诗歌创作中,而且还体现在绘画、雕塑及文学的其他方面。

象征主义创作方法的基本特征是:

1. 在内容上,表现现实的恶和心灵的美

象征主义认为,现实世界是虚幻的、丑恶的,只有彼岸世界才是真实的、美好的。所以他们在表现现实世界时,往往描绘它的丑恶,如《恶之花》写巴黎的罪恶,《荒原》把伦敦称为"败坏了的房子"、把西方社会称为"荒原";对彼岸世界则表现出一种向往和渴望,而这种向往又往往是通过对内心世界的探求而表现出来的。他们一反自然主义对于外界事物客观真实的描写,而着重描写主观的内心真实,追求高于现实世界的心灵世界的内在生命力。

2. 在艺术上,则普遍使用象征手法

以此岸世界来象征彼岸世界,以物来暗示情,因而造成一种模糊朦胧的意象。瓦雷里在谈到诗情的"独一无二的特性"时说:"它倾向于使我们感觉到一个世界的幻象,或一种幻象(这个世界中的事件、形象、生物和事物,虽然很像普通世界中的那些东西,却与我们的整个感觉有一种说不出的密切关系)。"并说:"这样解释以后,诗的世界就与梦境很相似,至少与某些梦所产生的境界很相似。"①象征派诗歌还讲究音乐美、雕塑美,追求形式的工整、音韵的和谐。他们提倡暗示和隐喻,主张用声音、颜色和形式来唤起感情。叶芝说:"全部声音,全部颜色,全部形式,或者是因为它们的固有的力量,或者是由于源远流长的联想,会唤起一些难以用语言说明、然而却又是很精确的感情。"②

象征主义要求跳出已有的审美习俗,追求艺术的创新。他们要用"创造读者"的作品来取代那些"依从公众习惯及偏好以吸引读者的作品"。

---

① 《纯诗》,《现代西方文论选》,第27页。
② 《诗歌的象征主义》,《现代西方文论选》,第54—55页。

三、未来主义

未来主义的创始人是意大利诗人费利波·托马索·马里内蒂,他在 1909 年 2 月发表了《未来主义宣言》,开始了未来主义运动。除了作家外,意大利的一些画家也发表了《未来主义画家宣言》,参加未来主义运动。这个运动以意大利为中心,后传播到俄、英、法、德等国。俄国未来派形成于 1910 至 1912 年之间,它又分成两派:自我未来主义和立体未来主义。自我未来派在第一次世界大战后消失了,立体未来派中许多人则转向社会主义,其中杰出的代表就是苏联早期最有才华的诗人马雅可夫斯基。

未来主义的特点是:

1. 否定传统,标榜创新

《未来主义宣言》中说:"我们屹立在世纪最尽头的岬角上","时间和空间都已经在昨天死了",我们不能朝后看,"我们想摧毁博物馆、图书馆","把图书馆的书架子点上火!……改变河道,让博物馆的地下室淹在洪水里吧!……哦!愿这些壮丽的油画毫无办法地在水中漂荡!……抓住鹤嘴锄和榔头!去破坏那些古老神圣的城市的地基!"① 他们对于文化传统是带着愤怒的眼光加以仇视的,提出要摒弃全部艺术遗产和现存文化。俄国的未来派声称:"把普希金,陀思妥耶夫斯基,托尔斯泰等人从现代人的轮船上抛出去。"② 在否定传统的基础上,未来主义者要求创新。他们不但在内容上要求表现新的时代,而且在形式上也要求打破正常的语言规范,消灭形容词、副词、标点符号,仅仅以词的字体变化,各种图案的组合,将一些杂乱无章、莫名其妙的词句连接起来,甚至用数学符号、化学公式以及乐谱等来写诗,随心所欲,自由不羁。这样的"创新",读者当然难以接受。十月革命以后,俄国工人就说"我不懂",可是未来主义者并不以为错,马雅可夫斯基的回答是:"学习吧。"他们是以自我为中心,要求别人向他靠拢。可是终因为太脱离群众,无法继续下去。

2. 赞美机器,赞美速度

未来主义者认为 20 世纪是工业社会,20 世纪的文明是机器文明,所以他们歌颂城市,赞美机器,力求在作品里表现出现代生活内容和现代生活节奏。《未来主义宣言》中说:"我们要歌唱在劳动、欢娱和反叛的激情下的巨大人

---

① 《现代西方文论选》,第 65、67 页。着重号原有。
② 转引自《外国现代派作品选》第一册(下),上海文艺出版社 1980 年版,第 837—838 页。

群;歌唱现代都市的革命的多色多音的拍岸之浪;歌唱夜间在强度的电月亮照耀下的兵工厂和车间的震颤;歌唱贪婪的车站,它们吞进冒烟的巨蛇;歌唱工厂,烟囱里冒出一股股的烟,把它们悬挂在云间;歌唱桥梁,它们像体操家一样跃过阳光照耀下的浊浪滚滚的河流;歌唱冒险的巨轮,它们能觉察到天边;歌唱胸膛宽阔的火车头,它们在铁轨上昂首飞步,就像巨大的钢马被长长的列车约束住;歌唱飞机,它们在空中滑翔飞行,螺旋桨的吼声就像无数旗帜在互相拍打,就像热情的人群的鼓掌声。"①未来主义诗歌喜欢用楼梯式诗体,力感和节奏感特别强,也与他们追求现代高速生活节奏有关。

3. 讴歌战争,崇拜暴力

未来主义者认为,世界的本质是运动,斗争就是美。所以他们对战争、暴力采取赞扬态度。《未来主义宣言》中说:"我们想讴歌战争——使世界健康化的唯一手段——军国主义、爱国主义、无政府主义者毁灭一切的手臂,杀生的优美思想,对妇女的蔑视。"②由于对战争和暴力盲目的崇拜,当意大利的法西斯主义兴起之时,未来派的右翼成员就沦为法西斯的工具了。这是未来派的堕落。

四、表 现 主 义

表现主义兴起于20世纪初,盛于二三十年代。首先出现于绘画界,是对印象主义的反拨。印象主义注重描绘物体表面光和影的变化,表现主义则要求突破表象而表现事物内在的实质。后来表现主义渐及文学界,其代表作家有:瑞典剧作家奥古斯特·斯特林堡,德国剧作家兼小说家盖欧尔格·凯撒、剧作家恩斯特·托勒,奥地利小说家弗朗兹·卡夫卡,捷克剧作家卡莱尔·恰佩克,美国剧作家尤金·奥尼尔等。德国的表现主义者分左、右两翼,左翼表现主义者反对帝国主义战争,倾向社会主义,因而受到希特勒法西斯分子的迫害。

表现主义的特点是:

1. 崇扬自我,揭示灵魂

表现主义者认为自我是宇宙的中心,是现实的来源,不是现实创造了自我,而是自我创造了现实。埃德施米特说:"现实一定要由我们去创造,事物的意义一定要由我们去把握。不可满足于人们所信的、臆断的、所标志出的事

---

①② 《现代西方文论选》,第65页。

实。一定要纯粹确切地反映世界的形象,而这一形象只存在于我们自身。"①这样,只有着重揭示人物的灵魂,才能反映出事物内在的本质。但是表现主义所理解的人是抽象的人。"一个妓女不再是个物件,她不再以这一行业的装饰品来打扮自己,她要在没有香水、没有色彩、没有手提包、没有摇晃大腿的情况下出现,而她的真实的本质必定从她自身中显露出来。"②这样写出来的人,必然是缺乏特征,失却具体性的人了。在他们的作品中,有些人物甚至没有具体的名字,只用"老人""大学生""姑娘""上校""出纳员""经理""绅士""母亲""妻子""阔太太"等来称呼,简直是一种抽象的符号。

2. 情节离奇,语言奇特

由于表现主义从主观出发进行创作,所以无须顾及客观的真实性,常用一些怪诞离奇的情节来表现事物的实质。如斯特林堡的《鬼魂奏鸣曲》让死尸、亡魂和活人同时登场,托勒的《转变》写一群半腐烂的死人举行军事演习,卡夫卡的《变形记》写一个人突然变成了一只大甲虫,等等。表现主义文学的语言也很奇特,它常常用不连贯的、电报式的语言去表达,而不顾传统的语言规范。而且大量使用独白、旁白、潜台词,语言还有一种梦呓的味道。

表现主义的艺术表现形式虽然怪诞,但是有些作品却在怪诞的形式下,反映出现实生活的矛盾。如卡夫卡的《变形记》,写出了在资本主义社会中人的价值贬损,人变成了非人的异化现象;恰佩克的《万能机器人》,讽刺了机器发达之后的社会弊病;奥尼尔的《毛猿》,反映了资本主义世界工人阶级无所归属的悲剧,等等。

五、意识流小说派

意识流小说派的形成与哲学上非理性的直觉主义有关,而且是建立在心理学的潜意识理论的基础之上。"意识流"名称的来源,与柏格森《创造进化论》中将时间分为"空间时间"与"心理时间"有关,而最早用"流"来形容意识的,则见于美国动机派心理学家威廉·詹姆士的《心理学原理》中。詹姆士说:"意识本身并不表现为一些割裂的片断。像'锁链'或'列车'这样一些字眼并不能恰当地描述它的最初所表现的状态,它并不是什么被连接起来的东西,它是在流动的。'河'或'流'乃是最足以逼真地描述它的比喻。此后我们再谈起它的时候就把它叫思想流、意识流或主观生活流。"精神分析派心理学

---

① 《创作中的表现主义》,《现代西方文论选》,第152页。
② 《创作中的表现主义》,《现代西方文论选》,第153页。

家弗洛伊德则把人的意识分成下意识(前意识)、意识和无意识(潜意识)三大系统,认为无意识系统是人的本能和欲望的贮存库,而本能和欲望则是人的精神和行动的基本动力。弗洛伊德提出,文艺就是要表现潜意识的流动状态。这正是意识流小说派的理论基础。

意识流小说派的代表作家有:法国的马赛尔·普鲁斯特,英国的詹姆斯·乔伊斯、弗吉尼亚·伍尔芙,美国的威廉·福克纳等。

意识流小说的特点是:

1. **强调描写人物的内心世界**

伍尔芙发表过一篇轰动一时的演讲:《班奈特先生和勃朗太太》,特别强调描写人物性格的重要性。不过,意识流小说与现实主义作品不同,它并不注重人物与环境的关系,而将人的生活看作脱离社会的孤立活动,因此它一般不描写环境,只着重记录人物的意识活动,性格是通过内心世界的描写表现出来的。在意识流作家看来,外部世界是没有什么地位的,文学以表现深层意识为目的。詹姆斯·乔伊斯的《尤利西斯》是意识流小说派的代表作,它就完全靠心理描写而展示出三位主人公——广告商布鲁姆、布鲁姆的妻子毛莱和青年艺术家斯台芬的复杂的性格和几十年的生活历程。

2. **表现手法的跳跃性**

由于意识流小说着重描写意识的自由流动,因而就完全打破了故事结构的完整性、情节发展的顺序性和性格变化的逻辑性,而采取自由联想、时序倒错、时空交叉、省略剪辑等表现手法,造成了急剧的跳跃性。比如,福克纳的《喧哗与骚动》,是由四个部分组成,前三部分都是独白:第一部分的独白者班吉,是个白痴,思维当然不受理性的控制,句法简单,词义随意变化,回忆琐碎,叙述跳跃,不合逻辑;第二部分的独白者昆丁,是一个有理智的大学生,但他即将自杀,在回忆中仍难免时序颠倒,年代混淆,经常滑入无意识状态;第三部分的独白者杰生的神志是清醒的,但他是个偏执狂者,在他的叙述里,年代关系也不大清楚,过去的事情和现在的事情常常穿插在一起;只有第四部分,是通过黑女佣迪尔西的描写来补叙前面没有交代清楚的情节,但仍保持了中心人物的视点和心理分析的方法——全书的叙述方式,充分体现了意识流手法的特点。

六、荒诞派戏剧

荒诞派兴起于 20 世纪 50 年代的法国,但它的名称却是英国戏剧家马丁·埃斯林在 1961 年所定。荒诞派在哲学思想上渊源于存在主义。存在主义认为世界是荒诞的、存在是荒诞的;荒诞派承袭了这一看法,认为人生是不协调的,生活毫无意义。荒诞,就是"不谐调音""是指缺乏意义"。加缪说:"一个能够说明的世界,尽管是有毛病的,它仍然是人们所熟悉的世界。但是,相反,在一个突然失去了幻想和光明的宇宙里,人就感到自己是陌生的,这种流放是无理的,因为它既被剥夺了对失去了祖国的回忆,又没有希望找到未来的立身之地。这种人与他的生活,演员与他的布景之间的分离,想必是一种荒诞的感情。"

尼采曾说:"上帝已死。"这意味着西方文化信仰的解体,虽然一切都还存在,但一切都已毫无意义。在存在主义者和荒诞派作家看来,现代人的整个生存环境就是荒诞的,他们的行动是无意义的。这就是他们所要表现的内容。

荒诞派戏剧的特点是:

1. 表现内容的荒诞性

荒诞派戏剧就着重表现这种世界的不谐调性、生活的缺乏意义、人的陌生感和对未来失去希望的情绪。如贝克特的名作《等待戈多》,描写两个流浪汉等待一个永不露面的戈多。两个流浪汉在台上脱靴子、说废话、上吊、吃萝卜,一连几天都等不到戈多,表现所谓"人类在一个荒谬的宇宙中的尴尬处境",表明人生是那么荒诞、猥琐,是一场徒劳的等待,什么希望也不会实现。又如尤奈斯库的《椅子》,写一对住在孤岛上的老夫妇,邀请大批宾客,准备向他们宣布人生秘密,老夫妇搬来一把把椅子,表明一个个客人的入座,但到椅子遍布舞台时,老夫妇感到无处容身,只好从窗口跳楼自杀。尤奈斯库自己对此剧的解释是:"这出戏的主题不是老人的信息,不是人生的挫折,不是两个老人的道德混乱,而是椅子本身,也就是说,缺少了人,缺少了上帝,缺少了物质,是说世界的非现实性,形而上的空洞无物,戏的主题是虚无。"[1]

2. 表现手法的反传统性

在艺术方法上,荒诞派是否定传统戏剧形式的反戏剧派。该派认为,传统戏剧是制造对现实的假象,因此,他们故意用支离破碎的结构和莫名其妙的形象来代替完整的剧情和舞台形象,他们写的是最平淡无奇的日常小事,用的是最乏味的语言,却认为这才是"非假象"的"真实"。

荒诞派的代表作家有:英国的塞缪尔·贝克特,法国的尤金·尤奈斯库,美国的爱德华·弗兰克林·阿尔比等。

---

[1] 转引自朱虹:《荒诞派戏剧集·前言》,上海译文出版社1980年版,第12页。

第四节 社会主义文学思潮

一、社会主义文学思潮的形成

社会主义文学思潮于 19 世纪中叶开始在西欧形成。因为在英、法、德几个资本主义发达的国家里,工人阶级已作为独立的政治力量登上历史舞台,社会主义运动正蓬勃展开,这股历史潮流必然要反映到文学领域中来,于是出现了具有社会主义倾向的作品。如海涅的《西利西亚纺织工人》,就强烈地表现了工人阶级对"上帝"与"国王"的诅咒和反抗,表现了他们埋葬旧世界的决心。恩格斯高兴地赞扬道:"德国当代最杰出的诗人亨利希·海涅也参加了我们的队伍,他出版了一本政治诗集,其中也收集了几篇宣传社会主义的诗作。他是著名的《西利西亚织工之歌》的作者……这首歌的德文原文是我所知道的最有力的诗歌之一。"①

1871 年,巴黎出现了工人阶级的政权——巴黎公社,工人阶级的文学真正树立起鲜明的社会主义旗帜。巴黎公社存在的时间虽然不太长,但留下许多无产阶级的战斗诗篇,《国际歌》就是其中杰出的一首。《国际歌》对旧社会旧制度进行了猛烈的攻击,对未来充满必胜的信心;它号召工人群众不要相信神仙、皇帝和一切救世主,而要靠自己解放自己,只要工人们起来进行斗争,英特纳雄耐尔一定会实现。这支歌传遍世界,鼓舞千百万人起来进行斗争。

巴黎公社的失败,使西欧的工人运动遭到挫折,但社会主义思想仍然得到广泛的传播,具有社会主义倾向的作家也愈来愈多。敏·考茨基和玛·哈克奈斯就是这样的作家,她们的小说表现出对工人阶级同情的态度。不过,鉴于当时的历史条件,作者还不可能在作品里明显地表明自己的立场、观点。恩格斯说:"在当前条件下,小说主要是面向资产阶级圈子里的读者……因此,如果一部具有社会主义倾向的小说,通过对现实关系的真实描写,来打破关于这些关系的流行的传统幻想,动摇资产阶级世界的乐观主义,不可避免地引起对于现存事物的永恒性的怀疑,那么,即使作者没有直接提出任何解决办法,甚至有时并没有明确地表明自己的立场,但我认为这部小说也完全完成了自己的使命。"②

---

① 《共产主义在德国的迅速进展》,《马克思恩格斯全集》第 2 卷,第 591—592 页。
② 1885 年 11 月 26 日致敏·考茨基信,《马克思恩格斯选集》第 4 卷,第 673—674 页。

19世纪末、20世纪初,随着无产阶级革命中心的东移,社会主义文学运动的中心也移向东方。社会主义文学首先在俄国成熟。作为成熟标志的作品是1907年出版的高尔基的小说《母亲》。这部作品是在1905年革命失败之后写成的,作者运用马克思主义的观点,从历史的发展中观察事物,写出了工人阶级从自发的反抗走向自觉斗争的过程,对未来充满了确信。这部小说强烈地鼓舞了群众的革命情绪。

二、社会主义现实主义

1917年,社会主义革命在俄国取得胜利,同时也就为社会主义文学的进一步发展提供了有利条件。新政权在建立之初,因为忙于军事斗争和经济复兴,尚无暇顾及文艺战线。所以在十月革命之后的若干年内,苏俄的文学思想相当活跃,也相当复杂。就创作方法而言,有现实主义、浪漫主义、象征主义、未来主义等;就文学团体而言,有"列夫"派、"路标"派、"拉普"派等,各有各的主张,各有各的做法。当苏维埃政权稳定、国内经济走上正轨之后,苏联共产党和政府就着手抓文艺问题,批判了某些创作倾向,解散了一些文学团体。1928年前后,苏联文学界围绕着"如何确定苏联的新文学的特质"问题,展开了广泛的讨论。当时曾经提出过许多看法,如"无产阶级的现实主义""有倾向性的现实主义""浪漫主义的现实主义",等等,最后才确定将苏联文学的创作方法称为"社会主义现实主义"。这个提法最早见于1933年5月29日《文学报》的文章中,到1934年第一次全苏作家代表大会上,正式将它确定为苏联文学创作和文学批评的基本方法,而写入苏联作家协会的章程中。

这个章程,表述了社会主义现实主义创作方法的两点基本要求:

1. 在现实的革命发展中真实地、历史具体地反映现实

这是从马克思主义的社会发展观来观察问题,认为现实中的一切事物都是在矛盾斗争中发展前进的,因此,作家不能静止地看生活,若要真实地反映出生活的本质,就必须从现实的革命发展中来描写。卢那察尔斯基说:"我们接受现实,但是我们不用静止的态度接受它……我们首先把它当做一项课题、当做一个发展过程来接受。""社会主义现实主义者把现实理解为一种发展,一种在对立物的不断斗争中进行的运动。"①

2. 表现革命的理想主义精神

《苏联作家协会章程》明确规定革命浪漫主义作为社会主义现实主义的

---

① 《社会主义现实主义》,《卢那察尔斯基论文学》,人民文学出版社1978年版,第53—54页。

有机组成部分。所谓革命浪漫主义，其实质就是革命理想主义。社会主义现实主义作家正是抱着革命理想主义的观点来观察现实的，因而不像旧现实主义那样只描写现实生活的复杂矛盾，而看不到发展方向。社会主义现实主义则要求在对现实生活的具体描写中，反映出生活发展的远景来。高尔基说："我们不仅要知道两种现实——过去的现实和现在的现实……我们还必须知道第三种现实——未来的现实。我说出这些关于第三种现实的话，不是为了卖弄聪明，完全不是的。我觉得这些话是坚决的号令，是时代的革命的命令。我们现在应该设法把第三种现实列入我们的日常现象，应该描写它。如果没有它，我们就不会理解社会主义现实主义方法是什么。"①

社会主义现实主义作为一种创作方法，自有它的特色，在这种创作方法的指导下，苏联及其他国家的作家也取得了一定的成就。但社会主义社会不应该只有一种创作方法，在革命方向一致的前提下，作家应该有自己的选择。20世纪50年代中期，由于"解冻"思潮的推动，苏联对社会主义现实主义的定义展开了讨论，讨论的焦点，集中在作为社会主义现实主义定义的最后一句话上。《苏联作家协会章程》规定："社会主义的现实主义，作为苏联文学与苏联文学批评的基本方法，要求艺术家从现实的革命发展中真实地、历史具体地去描写现实。同时艺术描写的真实性和历史具体性必须与用社会主义精神从思想上改造和教育劳动人民的任务结合起来。"在斯大林逝世以后，有些作家提出要修改这个定义，因为"用社会主义精神从思想上改造和教育劳动人民的任务"是外加的，而且正是这一规定，导致苏联文学脱离真实，粉饰生活，走向教条主义。但这种观点在当时难免要受到批评，引起争论。而且，这场论争很快延及中国。不过到了中国，焦点集中到"写真实"问题上，并引发为对现实主义道路理解的分歧。到了1957年"反右运动"开始后，"写真实"论和"现实主义广阔的道路"论就成为批判对象了。这问题一直到"文革"结束以后，才获得重新估价。而在苏联，后来又有人提出社会主义现实主义应该是一个开放体系，则是从创作方法的灵活性和多样化上着眼的。苏联解体以后，他们对于这段历史，自然会另有一番评价。但无论从俄罗斯文学史或从世界文学史上看，社会主义现实主义运动都是一种重要的文学思潮。

我国的社会主义文学运动从五四运动以后开始，革命现实主义和革命浪漫主义是它的主流。后来接受了苏联的社会主义现实主义口号，也把它作为我国文学创作和文学批评的基本方法。在1957年那场政治运动中，还曾严厉

---

① 《我国文学是世界上影响最大的文学》，《论文学续集》，第508页。

地批判了"社会主义时代的现实主义"这个提法,认为它把现实主义方法一贯到底,混淆了社会主义文学与过去时代文学的质的差别,从而提出了"保卫社会主义现实主义"的战斗口号。然而,为时不久,到了1958年,毛泽东却提出了革命现实主义与革命浪漫主义相结合的创作方法,随之,社会主义现实主义这个创作口号也就作为历史的陈迹而束之高阁了。不过,毛泽东自己并没有写文章来阐释这一口号,而是通过周扬的文章《新民歌开拓了新诗的道路》来公布这个文学主张的。周扬说:"毛泽东同志提倡我们的文学应当是革命的现实主义与革命的浪漫主义的结合,这是对全部文学历史的经验的科学的概括,是根据当前时代的特点和需要而提出来的一项十分正确的主张,应当成为我们全体文艺工作者共同奋斗的方向。"后来,周扬又在《我国社会主义文学艺术的道路》中进一步对这个创作方法加以阐述。他认为现实主义和浪漫主义是文学史上两大流派,而伟大的现实主义作品里总有理想的因素,伟大的浪漫主义作品也必有现实的成分,所以理想和现实本来就是文学的两个基本因素,两结合创作方法正是这个历史经验的总结。并且说,革命现实主义和革命浪漫主义相结合,又是马克思列宁主义的革命精神和科学精神结合、不断革命论和革命发展阶段论的结合在创作方法上的反映。

但是,周扬在解释两结合创作方法时,把文学史上所有优秀的作品都说成是理想和现实结合的产物,这样,两结合创作方法又成为无所不包的东西了。而在实践过程中,浪漫主义的理想,又往往变成掩盖社会矛盾的饰辞,文学作品也就脱离现实主义精神了。至于"大跃进"时期的艺术作品中,用火焰山前受阻的孙悟空形象来歌颂群众性的大炼钢铁运动,以巨大无比的瓜果作物来显示农业大跃进的成绩,或者无限夸大人的主观作用,那更成为鼓吹浮夸作风的政治宣传品。也有人将革命浪漫主义理解为对未来的畅想,如田汉的《十三陵水库畅想曲》,畅想二十年后的十三陵水库已是人间天堂,这里湖光山色,美如仙境,人们都返老还童,个个过着幸福美满的生活……这当然只是美丽的乌托邦。

第四章　文学发展中的继承与借鉴

文学发展不仅取决于物质基础,而且取决于思想因素;不仅深受社会思潮的感染,而且还受着文学传统本身的制约,受外来文学的影响。如何对待文学遗产和文学交流问题,直接影响到当代文学的发展。

对待文化遗产,曾经出现过两种偏向:一是不分青红皂白地全部抛弃;一是毫无批判地全盘继承。对待外国文学,也出现过两种偏向:一是闭关锁国,拒之门外;一是不加选择,照单全收。实践经验证明,这些做法都不利于我们文学事业的发展,而且在文化思想上造成混乱。

应该认真对待文学遗产和外来文学影响的问题,正确处理批判与继承、借鉴与革新的关系,使之成为推动文学发展的积极因素。

第一节　批判地继承民族文学遗产

一、文学发展的继承性

人类社会经历过很多历史阶段,但是每一阶段都是在前一阶段的基础上发展的,无论是社会生产和意识形态,都具有继承性。马克思说:"人们自己创造自己的历史,但是他们并不是随心所欲地创造,并不是在他们自己选定的条件下创造,而是在直接碰到的、既定的、从过去承继下来的条件下创造。"[①]

首先,社会生产具有继承性。人们不可能避开直接碰到的既定生产条件而进行自由选择,于是受生产力所制约的生产关系也有阶段性,不可能任意超越。例如,新中国刚成立时所继承下来的是以农业生产为主的落后的生产力,在这样的基础上,只能建立新民主主义社会并发展为初级阶段的社会主义社会。如果我们不承认这一点,不在原来基础上逐步发展生产力,改造生产关系,而突然异想天开地刮起共产风,仿佛马上可以进入共产主义社会,如此则社会生产就会遭到破坏。你所碰到的既定生产条件仍然存在,只不过不是向前发展,而是向后倒退了。超越原有的基础既然是不可能的,那么,抛弃原有

---

① 《路易·波拿巴的雾月十八日》,《马克思恩格斯选集》第1卷,第585页。

的基础是否可以呢？那也是不行的。苏联十月革命之后,出现过一个无产阶级文化派,他们认为原有的机器和铁路都是资本主义社会的,应该全部抛弃,无产阶级要从头创造自己的物质文明。这样做的结果,必然要促使社会倒退到原始时代去,所以列宁嘲笑他们是"穴居野人"。

其次,文化思想的发展也具有继承性。一定的文化虽然是由一定的经济和政治所决定,但同时也是从旧的文化基础发展而来。恩格斯说:"每一个时代的哲学作为分工的一个特定的领域,都具有由它的先驱者传给它而它便由此出发的特定的思想资料作为前提。"[1]一个国家的文化发达不发达,直接与其文化传统有关。例如,有些国家由于某种特殊原因,如石油的输出或金矿的发现,而突然致富,它可以购买许多现代化设备,但由于文化教育跟不上,却无法制造这种设备;而另一些国家虽因战败而陷于困境,但由于国民原有的文化素养高,很快又可以走上现代化工业国家的前列。甚至,一个国家在某一文化部门的发展情况,也与文化传统有关。例如,德国的哲学特别发达,就与这个国家文化传统中所留下的哲学思想资料特别丰富有关,而政治经济学却在相当一段时期内处于落后状态,甚至英国的政治经济学一到德国,就变了质,成为官房学,这固然与德国当时的资本主义经济发展的落后状况有关,但同时也由于德国文化传统中缺乏这方面积累的缘故。

再则,作为文化领域一个组成部分的文学,也有它的继承性。后一代的文学总是在前一代文学的基础上发展起来的。例如,唐代是我国诗歌发展的黄金时代,李白、杜甫、白居易等伟大诗人相继出现。他们的作品,当然是当时政治经济条件的反映,但另一方面,无论在思想内容还是艺术形式上,都是前代诗歌的继承和发展。就思想内容而言,从《诗经》开始,就有着优秀的民主性的传统。国风、离骚、汉魏乐府都曾深刻地反映了社会矛盾,表现了民间疾苦。这个传统到南北朝被形式主义文学所淹没。初唐诗人陈子昂在《与东方左史虬修竹篇序》中慨叹道:"文章道弊五百年矣!汉魏风骨,晋宋莫传,然文献有可征者。仆尝暇时观齐梁间诗,采丽竞繁,而兴寄都绝,每以永叹。"陈子昂在初唐诗坛揭起了革新的旗帜,开始恢复诗歌的风骚传统,为盛唐诗歌的繁荣铺平了道路。但对"齐梁间诗"也不能简单地否定。由于它"采丽竞繁",所以在诗歌的形式上就有所贡献,格律诗就是在齐梁间发展起来的;而且那时在思想上突破了儒学的藩篱,也具有解放作用。正因为在思想上和艺术上有着这样的准备,所以才出现了唐诗的繁荣时期。如果割断了风骚传统、抛弃了汉魏风

---

[1] 1890年10月27日致康·施米特信,《马克思恩格斯选集》第4卷,第703页。

骨,就没有唐代诗歌的成就;同样,如果离开了齐梁间思想的解放和艺术形式的发展,唐代的诗歌肯定也要逊色不少。

那么,新时代的新文学是否同样具有这种继承性呢?答案是肯定的。列宁曾经说过:"无产阶级文化并不是从天上掉下来的,也不是那些自命为无产阶级文化专家的人杜撰出来的,如果认为是这样,那完全是胡说。无产阶级文化应当是人类在资本主义社会、地主社会和官僚社会压迫下创造出来的全部知识合乎规律的发展。"①鲁迅也说:"新的阶级及其文化,并非突然从天而降,大抵是发达于对于旧支配者及其文化的反抗中,亦即发达于和旧者的对立中,所以新文化仍然有所承传,于旧文化也仍然有所择取。"②马克思主义学说本身就是继承人类优秀文化传统发展而成。它由三个部分组成:哲学、政治经济学和科学社会主义;有着三个来源:德国的古典哲学、英国的古典政治经济学和法国的空想社会主义。马克思主义创始人从来不讳言其间的渊源关系。同样,革命的新文学也必然与旧文学有着继承关系。例如,苏联的新文学就继承了俄罗斯优秀的现实主义战斗传统。我们且不必从微观的角度去寻找某些观点或某种手法的来龙去脉,只需从宏观角度考察一下俄国革命思想的发展历程,便可一目了然。列宁在《纪念赫尔岑》中曾分析过俄国革命活动的三代人物:"起初是贵族和地主,十二月党人和赫尔岑。""十二月党人唤醒了赫尔岑。赫尔岑展开了革命鼓动。""响应、扩大、巩固和加强了这种革命鼓动的,是平民知识分子革命家,从车尔尼雪夫斯基到'民意党'的英雄。"接着才是无产阶级革命风暴。所以,从思想发展史的意义上看,以高尔基为代表的俄国无产阶级革命文学,是以赫尔岑为代表的贵族革命家和以车尔尼雪夫斯基为代表的平民知识分子革命家的文学思想的继承和发展。如果没有赫尔岑和车尔尼雪夫斯基,也就不可能有高尔基的出现。至于后来那些粉饰现实、掩盖矛盾的作品,则是对俄罗斯战斗文学传统的背叛。

总之,历史的发展是有它的承续性的,无论是无产阶级文化派还是现代主义的未来派,都无法割断历史。正如恩格斯所说,历史有时会捉弄人,你如果把它从门口赶出去,它却会从窗子飞进来。要割断历史的人,到头来反会被历史所抛弃。

二、对过去的文学必须加以批判地审查

文化传统虽然是文化发展的基础,但同样也会成为前进的阻力。缺乏文

---

① 《青年团的任务》,《列宁选集》第4卷,第348页。
② 《集外集拾遗·〈浮士德与城〉后记》。

化传统的国家固然难以创造现代文化,但是,世界上的文明古国却也往往易于衰亡。传统有时会变成历史的包袱,压得古国的人民不能前进。所以,有识之士对于传统文化又都持批判态度。鲁迅说:"我们目下的当务之急是:一要生存,二要温饱,三要发展。苟有阻碍这前途者,无论是古是今,是人是鬼,是《三坟》《五典》,百宋千元,天球河图,金人玉佛,祖传丸散,秘制膏丹,全都踏倒他。"①五四时期的新文化战士们几乎都采取同样的态度。他们对于国粹主义的斗争是历史的需要。因为不批判旧文化,就不能创造新文化。

作为观念形态的文化,毕竟是一定经济基础的产物,因此,当经济基础发生变革时,人们必然对过去的意识形态进行批判地审查,古今中外,概莫能外。恩格斯在《反杜林论》里论述到法国资产阶级革命时期的情况道:"在法国为行将到来的革命启发过人们头脑的那些伟大人物,本身都是非常革命的。他们不承认任何外界的权威,不管这种权威是什么样的。宗教、自然观、社会、国家制度,一切都受到了最无情的批判;一切都必须在理性的法庭面前为自己的存在作辩护或者放弃存在的权利。"资产阶级革命是一种剥削制度代替另一种剥削制度,尚且对封建文化采取了批判态度,更何况同一切传统所有制和一切传统思想实行最彻底决裂的无产阶级革命呢?列宁在谈到马克思如何对待人类文化遗产时说:"凡是人类社会所创造的一切,他都用批判的态度加以审查,任何一点也没有忽略过去。凡是人类思想所建树的一切,他都重新探讨过,批判过,在工人运动中检验过,于是就得出了那些被资产阶级狭隘性所限制或被资产阶级偏见束缚住的人所不能得出的结论。"②马克思在批判地继承文化遗产问题上,为我们作出了榜样。

那么,对于文学遗产,我们应当如何进行批判地审查呢?

首先,我们应该根据列宁关于两种文化的学说,对不同的文学作品加以区别。列宁说:"每一个现代民族中,都有两个民族。每一种民族文化中,都有两种民族文化。"③这是指民主主义和社会主义的文化成分,与资产阶级文化、黑帮和教权派的文化。列宁的话虽然是就现代民族而言,其实在古代民族中,同样有两种文化。在一部《诗经》里,就有两种对立的东西:有拍马的颂诗,有反映民间疾苦的国风。而这两种文化,后来都延续下来了,相互展开斗争。对于为帝王将相歌功颂德和宣扬封建意识的作品,应该采取排斥的态度,对于敢于直面人生,能够深刻揭示社会矛盾,具有民主思想的进步作品,就要很好地

---

① 《华盖集·忽然想到(六)》。
② 《青年团的任务》,《列宁选集》第4卷,第347页。
③ 《关于民族问题的批评意见》,《列宁论文学与艺术》第1卷,第150页。

加以继承。

其次,即使对于进步的、优秀的古典文艺作品,也不能毫无批判地继承。由于时代和阶级的局限,古代作家的思想是非常复杂的,这种复杂性必然反映在作品中,毛泽东说:"剔除其封建性的糟粕,吸取其民主性的精华。"即是对这类作品而言。譬如《红楼梦》,是一部伟大的作品,它揭露了封建贵族必然没落的命运,歌颂了反抗封建礼教的少男少女,这些都是民主性的精华。但这部作品也有封建性的糟粕,最突出的是"补天"思想。所谓"补天",就是想把千疮百孔的封建制度的"天"补起来。此外,还有"色""空"思想等,也具有很大的消极性。

总之,对于文学遗产,抛弃和照搬都是不对的。鲁迅曾经以一个穷青年得了一所大宅子作比方,来说明对待文化遗产的态度:"如果反对这宅子的旧主人,怕给他的东西染污了,徘徊不敢走进门,是孱头;勃然大怒,放一把火烧光,算是保存自己的清白,则是昏蛋。不过因为原是羡慕这宅子的旧主人的,而这回接受一切,欣欣然的蹩进卧室,大吸剩下的鸦片,那当然更是废物。"鲁迅认为,这三种态度都不对,我们应采取"拿来主义"的态度,去占有和挑选。"我们要或使用,或存放,或毁灭。那么,主人是新主人,宅子也就会成为新宅子。"①

第二节 文化交流与文学发展

一、各民族文化的相互影响

世界各民族的文学在其发展的过程中,除了自身的继承关系之外,必然还要产生相互之间的影响。正如卢卡契所说:"外国文学实际上是一切文学不断向前发展的一个组成部分。这种对外国文学有机而又健康的同化,是一切真正作家……成长和发展的一部分。"②

世界自从结束了"鸡犬之声相闻,民至老死不相往来"的局面之后,各民族之间便产生了文化交流。而且随着人类社会的不断前进,这种交流就日益频繁,不断扩大。公元前6世纪,中国就开始与埃及有了文化交流,以后,又与日本、印度、朝鲜等国在文化上有着更密切的交往。汉代有班超、张骞通西域,也带回来其他民族的文化。河西走廊,古称丝绸之路,可以作为中外文化交流

---

① 《且介亭杂文·拿来主义》。
② 《托尔斯泰和西欧文学》,《卢卡契文学论文集》(二),第450页。

的历史见证。许多"国乐",当初原是胡乐,如胡琴、琵琶等。还有许多动植物,也由西域传来,如葡萄、苜蓿、大宛马等。东汉以后,印度的佛教,也开始向中国传播,对中国文化影响甚大。

一个上升的、具有充分自信力的民族,总是善于吸收他民族文化之长,作为自己的养料。卢卡契认为:"就这方面来说,每一个民族的文化都是显然自私的,莫里哀说过:'哪儿有好的东西,我就去要。'这种说法也正适用于对外国文学的汲取和排斥。"①但是,一到衰弊陵夷之际,神经可就衰弱过敏了。每遇外国的东西,就怕得要命,抖成一团。鲁迅在《看镜有感》里,赞扬汉代人勇于吸取异族文化,将外来动植物毫不拘忌地拿来充装饰的花纹,认为这是民族自信力的表现;而批评宋代的文化国粹气味熏人,对外来东西推拒、惶恐、退缩、逃避,认为这正是衰弱的表现。他说:"无论从那里来的,只要是食物,壮健者大抵就无需思索,承认是吃的东西。惟有衰病的,却总常想到害胃,伤身,特有许多禁条,许多避忌;还有一大套比较利害而终于不得要领的理由,例如吃固无妨,而不吃尤稳,食之或当有益,然究以不吃为宜云云之类。但这一类人物总要日见其衰弱的,因为他终日战战兢兢,自己先已失了活气了。"

如果说,在封建社会里,各民族之间的文化交流还受着自给自足的小农经济和闭关自守政策的限制,那么,到了资本主义生产方式形成以后,随着资本主义经济的发展,随着商品的流通,各民族之间的文化交流也日益发达了。正如马克思和恩格斯所说:"过去那种地方的和民族的自给自足和闭关自守状态,被各民族的各方面的互相往来和各方面的互相依赖所代替了。物质的生产是如此,精神的生产也是如此。各民族的精神产品成了公共的财产。民族的片面性和局限性日益成为不可能,于是由许多民族的和地方的文学形成了一种世界的文学。"②现代社会为这种世界性的文化交流和世界文学的形成提供了更为有利的条件。

文化交流的范围很广,有器物方面的,也有意识方面的。文学上的交流和影响当然属于后者,它包含几方面的内容。

首先是文学思想的影响。一个国家、一个民族,一旦出现一种新的文学思想,只要它符合时代的潮流,很快就会风靡各国。例如,文艺复兴时期,首先在意大利产生了人文主义思想,19世纪,英国的拜伦、雪莱开创了一种"立意在反抗,指归在动作"的个性解放文学,都产生了世界性的影响。鲁迅曾经描述

---

① 《托尔斯泰和西欧文学》,《卢卡契文学论文集》(二),第450页。
② 《共产党宣言》,《马克思恩格斯选集》第1卷,第276页。

过20世纪初期俄罗斯文学对我国影响的情形:"那时就知道了俄国文学是我们的导师和朋友。因为从那里面,看见了被压迫者的善良的灵魂,的酸辛,的挣扎;还和40年代的作品一同烧起希望,和60年代的作品一同感到悲哀。我们岂不知道那时的大俄罗斯帝国也正在侵略中国,然而从文学里明白了一件大事,是世界上有两种人:压迫者和被压迫者!"①十月革命以后,以高尔基为代表的苏联社会主义文学对我国产生了更大的影响,鲁迅把翻译苏联文学比作偷运军火给起义的奴隶,可见其作用之大。

其次,艺术形式的影响。这种影响在古代就存在,如唐代的乐曲,受龟兹乐的影响,宋元的话本、弹词,受佛教的宝卷影响;而到近代,艺术形式上的交流就更加普遍了。以五四新文学为例,许多艺术形式都是外来的。话剧、自由诗都是从外国移植进来;散文、小说虽然古已有之,但其中有些文体——如随笔和报告文学,有些格式——如短篇小说截取横断面的结构方式,却是从异域文苑采撷而得;木刻,原是从中国传向西方,而中国的现代木刻却又是从西方反流回来;意识流手法,虽然有人考证出我国古代就有,但有意识地运用则无疑是近代西方心理学所引起的,而中国晚近的意识流作品,则毋庸讳言,是向西方学习的结果。其实,吸取异域的东西,并非坏事,鲁迅说:"一切事物,虽说以独创为贵,但中国既然是世界上的一国,则受点别国的影响,即自然难免,似乎倒也无须如此娇嫩,因而脸红。单就文艺而言,我们实在还知道得太少,吸收得太少。"②鲁迅就毫不讳言他的小说是受外国小说的影响,而且还具体地指出,他的《狂人日记》是受果戈理同名小说的影响,而《药》则分明留有安特莱夫式的阴冷。

再则,创作方法和艺术流派的影响。创作方法和艺术流派总是先在一两个国家形成,然后波及其他国家。如古典主义产生于法国,而流行于欧洲各国;未来主义开始于意大利,而传入俄、英、法、德等国;荒诞派也兴起于法国,而流行于欧美;社会主义现实主义由苏联提出,而影响到当时的社会主义各国,等等。

文学上的影响与经济、政治上的影响紧密相联系。一般说来,经济、政治的发展处于领先地位的民族国家,文学上的影响力也较大,而经济、政治处于落后状况的民族国家,文学的影响力就较小。在古代,我国的文学影响过许多国家,而现代,则许多国家的文学反过来影响我们,原因就在于此。当然,事情

---

① 《南腔北调集·祝中俄文字之交》。
② 《集外集·〈奔流〉编校后记(二)》。

也不能一概而论,非洲的歌舞就影响了欧美发达国家,但那毕竟是局部的影响,并非整个文化思想在起作用。

就接受影响的民族而言,它本身要有一定的社会需要,要有相应的社会基础,否则,即使接触到一些外国作品,也不会造成多大影响。我国近代革命,开始时是向西方国家寻求真理,文学上也接受西方的影响,十月革命以后,俄国文学对我国的影响愈来愈大,这与中国革命走俄国人的道路有关。为什么现代主义文学思潮在五四时期对中国作家有着明显的影响,后来就逐渐削弱了;虽然20世纪30年代也出现过一些现代主义的流派,但不久就销声匿迹;而到了70年代末期以后,现代派在我国的影响却反而愈来愈大,产生了相当的社会效应?这不能从文学本身去寻找原因,而只能从社会基础和社会思想中去探寻。外国文学在一个国家流行的程度,是由这个国家的需要程度而定的。郭沫若说:"当我接近惠特曼的《草叶集》的时候,正是五四运动发动的那一年,个人的郁积,民族的郁积,在这时找出了喷火口,也找出了喷火方式,我在那时候差不多是狂了。"[1]可见惠特曼之能在中国产生影响,实在是时代的需要,社会的需要。

二、放出眼光,挑选占有

既然各民族之间相互的文化影响是一个必然趋势,吸取异族文化是发展民族文化的必要条件,那么,我们应该主动地、有意识地吸收外国文学的精华,来发展我们的新文艺。毛泽东说:"中国应该大量吸收外国的进步文化,作为自己文化食粮的原料。"[2]鲁迅说:"没有拿来的,人不能自成为新人,没有拿来的,文艺不能自成为新文艺。"[3]可见这种吸取工作是多么重要。

但是,对于这个简单而明了的道理,有许多人却很不理解。排外思想在我国长期存在着。这并不是一个简单的认识上的错误,而有着深刻的社会历史原因。我国长期处于超稳定的封建主义社会,自给自足的小农经济造成了闭关主义,认为自己是中原上国,万物皆备于我,无须乞求于人,自己不出去,别人也不许进来。后来,帝国的大门被外国侵略者的枪炮打开,随着送进来一些东西:英国的鸦片、德国的废枪炮、法国的香粉、美国的电影,等等。送进来的东西并非全是我们所需要的,有的甚至产生了极大危害,这就更加增长了排外情绪。不过,也有些人在失败的经验中觉悟到洋人有值得我们学习的地方。

---

[1] 《序我的诗》,《郭沫若论创作》,上海文艺出版社1983年版,第213页。
[2] 《新民主主义论》,《毛泽东选集》第2卷,第700页。
[3] 《且介亭杂文·拿来主义》。

第一阶段是"师夷人之长技",想购买些洋枪洋炮,学习些机器制造,用来改造我们的水师陆军,但甲午一战,宣告这个计划的破产;第二阶段是企图实行一些政治体制的改革,想学习英、俄、日的政体,实行君主立宪,但戊戌变法的失败,说明这条路也走不通;第三阶段才考虑到吸取外国进步的文化思想,对中国传统文化加以改造,这就是五四时期的新文化运动。应该说,在五四之前,一些先进的中国人就开始介绍外国文化了,如严复翻译的社会学、经济学书籍,林纾翻译的小说,但是,大规模介绍外国文化,却是五四新文化运动的功绩。这种介绍、吸取,促使我国文化思想起了巨大的变化,产生了彻底反对专制主义,提倡民主、科学的新文化。

五四文学革命运动是新文化运动的一个重要组成部分。那时所有的重要作家,如鲁迅、胡适、郭沫若、郁达夫、沈雁冰,等等,无一不受外国哲学和外国文学的影响,由于他们的努力,使中国文学出现了一个崭新的时代。

五四新文化运动有许多宝贵的经验,值得我们认真总结、继承、发扬。其中重要的一条,就是勇于吸取外国文化中有用的东西,勇于批判、改造我国传统文化。他们是伸手自己去拿,而不是等人家送来。拿来和送来有所不同,送来者主动权在别人,我们自己是被动的;拿来则是自己放出眼光,挑选、占有,主动权在我。这样,我们可以根据自己的需要来择取。

在我国近代学习西方的过程中有两种错误的倾向:

一种是"中学为体,西学为用"的主张。就是仍以中国传统文化思想为主体,适当地吸取一些西学中形而下的东西来应用。这样,只能学习外国文化的一些皮毛,无法创造新文化。这种主张是洋务派提出来的,虽然早就受到批判,但实际上仍隐藏在一些人的头脑里,渗透在某种文化观念中。在文学问题上,有些人不赞成改变传统的文学思想,只允许吸取一些外国文学的表现手法,其实也是"中体西用"观点的反映。用这种办法来对待外来文化,那就会像鲁迅所说的,一切新的东西都会像掉在黑色的大染缸里一样,染成了黑色,也就谈不到吸取与革新。

另一种是"全盘西化"的主张。什么东西都是外国的好,而全部照搬,不加区别,不加改造。这实际上也行不通。因为民族文化思想是长期形成的,它反映在社会生活的各个方面,渗透在思想意识的深层,甚至于变成集体无意识,因此它具有巨大的力量,要改造它需要进行长期的工作,想抛弃它则是不可能的,其结果倒反而为它所抛弃。而且,任何文化思想都有产生它的气候和土壤,搬迁之后,就会起变化,有如淮南之橘,迁到淮北就变成枳,性味完全两样了。外国文化,有精华,也有糟粕,对于外国文化,只能加以消化和吸取,使传统文化中增加新的养分。正如毛泽东所说:"一切外国的东西,如同我们对于食物一样,必须经过自己的口腔咀嚼和胃肠运动,送进唾液胃液肠液,把它分解为精华和糟粕两部分,然后排泄其糟粕,吸收其精华,才能对我们的身体有益,决不能生吞活剥地毫无批判地吸收。"①

无论是批判地继承本民族的文学遗产,或者借鉴外国的优秀文学,目的都是为了创造今天的新文学。"继承和借鉴决不可以变成替代自己的创造,这是决不能替代的。"②为了创造新文学,就必须进行变革。鲁迅说:"没有冲破一切传统思想和手法的闯将,中国是不会有真的新文艺的。"③推陈出新,是世界上一切事物发展的普遍规律,也是文学艺术发展的规律。

---

① 《新民主主义论》,《毛泽东选集》第 2 卷,第 700 页。
② 《在延安文艺座谈会上的讲话》,《毛泽东选集》第 3 卷,第 802 页。
③ 《坟·论睁了眼看》。

修订本后记

本书从1988年出版至今,已有二十一个年头了,其间修订过两次,现在是第三次修订。不过觉得原来的框架还比较合理,有其存在的价值,所以没有变动,只是在各章节间有所增删修改。同时,在艺术分类上删去其他艺术样式,只谈文学的特征,以切合文艺学本来的含义——文学学。与此相应,在全书的某些用语上,也有所更改。

近六十年来,是我国社会变动最大的年代,也是文化界教育界变动最大的年代。就高等学校中文系而言,变动最大的,则是文学理论课程。先是从欧美体系变为苏联体系,接着又将苏联体系作为修正主义理论来批判,理论走向是愈来愈左,愈来愈脱离实际。到了改革开放以后,则又重新向西方学习,引进了许多新理论,并根据这些理论来编写教材。

我有幸亲身经历了这六十年变动的全过程,真是被弄得眼花缭乱,有时简直是无所适从。但在这频繁的变动中,却也悟出了一些道理:

对于任何理论,都不能盲从,而必须把它放到实践中加以检验,观察其正确性和适应性,以决定取舍。理论的正确性取决于它在实际运用中的合理性,并不在乎它的来头大小和时髦与否。有时来头很大的理论,却经不起实践的检验,是错误的;有些时髦的理论或有其部分的合理性,但却有其片面性,只能部分吸取,而不能全盘照搬。

由于长期的闭关锁国,我们的文学理论界曾经处于与世隔绝状况,这自然不利于理论的发展。因此,改革开放以后,大量地引进外国文论是必要的,这能打开我们的眼界。但是,我们不应停留在介绍阶段,而要利用这些资源来研究本国文学运动的实际问题,提出具有针对性的理论见解。外国的文学理论,毕竟是在外国的社会背景和文学实践的基础上提出来的,我们面对的却是中国的社会现实和文学现实。我们要吸取外国理论的合理成分,来解决中国文学的实际问题。

正因为我们要面对现实,所以理论观点的存废,要以现实性来衡量。有些理论观点,看似很古老、很陈旧,但是由于它仍有强烈的现实针对性,因此,仍不失其重要性。例如,文学的真实性问题,就是如此。真实性问题,无论在中外文论中都出现得很早,到了20世纪中期,在中国又成为文艺批判的重要对象。从1955年的批判胡风理论,到1957年的反右运动,从1963年的批判现实主义深化论,到"文革"期间的批判"黑八论","写真实"论都是首当其冲。反对写真实,就是不肯正视现实,鼓励粉饰现实。这个问题早在五四时期就提出来了,鲁迅和胡适都批判过中国旧文艺的"瞒和骗"的缺点,但实际上却一直未能很好地解决,至今仍是一个重要问题。文学理论教材如果撇开现实问题不谈,而专谈一些空泛的理论,它的作用又何在呢?为什么许多文学理论教材不能产生现实的影响,而成为学院中的高头讲章,这是值得深思的问题。

当然,文学理论基础课教材不同于文学批评,也不同于文学理论专著或专题课教材,它不能专谈某一个问题,而要顾及本门学科的全面知识。但知识性与现实性是应该结合在一起的。本书在全面介绍文艺学基本知识的同时,尽量结合我国现代文学历史的经验教训和现实中的文学问题,加以阐述,希望读者在获得文艺学基础知识的同时,能够养成关注文学现实问题的习惯。

本书撰写过程中,研究生郑涵、袁玉敏曾协助查找资料,方向明曾帮助抄写部分稿件,此次出修订版,又承张岩冰博士帮助校对,一并在此表示感谢!

吴中杰
2009年4月1日

第五版后记

本书在 2008 到 2009 年间曾做过一次较大的修订，出了第四版，至今又有十四年了。复旦大学出版社告诉我，这本教材仍在发行应用，希望我能再修订一次。

文科教材轮换率较高，特别是理论课教材。本书出版至今，已有三十五年，还能继续使用，我当然是高兴的。于是细看一遍，再做了些增删，准备出第五版。

回想 1957 年我毕业留校之初，是做现代文学助教，中国现代文学史和鲁迅研究是我进修备课的主要内容，当时还担任新闻系中国古代文学史课程的辅导工作。但不久，为了加强理论课教学，系里增设了文艺理论教研室，因为缺乏教师，就把我调了过去。那时讲究服从组织分配，没有个人选择的余地，从此我就长期从事文学概论课的教学工作。但是，积习难除，对于文学史和鲁迅专题研究一直未能忘怀。这样，我在讲授文学概论课时，就比较注意理论和历史的结合，不想把文学理论讲得过于悬空、过于抽象。

后来读书稍多，乃悟到一切理论观点的提出，都是特定历史背景的产物，都具有现实的针对性。历史上有影响的文艺理论家，无论是 19 世纪俄国的别林斯基、车尔尼雪夫斯基、杜勃罗留波夫，还是现代中国的雪峰、胡风、周扬，都是现实文艺运动的积极参与者，中国古代文论家，也莫不如此。他们的理论，都有强烈的现实针对性，他们的论文，大都与文艺批评相结合。就是西方现代各种新文论，也是新的文艺运动的产物，同样必须放到特定历史条件下，才能充分理解，要有相应的历史需求，才能引进。我想，这也是唯物史观的一种要求吧！

论从史出，史论结合，既是理论研究的原则，也是理论学习的方法，这是我多年学习文艺理论、从事文论教学的一点心得，与诸位读者共勉。

吴中杰

2022 年 6 月 23 日

图书在版编目(CIP)数据

文艺学导论/吴中杰著.—5 版.—上海:复旦大学出版社,2023.1
(复旦博学.文学系列)
ISBN 978-7-309-16365-0

Ⅰ.①文… Ⅱ.①吴… Ⅲ.①文艺学 Ⅳ.①I0

中国版本图书馆 CIP 数据核字(2022)第 150448 号

文艺学导论(第五版)
吴中杰　著
责任编辑/邵　丹　张雪莉

复旦大学出版社有限公司出版发行
上海市国权路 579 号　邮编:200433
网址:fupnet@fudanpress.com　http://www.fudanpress.com
门市零售:86-21-65102580　团体订购:86-21-65104505
出版部电话:86-21-65642845
常熟市华顺印刷有限公司

开本 787×960　1/16　印张 20　字数 348 千
2023 年 1 月第 5 版
2023 年 1 月第 5 版第 1 次印刷

ISBN 978-7-309-16365-0/I·1326
定价:55.00 元

如有印装质量问题,请向复旦大学出版社有限公司出版部调换。
版权所有　侵权必究